Karen Witemeyer
ENTFÜHRERIN WIDER WILLEN

Karen Witemeyer

Entführerin wider Willen

francke

Über die Autorin:

Karen Witemeyer liebt historische Romane mit Happy-End-Garantie und einer überzeugenden christlichen Botschaft. Nach dem Studium der Psychologie begann sie selbst mit dem Schreiben. Zusammen mit ihrem Mann und ihren drei Kindern lebt sie in Texas.

Bibliografische Information Der Deutschen Bibliothek
Die Deutsche Bibliothek verzeichnet diese Publikation in der Deutschen Nationalbibliografie; detaillierte bibliografische Daten sind im Internet über http://dnb.ddb.de abrufbar.

ISBN 978-3-86827-592-6
German edition © 2016 by Verlag der Francke-Buchhandlung GmbH
35037 Marburg an der Lahn
Deutsch von Rebekka Jilg
Original cover design by Dan Thornberg, Design Source Creative Services
Umschlaggestaltung: Verlag der Francke-Buchhandlung GmbH /
Christian Heinritz
Satz: Verlag der Francke-Buchhandlung GmbH
Druck und Bindung: CPI books GmbH, Leck

www.francke-buch.de

Seid getrost und unverzagt,
fürchtet euch nicht
und lasst euch nicht vor ihnen grauen;
denn der Herr, dein Gott, wird selber mit dir ziehen
und wird die Hand nicht abtun
und dich nicht verlassen.

5. Mose 31,6

Prolog

Februar 1891
Austin, Texas
Sullivans Akademie für außergewöhnlich begabte Kinder und Jugendliche

„Ich schließe die Schule, Miss Atherton, und das ist mein letztes Wort zu diesem Thema." Dr. Keith Sullivan schloss das Anwesenheitsbuch auf seinem Schreibtisch mit einem lauten Knall und erhob sich, was Charlotte dazu zwang, ebenfalls aufzustehen. „Ich habe allen Eltern telegrafiert und sie über die Schließung informiert. Natürlich habe ich angeboten, ihnen einen Teil des Schulgeldes zurückzuerstatten, um sie für die Unannehmlichkeiten zu entschädigen, die ein früher beendetes Schuljahr mit sich bringt."

Eine Rückerstattung des Schulgeldes? Von dem Mann, der sich in den letzten Jahren konsequent geweigert hatte, auch nur in ein einziges neues Lektüreheft zu investieren? Charlotte musste aufpassen, dass sie ihn nicht mit offenem Mund anstarrte. Es musste eine andere Geldquelle geben – eine, die groß genug war, den Verlust des Schulgeldes zu verschmerzen. Dr. Sullivan verlangte übertrieben hohe Gebühren für seine exklusive Schule. Nur die bemerkenswertesten Schüler wurden hier angenommen – es sei denn, eine besonders reiche Familie wollte ihr Kind hierherschicken. In diesem Fall schien eine wohlplatzierte Spende die fehlende Begabung wettzumachen. Charlotte konnte sich kaum vorstellen, wie groß Dr. Sullivans anderweitiger Verdienst sein musste, dass er ihn dazu veranlasste, die Akademie zu schließen.

Charlotte machte den Weg frei, als ihr Arbeitgeber um seinen Schreibtisch herumkam, und marschierte ihm dann entschlossen hinterher. „Was ist mit Stephen Farley? Seine Eltern sind in Europa. Sie können ihn unmöglich abholen, bevor wir die Schule schließen. Und John Chang ist Waise und mit einem Stipendium hier. Er hat niemanden, zu dem er gehen könnte."

Sie selbst bezahlte das Schulgeld des chinesischen Jungen seit drei Jahren von ihren monatlichen Einkünften. Charlotte hatte darum gekämpft, dass er in die Akademie aufgenommen wurde, nachdem die Leiterin des St.-Petrus-Waisenhauses sie auf ihn aufmerksam gemacht hatte. John war erst vier Jahre alt gewesen, doch als er auf die wurmzerstochene Bank des alten Klaviers geklettert war und fehlerfrei jede Note von Fanny Crosbys „Sicher in Jesu Armen" gespielt hatte, hatte sie gewusst, dass sie den Jungen unterrichten musste. Gott hatte ihm eine außergewöhnliche Begabung geschenkt und den Kleinen aus einem ganz besonderen Grund in ihr Leben gebracht. Sie konnte sich jetzt nicht von ihm trennen.

„Sie kommen beide erst einmal in St. Petrus unter. Es ist bereits alles in die Wege geleitet worden."

Charlotte musste den Protest niederringen, der in ihr aufstieg. Stephen würde mit seinem zarten Gemüt keinen einzigen Tag an diesem Ort durchstehen. Und John … um Himmels willen! Dem Jungen war von den anderen Kindern aufgrund seiner fremden Herkunft schon als Kleinkind übel mitgespielt worden. Als er damals an die Akademie gekommen war, war er so traumatisiert gewesen, dass er monatelang kein einziges Wort gesprochen hatte. Nach Charlottes Dafürhalten war er immer noch sehr mitgenommen. Wenn er nun wieder zurück ins Heim käme, würde sich der Junge mit Sicherheit völlig in sich zurückziehen.

Und was sollte aus Lily werden? Eisige Scherben durchbohrten Charlottes Herz, als eine dunkle Ahnung in ihr aufstieg, warum sich Dr. Sullivan so seltsam verhielt.

„Miss Dorchester bleibt natürlich bei mir", machte Charlotte klar. In dieser Hinsicht würde sie keine Widerworte zulassen.

Dr. Sullivan wandte sich zu ihr um. „Seien Sie nicht albern, Miss Atherton. Sie sind die Schulleiterin und nicht die Mutter des Kindes, auch wenn Rebekka Dorchester Sie dieses Dokument hat unterschreiben lassen. Lily wird dorthin zurückkehren, wo sie hingehört, zu ihrem Großvater. Er wird sie gleich morgen früh abholen. Sie, meine Teuerste …", sagte er mit einem plötzlich aufgesetzten Lächeln, das das Eis in Charlottes Brust jedoch nicht im Geringsten schmelzen ließ, „… werden bestimmt in Rekordzeit eine neue Anstellung finden. Hier." Er zog ein Blatt aus dem Papierstapel in seinen Armen hervor. „Ich habe mir erlaubt, Ihnen eine Liste mit potenziellen Arbeitgebern zusammenzustellen. Es sind einige der besten Lehranstalten des Landes."

Charlotte nahm ihm das Blatt ab und musste ihre Hand dazu zwingen, nicht zu zittern. „Chicago. Boston. Charleston." Ihre Augen wanderten weiter über die Liste. „Alle so weit weg."

Dr. Sullivan strahlte sie an. „Sie sind eine brillante Musiklehrerin, Miss Atherton, und haben auch Ihre Fähigkeiten in Verwaltungsaufgaben unter Beweis gestellt. Ich habe schon Empfehlungsschreiben an all diese Institutionen geschickt. Jede wäre froh, Sie einzustellen."

Aber keine würde sie akzeptieren, wenn sie ein Kind bei sich hätte.

Charlotte blickte von dem Zettel auf und sah ihrem Arbeitgeber in die Augen – keine schwere Aufgabe, da der Mann einige Zentimeter kleiner war als sie. Und es war auch nicht schwer, die Schuldgefühle hinter seinem aufgesetzten Lächeln zu erkennen. Die Liste der Schulen, die Empfehlungsschreiben, unangebrachte Komplimente – alles Besänftigungsversuche für sein eigenes schlechtes Gewissen. Er wusste, dass seine Angestellten mitten im Schuljahr Probleme haben würden, eine neue Anstellung zu finden, genau wie er wusste, dass es falsch war, den Kindern, die er zu unterrichten versprochen hatte, den Rücken zu kehren. Trotzdem schloss er die Akademie. Schloss sie und ließ Charlotte damit keinerlei Spielraum. Wenn sie weiterhin unterrichten wollte, würde sie Lily Dorchester in die Obhut ihres Großvaters geben müssen.

Nun, er mochte denken, dass er sie in die Enge getrieben hatte, doch wenn sie mit ihren achtundzwanzig Jahren eins gelernt hatte, dann das, dass man immer eine Wahl hat. *Immer.*

Nachdem Dr. Sullivan ihr auf seine unverwechselbar herablassende Art zugenickt hatte – als hätte sie kein Gehirn, um selbst nachzudenken, und wäre auf die Anweisungen eines Mannes angewiesen –, hielt er ihr die Tür auf und bedeutete ihr, sein Büro zu verlassen. Charlotte biss sich auf die Zunge, als sie über die Schwelle schritt, und beschloss, diese Liste sofort in den Ofen zu werfen, wenn sie auf ihrem Zimmer war. Ihre Karriere konnte sie opfern. Lily zu schützen, hatte oberste Priorität.

Als die Nacht die Schulflure in Dunkelheit hüllte, stellte Charlotte ihre beiden Reisetaschen vor ihre Tür und sah sich noch ein letztes Mal in ihrem Zimmer um. Der Teppich lag parallel zu den Dielen. Auf dem Schreibtisch lagen keinerlei Papiere mehr. Die Tagesdecke auf ihrem Bett wies keine einzige Falte auf. Es war alles, wie es sein sollte. Sie nickte zufrieden und war sich bewusst, dass diese Geste auch als Abschied würde ausreichen müssen, denn sie würde nicht zurückkehren. Zehn Jahre lang hatte sie hier an der Akademie unterrichtet – sieben als Musiklehrerin, drei als Schulleiterin. Tief in ihrem Inneren verspürte sie einen kleinen Schmerz angesichts des Verlustes des Vertrauten, des Sicheren. Doch sie hatte keine Zeit für Sentimentalitäten. Sie hatte ein Versprechen gegeben – ein Versprechen, das sie halten würde, egal was es kostete.

Charlotte wandte sich um und zog die Tür leise hinter sich zu. Dann schlich sie auf Zehenspitzen zu der Treppe, die zum oberen Flur und dem Jungenschlafsaal hinaufführte. Dort angekommen hob sie leise den Riegel und öffnete die Tür.

„Stephen", flüsterte sie in die Dunkelheit hinein. Ihre Augen würden noch einen Moment brauchen, bis sie sich an die völlige Schwärze der Dachkammer gewöhnt hatten.

„Hier, Miss Lottie."

Charlotte schnappte erschrocken nach Luft. Allem Anschein nach stand der Junge ihr praktisch auf den Füßen. Und trotzdem konnte sie ihn kein bisschen sehen. Sie wandte ihren Kopf in Richtung seiner Stimme und blinzelte, bis sie seinen Schatten ausmachen konnte.

„John ist bei mir."

Ein verräterisches Rasseln ließ Charlotte mit den Zähnen knirschen. „Stephen!", schalt sie ihn flüsternd, während sie die Jungen nach draußen in den Flur zog. „Du solltest deinen Krimskrams doch hierlassen."

„Ich habe nur das Nötigste dabei, Miss Lottie. Ich schwöre es. Genau, wie Sie gesagt haben." Der Junge presste den Beutel an seine Brust und funkelte sie an. Man hätte meinen können, er trüge

Goldmünzen in dieser Tasche, keine Sammlung von Metallteilen, Bolzen und Bindedraht. „Ich kann sie nicht hierlassen. Miss Greenbriar würde sie in den Müll schmeißen."

Wo sie unzweifelhaft hingehörten. Trotzdem konnte Charlotte dem Jungen seine Schätze nicht verwehren. Mit Eltern, die zu beschäftigt waren, um ihn zu besuchen oder ihm zu schreiben, hatte der Junge kaum etwas, das er sein Eigen nennen konnte.

„Na gut. Aber sei leise. Niemand darf uns hören."

Merklich wich ein Teil der Anspannung aus Stephens Schultern und er nickte. „Ja, Ma'am."

Zufrieden wandte Charlotte sich zur Tür des Mädchenschlafsaales um, der auf der anderen Seite des Flures lag, doch plötzlich verweigerten ihre Füße ihr den Dienst.

So ein Mist! Sie hasste es, nicht völlig überzeugt von einer Idee zu sein. Schrecklich! Es war ja nicht so, als würde sie die Kinder entführen … sie beschützte sie. Also warum fühlte sie sich dann plötzlich wie eine Verbrecherin? Charlotte stieß ein ungeduldiges Schnauben aus. Das kam davon, wenn man sich in einer Nacht- und Nebelaktion davonstahl. Es ließ völlig unschuldige Aktivitäten verstohlen erscheinen und brachte ihre perfekt zurechtgelegten Pläne ins Wanken.

Unfähig, sich von ihren Bedenken zu befreien, ergriff Charlotte die Arme der Jungen und kniete sich vor sie. Stephen sah fragend auf sie herab.

„Worauf warten Sie, Miss Lottie? Wir müssen Lily holen. Mr Dobson wartet auf uns."

„Ich bin mir nicht sicher, ob es richtig ist, euch beide mitzunehmen. Vielleicht ist St. Petrus die bessere Option. Die ungefährlichere Option."

John schob seine Hand in die ihre und drückte sie verzweifelt. „Wir bleiben bei Ihnen."

Es zerriss ihr das Herz, auch nur daran zu denken, die beiden zurückzulassen, doch wenn Dorchester irgendwie herausfand, wohin sie Lily gebracht hatte …

Stephen verschränkte die Arme vor der Brust und funkelte sie böse an. „Ich bin nicht blöd, Miss Lottie. Ich weiß, dass irgendwas im Busch ist, sonst würden Sie uns nicht mitten in der Nacht hier rausholen. Aber ich sage Ihnen eins: Wenn Sie mich im Waisenhaus abgeben, laufe ich weg. Ich bin fast zwölf, alt genug, um mir Arbeit als Stallbursche oder Botenjunge zu suchen. Aber lieber würde ich bei Ihnen und den Kleinen bleiben. Lily und John brauchen einen großen Bruder, der auf sie aufpasst."

„Aber deine Eltern –"

„Die kümmern sich nicht um mich, das haben sie nie", fiel Stephen ihr ins Wort und zuckte mit den Schultern, als handle es sich um eine Lappalie wie den fehlenden Nachtisch nach dem Mittagessen. „Der einzige Grund, warum ich hier bin, ist, dass sie es toll finden, vor ihren Freunden damit anzugeben, dass ihr Sohn auf einer Schule für außergewöhnlich Begabte ist, obwohl das einzige Außergewöhnliche an mir wohl das Bankkonto meines Vaters ist. Ich weiß, dass ich nicht solche Fähigkeiten wie Lily oder John oder die anderen habe, aber als Sie mir dieses Buch über Thomas Edison und Samuel Morse gegeben haben, habe ich mir gedacht, wenn ich hart genug lerne, kann ich vielleicht auch einmal ein Erfinder werden. Deshalb muss ich bei Ihnen bleiben, Miss Lottie. Sie sind die Einzige, die daran glaubt, dass ich die Mühe wert bin."

Ohne nachzudenken, zog Charlotte Stephen in ihre Arme und drückte ihn fest an sich, während sie die Tränen wegblinzelte, die sich in ihren Augen gesammelt hatten. „Du *bist* begabt, Stephen. Bezweifle das nie wieder. Lily hat ihre Bücher, John sein Klavier, aber du verstehst mechanische Zusammenhänge auf eine Art und Weise, die mich fasziniert." Sie ließ ihn los und erhob sich. Dann strich sie ihren Rock glatt und damit auch alle Zweifel beiseite. „Ich denke, uns bleibt keine andere Wahl, als deinen Eltern zu schreiben, wo du bist, sobald wir uns irgendwo niedergelassen haben. Wir können doch nicht zulassen, dass deine Ausbildung leidet, nur weil Mr Sullivan die Schule geschlossen hat, nicht wahr?"

„Nein, Ma'am."

„Gut. Pass auf John auf, während ich Lily hole."

Nachdem sie auch den Kleinen noch einmal an sich gedrückt hatte, zog Charlotte ihre Reisejacke zurecht und strich sich über die Haare, um vorwitzige Strähnen ausfindig zu machen, die sich aus ihrer Frisur gelöst hatten. Da sie keine fand, atmete sie noch einmal tief ein und schob die Schultern zurück. Jetzt, wo sie wieder Herrin der Lage war, schlich sie über den Flur und schlüpfte in den Schlafsaal der Mädchen.

Im Gegensatz zu den Jungen war Lily eingeschlafen. Charlotte zog ihr sanft die Decke weg und half dem Mädchen, sich aufzusetzen. „Es ist Zeit zu gehen, Kleine." Das Kind gähnte. „Pst! Leise!", flüsterte Charlotte lächelnd. „Wir dürfen die anderen nicht aufwecken."

Lily rieb sich die Augen, dann erhob sie sich pflichtbewusst. „Gehen wir zu unserem neuen Zuhause, Miss Lottie?", fragte sie wieder gähnend.

„Ja." Charlotte half dem Mädchen, seine Jacke anzuziehen. „Hast du deine Sachen gepackt?"

„Mhm. Unter dem Bett."

Charlotte holte die Tasche hervor, die einmal Lilys Mutter gehört hatte. Die Initialen *R. D.* waren über der Schnalle in das Leder gepresst worden. Sie konnte sie im Dunkeln nicht sehen, doch ihre Finger strichen über die Buchstaben. *Ich kümmere mich gut um sie, Rebekka. Ich verspreche es.*

„Ich habe daran gedacht, mich wieder anzuziehen, als die anderen schlafen gegangen sind, Miss Lottie. Sogar meine Schuhe."

„Wunderbar." Charlotte knöpfte die Jacke zu, dann machte sie das Bett der Kleinen. „Du hast es genauso gemacht, wie ich es gesagt habe."

„Ich habe Mama versprochen, dass ich bei Ihnen immer brav bin."

Charlotte hielt in der Bewegung inne. „Und ich habe ihr versprochen, dass ich mich immer gut um dich kümmern werde." Die aufkochenden Emotionen in ihrem Inneren setzten sie wieder in Bewegung. Sie machte das Bett fertig und stopfte sogar die Enden der Decke unter die Matratze.

Rebekka war erst vor einer Woche gestorben. Charlotte war nicht so selbstsüchtig, sich ihre Freundin zurückzuwünschen, denn diese hatte in den letzten Monaten ihrer Krankheit schrecklich gelitten. Doch um Lily machte sie sich Sorgen. Sie hatte Kinder jeden Alters unterrichtet, doch in einem Punkt hatte Dr. Sullivan recht – sie war keine Mutter.

Als hätte Lily ihre Gedanken gelesen, schlang sie ihre Finger um

Charlottes Handfläche und drückte sie. „Mama hat gesagt, Sie sind die beste Frau, die sie je kennengelernt hat, und sie hat mir aufgetragen, dass ich immer bei Ihnen bleiben soll, was auch passiert. Es wird alles gut, Miss Lottie. Sie werden schon sehen. Wir können sie gemeinsam vermissen."

Charlotte drückte ebenfalls Lilys Hand. „Ja. Ich denke, das können wir."

Sie traten auf den Flur hinaus und schlichen dann mit den Jungen die Treppe hinab. Charlotte führte die Kinder zurück zu ihrem Zimmer, um ihre Taschen zu holen, doch die waren nirgendwo zu sehen.

„Ich habe Ihr Zeug schon eingeladen." Die raue Stimme schien aus den Wänden selbst zu entsteigen. Charlotte zuckte zusammen und griff sich instinktiv ans Herz, als der Hausmeister plötzlich aus der Dunkelheit trat.

„Um Himmels willen, Mr Dobson. Sie haben mich erschreckt." Charlotte griff an ihr Halstuch und fummelte so lange daran herum, bis sie sich sicher sein konnte, dass ihre Hände nicht mehr zitterten.

„Tut mir leid, Miss Atherton. Ich dachte nur, wir beeilen uns lieber."

Dobson war ein seltsamer kleiner Mann, mit mehr grauen Haaren am Kinn als auf dem Kopf, und er schien niemals jemandem direkt in die Augen zu schauen. Trotzdem war er zuverlässig in seiner Arbeit und gut zu den Kindern. Am besten war jedoch, dass er keine Fragen stellte. Einige Stunden zuvor hatte sie ihm eine Position als Aufseher des Anwesens angeboten, zu dem sie die Kinder zu bringen beabsichtigte, da die Akademie geschlossen würde, und er hatte angenommen, ohne nach dem Gehalt zu fragen. Auch hatte er ihren Wunsch, mitten in der Nacht abzureisen, nicht infrage gestellt. Es war, als verstünde er ihre Eile. Vielleicht tat er das ja auch. Es würde sie nicht überraschen, wenn er genauestens darüber informiert wäre, was es mit der Schließung der Schule und der Gefahr, die Lily drohte, auf sich hatte.

Sie lächelte ihn an. „Nach Ihnen, Sir."

Der Mann hatte eine Strohmatte in das Bett des Anhängers gelegt und Decken darübergezogen.

Charlotte nickte anerkennend. „Sie haben an alles gedacht, Mr Dobson."

Er sah sie nicht an, während er Lily beim Aufsteigen half. „Ich wollte nicht, dass sich die Kleinen erkälten. Nachts ist es immer noch frisch."

Das war es tatsächlich. Charlotte zitterte trotz ihrer Jacke. Obwohl tagsüber frühlingshafte Temperaturen herrschten, fühlte sich die Nacht noch winterlich an. „Kuschelt euch nah aneinander, Kinder, dann friert ihr nicht."

Nachdem die drei es sich gemütlich gemacht hatten, gestattete Charlotte Dobson, ihr auf den Kutschbock zu helfen. Eine warme Decke und ein heißer Backstein warteten dort auf sie. Sie wandte sich um, um Dobson zu danken, doch dieser hielt abwehrend eine Hand hoch und drehte sich weg, bevor sie etwas sagen konnte. Dann kletterte er neben sie auf den Kutschbock, löste die Bremse und die Pferde setzten sich in Bewegung.

Da ihr Dank offensichtlich nicht willkommen war, biss Charlotte sich auf die Zunge. Sie warf einen Blick über die Schulter nach hinten zu den Kindern, dann wandte sie sich wieder nach vorne. In Richtung Zukunft. Dieser bunt zusammengewürfelte Haufen war jetzt ihre Familie und sie würde sie sich von niemandem wegnehmen lassen.

Kapitel eins

„Brrrr." Stone Hammond zog an den Zügeln. Sofort blieb sein Schwarzer stehen. „Den Rest klettere ich lieber allein, Goliath." Er schwang sich aus dem Sattel und tätschelte seinem Pferd den Hals. „Ein Ungetüm wie dich würde man dort oben auf dem Hügel sofort sehen und nach acht Wochen Jagd will ich meine Beute nicht verschrecken."

Der Schwarze warf ihm einen Blick zu, der auszudrücken schien, dass Stone selbst auch nicht gerade eine zarte Erscheinung war, dann senkte er den Kopf und widmete seine Aufmerksamkeit dem Präriegras zu seinen Hufen. Stone schnaubte. Immer so hochnäsig. Doch er würde sein Pferd gegen nichts auf der Welt eintauschen. Nein, sie beide hatten gemeinsam zu viele Abenteuer erlebt, um getrennte Wege zu gehen. Sie hatten Gesetzlose gejagt, Abtrünnige – sogar ein paar stehlende Zirkusartisten, die sich als exzellente Messerkämpfer erwiesen hatten. Goliath und er trugen die Narben der Kämpfe und der harten Jahre, die sie hinter sich hatten, an ihren Körpern, doch ihre Herzen schlugen immer noch im gleichen Takt wie vor einem Jahrzehnt, als sie begonnen hatten.

Sie waren Jäger. Sie waren die besten im ganzen Staat. Es war diese eine Sache, die Stone besonders gut konnte. Noch nie war er ohne die Beute zurückgekehrt, nach der er ausgesandt worden war. Und mit dem Geld, das ihm dieser Auftrag einbringen würde, könnte er endlich den kleinen Flecken Land kaufen, den er schon so lange im Auge hatte. Den Ort, der weit genug weg von all den Menschen und ihren Problemen war, sodass Goliath und er endlich ihre Ruhe haben würden.

Es war ein Ort, der gar nicht so anders war als das Blockhaus, das er auf der anderen Seite dieser Anhöhe auszukundschaften gedachte.

Stone zog seinen Feldstecher aus der Satteltasche, tätschelte noch einmal Goliaths Hals und machte sich dann an den Aufstieg. Mit seinen einen Meter neunzig musste er sich sehr schnell in eine hockende Position begeben, um die Beute unten nicht auf sich aufmerksam zu machen. Die letzten Meter kroch er auf dem Bauch. Dann stemmte er sich auf die Ellbogen, suchte das Haus durch seinen Feldstecher und stellte die Sicht scharf, damit er sich den besten Angriffsplan zurechtlegen konnte.

Seine Beute hatte sich als ungewohnt gerissen erwiesen. Und vorsichtig. Keine Zeugen. Keine verfolgbare Spur. Keine Lösegeldforderungen. Er war dazu gezwungen gewesen, seine Suche in Gesellschaftszimmern und Bezirksregistraturen zu beginnen. Nicht gerade sein Spezialgebiet. In diesen Kreisen buckelten die Menschen entweder vor ihm oder sie sahen auf ihn herab. Aber schließlich war es der Tratsch einer dieser rosa gekleideten, Tee schlürfenden Ladys gewesen, der ihn auf die richtige Spur gebracht hatte. Und wenn er mit seinen Vermutungen richtiglag, würde er seine Beute bis zur Abenddämmerung gestellt haben.

Stone rollte sich auf den Rücken und kramte die Fotografie hervor, die er von der Schulwand genommen hatte. Drei Frauen und ein Mann standen hinter etwa einem Dutzend Kinder, das für die Kamera herausgeputzt war. Zwei schwarze Kreise zogen seinen Blick auf sich. Einer markierte ein kleines Mädchen, das in der ersten Reihe saß. Der andere eine große Frau, die stocksteif auf der rechten Seite stand.

War das Mädchen tot? Verkauft? Die Kleine war ein hübsches Ding. Blondes Haar, blaue Augen. Für ein Mädchen wie dieses könnte man in Mexiko einen ordentlichen Preis bekommen. Der Großvater schien allerdings nicht zu glauben, dass etwas Ernsthaftes vorgefallen war. Er hatte Stone nur angeheuert, um sie zu finden und zurückzubringen. Doch was wusste ein verwöhnter Reicher schon von der zwielichtigen Seite der Welt?

Stone hatte das Böse schon viel zu oft gesehen. Er hatte Männer verfolgt, die anderen, ohne zu zögern, die Kehle aufschlitzten, die Frauen missbrauchten und sie dann wegwarfen. Aber diejenigen, die Kindern etwas antaten, waren die Schlimmsten. Er betete, dass der alte Mann recht hatte. Stone hatte noch nie die Hand gegen eine Frau erhoben, doch Gott stehe ihm bei, wenn diese Charlotte Atherton der Kleinen etwas angetan oder sie an jemanden verkauft hatte … dann würde er sich womöglich nicht zurückhalten können.

Stone rollte sich wieder auf den Bauch, blickte durch den Feldstecher und versuchte, sein rasendes Herz zu beruhigen. Es brachte nichts, sich das Schlimmste vorzustellen. Jeder, mit dem er gesprochen hatte, hatte Miss Atherton einen makellosen Charakter attestiert. Aktiv in der Gemeinde, großzügig trotz ihres kleinen Gehaltes, engagiert für ihre Schüler. Warum sollte so eine Heilige ein Kind entführen? Es musste eine dunkle Seite geben, die unter der Oberfläche lauerte. Etwas Gerissenes und Hinterhältiges und vielleicht auch Verrücktes.

Ein hoher Schrei riss ihn aus seinen Gedanken. Der Schrei eines Kindes. Stone spannte sich an. Die Spitzen seiner Stiefel bohrten sich in den Staub, er war bereit zu handeln. Er würde nicht tatenlos zusehen, wenn ein Kind …

Ein flachsblondes Mädchen lief aus dem Haus. Stone erhob sich weit genug, um den Revolver aus seinem Holster zu ziehen. Der Colt war nicht wirklich gut, um auf lange Distanz zu treffen, doch der Schuss würde die Aufmerksamkeit weg von dem Mädchen lenken. Er hielt den Feldstecher fest an die Augen gepresst und auf das Mädchen gerichtet, während er den Hahn spannte.

Wieder schrie es, dann schaute es über seine Schulter. Stone erstarrte. Das Gesicht des Mädchens strahlte vor Vergnügen. Es schrie gar nicht. Es lachte. Ein Junge, lediglich ein paar Jahre älter als das Mädchen, lief in Stones Sichtfeld. Er hatte eine lange Vorrichtung in der Hand. Ein lautes *Plopp* erklang einen Moment, bevor ein Seil aus dem seltsamen Ding hervorschoss. Das Mädchen quietschte vergnügt und duckte sich nach links. Das Seil fiel zu Boden. Allerdings bewundernswert nahe an seinem Ziel. Wenn der Junge einen Pfeil an das Seil bände, hätte er eine perfekte Harpune. Beeindruckend.

„Daneben!", krähte das Mädchen. Die Kleine sagte noch mehr, doch leiser, sodass Stone es nicht verstehen konnte.

Stone atmete langsam aus, steckte den Revolver zurück ins Holster und begab sich wieder in Beobachtungsposition. Er schickte ein Dankgebet gen Himmel, dafür, dass Lily Dorchester noch lebte und unverletzt war. Denn dieses Mädchen *war* Lily. Er hatte die Kleine sofort erkannt, als sie sich umgewandt hatte. Jetzt tanzte sie um den Jungen herum, so sorgenfrei wie ein kleines Kätzchen, das mit einem Seil spielt – einem Seil, das der Junge gerade wieder einrollte, um einen zweiten Zielversuch zu starten.

Plötzlich brach der Tanz ab. Lily rannte zu dem Jungen und flüsterte ihm etwas ins Ohr, dann zeigte sie zum Haus. Stone suchte den Hof in die Richtung ab, in die sie gezeigt hatte. Eine großgewachsene Frau schritt mit einem Wäschekorb in der Hüfte auf eine Wäscheleine zu, an der Tücher, Hemden und eine Hose hingen. Sie hatte ihm den Rücken zugewandt, weshalb er ihre Züge nicht erkennen konnte, doch sie bewegte sich mit der Anmut einer Dame der Gesellschaft. Nicht der geringste Anflug von Hast in ihrem Schritt. Der Rücken gerade wie ein Brett. Das Haar auf wundersame Weise unberührt vom Wind. Immerhin trug sie praktische Kleidung. Keine einfache Landmode, aber ihr blauer Rock wies keine Rüschen auf und sie hatte die Ärmel ihrer weißen Bluse bis zu den Ellbogen hochgekrempelt. Mit einer maßgeschneiderten Jacke würde sie genau aussehen wie die Frau auf der Fotografie. Charlotte Atherton.

Sein Puls beschleunigte sich, als er seine Beute identifizierte.

Doch er war nicht der einzige Jäger hier. Ein anderer hatte sie bereits im Fokus. Einer mit einer kleinen, kichernden Assistentin an der Seite, die vor Aufregung gar nicht stillstehen konnte. Der Junge kroch näher an sein Opfer heran, zielte, wartete. Wartete, bis sie den leeren Wäschekorb abgestellt hatte. Wartete, bis sie sich wieder aufgerichtet hatte. Wartete, bis sie das erste Teil zusammengefaltet hatte und sich vorbeugte, um es in den Korb zu legen.

Ein *Plopp* erklang, gefolgt von einem nicht gerade sehr würdevollen Quietschen, als das Seil gegen Miss Athertons … Allerwertesten klatschte. Die Frau sprang hoch, eine Hand auf die angegriffene Stelle gepresst, und wirbelte herum.

Jetzt würde sich die Wahrheit zeigen. Stone wartete auf die Explosion.

„Stephen Farley!"

Es ging los. Würde sie einen Stock holen? Einen Gürtel? Diese zugeknöpften Lehrerinnen hatten doch immer etwas in Griffweite, um die Kinder zu züchtigen. Sie hatten keinen Funken Humor und vor allem kein Mitgefühl.

Die beiden kleinen Übeltäter schossen außer Sichtweite, doch Stone folgte ihnen nicht mit dem Feldstecher. Seine Aufmerksamkeit blieb auf das Gesicht gerichtet, das sich eben zu ihm umgewandt hatte.

Die Fotografie war ihr nicht gerecht geworden. Stone stieß anerkennend ein leises Pfeifen aus. Ihr Haar schimmerte im Sonnenlicht wie Honig. Ihre blauen Augen strahlten. Wenn sie nicht so ernst geschaut hätte, wäre sie wunderschön gewesen.

„Das ist wirklich ein interessanter Apparat, den du da zusammengebaut hast, Stephen", rief sie den fliehenden Kindern hinterher. „Aber wenn du ihn jemals wieder auf diese Weise anwenden solltest, schreibst du einen Aufsatz über die Bedeutung ehrenhaften Verhaltens für die positive Weiterentwicklung unserer Gesellschaft." Sie rief die letzten Worte lauter, damit der Junge die Drohung auch wirklich hörte. Wenn man das überhaupt eine Drohung nennen konnte. Einen Aufsatz? Wirklich? So rief sie die Kinder zur Ordnung?

Zuchtmeister auf der ganzen Welt hätten mit Sicherheit den Kopf über sie geschüttelt. Würde ein Entführer nicht zu härteren Mitteln greifen, um seine Opfer unter Kontrolle zu halten? Verschlossene Türen vielleicht. Ketten. Zumindest die Androhung körperlicher Schmerzen. In Stone breitete sich Unbehagen aus. Irgendetwas an dieser Sache war faul.

Stone stemmte sich auf die Ellbogen und wollte gerade den Feldstecher senken, als Miss Atherton etwas tat, das ihn innehalten ließ. Sie lächelte. Ein kleines, zartes, verstohlenes Lächeln, bevor sie sich wieder der Wäsche zuwandte. Eine tiefe Liebe zu dem Jungen schwang darin mit. Es war nicht das Lächeln einer Verrückten oder gar ein Ausdruck von Vorfreude auf spätere Lösegeldzahlungen. Nein, es war das Lächeln einer Mutter.

Es musste eben dieses Lächeln gewesen sein, das dafür sorgte, dass Stone die sich nähernden Schritte nicht hörte. Als das leise Geräusch endlich in sein Bewusstsein drang, war es bereits zu spät. Der Angreifer war über ihm.

Stone rollte sich auf den Rücken, die Hände an den Griffen seiner beiden Colts. Doch sie verließen nicht einmal mehr die Holster. Denn der grauhaarige Gnom, der wie aus dem Nichts über ihm aufgetaucht war, stieß ihm mit einem Gewehrgriff gegen die Stirn. Stones Welt wurde schwarz.

Kapitel zwei

Stone kam mit rasenden Kopfschmerzen und dem desorientierenden Gefühl zu sich, dass die Welt um ihn herum sich bewegte. Er vermutete, dass das seltsame Gefühl von der Beule auf seiner Stirn herrührte, bis er die Augen öffnete und erkannte, dass die Welt sich tatsächlich bewegte. Oder vielmehr, *er* bewegte sich durch sie. Wurde durch sie geschleift.

Er lag auf einer Art Trage, die jemand aus Ästen und der kratzigsten Wolldecke gemacht hatte, die man sich vorstellen konnte. Stone versuchte sich zu jucken, doch seine Hände waren fixiert. Gefesselt. Er zog an dem Seil, bewegte seine Finger und die Handgelenke, vorsichtig darauf bedacht, keine Geräusche oder großen Bewegungen zu machen. Es war besser, wenn sein Häscher nicht merkte, dass er erwacht war. Doch seine Bemühungen waren ohnehin nicht von Erfolg gekrönt. Der Gnom wusste, wie man einen guten Knoten band.

Stone machte eine kurze Bestandsaufnahme. Die Hände gefesselt. Die Fußgelenke gefesselt. Die Holster fehlten. Das Jagdmesser ebenfalls. Die Klinge in seinem Stiefel war eventuell noch da, doch diesbezüglich war er sich nicht sicher. Stone legte den Kopf etwas zurück und erkannte Goliaths Hufe. Wut kochte in ihm hoch. Sein Häscher hatte die Trage an Goliath befestigt, als wäre das edle Tier nicht mehr als ein Packesel! *Schlag mir auf den Kopf, sooft du willst, Gnom, aber beleidige mein Pferd und du wirst dafür bezahlen.*

Stone wollte sich gerade von der Liege rollen und versuchen auf die gefesselten Beine zu kommen, als er etwas hörte. Kinder. Lachen. Sie riefen jemanden namens Dobson. Seinen Häscher? Plötzlich erschien ihm die Beleidigung Goliaths nicht mehr so wichtig. Momentan war sie sogar eine glückliche Fügung. Genau wie das Trojanische Pferd, das den Feind ins Lager gebracht hatte, zog Goliath ihn direkt auf ihr Land. Gab es eine bessere Möglichkeit, an das Wissen zu kommen, wie er seine Beute am besten zur Strecke bringen konnte?

Stone schloss seine Augen und tat so, als sei er weiterhin ohnmächtig.

„Was bringen Sie uns da, Mr Dobson?", quietschte eine hohe Stimme. Wahrscheinlich die eines Mädchens. „Was ist es? Was ist es?"

Das Kind klang, als hielte es ihn für einen überdimensionierten Truthahn, der für das Sonntagsessen bestimmt war.

„Bleiben Sie zurück, Missy", warnte sein Häscher. „Er ist böse."

Ich? Stone musste sich zusammenreißen, um nicht spöttisch zu schnauben. Er war nicht derjenige, der einem überraschten Mann ein Gewehr über den Kopf gezogen hatte.

„Holt Miss Lottie." Sattelleder quietschte. Dobson musste abgestiegen sein.

Im gleichen Moment stach etwas Spitzes in Stones Rippen. Der Junge. Stone war versucht aufzuspringen und den Bengel anzuknurren, doch das Kind zu verängstigen, würde seinen Zwecken nicht dienlich sein. Also blieb er reglos liegen und ließ sich von dem Kleinen anstupsen.

„Ist er tot?"

„Nein. Ich hab ihm nur eins auf die Zwölf verpasst." Ein weiteres Stechen mit dem Stock. Oder vielleicht war es die Harpunenkonstruktion. „Du hörst besser auf. Nicht, dass er aufwacht und die Misses erschreckt."

„Ach, Miss Lottie erschreckt nichts und niemand. Na ja, außer vielleicht die Frösche, die ich damals in ihre Schublade gesteckt habe." Der Junge lachte. „Sie ist mit wehenden Haaren aus ihrem Zimmer gestürmt. Das war das einzige Mal, dass ich sie mit offenen Haaren gesehen habe. Wussten Sie, dass es ihr bis zur Hüfte reicht? Ich weiß nicht, wie sie es jeden Tag schafft, es so ordentlich hochzustecken."

Warum musste der Junge ausgerechnet jetzt über Miss Athertons Haare reden? Hier lag er, dazu gezwungen, die Augen geschlossen zu halten, und deshalb allzu anfällig für die Vorstellungen in seinem Kopf. Wo war ein gutes Pferd zu inspizieren, wenn er eins brauchte? Alles, was er sehen konnte, war die Rückseite seiner Augenlider und diese zeigten ihm nun eine junge, große Frau mit honigfarbenem Haar, das ihr in sanften Wellen über den Rücken floss. So war es umso schwerer, sich Charlotte Atherton als gemeine Entführerin vorzustellen.

„Es gehört sich nicht, über das Haar einer Dame zu sprechen, Junge." Dobson spuckte die Worte förmlich aus. Waren sie ihm peinlich? War er böse? Fast hätte Stone die Augen geöffnet, um den Mann anzusehen, doch zum Glück fiel ihm gerade noch rechtzeitig wieder ein, dass er ja ohnmächtig war.

„Geh und reib mein Pferd ab und hol einen Eimer Wasser für das Tier des Fremden. Es hat sich an diesem Koloss hier bestimmt halb tot geschleppt." Ein Stiefel traf ihn in die Seite und es bestand kein Zweifel daran, wer mit dem Koloss gemeint war. Stone gefiel es ganz und gar nicht, so behandelt zu werden, doch immerhin kümmerte der Gnom sich um Goliaths Wohl.

Hufschläge erklangen, als der Junge Dobsons Pferd davonführte. Ein Käfer summte um Stones Nase herum und kitzelte ihn. Nach einer Weile flog das aufdringliche Tier weiter, doch das lästige Jucken blieb. Und wurde mit jedem Atemzug schlimmer. Das war doch wirklich nicht zu glauben …

Stone lenkte seine Gedanken zurück zu dem Bild von Miss Atherton mit offenen Haaren. Vielleicht würde ihn das von dem Drang, sich zu kratzen, ablenken. Leider sorgte das Bild von den langen Haaren jedoch nur dafür, dass er sich vorstellte, um wie viel schlimmer das Jucken werden würde, wenn sie über sein Gesicht strichen. Er wollte sich kratzen. Nur ein Mal. Vielleicht, wenn er den Kopf ein bisschen drehte und die Schulter hob. Würde diese Bewegung natürlich aussehen? Woher sollte er wissen, was ein Ohnmächtiger tat?

Das Knarren der Tür zog Stones Aufmerksamkeit auf sich und hielt ihn davon ab, tatsächlich etwas derart Leichtsinniges zu tun.

„Mr Dobson? Was in aller Welt …?"

Stoff raschelte, als sich Miss Atherton ihnen schnellen Schrittes näherte. Offensichtlich wollte sie sich ansehen, was ihr Wachhund da angeschleppt hatte.

„Er war oben auf dem Hügel, Miss. Hat Sie und die Kleinen beobachtet. Hiermit."

Aha. Nun wusste Stone immerhin, was aus seinem Feldstecher geworden war. Er sollte wahrscheinlich dankbar sein, dass der Mann ihn nicht im Schmutz hatte liegen lassen. Immerhin hatte Stone über zwanzig Dollar dafür bezahlt.

Stone spürte förmlich, wie Miss Athertons Blick über ihn wanderte. Dann berührte sie ihn. Ihre kühle Hand fuhr ihm über das Gesicht, bis ihre Fingerspitzen schließlich an seinem Hals zum liegen kamen. Sein Herz raste.

„Er hat einen lebhaften Puls. Ich denke, das ist gut für ihn."

Zu lebhaft für einen Ohnmächtigen. Sie sagte es nicht, doch Stone hörte die Skepsis in ihrer Stimme. Die Frau war keine Närrin. Er zwang sich dazu, seinen Atem zu verlangsamen und doch noch überzeugend zu wirken.

„Ich sehe kein Blut. Sie haben nicht auf ihn geschossen, richtig?"

„Nein, Miss. Hab ihn nur ins Reich der Träume geschickt. Er wird bald wieder wach. Was soll ich mit ihm machen?"

Eine sehr gute Frage, dachte Stone. Jetzt würde er erfahren, wie weit die Lehrerin zu gehen bereit war.

„Sie müssen mir helfen, ihn ins Haus zu bringen. Ich kann ihn hier im Hof nicht vernünftig versorgen."

„Ihn ins Haus ...?", stammelte Dobson. „Haben Sie völlig den Verstand verloren? Sie können ihn nicht in Ihr Haus bringen. So meinte ich das außerdem überhaupt nicht. Ich wollte wissen, ob ich ihn nach Madisonville zum Sheriff bringen soll oder eine etwas ... dauerhaftere Lösung für das Problem finden soll. So sicher wie Mist stinkt, ist das einer von Dorchesters Männern."

„Vielleicht. Aber das können wir nicht mit Sicherheit sagen. Vielleicht ist er auch einfach nur ein Cowboy, dessen Herz für die Vogelbeobachtung schlägt."

Vogelbeobachtung? Stone wäre fast aufgesprungen, um sich gegen diese Unterstellung zu verteidigen. Nur verweichlichte Städter verschwendeten ihre Zeit –

Miss Athertons Handfläche presste sich gegen seine Brust, als wollte sie ihn unten halten. Las sie etwa seine Gedanken?

„Vogelbeobachtung?" Dobsons ungläubiger Tonfall tat Stones verletztem Stolz gut. „Was für ein Quatsch. Sehen Sie ihn sich an. Er ist kein Vogelkundler. Er ist ein Söldner."

Jäger, verbesserte Stone ihn im Stillen. Kein Söldner. Sein Gehirn konnte man anheuern, nicht seine Waffe.

„Wie auch immer", sagte die Lehrerin, „ich kann keine Gewalt gegen ihn zulassen. Die Bibel sagt uns, dass wir unsere Nächsten und unsere Feinde gleichermaßen lieben sollen, also müssen wir diesem Mann helfen, egal in welche Kategorie er fällt. Und jetzt bringen wir ihn ins Haus." Ihre Hand verließ seinen Brustkorb, doch Stone war zu verblüfft, um sich zu bewegen.

Sie wollte ihn in ihr Haus bringen? Obwohl sie vermutete, dass er ihr Feind war? Stone wusste nicht, ob er ihren Glauben bewundern oder sie für ihre Dummheit schelten sollte.

„Lassen Sie mich wenigstens den Sheriff holen", bat Dobson.

„Und was genau erwarten Sie von ihm? Dieser Mann hat keine Straftat begangen. Tatsächlich würde es eher Sie in Schwierigkeiten bringen, wenn Sie den Sheriff hierherholen würden. *Sie* haben ihn niedergeschlagen. Er könnte Sie anklagen."

Das brachte den Gnom zum Schweigen. Nun ja, nicht vollständig. Er murmelte noch fast eine Minute lang leise etwas vor sich hin, während er die improvisierte Trage löste. Als die Stangen von Goliath abfielen, schlug Stones Kopf hart auf den Boden auf. Er konnte ein Stöhnen nicht unterdrücken. Da erst hörte das leise Gemurmel auf.

„Das tut mir leid." Die angenehme Frauenstimme erklang nun direkt neben Stones Ohr, während erstaunlich starke Finger seinen Hinterkopf anhoben. „Ich denke, jetzt wäre ein guter Zeitpunkt, um das Bewusstsein wiederzuerlangen, zumindest zeitweise", flüsterte sie. „Ich befürchte, dass Sie noch weit mehr Verletzungen davontragen, wenn Mr Dobson und ich Sie ins Haus schleppen müssen."

Das war in der Tat keine angenehme Aussicht. Und da diejenige, die er eigentlich hatte täuschen wollen, sich ohnehin nicht täuschen ließ, gab es auch keinen Grund, diese Scharade weiterzuspielen. Stone stöhnte noch einmal, dann hob er den Kopf und setzte sich hin.

Augenblicklich schoss Schmerz durch seine Stirn. Dieses Mal war sein Stöhnen nicht gespielt. Vorsichtig versuchte er seine Hände und Füße zu bewegen, dann zog er fester an den Fesseln, als werde er sich seiner Situation gerade erst bewusst.

Ein Gewehrlauf bohrte sich in seine Schulter. „Ganz ruhig, Fremder."

Stone funkelte Dobson an. „Wenn ich Sie wäre", brachte er zwischen zusammengebissenen Zähnen hervor, „würde ich aufpassen, wo ich damit hinziele."

Dobson wurde etwas blasser, doch man musste ihm zugutehalten, dass er nicht wankte. „Genau das tue ich", polterte er. „Also kommen Sie nicht auf dumme Ideen." Dobson drückte den Gewehrlauf noch etwas fester gegen Stones Schulterblatt.

Stone bedachte ihn mit einem eiskalten Blick, der Vergeltung versprach.

„Sind Sie beide fertig?" Die ungeduldige Stimme lenkte Stones Aufmerksamkeit zurück zu Miss Atherton. „Es ist unglaublich", murmelte sie, als sie sich vorbeugte und Stone unter den Arm griff. „Männer werden nie erwachsen. Egal wie alt sie sind, immer geht es nur darum, der Schnellste, Beste und Tollste zu sein. Es ist wirklich albern. Wenn sie ein einziges Mal mit diesem Getue aufhören würden, würden sie es vielleicht tatsächlich einmal schaffen, etwas Lohnenswertes zu erreichen."

Rechthaberische Besserwisserin. Aber was sollte er schon von einer engstirnigen Lehrerin erwarten? Doch wenn er so recht darüber nachdachte, hatte er mit ganz anderen Reaktionen gerechnet. Wenn sie tatsächlich vermutete, dass er Dorchesters Mann war, warum war sie dann nicht aufgelöst und weinte? Lief kopflos herum? Sie hatte nicht einmal geschrien, als man ihn bewusstlos hierhergeschleift hatte. Stattdessen war sie gelassen geblieben und nun darauf bedacht, seine Wunden zu versorgen.

Was hatte sie vor?

Miss Atherton zog an seinem Arm und Stone kam ihrer nicht sehr dezenten Aufforderung nach. Er rollte sich auf die Seite und versuchte sich aufzurichten – keine leichte Aufgabe, wenn Hand- und Fußgelenke gefesselt waren. Die Lehrerin ließ seinen Arm los und fasste ihn stattdessen um die Hüfte. Sie stemmte sich gegen ihn, um ihn mit ihrer Schulter zu stützen.

Unglücklicherweise sorgte das plötzliche Aufstehen dafür, dass Stone schwarz vor Augen wurde. Er zuckte zusammen und taumelte seitwärts, doch seine gebundenen Füße behinderten die Bewegung. Er wäre in den Dreck gestützt, wenn die Lehrerin nicht ihren Griff verstärkt und ihn zu sich zurückgezogen hätte.

„Um Himmels willen, Dobson. Binden Sie seine Füße los, sonst landen wir noch beide im Schmutz."

Der bärtige Kauz kam mit mürrischem Gesicht zu ihnen und starrte finster zu Stone hinauf, während er ein Messer aus der Scheide an seiner Hüfte zog. „Ich traue ihm nicht."

„Ich auch nicht, aber das bedeutet nicht, dass wir das Recht haben, ihn wie einen Gefangenen zu behandeln." Miss Atherton atmete schwer, da sie weiterhin versuchte, Stones Gewicht zu stemmen.

Er gab sein Bestes, um ihr zu helfen, doch seine Beine wollten ihm einfach nicht gehorchen und die Welt um ihn herum schwankte bedrohlich. Stone biss die Zähne zusammen und kämpfte gegen die Ohnmacht an, die nach ihm griff. So zu tun, als sei man bewusstlos, um an Informationen zu gelangen, war eine Sache, doch sich durch Schwäche vor einer Dame zu blamieren, nicht akzeptabel.

„Sie sehen ein bisschen grün um die Nase aus, Fremder."

Wunderbar. Jetzt grinste der Gnom auch noch. Als wäre Stones Drang, ihn zu erwürgen, nicht schon groß genug gewesen!

„Hören Sie auf, den Mann zu verspotten, und machen Sie ihn los, Dobson. Er ist mir viel zu schwer."

Ob es nun ihr autoritärer Tonfall gewesen war oder die Erkenntnis, dass Miss Atherton mehr unter der Situation litt als Stone, jedenfalls setzte Dobson sich endlich in Bewegung und schnitt Stones Fußfessel durch. Sofort stellte Stone sich breitbeinig hin und befreite Miss Atherton dadurch von der Hauptlast seines Gewichtes.

Stone streckte dem kleinen Mann auch seine Handgelenke hin, doch Dobsons Gesicht war hart wie Stein und er zeigte keine Reaktion. Anscheinend würde er seinen ausgefallenen Armschmuck noch eine Weile tragen müssen.

Miss Atherton schob ihn vorwärts. Nebeneinander wankten sie langsam auf das Häuschen zu.

„John", rief sie. „Mach bitte die Tür auf."

Ein kleiner chinesischer Junge öffnete die Tür, indem er sich mit seinem ganzen Körpergewicht dagegenstemmte. Seine Augen wurden groß, als sein Blick von Stones staubigen Stiefeln bis hinauf zu seinem Gesicht wanderte – eine beeindruckende Strecke für so ein winziges Menschlein. Er sagte nichts, sondern starrte Stone nur weiter an, bis dieser an ihm vorbei ins Haus taumelte.

Das Mädchen war nirgendwo zu sehen. Seltsam, dabei schien sie ein neugieriges kleines Ding zu sein. So, wie sie zu ihnen gelaufen war, als Dobson ihn auf das Grundstück gezogen hatte, war sie nicht ängstlich. Also wo war sie?

Für den Moment war es egal. Er würde sie finden. Finden und nach Hause bringen.

„John", wies Miss Atherton den kleinen Jungen an. „Hol den Wasserkrug aus meinem Zimmer, dann such Stephen in der Scheune. Er soll dir helfen, kaltes Wasser aus der Quelle zu holen. Ich muss dem Herrn hier eine Kompresse um den Kopf legen."

Der Junge flitzte, ohne ein Wort zu sagen, um sie herum und verschwand in einem Raum zwei Türen weiter links. Einen Herzschlag später war er auch schon wieder da. Er trug einen großen Krug. Nachdem er Stone einen letzten skeptischen Blick zugeworfen hatte, lief er zur anderen Seite des Hauses. Wenige Sekunden später schlug die Hintertür zu.

„Spricht der Junge auch irgendwann mal?" Stone konnte sich diese Frage nicht verkneifen, während die Lehrerin ihn weiterführte.

„Meistens behält John seine Gedanken lieber für sich." Miss Atherton beantwortete seine Frage höflich, aber distanziert.

Die Frau war wachsam, handelte umsichtig und tat ihr Bestes, um die Kinder von ihm fernzuhalten, ohne es danach aussehen zu lassen. Offenbar war sie ein wandelnder Gegensatz. Einerseits von Kopf bis Fuß ganz die feine Dame – höflich, nett, gastfreundlich – und andererseits eine rücksichtslose Entführerin, die einen Plan verfolgte, den es herauszufinden galt.

Sie wankten in ihr Zimmer und blieben vor dem Bett stehen. Während er sich langsam auf die Matratze sinken ließ, wich sie zurück, bückte sich und ergriff seinen Stiefel. Sie zog und zog, bis er endlich nachgab, und wiederholte dasselbe dann bei seinem anderen Fuß.

Stone saß da und beobachtete sie, zu entgeistert, um sich zu bewegen. Eine Frau – nein, eine *Dame* – zog ihm die Stiefel aus. So etwas war ihm noch nie zuvor passiert. Wahrscheinlich wollte sie nur nicht, dass er ihre Bettwäsche schmutzig machte, doch trotzdem war es eine völlig neue Erfahrung. Sie stellte die Stiefel neben der Tür an die Wand, dann wandte sie sich um und kramte eine Weile in einer Schublade. Schließlich zog sie einen Brieföffner daraus hervor und fing an, an dem Seil herumzusägen, das Stones Handgelenke fesselte. Nicht, dass es irgendetwas genützt hätte. Dieses peinliche Exemplar einer Klinge war stumpfer als ein Stück Seife. Trotzdem schätzte er ihre Bemühungen.

„Ich habe ein Messer in meinem rechten Stiefel. Das ist vielleicht etwas schärfer."

Miss Athertons Kopf fuhr hoch und ihn traf die volle Kraft ihrer blaugrünen Augen. Ihr Blick war atemberaubend. Nicht im Mindesten steif oder bieder. Lange dunkle Wimpern senkten sich, als sie nickte und sich dann abwandte, um seine Stiefel zu mustern.

„Da ist ein kleiner Spalt hinten im Leder", erklärte er. „Ich habe da eine Klinge für Notfälle versteckt."

Sie ergriff den fraglichen Stiefel, fand das Messer und wandte sich ihm wieder zu. Mit drei Schnitten hatte sie seine Hände befreit.

Stone rieb seine brennenden Handgelenke. Die Lehrerin trat einen Schritt zurück und hielt das Messer vor sich. Immerhin war sie klug genug, die Waffe zu behalten. Er hätte sie ihr in wenigen Sekunden entwenden können, wenn er gewollt hätte, doch es gab noch zu viele offene Fragen und er musste ihr Vertrauen gewinnen.

„Ich tue Ihnen nichts, Lady. Sobald mein Kopf aufhört, sich zu drehen, verschwinde ich von hier." Er hatte damit gerechnet, dass sie auf seine Aussage mit Erleichterung reagieren würde. Doch stattdessen verwandelten sich ihre blaugrünen Augen in kalten Stahl.

Dann ging sie rückwärts zur Tür und schloss sie. Was hatte sie vor?

Miss Atherton legte das Messer auf die Kommode und trat wieder näher an ihn heran. Nicht so nah, dass er sie erreichen konnte, aber nah genug, damit sie so leise sprechen konnte, dass ihre Worte draußen auf dem Flur nicht zu hören waren.

„Sie hätten mich von der Anhöhe aus erschießen können, wenn Sie mich hätten umbringen wollen." Ihr Tonfall war so sachlich, dass Stone unsicher wurde. „Ich habe das Waffenarsenal gesehen, das Dobson mitgebracht hat. Kein Cowboy reist so schwer bewaffnet. Sie sind wegen Lily hier."

Kapitel drei

Charlotte warf dem Mann vor sich auf dem Bett ihren härtesten, durchdringendsten Blick zu. Sie hatte damit noch jedem Lausbuben die Wahrheit entlockt, doch hier saß ein Mann und kein kleiner Junge. Wenn sie es nicht besser gewusst hätte, hätte sie gedacht, ein Held aus einem von Lilys Groschenromanen wäre zum Leben erwacht. Charlotte hatte bei den übertriebenen Beschreibungen der Charaktere immer die Nase gerümpft – ein Mann groß wie ein Berg, mit Augen so hart wie Stahl und Händen so groß, dass er mit der bloßen Faust ein Loch in eine Steinmauer schlagen könnte. Völlig unrealistisch. Zumindest hatte sie das gedacht, bis Mr Dobson dieses spezielle Exemplar nach Hause gebracht hatte.

Der Mann war riesig. Charlotte konnte immer noch seine feste Brust spüren und das Gewicht seines muskulösen Armes auf ihrer Schulter, als sie ihm ins Haus geholfen hatte. Seine pure Kraft war beängstigend, doch gleichzeitig spürte sie eine Intelligenz in ihm, die vielversprechend war. Ein hirnloser Lakaie hätte sich Lily geschnappt, ohne Fragen zu stellen, doch dieser Mann … dieser Mann wollte verstehen, worum es hier ging. Die sonnengebräunte Haut, das leichte Grau an seinen Schläfen, die Narben auf seinen Händen zeugten von Erfahrung, von einem Leben, das man nur führen konnte, wenn man seinen Verstand benutzte. Dies war ein Mann, der gelernt hatte, unter schwierigen Bedingungen nicht nur zu überleben, sondern darin aufzublühen. Vor ihr saß kein Hitzkopf, sondern ein Mann, der die Fakten sammelte und dann seine Entscheidung abwog. Doch gleichzeitig war er ein Mann, der sie im Bruchteil einer Sekunde überwältigen und ihr Lily wegnehmen könnte, selbst mit seinen Verletzungen. Sie musste ihm mit äußerster Vorsicht begegnen.

Der Mann reagierte nicht auf die Erwähnung von Lilys Namen, sondern starrte sie einfach nur mit unergründlichem Gesichtsausdruck an.

Bitte schenk ihm offene Ohren, Herr. Mach, dass er mich unvorein-
genommen anhört!

„Ich bin mir sicher, dass Dorchester mich als Verbrecherin dar-
gestellt hat", fing sie an und hob ihr Kinn leicht an, „aber ich habe
die Vormundschaft für alle drei Kinder, die sich in meiner Obhut
befinden."

Bernsteinfarbene Augen musterten sie mit einer solchen Intensität, dass sie am liebsten einen Schritt zurückgewichen wäre. Doch
sie hatte schon vor langer Zeit gelernt, dass man seine Schwächen
vor einem Mann niemals zeigen durfte, und blieb wie angewurzelt
stehen. Lilys Zukunft hing davon ab, wie sie mit dieser Situation
umging. Angst war ein Luxus, den sie sich nicht leisten konnte.

Der Mann stemmte seine Arme in die Matratze. Seine gebräunte
Haut hob sich deutlich von den weißen Laken ab, die seine Finger
umgaben. Dann schloss er die Augen und seine Züge wurden härter, während er sich konzentrierte. Himmel, der Mann hatte große
Schmerzen.

Sie trat einen Schritt näher, da sie es nicht ertragen konnte, jemanden leiden zu sehen. Selbst einen übergroßen Fremden. „Geht
es Ihnen –?"

Seine Hand schoss nach vorne und legte sich wie ein Schraubstock um ihr Handgelenk. Sie versuchte, sich zu befreien, doch sein
fester Griff ließ ihr keine Hoffnung. Dieser Mistkerl! Typisch Mann
– die fürsorgliche Art einer Frau auszunutzen. Sie hätte es besser
wissen sollen.

„Können Sie diese Behauptung beweisen, Frau Lehrerin?" Er
knurrte die Frage zwischen zusammengepressten Zähnen hervor.
Seine Haut nahm einen aschfarbenen Ton an.

Vielleicht war doch nicht *alles* simuliert gewesen. An seinem
Haaransatz war getrocknetes Blut zu sehen, zusammen mit einer
ausgewachsenen Beule.

„Ja, das kann ich", sagte sie und hoffte, dass er das leichte Zittern
in ihrer Stimme nicht hören würde. „Ich habe Dokumente – *rechts-
kräftige* Dokumente –, die beweisen, dass ich die Wahrheit sage. Ich
zeige sie Ihnen, wenn ich mich um Ihre Wunden gekümmert habe."

„Ich würde sie lieber sofort sehen, wenn es Ihnen nichts ausmacht."

„Nun ja, ich kann sie schlecht herholen, wenn Sie mich hier festhalten, oder?" Charlotte starrte ihn fest an und zog leicht an ihrem Arm. Nach kurzem Zögern ließ er sie los.

Sofort brachte Charlotte Abstand zwischen sich und den Fremden. Der Mann hob eine Hand an die Beule auf seiner Stirn. Er zuckte zusammen und schnappte schmerzerfüllt nach Luft, doch sie würde sich kein zweites Mal einlullen lassen.

Während sie nervös an ihrer Unterlippe nagte, durchquerte sie den Raum und trat an ihre Kommode. Das lief alles gar nicht nach Plan. Sie hatte die Wunden des Fremden versorgen und so seine Dankbarkeit und seinen Respekt erlangen wollen, bevor sie ihm ihre Geheimnisse offenbarte. Doch dieser halsstarrige Mensch kooperierte einfach nicht.

Als Lily ihr berichtet hatte, dass Mr Dobson einen Verletzten mit nach Hause gebracht hatte, einen *bösen Kerl*, da war Charlotte gleich klar gewesen, was das bedeuten könnte. Zum Glück hatte sie mit Lily schon vor Monaten besprochen, was geschehen sollte, wenn plötzlich ein Fremder hier auftauchte.

Und so saß das Mädchen nun unten im Rübenkeller und las bei Laternenlicht mit einer Dose Kekse und frischem Wasser neben sich in seinen Büchern. Sie hatten dort unten einen Stapel gemütlicher Decken und einen Nachttopf deponiert, sodass es für Lily keinen Grund geben würde, ihr Versteck vorzeitig zu verlassen. Lily hatte sich nie über ihre Übungseinheiten beschwert. Selbst dann nicht, als Charlotte sie zwei Stunden lang dort unten gelassen hatte. Die Kleine war einfach in ihre Bücherwelt eingetaucht und so waren die Stunden verstrichen.

Doch dieses Mal war es anders. Dieses Mal war es keine Übung.

Charlotte hatte ihr Bestes gegeben, um Lily zu versichern, dass es keinen Grund zur Furcht gab, als sie die Falltür im Küchenboden geöffnet und sie in den Keller geschickt hatte. Lily hatte genickt und sogar gelächelt, hatte ihr völlig vertraut. Doch Charlotte wusste, dass die Sorgen der Kleinen wachsen würden, während sie allein dort unten saß.

Wache über sie, Herr. Lass sie keine Angst spüren. Und hilf mir, dass ich sie nicht enttäusche.

„Zeigen Sie mir jetzt die Dokumente oder stehen Sie einfach nur herum und starren Löcher in die Luft?"

Charlotte zuckte leicht zusammen, als sie aus ihren Gedanken gerissen wurde, überspielte ihre Überraschung aber, indem sie sich zum Bett umdrehte und den Fremden böse anfunkelte. „Das ist eine heikle Angelegenheit, Sir, und ich werde nichts überstürzen. Außerdem glaube ich kaum, dass Sie in Ihrem momentanen Zustand die Bedeutung der Dokumente erfassen können. Ich denke, es ist besser, wenn wir warten, bis Sie wieder im Vollbesitz Ihrer geistigen Kräfte sind."

„Um meine geistigen Kräfte brauchen Sie sich keine Sorgen zu machen, Miss Atherton." Er starrte sie mit verletztem Stolz an. Männer waren solch berechenbare Wesen. Immer darauf bedacht, ihre Tapferkeit zu beteuern und nur nichts zu tun, das man ihnen als Schwäche auslegen könnte. Obwohl sie sich bei diesem speziellen Exemplar noch nicht ganz sicher war, ob er tatsächlich zum Prahlen neigte oder ob er das nicht nötig hatte. Selbst in seinem angeschlagenen Zustand strahlte er mehr Fähigkeit aus als die meisten Männer, denen sie bisher begegnet war. „Tatsächlich", murmelte er und in seinen Worten schwang ein Hauch von Bedrohlichkeit mit, „sagen mir meine geistigen Kräfte, dass es diese angeblichen Dokumente gar nicht gibt."

„Natürlich gibt es sie!", schnappte Charlotte und ließ ihre Furcht von ihrem Zorn hinwegspülen. Sie brachte die letzten beiden Schritte zur Kommode hinter sich, zog die Schublade auf und schob die feinen Strümpfe beiseite, um die Ledermappe hervorzunehmen, die sie darunter verborgen hatte. Mit einem lauten Schlag warf sie sie auf die Kommode und wandte sich dem Fremden wieder zu. „Die Dokumente sind in der Mappe. Aber Sie werden sie erst zu Gesicht bekommen, *nachdem* ich mich um Ihre Verletzungen gekümmert habe." Denn genau das war ihr Plan gewesen und den würde sie auch umsetzen – bei allem, was ihr heilig war. Kein Mann würde sie dazu bringen, sich in die Karten schauen zu lassen, bevor sie dazu bereit war. „Und jetzt bleiben Sie sitzen und halten Sie den Mund, bis ich Ihnen sage, dass Sie wieder sprechen dürfen."

Der Mann hob eine Augenbraue, als könne er nicht recht glauben, was sie da gerade gesagt hatte.

Sofort wandte sie ihm den Rücken zu. Du liebe Güte. Sie *selbst* konnte nicht glauben, was sie da gerade gesagt hatte. Er war kein

Schüler, dem man sagen konnte, was er zu tun hatte. Wenn er es wollte, könnte er ihr mit zwei Fingern das Genick brechen. Sie hatte keine Möglichkeit, ihre Forderung durchzusetzen, das wussten sie beide. Trotzdem machte er keine Anstalten, sich vom Bett zu erheben. Und er sagte auch nichts.

Er fügte sich ihrer Autorität.

Warum?

Ihr Puls wurde schneller. Das Warum war egal. Die Tatsache, dass er selbst in seiner Ungeduld nicht versuchte, sie durch die Demonstration körperlicher Überlegenheit einzuschüchtern, zeigte, dass er einen kühlen Kopf bewahren konnte. Er war ein Mann der Vernunft. Und ein Mann der Vernunft würde vernünftigen Argumenten gegenüber offen sein. Nicht wahr?

Ein Klopfen an der Tür riss Charlotte aus ihren Gedanken. Das war vielleicht ganz gut so. Momentan war die Aussicht auf Erfolg so gering, dass sie jeden noch so kleinen Strohhalm mit beiden Händen an sich presste.

„Ich habe das Wasser, Miss Lottie." Der ältere Junge stand mit einer Kanne und feuchtem Hemd in der Tür.

Stone runzelte die Stirn, während er versuchte, sich an den Namen des Jungen zu erinnern. Stephen. So lautete er. Der kleine Junge, der ursprünglich nach Wasser geschickt worden war, war nirgendwo zu sehen. Das war keine Überraschung. Stone strahlte nicht gerade Wärme und Freundlichkeit aus. Die meisten Kinder machten einen großen Bogen um ihn.

„Danke, Stephen." Miss Atherton nahm die Kanne und ging hinüber zum Waschtisch auf der anderen Seite des Zimmers.

Der Junge trat durch die Tür. Er folgte ihr nicht, sondern stellte sich nur breitbeinig hin und verschränkte die Arme vor der Brust. Der finstere Blick auf seinem Gesicht hätte komisch sein können, wäre er nicht so ernst gewesen.

„Soll ich hierbleiben und ein Auge auf ihn haben, Miss Lottie? Mr Dobson hat mir gesagt, dass man ihm nicht trauen kann."

Stone sah den Jungen böse an. Er hätte ihm gerne gesagt, dass er der Lehrerin nichts tun würde, doch er wollte sein Schweigeversprechen nicht gleich brechen. Der Junge würde nicht wissen, warum Stone schwieg, doch die Lehrerin würde es.

Miss Atherton kam zurück an das Bett und sah abschätzend auf Stone hinunter. „Seine Vertrauenswürdigkeit steht noch zur Debatte.“

Ihre Antwort schockierte ihn. Die Frau war keine Närrin. Sie wusste, dass er hier war, um Lily zu holen. Und doch sah sie ihn nicht als Schurken.

Seine Augen suchten die ihren und hielten ihren Blick fest. Nach Jahren der Kopfgeldjagd war er dazu in der Lage, die Schuld im Blick eines Mannes zu erkennen, selbst wenn derjenige behauptete, unschuldig zu sein. In Charlotte Athertons Augen stand keine Schuld. Angst, ja. Intelligenz, auf jeden Fall. Und vor allem diese absolute Sturheit. Aber keine Schuld. Zumindest nicht, soweit er sehen konnte. Was er allerdings sehr wohl sah, war ihre stumme Bitte, ihr mit der gleichen Offenheit zu begegnen, die sie ihm zukommen ließ.

„Sind Sie sich sicher, Miss Lottie?“ Stephen trat einen Schritt in den Raum hinein. „Er sieht mir sehr zwielichtig aus.“

Die Lehrerin trat zu dem Jungen und legte ihm einen Arm um die Schultern. „Er hat nichts getan, um unser Misstrauen zu erregen, Stephen. Solange sich das nicht ändert, werden wir ihn als unseren Gast behandeln. Wir kümmern uns um seine Wunden und bieten ihm unsere Gastfreundschaft an, bis es ihm wieder so gut geht, dass er uns verlassen kann.“ Sie steuerte den Jungen, der von ihren Worten offensichtlich keineswegs überzeugt war, in den Flur hinaus. „Und jetzt such John und pass auf ihn auf, bis ich hier fertig bin.“

„Ja, Ma'am.“ Der Junge gehorchte widerwillig. Bevor er ging, bedachte er Stone allerdings noch mit einem letzten finsteren Blick.

Stone beobachtete die Lehrerin, als sie zurück ins Zimmer kam und die Tür hinter sich schloss. Was ging in dieser Frau vor? Sie schien geradezu versessen darauf zu sein, ihn gut zu versorgen, ging sogar so weit, ihm den Mund zu verbieten, damit sie sich um seine Wunden kümmern konnte. Es war klar, dass sie ihn bezüglich der Dokumente hinhielt, doch er würde sie jetzt nicht deshalb zur Rede stellen. Er würde erst einmal abwarten, wie sich die Dinge entwickelten. Außerdem schmerzte sein Kopf wirklich, als würde er gleich zerplatzen. Stone hätte es vor Miss Atherton niemals zugegeben, aber vielleicht brauchte er tatsächlich Zeit, um sich zu erholen. Durch das Pochen in seinem Schädel und das Schwanken des Raumes um ihn herum, fühlte er sich so schlecht wie seit Jahren nicht mehr. Immer wieder verschwamm seine Umgebung bis zur Unkenntlichkeit. Und da seine Waffen konfisziert worden waren, musste er körperlich in Topform sein, wenn er das Mädchen sicher hier herausbringen wollte.

Hinter ihm erklang das Plätschern von Wasser. Miss Atherton bereitete seinen Verband vor. Einen kurzen Augenblick später trat sie zu ihm, ihre Schritte fest, der Blick sachlich. Ohne ihm in die Augen zu schauen, stand sie vor ihm. In einer Hand hielt sie den Verband. Die andere hob sie, um sie unter sein Kinn zu legen und es anzuheben, damit sie seine Verletzung besser untersuchen konnte.

Die Berührung hallte in seinem Innern wider wie der Stoß eines Rammbocks an einer befestigten Mauer. Ihre Hand war feucht und kühl vom Wasser, trotzdem durchströmte ihn eine Hitzewelle. So etwas hatte er noch nie gespürt. Sein erster Impuls war, sie zurückzustoßen und seine Sinne zu sammeln, doch er zwang sich dazu, stillzuhalten. Es war sinnlos, sie spüren zu lassen, dass ihre Berührung ihn traf. Und das tat sie ja auch gar nicht. Sie hatte ihn nur überrascht, das war alles. Sie war seine Beute, eine Kindesentführerin, die Zerstörerin von Familien, eine Schurkin der übelsten Sorte.

Eine Schurkin mit zarten Händen, die ihn sanft berührten.

Stone schloss die Augen, als sie ihm das kühle Tuch an die Stirn drückte.

Eine Schurkin, die frisch und sauber roch und die die Kinder um sich herum durch ruhige Autorität und freundliche Worte bemutterte.

Ihre Finger fuhren durch sein Haar, suchten nach weiteren Wunden. Als sie auf die empfindliche Stelle trafen, wo sein Kopf aufgeprallt war, nachdem Dobson ihn niedergeschlagen hatte, atmete Stone zischend ein. Sie murmelte eine Entschuldigung, dann drückte sie vorsichtig die kühle Kompresse auf die schmerzende Stelle.

„Hier, halten Sie das." Miss Atherton nahm die linke Hand von seinem Kinn und griff um ihn herum, um die Kompresse an der richtigen Position zu halten, dann nahm sie mit ihrer nun freien Rechten seine Hand und führte sie an das Tuch. „Ich hole eine zweite Kompresse."

Er öffnete die Augen und sah ihr nach.

Sorgsam. Freundlich. Beschützend. Bei den Kindern ebenso wie bei ihm. Er hatte nicht vergessen, wie sie diesem blutrünstigen kleinen Gnom verboten hatte, sich ihres ungebetenen Gastes zu entledigen. Sie wollte etwas von ihm, da hatte Stone keinen Zweifel, doch egal, wie sehr er auch versuchte, sich selbst davon zu überzeugen, dass sie tatsächlich die Schurkin war, die Dorchester ihm beschrieben hatte, es wollte ihm einfach nicht gelingen.

Und wenn sie nicht die Schurkin war, wer war er dann?

Kapitel vier

Charlotte ballte ihre Hände, die immer noch zitterten. Ihn zu berühren war ein Fehler gewesen. Nun war er von einer theoretischen Bedrohung zu einem Mann aus Fleisch und Blut geworden. Einem Mann mit unglaublich breiten Schultern und Bartstoppeln, die überraschend angenehm über ihre Haut gekratzt hatten.

Reiß dich zusammen, Charlotte. Du bist achtundzwanzig Jahre alt, eine vertrocknete alte Schachtel. Was kümmern dich Muskeln oder breite Schultern oder Barthaare? Er war ein Mann und Männern konnte man nicht trauen. Das Leben hatte ihr diese Tatsache viel zu oft eingehämmert, als dass sie sie hätte vergessen können. Außerdem arbeitete er für Dorchester. Er hatte nicht einmal den Versuch unternommen, es zu verschleiern. Er war der Feind.

Ein Feind, den sie unbedingt auf ihre Seite ziehen musste.

Sie befingerte die Kamee ihrer Mutter, dann schnappte sie sich ein zweites Tuch von dem Stapel, den sie neben die Waschschüssel gelegt hatte, und tauchte es ins Wasser. Die eisige Temperatur kühlte ihre Gedanken ab und gab ihr ihr inneres Gleichgewicht zurück. Sie hatte eine Aufgabe zu erledigen. Lilys Zukunft hing davon ab.

Charlotte hielt die Augen gesenkt, als sie zu ihrem Patienten zurückging. Sie wollte ihn erst so spät wie nötig anschauen. Der Mann war einfach zu groß. Und zu stark. Wenn sie ihn angeschaut hätte, hätte ihr das nur ihre eigene Schwäche und Verwundbarkeit vor Augen geführt. Sollte er sich dazu entschließen, Lily mit sich zu nehmen, hätte sie nicht die geringste Chance, ihn aufzuhalten. Ein Schlag mit diesem baumstammartigen Arm und sie wäre tot.

Charlotte versuchte diese verstörende Vorstellung aus ihren Gedanken zu verdrängen, während sie den letzten Rest Blut von der Stirn des Fremden wischte und das Tuch dann auf das geschundene Fleisch presste. Die einzigen Waffen, die sie ihm entgegenzusetzen hatte, waren Freundlichkeit und Ehrlichkeit. Und jetzt, wo sie sich um seine Wunden gekümmert hatte, blieb ihr nur noch die Ehrlichkeit. Sie betete darum, dass sie damit zu ihm durchdringen würde.

„Wie heißen Sie?", fragte sie, während sie einen Schritt zurücktrat und sich dazu zwang, ihm in die Augen zu schauen.

„Also habe ich die Erlaubnis, wieder zu sprechen?"

Charlottes Wangen wurden rot, doch sie entschuldigte sich nicht. Stattdessen nickte sie nur und versuchte zu ignorieren, wie sein Lächeln seine Augen erwärmte.

Er setzte sich aufrechter hin und zuckte nur leicht zusammen, als er die Kompresse von seinem Hinterkopf löste. „Ich heiße Stone Hammond."

Natürlich. Wie sonst könnte ein solcher Mann heißen, wenn nicht Stone? Er hatte nicht nur steinharte Muskeln, sondern schien auch die Fähigkeit zu besitzen, Ruhe zu bewahren und ein Fels in der Brandung zu sein. Einen Mann mit dieser Fähigkeit hätte sie gerne hier um sich gehabt, wäre er nicht vom Feind engagiert worden.

„Willkommen in meinem Heim, Mr Hammond." Es war lächerlich so zu tun, als wäre er einfach nur ein Fremder, der auf der Durchreise war, nachdem Dobson ihm einen Gewehrlauf über den Schädel gezogen und ihn mit gefesselten Händen und Füßen hierhergeschleift hatte. „Ich bin Charlotte Atherton, aber ich vermute, dass Sie das bereits wissen."

„Ja, Ma'am, das tue ich. Und da Sie wissen, warum ich hier bin, denke ich, wir sollten das Unvermeidliche nicht länger hinauszögern und Sie zeigen mir endlich diese Dokumente. Ich gebe Ihnen mein Wort, dass ich sie berücksichtige, sollten sie echt sein."

Sein Wort? Welchen Wert hatte das schon? Männer brachen den lieben langen Tag ihr Wort, wenn es ihnen in den Kram passte. Dr. Sullivan von der Akademie. Alexander mit seinen süßen Versprechungen und dem treulosen Verhalten. All die Väter, die ihren Kindern versprachen, zu den Schulaufführungen zu kommen, und sich dann nicht blicken ließen. *Ihr* Vater.

Charlotte schob diese Gedanken beiseite, bevor sie ihr Vorhaben untergraben konnten. Sie stand mit dem Rücken an der Wand. Sie hatte keine andere Wahl, als Mr Hammond die Dokumente zu zeigen und zu beten.

„Gut." Sie wandte sich um und trat an ihre Kommode, wobei sie ohne Unterlass betete, dass er die Wahrheit erkennen würde. Es dauerte nur den Bruchteil einer Sekunde, die Schnalle zu öffnen und die Papiere hervorzuziehen. Charlotte presste sie an ihre Brust und wandte sich wieder um. „Bevor ich sie Ihnen zeige, Mr Hammond, möchte ich, dass Sie ganz ehrlich zu mir sind. Wer sind Sie und warum genau sind Sie hier?"

❦

Stone runzelte die Stirn. Was war das für ein Spiel? Sie wusste doch bereits, was er wollte und für wen er arbeitete. Was erhoffte sie sich von dieser Frage?

„Ich bin ein Jäger", konstatierte er. „Der beste in Texas. Angeworben von Randolph Dorchester, um seine entführte Enkelin zu finden und zu ihm zurückzubringen."

„Ich danke Ihnen für Ihre Ehrlichkeit." Etwas in ihrem Blick hatte sich verändert, als hätte er gerade einen Test bestanden. „Das ist mehr, als ich von einem von Dorchesters Männern erwartet hätte." Ihre unausgesprochenen Vorwürfe hingen schwer im Raum. Er konnte förmlich spüren, wie abfällige Worte über den Charakter seines Auftraggebers in ihr aufstiegen. Doch sie schwieg.

Interessant.

Die meisten Leute waren schnell dabei, ihre eigenen fragwürdigen Taten zu rechtfertigen, indem sie andere beschuldigten. Charlotte Atherton war versucht, es ebenfalls zu tun. Er konnte den Konflikt in ihrem Inneren an ihren Lippen erkennen, die leicht geöffnet waren, als wollten sich die Worte hervordrängen. Bis sie sie hinunterschluckte.

Respekt für sie stieg in ihm auf, zusammen mit einem ganzen Stapel an Fragen, auf die er noch keine Antworten hatte. Warum hatte Charlotte Atherton Lily und die anderen Kinder mitgenommen? Sie hatte kein Geld erpresst. Und sie schien nicht verrückt zu sein. Den Kindern ging es gut und offensichtlich liebten sie Miss Atherton, wenn er Stephens Versuch, seine Lehrerin zu beschützen, richtig deutete. Also was hatte eine völlig normale, wohlerzogene Frau dazu gebracht, drei Kinder zu entführen?

Es war mutig von ihr, sich ihm so direkt zu stellen. Alleine. Unbewaffnet. Sie hatte nicht einmal sein Messer in der Hand. Das lag immer noch auf der Kommode. Zum Henker, unter anderen Umständen hätte er diese Frau wahrscheinlich sogar gemocht.

Doch selbst wenn er seine Beute mochte, würde ihn das nicht davon abhalten, seine Mission zu erfüllen. Noch nie hatte er versagt. Und er würde jetzt ganz bestimmt nicht damit anfangen.

Mit geradem Rücken kam die Frau auf ihn zu. „Ihre Ehrlichkeit und Zurückhaltung lassen mich glauben, dass Sie ein Mann von Ehre sind." Ihre Worte klangen hochmütig, doch in ihren Augen flackerte ein Hoffnungsschimmer – ein Hoffnungsschimmer, der ihn sich wünschen ließ, er hätte diesen Auftrag niemals angenommen. Sollte doch jemand anderes ihre Träume zerstören. Er hatte nicht den Mumm dazu. Doch – doch! Seine Gefühle zählten hier nicht. Er musste seinen Job erledigen. „Wenn Sie es sind", fuhr sie fort und hob ihre Augenbraue, als würde nur ein unehrenhafter Mann den Gründen widersprechen, mit denen sie ihre Handlungen rechtfertigte, „werden Sie sehen, dass alles nur ein schreckliches Missverständnis ist. Randolph Dorchester ist nicht Lilys gesetzlicher Vormund. Ich bin es."

Sie hielt ihm die Dokumente hin. Er nahm sie an sich, ohne den Blick von Miss Atherton abzuwenden. Er würde sich nicht manipulieren lassen. Von niemandem.

Ihre Augen hielten seinem Blick stand. Erst nach etlichen Sekunden schaute Stone nach unten und sah sich die Dokumente an, die sie ihm gereicht hatte.

Er überflog die erste Seite. Unterschriften von einem Jospeh und einer Diana Farley standen ganz unten auf der Seite. Offensichtlich hatten sie Sullivans Akademie für außergewöhnlich begabte Kinder und Jugendliche und jedem Repräsentanten der Schule die Erlaubnis gegeben, Stephen Farley zu erziehen, wenn es in seinem besten Interesse geschah. Die zweite Seite war identisch, nur dass unten die Unterschrift eines Vertreters des St.-Petrus-Waisenhauses zu sehen war und es um ein Kind namens John Chang ging.

Als Repräsentantin der Akademie *mochte* Miss Atherton also innerhalb des Gesetzes agieren. Doch da die Schule geschlossen worden war, würden diese Vereinbarungen vor Gericht wahrscheinlich keinen Bestand haben. Auf der anderen Seite hatten die Verantwortlichen im Waisenhaus nichts eingewandt, als sie erfahren hatten, dass Miss Atherton sich um den jungen John kümmerte und ihn mit sich genommen hatte. Sie schienen sogar zu glauben, dass es gut für den Jungen war, wie Stone bei seinen Befragungen herausgefunden hatte. Er wusste nicht, ob die Farleys das genauso sehen würden, doch sie waren momentan in Europa, deshalb hatte er, was sie anging, nichts Genaueres in Erfahrung bringen können.

Als hätte sie seine Gedanken gelesen, trat Miss Atherton näher an das Bett. „Ich habe Stephens Eltern geschrieben." Äußerlich war sie die Ruhe in Person, doch er vermutete, dass sie innerlich brodelte. Darauf deutete ihre Hand hin, die sie an ihren Hals legte. Sie zitterte nicht, doch ihre Finger strichen fahrig über die Kamee an ihrer Bluse, bevor sie sie wieder sinken ließ. „Sie wurden über seinen Aufenthaltsort informiert und ich habe ihnen versichert, dass ich mich bis zu ihrer Rückkehr um ihren Sohn kümmern werde."

Stone durchbohrte sie mit seinem Blick und versuchte, sie der Lüge zu überführen. „Sie haben sich also keine Sorgen gemacht, dass sie Ihren Aufenthaltsort preisgeben könnten?"

Ihre Haltung veränderte sich kurz, aber nicht so, wie er es erwartet hatte. Sie blickte nicht zur Seite oder biss sich nervös auf die Lippe, nein, sie funkelte ihn böse an.

„Seien Sie kein Einfaltspinsel. Natürlich habe ich mir Sorgen gemacht. Aber was hatte ich denn für eine Wahl? Sie mussten doch erfahren, wo sich ihr Sohn aufhält. Ich habe Stephen den Brief adressieren lassen und wir haben seinen Namen bei der Absenderadresse angegeben, damit niemand dadurch auf meine Spur kommt. Außerdem haben wir den Brief natürlich nicht von hier abgeschickt, sondern sind ins nächste County gefahren. Ich habe Mr und Mrs Farley darum gebeten, immer nur direkt mit Stephen zu korrespondieren, da die Schule geschlossen worden sei, und gehofft, dass sie niemandem in Austin gegenüber erwähnen würden, wo wir uns aufhalten. Haben Sie Dr. Sullivan geschrieben? Haben Sie mich so gefunden?"

Stone schüttelte den Kopf. „Nein."

Sie erwiderte nichts darauf, doch ihre Schultern entspannten sich etwas. Der finstere Gesichtsausdruck wich wieder einer unbeteiligten Maske.

Sie war gut. Und soweit er es beurteilen konnte, log sie nicht. Noch nicht.

Er legte die beiden oberen Seiten weg. Die Jungen gingen ihn nichts an. Sie konnte sie bei sich behalten, solange sie wollte, wenn sich niemand dafür interessierte. Lily war diejenige, deretwegen er hier war.

Stone musterte die dritte Seite ganz genau. Stutzte. Dann ließ er seine Augen noch einmal jede Zeile der Vereinbarung absuchen. Das konnte nicht stimmen. Das Dokument musste eine Fälschung sein. Die Unterschrift nachgeahmt. Doch es war von einem Richter beurkundet worden.

Übelkeit machte sich in ihm breit. Wenn dieses Dokument echt war, veränderte es alles.

Kapitel fünf

Als Stone Hammond Rebekkas letzten Willen zum dritten Mal las, durchflutete Hoffnung Charlottes Brust wie ein Vollblüter, der über die Ziellinie stürmte. Doch sie zügelte sie. Das hier war kein kurzes Sprintrennen. Hierbei handelte es sich um einen zähen Ausdauerritt, einen, auf dem noch unzählige unvorhersehbare Hindernisse lauern würden.

„Ich vermute, Mr Dorchester hat nicht erwähnt, dass ich die gesetzliche Vormundschaft habe, als er Sie angeheuert hat." Charlotte trat ans Fußende des Bettes und strich nervös die Falten aus der Tagesdecke.

Der Mann reagierte nicht.

Nun gut, sie würde ihm seine Frage beantworten, ohne dass er sie wirklich gestellt hatte. „Lilys Mutter Rebekka und ich wurden gute Freundinnen, nachdem sie Lily vorletztes Semester in der Akademie angemeldet hatte. Sie war ein Jahr zuvor verwitwet und mit in das Haus ihres Schwiegervaters in Houston gezogen. Irgendetwas muss dort vorgefallen sein, während sie und Lily dort wohnten. Ich weiß aber nicht, was. Rebekka hat es mir nie erzählt."

Heute wünschte sich Charlotte, sie hätte den Mut gehabt, nachzuhaken. Sie hatte so viel Wert auf den Schutz ihrer eigenen Privatsphäre gelegt, dass sie gezögert hatte, in die eines anderen einzudringen. Je weniger Fragen man stellte, desto weniger musste man im Gegenzug beantworten. Jetzt erschien es ihr so sinnlos, ihre Geheimnisse beschützt zu haben. Was gäbe sie darum, sie gegen Informationen eintauschen zu können, die ihr halfen, für Lilys Sicherheit zu sorgen.

„Als ich Lily am ersten Abend beim Umziehen geholfen habe, habe ich keine verdächtigen blauen Flecke gesehen, also vermute ich, dass Dorchester sie nicht geschlagen hat, doch Rebekka war regelrecht versessen darauf, die Kleine in Dr. Sullivans Schule unterzubringen. Glücklicherweise. Lily hatte diesen Platz aufgrund ihrer Fähigkeiten wirklich verdient. Ich habe ihre Aufnahme sofort empfohlen und Dr. Sullivan hat zugestimmt. Rebekka hätte fast geweint, als ich ihr die Neuigkeiten eröffnete. Dann hat sie sofort Lilys Einzug arrangiert. Sie sollte sowohl während des Semesters als auch während der Ferien bei uns bleiben. Damals habe ich verstanden, dass die Schule Lily nicht nur Ausbildung, sondern auch Schutz bieten sollte."

Charlotte hielt inne, nahm ihre Hand von der perfekt geglätteten Decke am Fußende des Bettes und wandte sich zu dem Mann namens Stone um. Sie hoffte, dass sein Name nicht den Zustand seines Herzens beschrieb.

„Das hört sich eher nach einer Mutter an, die ihr Mädchen loswerden wollte. Vielleicht hatte sie einen neuen Mann, der nicht das Gör eines anderen aufziehen wollte."

„Das ist genau die idiotische männliche Logik, die –" Charlotte biss sich auf die Zunge. Nein. Sie würde nicht emotional werden und ihm auch ihre Befürchtungen nicht mitteilen. Das würde ihre Argumentation schwächen. Männer wollten Fakten hören. Alles, was sich auch nur im Entferntesten nach weiblicher Gefühlsduselei anhörte, würde diesem Mann eine Entschuldigung geben, alles als nichtig abzutun. Sie würde nicht zulassen, dass Mr Hammond sie in diese Falle lockte.

„Was ich sagen wollte", änderte sie ihren Tonfall, nachdem sie sich gesammelt hatte, „ist, dass Sie nicht falscher liegen könnten. Rebekka Dorchester war eine liebende Mutter. Sie hat Lily jede Woche Briefe voller Neuigkeiten und witziger Geschichten über das Kätzchen von Dorchester Hall geschrieben. Diese Briefe haben Lily immer ein Lächeln aufs Gesicht gezaubert. Außerdem hat Rebekka ihre Tochter einmal im Monat besucht. Nichts konnte sie davon abhalten – weder Regen noch Frost noch eine gebrochene Kutschachse, wegen der sie einmal die letzten drei Meilen laufen musste, noch die schwere Krankheit, die sie letztendlich das Leben gekostet hat."

Charlotte musste kurz schlucken, um gegen den immer größer werdenden Knoten in ihrem Hals anzukämpfen, der sich bildete, während sie von Rebekkas letzten Tagen sprach. Als sie sich sicher sein konnte, dass ihre Stimme sie nicht im Stich lassen würde, fuhr sie fort. „Sie hat immer einen Weg gefunden, für Lily da zu sein.

Nur durch ihre regelmäßigen Besuche konnte auch die Freundschaft zwischen uns entstehen."

Stone Hammond runzelte die Stirn, nicht ihretwegen, sondern wegen der Dokumente in seinen Händen. „Und doch kommt es mir seltsam vor, dass eine Frau die Vormundschaft für ihre Tochter einer … Freundin überträgt, obwohl der Großvater des Kindes reich genug ist, sich um die Kleine zu kümmern."

„Ja, das ist es, nicht wahr?" Ihre Worte ließen ihn aufblicken. Seine bernsteinfarbenen Augen trafen die ihren und sie sah Verwirrung und Ungeduld in seinem Blick. „Ein Akt der Verzweiflung, meinen Sie nicht?"

„Oder einfach verrückt." Er schien sie mit seinem Blick sezieren zu wollen, doch dieses Argument war Charlotte nicht neu.

„Genauso hat Mr Dorchester argumentiert. Doch sowohl der Anwalt, der das Dokument aufgesetzt, als auch der Richter, der es unterschrieben hat, haben Rebekka Dorchester einen gesunden Verstand bescheinigt."

Mr Hammond fuhr sich mit der Hand über seine Bartstoppeln. „Ich vermute, dass Kopien dieses Dokuments beim Gericht vorliegen?"

„Natürlich. Rebekka hat Kopien in Austin und Houston eingereicht." So viel zu ihrer Hoffnung, dass der Mann die Dokumente sofort akzeptieren würde. Es hätte die Sache so viel einfacher gemacht. Doch wann war irgendetwas in ihrem Leben einmal einfach gewesen?

„Dann wird es Ihnen sicherlich nichts ausmachen, mich dorthin zu begleiten." Er grinste sie breit an, was wirklich gut ausgesehen hätte, wäre er nicht so arrogant gewesen.

Charlotte lächelte nicht zurück. „Und warum das?"

„Ich muss die Echtheit der Dokumente bestätigen lassen, bevor ich entscheiden kann, was zu tun ist. Ich werde einem Vertrauten in Austin schreiben und ihn einige Nachforschungen anstellen lassen."

Charlotte verkrampfte sich. „Kann man diesem Mann vertrauen?" Wenn Dorchester von ihrem Aufenthaltsort erfuhr, würde er selbst herkommen, um Lily zu holen, da war Charlotte sich sicher. Und sie war nicht so blauäugig, zu glauben, dass ihr Dokument ihr Lily wieder zurückbringen würde, wenn sie sich erst einmal in Dorchesters Fängen befand. Rebekka hatte ihr erzählt, dass der Mann freundschaftliche Kontakte zu einigen Richtern und Politikern in Houston pflegte. Er scheuchte die Mächtigen der Stadt zu seinen Zwecken herum, als wäre er der Dirigent, der entschied, welches Stück das Orchester zu spielen hatte. Wenn Charlotte Lily einmal an ihn verlor, würde sie sie niemals wiedersehen.

„Ich würde nicht mit ihm arbeiten, wenn ich ihm nicht trauen könnte." Mr Hammonds Knurren war seltsam beruhigend. „Er ist Texas Ranger. Er wird die Informationen vertraulich behandeln und nicht zu viele Fragen stellen. Was er aber tun wird, ist, das Gesetz einzuhalten. Da ist er sehr pedantisch." Stones Augen wurden schmal. „Er wird wissen, ob das Dokument eine Fälschung ist oder nicht."

„Ich mache mir keine Sorgen darum, was er über das Dokument herausfindet." Charlotte ließ ihren eigenen Blick eisig werden, um Hammond in nichts nachzustehen. „Ich mache mir Sorgen darüber, dass noch mehr Menschen unseren Aufenthaltsort erfahren. Lily muss um jeden Preis geschützt werden."

„Warum glauben Sie, nehme ich mir die Zeit, die Echtheit des Dokumentes bestätigen zu lassen?" Stone stemmte seine Hände auf die Oberschenkel und biss die Zähne zusammen. Offensichtlich hatte er noch Schmerzen. Das Dokument in seiner Faust zitterte leicht, als er sich langsam erhob. „Ich habe niemals in meinem Leben etwas getan, das ein Kind in Gefahr gebracht hätte, und ich werde jetzt nicht damit anfangen. Dorchester mag mich angeheuert haben, aber ich lasse mich nicht an der Nase herumführen. Weder von ihm noch von Ihnen."

Jetzt war der Kämpfer wieder da – der Mann, der sieben Waffen an seinem Körper trug und ein Pferd von der Größe eines Elefanten ritt. Charlotte hätte sich fürchten sollen, doch sie tat es nicht. Stone Hammond mochte roh aussehen, doch er hatte gerade versprochen, Gefahren von Lily fernzuhalten. Vielleicht war ein kleines bisschen Rohheit genau das, was sie momentan brauchen konnten.

48

Stone hatte sich erhoben. Sein Kopf pochte, doch er ignorierte den Schmerz. Alles, was er jetzt wollte, waren seine Stiefel und Platz, um auf und ab zu schreiten. Er musste nachdenken. Um herauszufinden, was in aller Welt er tun würde, wenn sich herausstellen sollte, dass die Lehrerin tatsächlich völlig rechtmäßig die Vormundschaft für Lily hatte. Er ging auf seine Stiefel zu, doch Miss Atherton schlüpfte an ihm vorbei und stellte sich in den Türrahmen. Als könnte sie ihn aufhalten, wenn er wirklich gehen wollte. Dann ergriff sie das Messer, das sie nach dem Lösen seiner Fesseln auf die Kommode gelegt hatte.

„Ich hoffe, Sie versuchen nichts Gefährliches, Frau Lehrerin." Er warf einen vielsagenden Blick auf das Messer. „Ich würde Ihnen ungern wehtun."

Charlotte Atherton hob ihr Kinn und er bemerkte, dass Feuer in ihrem sonst so kühlen Blick loderte. „Seien Sie nicht albern. Ich gebe es Mr Dobson, damit er es mit Ihren anderen Waffen wegschließt. Sie werden sicher verwahrt, bis Sie dazu bereit sind, uns wieder zu verlassen."

Also wollte sie seine Krallen stutzen, was? Nicht, dass er sie jemals gegen sie oder die Kinder eingesetzt hätte. Dobson auf der anderen Seite … Stone fuhr mit den Fingern über den Verband auf seiner Stirn. Vielleicht war es gar nicht so schlimm, wenn sie seine Waffen wegschlossen. Stift und Papier waren alles, was er momentan gebrauchen konnte.

„Schön", knurrte er und winkte ab. „Behalten Sie das Zeug. Aber ich brauche meine anderen Sachen. Und wenn Sie in der Scheune einen Platz zum Schlafen für mich hätten, wäre ich Ihnen sehr dankbar."

„Darum kümmere ich mich."

Stone richtete sich zu seiner vollen Größe auf und trat dicht vor die Lehrerin. Er wartete, bis sie den Kopf hob und ihn anschaute, bevor er seine nächste Forderung stellte. „Ich will das Mädchen befragen."

Etwas Farbe wich aus Charlotte Athertons Gesicht, doch ihre Stimme blieb fest. „Auf gar keinen Fall."

Der resolute Tonfall der Lehrerin ging ihm auf die Nerven, doch er hatte diese Antwort erwartet. Er verschränkte die Arme und spießte sie mit seinem Blick auf. „Dorchester hat seine Pläne. Sie haben Ihre Pläne. Die Einzige, die mir wirklich sagen kann, was Lily will, ist Lily selbst. Wenn Sie mir nicht gestatten, mit ihr zu reden, frage ich mich natürlich, was Sie zu verheimlichen haben." Er trat noch näher an sie heran. „Sie haben doch keine Angst vor dem, was sie mir offenbaren könnte?"

„Nicht vor dem, was Lily Ihnen offenbaren könnte, nein." Die harten Gesichtszüge der Lehrerin wurden eine Nuance weicher. „Ich mache mir Sorgen, was Sie der Kleinen offenbaren."

Stone ließ die Arme sinken. Das war nicht die Antwort, die er erwartet hatte.

Charlotte Atherton ließ den Blick sinken und atmete geräuschvoll aus. Stone trat zurück und ließ ihr Raum.

„Lily weiß nicht, dass ihr Großvater nach ihr sucht. Alles, was sie weiß, ist, dass ihre Mutter sie in meine Obhut übergeben hat und dass wir hier ein neues Leben beginnen, weil die Schule geschlossen wurde."

„Hat sie sich nicht gefragt, warum Sie sie mitten in der Nacht mitgenommen haben? Denn das haben Sie. Eine Miss Greenbriar hat mir erzählt, dass Sie vor dem Morgengrauen weggegangen sind, und ein Mr Fellows einige Häuser weiter konnte sich erinnern, dass eine Kutsche kurz nach Mitternacht an seinem Haus vorbeigerollt ist. Er fand es seltsam, weil die Straßen um diese Uhrzeit sonst still sind. Deshalb hat er aus dem Fenster geschaut und einen kleinen Fahrer gesehen, neben dem eine Frau saß. Von Kindern hat er nichts gesagt, aber ich vermute, dass die hinten auf der Ladefläche lagen."

Die Lehrerin zuckte mit den Schultern, offensichtlich nicht gewillt, seine Vermutungen zu bejahen. Doch das musste sie auch gar nicht. Er hatte ein klares Bild von der Nacht ihrer Flucht vor Augen. Es war das Ziel ihrer Reise, das ihn lange ratlos gemacht hatte. Keine Zugfahrkarten. Keine Wirtsleute, die sich an eine Frau mit drei Kindern erinnern konnten. Stone war sich sicher gewesen, dass er die Flüchtigen mit einem auffälligen Kind wie John Chang schnell finden würde. Chinesen waren in Texas außer in den Lagern der Eisenbahngesellschaft nicht sehr weit verbreitet. Chinesische Kinder erst recht nicht. Aber die Frau war zu schlau gewesen, um sich in der Öffentlichkeit zu zeigen. Sie hatte vielleicht sogar dafür gesorgt, dass die Kinder sich abwechselnd versteckten, damit sie unauffälliger waren und niemand ihre Spuren verfolgen konnte.

„Ich will nicht, dass Lily Angst bekommt", sagte die Lehrerin endlich. „Ich will, dass sie glücklich ist und sich nicht vor jedem Schatten fürchtet. So kann man nicht zufrieden aufwachsen." Etwas in ihrem Tonfall ließ Stone aufhorchen. War Miss Atherton etwa so aufgewachsen? Mit dunklen Schatten und Furcht?

„Ich weiß nicht, ob sie erkannt hat, was für eine Bedrohung ihr Großvater darstellt", fuhr die Lehrerin fort. „Alles, was Lily weiß, ist, dass ihre Mutter ihr gesagt hat, dass ich mich um sie kümmern würde und dass sie nicht nach Dorchester Hall zurückkehren könnte, weil man ihrem Großvater nicht trauen kann. Wenn sie erfährt, dass der Mann sie suchen lässt ... also ... es würde sie verändern. Und das nicht zum Guten."

Stone rief sich noch einmal das lachende, quietschende Mädchen in Erinnerung, das mit Stephen gespielt hatte. Er war nicht so kaltherzig, dass er diese Sorglosigkeit zerstören wollte, doch er würde dem Kind auch keinen Gefallen tun, wenn er es in Unwissenheit ließ. Dorchester war so reich, dass es dem Mädchen niemals mehr an irgendetwas fehlen würde. Sogar Miss Atherton hatte zugegeben, dass sie nicht wusste, warum ihre Freundin Lily nicht in seiner Obhut gelassen hatte. Bei Stones Treffen mit dem Mann hatte er genauso gewirkt wie alle anderen reichen Menschen – wichtigtuerisch, arrogant und überzeugt davon, dass alle anderen springen mussten, um seine Wünsche zu erfüllen. Doch er hatte viel gelächelt und recht umgänglich gewirkt. Nicht wie jemand, der ein Kind verletzen würde.

Es gab keinen anderen Weg. Egal, ob es Miss Herablassend gefiel oder nicht, er musste mit dem Mädchen reden. Stone biss die Zähne zusammen. Ein Kind von seiner Familie zu trennen war eine ernste Sache. Selbst wenn die Dokumente echt waren, hatte ein Mann das Recht, sein Enkelkind zu sehen. Lily war die Einzige, die einen Hinweis darauf geben konnte, warum Dorchester nichts über ihren Aufenthaltsort erfahren sollte.

„Ich werde mit ihr sprechen." Als Miss Atherton einatmete – höchstwahrscheinlich, um ihm aufs Vehementeste zu widersprechen –, hob Stone beschwichtigend seine Hand. „Ganz ruhig, Lady. Ich werde nicht erwähnen, für wen ich arbeite und warum ich hier bin. Es dauert sowieso eine Woche, bis ich Antwort von meinem Mann in Austin erhalte. Also kann ich bis dahin hierbleiben, Ihnen bei den täglichen Arbeiten helfen und mit den Kindern vertraut werden. Hier und da stelle ich ein paar Fragen, aber meistens werde ich nur beobachten und zuhören. Die Kleinen werden mir sagen, was ich wissen muss. Wahrscheinlich, ohne es überhaupt zu merken."

Miss Atherton schloss den Mund. Ihre Augen musterten ihn. Stone hielt ihrem Blick stand. Er brauchte ihr Vertrauen nicht, aber es würde alles viel einfacher machen.

„Gut, Mr Hammond. Ich stimme einer *subtilen* Befragung zu."

Stone nickte, dankbar für ihre Kooperation.

„Aber bevor Sie diesen Raum verlassen, brauche ich zwei Dinge von Ihnen."

Er hätte wissen müssen, dass sie Bedingungen stellen würde. Das war bei Frauen wie ihr immer so – bei Frauen, die ihren Kopf für mehr benutzten als nur dafür, ihre Frisur zur Schau zu tragen. Sie boten Paroli.

„Gut. Was wollen Sie?"

Er hätte nicht gedacht, dass sie ihre Wirbelsäule noch stärker durchstrecken könnte, doch irgendwie schaffte sie es. „Erstens will ich Ihr Wort, dass Sie mir Lily nicht einfach so wegnehmen, bevor Sie Neuigkeiten aus Austin haben."

Stone nickte. „Das gebe ich Ihnen." Als er sie ansah, spürte er ihre Zweifel, ihre Angst. Er versuchte, sie von seiner Aufrichtigkeit zu überzeugen. „Ich unternehme nichts, bis ich etwas aus Austin gehört habe."

Sie musterte ihn von oben bis unten, als lägen die Beweise für seine Vertrauenswürdigkeit ebenso in seiner Kleidung verborgen wie in seinem Gesicht. Der Waffengürtel half da wahrscheinlich nicht wirklich weiter – selbst mit leeren Holstern. Genauso wenig wie die Messerscheiden oder der abgewetzte Staubmantel, der ihn wie einen Revolverhelden aussehen ließ. Seine Kleidung half ihm, wenn er arbeitete, wenn er Männer dazu bringen wollte, ihm die Wahrheit zu sagen, oder Wegelagerer davon abhalten wollte, ihn auf seinen Reisen zu überfallen. Er bevorzugte es, wenn potenzielle Angreifer schon von Weitem erkannten, dass er keine leichte Beute abgeben würde. Aber jetzt gerade – in diesem feminin eingerichteten Schlafzimmer mit Spitzenvorhängen und Toilettenartikeln – wirkte sein Aufzug wohl ein wenig zu martialisch.

Schließlich kam ihr Blick auf seinen Füßen zum Ruhen. Stone verzog das Gesicht, als er bemerkte, dass er unbewusst mit den Zehen wackelte. Ein Mann sollte seine Stiefel tragen, wenn ihn jemand musterte. Nicht in Strümpfen herumstehen. Vor allem nicht, wenn in einem ein großes Loch prangte, durch das der Zeh hinausblitzte. Eine Frau, die sich die Zeit nahm, fremde Stiefel ordentlich an die Wand zu stellen, würde ihn für dieses Loch wahrscheinlich verurteilen.

Doch es schien genau dieses Loch zu sein, das etwas von der Härte aus ihrem Blick nahm. Als Miss Atherton den Kopf wieder hob, sah Stone Akzeptanz, wenn nicht sogar Vertrauen in ihren Augen.

„Nun gut, Mr Hammond. Dann habe ich nur noch eine weitere Frage an Sie."

Stone zuckte mit den Schultern. „Schießen Sie los."

Ihre blaugrünen Augen sahen ihn durchdringend an. „Weiß Dorchester, wo ich bin?"

Kapitel sechs

Charlottes Herz schlug so schnell, dass ihr schwindelig war. Sie stemmte ihre Füße fest in den Boden, um ihren Stand zu sichern, richtete ihre Aufmerksamkeit jedoch weiterhin auf den Mann vor sich.

„Nein", sagte er endlich und einen kurzen Augenblick lang fühlte sie sich so erleichtert, dass sie meinte, zur Decke zu schweben. Dann sprach er weiter. „Aber er weiß genau, wo *ich* bin."

Ihre Gedanken erstarrten, waren nicht in der Lage zu verstehen, was er da sagte. Oder vielleicht wollten sie es nicht. Alles, was sie zustande brachte, war, ihn anzublinzeln.

„Ich habe ihm von meiner Spur erzählt, einem Anwesen außerhalb von Madisonville, das auf einen Charles Atherton eingetragen ist."

Wie war er nur an diese Information gekommen? Sie hatte niemandem in der Akademie jemals von dem kleinen Stück Land erzählt, das ihre Eltern ihr hinterlassen hatten. Ihr Vater hatte all seine Zeit in New York verbracht. Ihre Mutter war in Europa von Opernhaus zu Opernhaus gereist. Niemand in Austin hatte von dem kleinen, rustikalen Wohnhaus erfahren, das sie für die Tochter erstanden hatten, die die Liebe zur Bühne nicht teilte.

„Ich hatte bisher noch keine Möglichkeit gehabt ihm mitzuteilen, dass ich es – und Sie – gefunden habe." Die harsche Aussage klang fast wie eine Aufmunterung, als spürte er ihre Angst und wollte alles daransetzen, sie zu vertreiben. Mitleid? Von diesem Mann? Charlotte musterte ihn genauer, doch in diesem Moment schloss er die Augen und hob eine Hand an seine Stirn. „Bin in den Griff eines Gewehres gelaufen, bevor ich zurück in die Stadt kommen konnte."

Ironie. Sarkasmus. Das musste es sein, was sie eben wahrgenommen hatte. Nicht Mitleid. Wie närrisch von ihr, etwas anderes zu denken.

„Werden Sie ihm denn bald von Ihrem Fund berichten?"

Wenn das der Fall sein sollte, würde sie sobald wie möglich mit den Kindern von hier verschwinden müssen. Doch wohin sollte sie gehen? Sie würde die Jungen zurück ins St.-Petrus-Waisenhaus bringen und versuchen müssen, mit Lily in einer anderen Stadt neu anzufangen, vielleicht sogar in einem anderen Staat, wo niemand sie kannte. Sie würden falsche Namen benutzen müssen. Ihr Aussehen verändern. Dürften ihre Talente nicht mehr in der Öffentlichkeit ausüben. Keine Rezitationen für Lily. *Keine Musik für mich.*

Keine Musik. Allein der Gedanke erschütterte sie bis tief in ihr Herz. Doch sie würde es tun. Für Lily würde sie es tun.

Eine große Hand berührte ihren Arm, riss sie aus ihren Gedanken. „Beruhigen Sie sich, Frau Lehrerin. Sie brauchen jetzt nicht Hals über Kopf von hier zu fliehen. Ich kann meinen Bericht noch einige Tage hinauszögern. Vielleicht länger, wenn ich mir eine gute Ausrede einfallen lasse, um Dorchester hinzuhalten. Ich werde auf jeden Fall warten, bis ich Neuigkeiten aus Austin habe."

Zeit. In dieser Situation gab es kein größeres Geschenk. „Gut", sagte sie und machte sich gar nicht erst die Mühe, das Ausmaß ihrer Dankbarkeit zu verbergen.

Er ließ seine Hand von ihrer Schulter sinken und räusperte sich. Sein Blick huschte von ihrem Gesicht weg. „Ja, also, glauben Sie aber nicht, dass ich mich erweichen lasse. Dorchester ist kein Mann, der sich lange hinhalten lässt, und ich bin kein Mann, der den Helden spielt, nur weil eine schöne Frau ihn mit dankbaren Augen ansieht." Er trat um sie herum und Charlotte unternahm nicht den Versuch, ihn aufzuhalten. Das hätte sie auch gar nicht tun können, da sie förmlich in Schockstarre verfallen war. Dieser Berg von einem Mann fand sie schön? Du liebe Zeit! Mr Dobson musste ihn härter am Kopf getroffen haben, als sie vermutet hatte.

„Für mich steht eine ansehnliche Summe auf dem Spiel, außerdem mein Ruf als bester Jäger des Staates", grummelte Stone Hammond, während er mit der einen Hand nach seinen Schuhen griff und ihr mit der anderen die Dokumente hinhielt. „Sie bekommen einen Aufschub, Miss Atherton, aber ich lasse mich nicht aufhalten." Mit einem langen Schritt war er an der Tür. Er drehte den Knauf und zog sie auf. „Nicht von haltlosen Behauptungen."

Der Nachhall der zugeschlagenen Tür unterstrich seine Aussage, doch Charlotte zuckte nicht einmal zusammen. Sie lächelte.

Mr Hammond mochte ein steinhartes Äußeres haben, doch harte Schalen bargen bekanntlich einen weichen Kern und er hatte ihr gerade einen Einblick in den seinen gegeben. Das machte ihr Hoffnung.

⁊ᴖ

Stone stieß seine Füße in die Stiefel, dann ging er den Flur hinunter in Richtung Küche. Er mochte eine hühnereigroße Beule auf der Stirn haben, doch er würde sich bestimmt nicht von Miss Atherton bemuttern lassen. Er wollte keine Porzellanwaschschüsseln mit Blumenmuster. Keine mit Rüschen besetzten Tagesdecken. Kein Gejammer jedes Mal, wenn er sich bewegte. Vor allem nicht von einer Frau wie ihr. Einer großen Frau. Die perfekt an seine Seite passen würde und deren Mund die richtige Höhe hatte, um sich beim Küssen nicht einen steifen Nacken zu holen.

Und was sollten überhaupt diese Gedanken? Wie kam er dazu, daran zu denken, sie zu küssen? Sie war seine Beute, du liebe Zeit! Eine Entführerin und vielleicht absolut verrückt. Sie versteckte es nur gut hinter ihrem Ich-will-nur-das-Beste-für-die-Kinder-Gesäusel.

Stone betrat die Küche, so in seine innere Tirade versunken, dass er Mr Dobson nicht bemerkte, bis es zu spät war.

„Was glauben Sie, was Sie hier machen?" Der zerzauste Kerl legte einen Holzstapel auf dem Tisch ab und drehte sich mit dem Messer in der Hand zu Stone um.

„Bleiben", verkündete Stone mit zusammengebissenen Zähnen und harten Augen. Um seinen Standpunkt zu untermauern, zog er den Staubmantel aus und ließ das schwere Kleidungsstück auf einen Stuhl fallen. „Miss Atherton hat mich eingeladen, eine Weile zu bleiben, also werden Sie mich hier jetzt wohl öfter sehen."

Der Gnom warf ihm einen derartig kochenden Blick zu, dass Stone sich wunderte, warum er nicht auf der Stelle anfing zu verdampfen. Er würde Dobson im Auge behalten müssen. Andererseits würde der Alte ihn wahrscheinlich auch nicht unbeobachtet lassen, also sollte das nicht allzu schwer werden.

„Wo ist der Abort?", verlangte Stone zu wissen, der trotzdem augenblicklich nach einem Weg suchen wollte, Miss Athertons Wach-hund zu entkommen. „Erreiche ich den durch die Hintertür?"

Dobson zeigte wortlos mit dem Daumen über seine Schulter.

Stone ging in die Richtung, die der Mann ihm angezeigt hatte, und trat durch die Hintertür hinaus auf die Veranda. Nachdem er die Stufen hinuntergetrampelt war, entdeckte er den Pfad, der zum Toilettenhaus führte, das halb unter den hängenden Ästen mehrerer Eichen verborgen lag.

Sobald er allerdings außer Sichtweite des Hauses war, schlug Stone einen scharfen Bogen und schlich zurück. Er musste die Lehrerin beobachten. Sie würde das Mädchen holen. Das Kind zwei, drei Stunden zu verstecken war eine Sache, es aber eine Woche lang verschwinden zu lassen, wäre unmöglich. Außerdem hatte Miss Atherton zugestimmt, dass er mit Lily sprach. Es gab keinen Grund, sie noch länger verborgen zu halten. Er allerdings hatte jeden Grund, das Versteck ausfindig zu machen, in dem die Kleine sich verborgen gehalten hatte.

Wenn Ashe Miss Athertons Ansprüche nicht untermauern konn-te, würde Stone sich das Mädchen schnappen und so schnell wie möglich von hier verschwinden müssen, ohne die anderen zu alar-mieren. Je mehr er über ihr Versteck wusste, desto reibungsloser und ungefährlicher würde alles ablaufen. Er würde Lily mitneh-men, so oder so, und es wäre ihm lieber, wenn weder Miss Atherton noch einer der Jungen ins Kreuzfeuer geraten würden.

Deshalb lief er so geduckt wie möglich zum Haus zurück, vor-sichtig darauf bedacht, seinen übergroßen Körper unterhalb der Fensterhöhe zu halten. Sein Instinkt sagte ihm, dass die Lehrerin ihn nicht am Versteck des Mädchens vorbeigeführt hatte, als sie ihn vorhin ins Haus gebracht hatte, also blieb nur die Rückseite des Hauses.

Da er befürchtete, dass die langen Bretter der Veranda unter sei-nem Gewicht knarren würden, blieb er stattdessen auf dem Boden und presste seinen Körper gegen die Hauswand. Durch das Fens-ter, das ihm am nächsten war, sah er die Regale und Schränke der Küche, und obwohl es geschlossen war, hörte er Dobsons Knurren und die höhere, melodische Stimme von Miss Atherton. Er konnte ihre Worte nicht verstehen, doch das war auch gar nicht nötig, denn nach einer Weile wurden Gegenstände verrückt und schabende Geräusche erklangen. Dann war es kurz still und ein dumpfer Schlag erklang.

Eine Falltür. Wahrscheinlich ein Rübenkeller.

Eine dritte Stimme war zu hören. Hoch. Leise. Auf jeden Fall jung. Stone lächelte zufrieden. Er hatte gerade Lily Dorchesters Versteck entdeckt.

Jetzt musste er so schnell wie möglich zurück zum Abort, damit niemand Verdacht schöpfte.

Gebückt lief Stone zurück zu den Bäumen und dem kleinen Verschlag. Er griff nach dem Türknauf, doch ein Rascheln in den Zweigen über ihm zog seine Aufmerksamkeit auf sich.

Der ältere Junge, Stephen, hockte dort, einige Fuß über dem Dach des Toilettenhauses. Stones Magen zog sich zusammen. Hatte der Junge etwa gesehen, wie er das Haus beobachtet hatte? Nein. Er hatte Stone den Rücken zugewandt. Erleichtert atmete Stone aus. Dann entdeckte er die Harpunenkonstruktion und musste lächeln. Der Junge sah aus wie ein echter Jäger. Er selbst war als Kind genauso gewesen, hatte Holzpfeile auf imaginäre Hirsche abgeschossen und mit dem Fingerrevolver auf streunende Hunde gezielt und so getan, als seien es gefährliche Kojoten. So waren Jungen eben. Zum Glück war der Junge so auf seine imaginäre Beute fixiert, dass er Stones kleinen Ausflug nicht bemerkt hatte. Jetzt kroch Stephen auf seinem Ast weiter nach vorne, seine selbst gebastelte Waffe im Anschlag, das spitze Ende auf den Boden hinter dem Toilettenhaus gerichtet.

Stone überließ den Jungen seinem Spiel, mit dem er seine Heimstatt vor Räubern oder wilden Tieren beschützte, oder was auch immer in seinen Gedanken vorging, und betrat den Abort. Er hatte gerade seinen zweiten Hosenträger gelöst, als über ihm ein Triumphschrei erklang.

„Hab ich dich, du räuberische Katze!"

Stone gluckste leise und stellte sich eine Hauskatze vor, die jetzt erschrocken in Stephens Falle zappelte. Allerdings nur, bis ein wütendes Fauchen erklang. Das war keine Hauskatze.

Mit klopfendem Herzen stieß Stone die Tür auf und ließ den Blick durch die Zweige über sich schweifen. Wenn der Junge wirklich eine Wildkatze gefangen hatte, würde ihn das Seil nicht lange schützen. Stephen war nirgendwo zu sehen.

„Stephen!", rief er und trat zurück, um einen besseren Blick auf die Äste zu haben. Instinktiv griff er an seinen Gürtel, doch sein Messer fehlte. Alle seine Messer fehlten. Genauso wie seine Revolver. Stone biss die Zähne zusammen. Das war egal.

Er wandte sich in Richtung Haus und legte die Hände an den Mund. „Dobson! Kommen Sie sofort her!" Er hoffte, dass er laut genug gewesen war, dann lief er um das Toilettenhaus herum, hin zu der Stelle, auf die der Junge eben noch so neugierig gestarrt hatte.

Ein Kinderschrei feuerte seine Schritte weiter an. Über ihm knackten Zweige. Blätter raschelten. Aus dem Augenwinkel sah Stone graues Fell aufblitzen.

Gott steh uns bei.

Stephen hatte sich mit einem Rotluchs angelegt.

Kapitel sieben

M it einem Sprung erreichte Stone einen der unteren Äste und zog sich hinauf. Er schlang beide Beine darum und schaffte es, mit dem Oberkörper darauf zum Liegen zu kommen. Schnell rutschte er rückwärts zum Stamm des Baumes, um sich aufzurichten. Als er endlich stand, suchte er die Äste nach dem Rotluchs ab.

Stephen kämpfte sich über Stones rechter Schulter durch einige Äste. Wenn der Junge es zum Toilettenhaus schaffen würde, könnte er sich fallen lassen und weglaufen. Doch der Luchs kam schnell näher. Zu schnell. Mit beängstigender Leichtigkeit sprang das Tier von Ast zu Ast.

„Hey! Hier!", schrie Stone und rüttelte an den Ästen neben sich, um dem Jungen Zeit zu verschaffen. Leider achtete die Wildkatze nicht auf ihn, so fixiert war sie auf ihre Beute über ihm in den Zweigen.

Stephen verschwand hinter dem Baumstamm und damit aus Stones Sichtfeld. Die Katze zischte und sprang hinter ihm her. Ihre Krallen schlugen sich genau an der Stelle in die dunkle Rinde des Baumes, wo gerade noch der Junge gewesen war. Sie stemmte sich auf die Hinterbeine, um zum nächsten Sprung anzusetzen.

Stone erkannte seine Chance. Blitzschnell klammerte er sich mit der Linken an einen Ast über seinem Kopf und streckte die Rechte nach dem Hinterbein des Luchses aus. Er schloss die Hand um ihren Lauf und zog mit all seiner Kraft. Die Wildkatze schrie, ihre Vorderkrallen kratzten haltsuchend über die Rinde des Baumes. Ihre hektischen Bewegungen brachten Stone aus dem Gleichgewicht. Er musste sie loslassen, um nicht in die Tiefe zu stürzen. Doch er hatte erreicht, was er hatte erreichen wollen. Die gelben Augen der Katze hatten sich auf Stone gerichtet. Ihre Fänge blitzten, als sie knurrte.

„Lauf zum Haus, Junge!", schrie Stone. „Verschwinde!"

Als sie hörte, dass ihre eigentliche Beute entkam, wandte sich die Katze wieder Stephen zu.

„Oh nein, auf keinen Fall", sagte Stone. Er ließ den Ast los, der ihm Halt gegeben hatte, und sprang. Im Flug packte er den Luchs um die Mitte und zog ihn mit sich.

Der Rücken des Tieres prallte gegen seinen Kopf und seine Brust, als sie vom Baum fielen. Stone schlug hart auf dem Boden auf. Schmerzen schossen durch seinen Kopf und seine linke Schulter. Ihm wurde die Luft aus der Lunge gepresst.

Stone ließ die zappelnde Wildkatze los und hoffte, dass sie weglaufen würde. Doch stattdessen rappelte sie sich auf und sprang auf seinen Brustkorb. Die Katze schlug nach seinem Gesicht. Er duckte sich nach links. Rasiermesserscharfe Krallen bohrten sich in seine Schulter, dann fing auch sein Kinn an zu brennen. Und noch immer konnte er nicht atmen.

Die Hinterkrallen des Luchses bohrten sich in seinen Brustkorb. Stone wandte sich zur Seite, versuchte verzweifelt, sich zu befreien, doch die Krallen bohrten sich nur noch tiefer in seine Haut. Er schlug mit der rechten Hand nach dem Tier, während er mit der linken sein Gesicht schützte. Seine Faust traf es an der Seite. Doch die Gegenwehr schien es nur weiter anzustacheln. Endlich landete Stone einen Treffer gegen den Kopf des Luchses. Der Schreck ließ das Tier lange genug innehalten, dass Stone seine Arme um dessen Nacken schlingen konnte. Mit aller Kraft riss er den Körper des wild gewordenen Tieres von sich herunter und schleuderte es weg.

Die Wildkatze schlug auf dem Boden auf. Das Heulen, das sie dabei ausstieß, klingelte in Stones Ohren. Er rollte sich auf Hände und Knie. Endlich taten seine Lungenflügel wieder ihren Dienst. Er schnappte nach Luft. Dann taumelte er auf die Füße. Die Katze kreischte und stellte ihre Nackenhaare auf. Stone stellte sich ihr wieder entgegen. Bereitete sich auf den Angriff vor. Sie bleckte die Zähne. Zischte. Kauerte sich nieder, um zu springen.

Bumm!

Ein Gewehrschuss zerriss die Luft. Die Katze sprang vor Schreck zur Seite.

„Verschwinde!", erklang Dobsons Stimme hinter Stone, einen Augenblick, bevor der zweite Schuss abgefeuert wurde. Der Luchs floh.

Stone ließ erschöpft den Kopf hängen und atmete hektisch aus und ein. *Gott segne den Gnom.*

Charlotte drückte den zitternden Stephen an sich. Sein Gesicht verbarg er in ihrer Hemdbluse, seine Arme umschlangen sie fester, als es ihr Korsett jemals getan hatte. Sie sollte etwas sagen, sollte ihn trösten, doch alles, was sie schaffte, war, ihm beruhigend über die Haare zu streichen. Sie war viel zu sehr mit dem Anblick des Kämpfers vor sich beschäftigt. Er hatte mit bloßen Händen gegen ein wildes Tier gekämpft, um ein Kind zu beschützen, das er kaum kannte.

Eine derart selbstlose, tapfere Tat war ihr noch nie untergekommen.

Langsam wandte sich der Mann um. Sein Blick suchte den von Mr Dobson. Er nickte – eine kleine, ruckartige Bewegung seines Kinns. Mr Dobson antwortete ebenso. Es wurde nicht gesprochen, doch das war auch gar nicht nötig. Respekt erfüllte die Luft, zusammen mit Dankbarkeit und vielleicht sogar einem Hauch widerwilliger Anerkennung.

Zum Glück war Dobson geistesgegenwärtig gewesen und hatte das Gewehr mitgenommen, als Stephen um Hilfe geschrien hatte. Mr Hammond hätte … Charlotte atmete schockiert ein. Seine Wunden! Um Himmels willen! Tiefe Kratzer prangten auf seiner Brust, wo der Luchs seine Krallen eingegraben hatte. Leichtere Verletzungen verliefen über seine Schultern und das Schlüsselbein. Blut rann über das zerrissene weiße Baumwollhemd. Wie konnte der Mann überhaupt noch stehen?

„Sieht aus, als hätte die Kleine Sie ordentlich erwischt", sagte Mr Dobson mit einem völlig normalen Tonfall, der den Horror in Charlottes Innerem nicht im Mindesten widerspiegelte. Er tat so, als hätte der Mann einen Mückenstick. Unglaublich!

Dobson schulterte das Gewehr und zeigte auf die kleine Hütte, die er als Schlafquartier benutzte. „Ich habe eine Salbe, mit der wir die Kratzer behandeln können."

„Diese Verletzungen brauchen mehr als nur ein bisschen Salbe", schnappte Charlotte, als sie endlich ihre Stimme wiedergefunden hatte. „Einige müssen bestimmt genäht werden." Sie trat einen Schritt näher an die Männer heran, während sie einen Arm um Stephen legte. „Mr Dobson, reiten Sie nach Madisonville und holen Sie den Arzt. In der Zwischenzeit kümmere ich mich um Mr Hammonds Verletzungen."

„Ich kann auch helfen!"

Charlotte wandte sich um und sah Lily, die in der Küchentür stand. Bewunderung glänzte in ihren Augen, als sie den Fremden anstarrte. Charlotte unterdrückte ein Seufzen. Als wäre die Situation nicht schon kompliziert genug gewesen. Zum Glück bewies John mehr Verstand und versteckte sich hinter dem Türpfosten.

„Du kümmerst dich um John." Charlotte sah das Mädchen fest an.

„Ja, Ma'am." Lilys enttäuschter Gesichtsausdruck zerriss Charlotte fast das Herz, doch sie musste standhaft bleiben. Das Letzte, was sie gebrauchen konnte, war, dass Lily einen Helden aus diesem Mann machte.

Charlotte wandte sich wieder zu Stone um und sah seinen schmerzverzerrten Gesichtsausdruck. Als er ihren Blick bemerkte, versuchte er, ihn zu verbergen, indem er sich abwandte, doch dafür war es zu spät. Als wäre ihm seine Schwäche peinlich, drehte er sich um und humpelte Mr Dobson hinterher.

„Stephen?" Sie drückte die Schulter des Jungen und befreite sich sanft aus seiner Umklammerung. „Du musst meinen Medizinkoffer holen, eine Waschschüssel und saubere Tücher aus dem Wäschekorb. Kannst du das für mich machen?"

Der Junge richtete sich auf und nickte, als er sie ansah. „Ja, Ma'am." Er schniefte einmal.

„Gut." Sie lächelte ihn an. „Bring alles in Dobsons Hütte. Dort bleibt Mr Hammond während seines Besuches."

Der Junge nickte, bewegte sich aber nicht, sondern sah dem Mann hinterher, der langsam zu der Hütte humpelte. „Mr Hammond?" Sein Ruf scholl über den Hof.

Der Mann blieb stehen und sah zurück. „Ja?"

„Danke."

Ein kleines Nicken war alles an Antwort, doch es schien Stephen zu genügen. Er machte die Bewegung nach und lief dann in Richtung Haus, um seine Aufgaben zu erfüllen.

Am liebsten wäre Charlotte ihm gefolgt. Nur zu gerne hätte sie sich vor Mr Hammond versteckt, der einen Sturm widerstreitender Gefühle in ihr auslöste. Wie konnte sie sich einem Mann verpflichtet fühlen, der alles bedrohte, was ihr lieb und teuer war? Wie konnte sie Stärke, Mut und Ehrenhaftigkeit in ihm sehen, wenn er Dorchesters Mann war?

Nun, zumindest jetzt im Moment war sein Auftraggeber egal. Er hatte sein Leben riskiert, um Stephen zu beschützen. Dafür verdiente er ihren Dank und ihre Hilfe. Sie schob die Schultern zurück, hob ihren Rock an und folgte ihm. Es dauerte nicht lange, bis sie zu ihm aufgeschlossen hatte. Der arme Mann humpelte, als wäre er ein Greis.

„Haben Sie sich das Bein verletzt?", fragte sie, als sie neben ihm war.

Mr Hammond schaute sie nicht an, sondern hielt seinen Blick auf den Boden gerichtet, als habe er Angst, dass er stolpern könnte. „Hab mir die Hüfte geprellt, als ich vom Baum gefallen bin."

Vom Baum …? Du liebe Güte! Diesen Teil des Kampfes hatte sie nicht gesehen. Es war ein Wunder, dass der Mann überlebt hatte.

„Mr Dobson?"

Der Hausmeister wandte sich um und sah sie unter seinen buschigen Augenbrauen hervor an. „Ja?"

„Beeilen Sie sich mit dem Arzt. Er könnte sich Rippen gebrochen oder innere Verletzungen zugezogen haben. Ich sorge dafür, dass er sich ausruht."

„Ich hab mir nichts gebrochen", brachte Hammond zwischen zusammengebissenen Zähnen hervor. „Nur ein paar Schrammen. Damit müssen wir den Arzt nicht behelligen."

Typisches stures, stolzes Männergeschwätz. Charlotte funkelte ihn böse an und hoffte, er würde die Hitze ihres Blickes spüren, auch wenn er sie nicht ansah. „Nun, Sie befinden sich auf *meinem* Grund und Boden, Mr Hammond, also herrschen hier auch *meine* Regeln. Und Regel Nummer eins ist, dass jeder, der von einem Baum fällt, weil er von einer Wildkatze angegriffen wird, von einem Arzt untersucht wird. Also wird Ihr angeknackster Stolz mit diesem Tiefschlag klarkommen müssen."

Das ließ ihn dann doch aufblicken. Sie stählte sich gegen seinen Ärger, doch als seine Augen die ihren trafen, sah sie das Lachen in ihnen. „Das ist also Regel Nummer eins. Bei Nummer zwei geht es

64

dann wohl um das Verhalten im Falle eines Bärenangriffes. Nein, warten Sie. Kojote?"

„Wassermokassinschlange", antwortete Charlotte trocken und konnte gerade noch so ein Grinsen unterdrücken. „Wir haben in der Nähe einen See."

Mr Hammond gluckste. Dann zuckte er zusammen und erinnerte sie dadurch daran, warum sie eigentlich hier war.

Charlotte lief vor und hielt ihm die Hüttentür auf.

Er humpelte in den leeren Raum. Charlotte runzelte die Stirn, während sie das Innere der Hütte musterte. Sie hatte bisher kaum einen Gedanken an das kleine Gebäude verschwendet, da es Dobsons Wohnraum war. Aber um einiges würde sie sich kümmern müssen, wenn Mr Hammond auch hier schlafen sollte. Bettlaken zum Beispiel. Und eine oder zwei Decken. Die Matratze auf dem freien Bett war blank und die Nächte wurden bereits kälter. Und er würde seine Satteltaschen wollen und auch die anderen Dinge, die Dobson konfisziert hatte. Außerdem musste der Boden einmal ordentlich gewischt werden und von den Dachbalken mussten die Spinnweben entfernt werden. Doch das konnte warten, bis –

„Ich will Sie und die Kleinen nicht mit ihm hier allein lassen." Mr Dobsons leises Grummeln riss sie aus ihrer geistigen Bestandsaufnahme. „Selbst so angeschlagen, wie er momentan ist, kann er noch Schwierigkeiten machen."

„Der Mann hat Stephen gerade das Leben gerettet", flüsterte sie zurück. „Er verdient unsere Hilfe."

Dobson wirkte wenig überzeugt. „Er hat uns geholfen, das gebe ich zu, aber vertrauen tue ich ihm trotzdem nicht. Ich bin mir ziemlich sicher, dass er auf Dorchesters Gehaltsliste steht."

Charlotte war sich nicht nur *ziemlich* sicher, was das anging, doch jetzt war nicht die Zeit für Erklärungen. „Ich vertraue ihm auch nicht", sagte sie stattdessen, „doch ich wünsche ihm auch nichts Schlechtes. Er braucht einen Arzt und ich will, dass er einen bekommt." Ein leises Stöhnen ließ sie sich zu dem Mann umwenden, der sich gerade auf dem kleinen Bett in der Ecke des Raumes niederließ. „Er ist nicht in der Verfassung, um wegen Lily etwas zu unternehmen. Außerdem sind alle seine Waffen gut weggeschlossen." Nun ja, fast alle. Sie hatte das Messer in ihre

Kommode gelegt, bevor sie Lily aus dem Keller geholt hatte. „Wir passen auf uns auf."

Der Hausmeister widersprach nicht weiter. „Falls er irgendwelche Schwierigkeiten macht, ich habe ein Jagdmesser unter meinem Kopfkissen. Zögern Sie nicht, es zu benutzen."

Als würde sie es übers Herz bringen, Stone Hammonds geschundenem Körper noch mehr Wunden zuzufügen. Doch da sie wusste, dass Dobson nur um ihr Wohlergehen und das der Kinder besorgt war, nickte sie. Erst jetzt marschierte der grauhaarige Mann in Richtung Scheune, um aufzusatteln.

Als Charlotte langsam auf Mr Hammond zuging, klopfte ihr Herz schneller. Dabei hatte sie Mr Dobson doch gerade noch versichert, dass sie zurechtkommen würde und er sich keine Sorgen um sie zu machen brauchte. Du liebe Zeit, was war nur mit ihr los? Es war ja nicht so, als wäre sie zum ersten Mal mit diesem Mann allein. Er stellte keine unmittelbare Bedrohung dar. Außerdem musste sie ihm nach der heroischen Rettung von Stephen wenigstens ein klein wenig Vertrauen schenken.

Als Mr Hammond die Reste dessen abwarf, was vor dem Kampf mit der Wildkatze einmal sein Hemd gewesen war, fing Charlottes Herz an zu rasen. Ihre Schritte wurden langsamer.

Oh je. Vielleicht steckte sie in größeren Schwierigkeiten, als sie geahnt hatte.

Kapitel acht

Stone biss die Zähne zusammen, als die Schmerzen immer schlimmer wurden, während er sein Hemd auszog. Durch die Anspannung seiner Muskeln rissen die Wunden auf seiner Haut wieder auf und frisches Blut tröpfelte in den Bund seine Hose.

„Es ist ein Wunder, dass Sie noch an einem Stück sind. Nun ja … relativ an einem Stück." Charlotte Athertons Augen wanderten über seinen Brustkorb. Besorgtheit und ein Hauch von Empfindlichkeit waren in ihrem Blick zu sehen. Zusammen mit etwas Wärmerem. Bewunderung? Vielleicht sogar … Anziehung?

Stone richtete sich auf. Plötzlich war der Schmerz längst nicht mehr so schlimm wie noch vor wenigen Sekunden. Anscheinend stimmte die Redewendung, dass die Aufmerksamkeit einer wunderschönen Frau heilsame Wirkung auf die Wunden eines Mannes hatte.

Miss Atherton trat leise näher. Für eine so große Frau bewegte sie sich mit erstaunlicher Leichtheit und Anmut.

„Danke, dass Sie das getan haben", murmelte sie, während sie einen Hocker heranzog, der in der Ecke gestanden hatte. Eine Armlänge von Stone entfernt blieb sie stehen, zog ein Taschentuch hervor und wischte den Staub von der Sitzfläche. Sie runzelte leicht die Stirn, als sie das schmutzige Tuch sah, legte es dann mit der sauberen Seite nach oben auf den Hocker und setzte sich. „Ihr geistesgegenwärtiges Eingreifen hat Stephen das Leben gerettet." Endlich schaute sie ihm ins Gesicht. „Es tut mir nur leid, dass Ihre Tapferkeit mit solchen Wunden bestraft wurde."

„Jeder andere Mann, der etwas taugt, hätte das Gleiche getan." Jeder andere Mann hätte natürlich eine Waffe zur Verfügung gehabt und wäre deshalb nicht als menschlicher Kratzbaum missbraucht worden, doch er bereute es nicht. Er lebte. Der Junge lebte. Zum Henker, selbst die Wildkatze lebte. Das zählte er als Sieg.

Miss Atherton blickte in Richtung der geöffneten Tür und eine leichte Härte legte sich um ihren Mund. „Die meisten Männer, die ich kennengelernt habe, hätten für so etwas nicht ihr Leben riskiert."

„Dann taugen die meisten Männer, die Sie bisher kennengelernt haben, eben nichts."

Ihr Mund entspannte sich wieder und Stone bildete sich ein, dass ein leichtes Lächeln ihre Lippen umspielte. Schon viel besser. Als sie sich wieder zu ihm umwandte, funkelten ihre Augen und sein Herz schlug schneller. „Da haben Sie vielleicht recht."

Ihre Blicke trafen sich und Stone hätte schwören können, dass zwischen ihnen irgendetwas entstand. Etwas, das er zuvor noch nie mit einer Frau erlebt hatte. Er hatte plötzlich das Gefühl, sie zu kennen. Ihr tiefstes Inneres zu kennen.

Schnell wandte er seinen Blick von ihr ab, woraufhin seine Schläfen wieder furchtbar zu pochen begannen. Sein Kopf. Natürlich! Das war mit Sicherheit auch die Erklärung für diese seltsamen Gedanken. Bestimmt handelte es sich um irgendeine Art Nebeneffekt von den Schlägen, die er heute erhalten hatte. Zuerst der Gewehrgriff auf seiner Stirn, dann das Aufschlagen mit dem Hinterkopf auf den Erdboden. Kein Wunder, dass er völlig von der Rolle war.

Charlotte Atherton saß neben ihm, den Rücken kerzengerade, den Rock glatt gestrichen. Diese steife Haltung sollte ihn eigentlich an schmallippige Strenge, In-der-Ecke-Stehen und Schläge mit dem Lineal erinnern. Der Himmel wusste, dass er diese Schmähungen viel zu oft hatte hinnehmen müssen. Doch *Miss Lottie*, wie die Kinder sie nannten, wirkte überhaupt nicht streng. Ihre Haltung kam ihm eher gelassen vor. Ruhig. Herzlich.

„Stephen müsste gleich hier sein", sagte sie, während sie nach dem Knopf am Ärmel ihrer Bluse griff. Ihre schlanken Finger schoben ihn durch das Loch und rollten den Stoff vom Handgelenk aus langsam und ordentlich nach oben, bis er fast beim Ellbogen angekommen war. Dann wiederholte sie den Vorgang auf der anderen Seite.

Stone beobachtete sie fasziniert, bis schnelle Schritte, die durch die Tür stürmten, ihn aus seiner Benommenheit rissen.

Was war nur los mit ihm? War er wirklich so stark auf den Kopf geknallt?

„Oh, Stephen. Wunderbar. Bring die Sachen her." Miss Atherton winkte den Jungen näher, nahm ihm die Waschschüssel ab, die er trug, und stellte sie in ihren Schoß. Ein dunkler Fleck auf dem Hemd des Jungen verriet, wo er die nasse Schale an sich gepresst hatte, doch sie lobte ihn trotzdem für seine ruhigen Hände und dafür, dass er auf dem Weg kaum Wasser verloren hatte. Dann nahm Miss Atherton den Waschlappen von Stephens Schulter und zeigte auf den Boden neben ihren Füßen. „Stell meine Kiste dorthin und öffne den Deckel. Ich brauche die Bandagen."

Stephen zog die Kiste unter seinem Arm hervor und tat, wie ihm geheißen worden war, dann stand er da wie ein Soldat, der auf Anweisungen wartet. „Was kann ich noch tun?"

Stone merkte, wie der Junge verstohlen die tiefen Kratzer auf seinem Brustkorb musterte. Er hasste die Schuldgefühle, die auf Stephens Gesicht geschrieben standen. Schnell räusperte er sich. „Kannst du mir Papier, Stift und Tinte besorgen? Ich muss einen Brief schreiben." Was ja auch stimmte. Doch eigentlich wollte er nur, dass Stephen nicht mit ansehen musste, wie die Lehrerin seine Wunden reinigte. Der Junge sollte nicht mehr mitbekommen als nötig.

Stephen nickte eifrig. „Ja, Sir." Er wollte schon loslaufen, doch Miss Atherton hielt ihn auf. Sie berührte seinen Arm und zog ihn so dicht an sich, dass sie ihm ins Ohr flüstern konnte. Stephens Augenbrauen zogen sich zusammen, doch als die Lehrerin fertig war, trat er einen Schritt zurück und nickte. „Verstanden." Dann huschte er aus dem Häuschen.

Charlotte Atherton tunkte den Waschlappen in das Becken und drückte das überschüssige Wasser heraus. Das Tropfen hallte laut in dem stillen Raum wider. Dann hob sie das feuchte Tuch über die größte Verletzung und drückte es zusammen, bis ein kleines Rinnsal in seine Wunde lief. Er saugte scharf den Atem ein, so sehr stach das kalte Nass. Nur mit aller Willenskraft gelang es ihm, stillzuhalten.

„Ich habe Stephen gesagt, dass Sie die Schreibutensilien erst später brauchen." Sie schaute ihn nicht an, ob aus Schüchternheit oder weil sie so sehr in ihre Aufgabe vertieft war, konnte Stone nicht sagen. „Er bringt John ins Wohnzimmer und sorgt dafür, dass er Klavier spielt, während Lily das Abendessen aufwärmt." Sie wusch das Tuch aus und wandte sich der zweiten Wunde zu, die am Rippenbogen lag. „Damit wird er eine Weile beschäftigt sein. John spielt stundenlang Klavier, wenn ich ihn lasse."

Der Junge schien zu klein zu sein, um sich so lange mit einer Sache zu beschäftigen, aber manche Kinder mochten es eben, auf Dingen herumzuhauen und Krach zu machen. Seltsam, da der Junge selbst so ruhig war. Aber jedem das Seine. Wenn es dafür sorgte, dass Stephen damit beschäftigt war, auf John aufzupassen, und ihn das von seinen Schuldgefühlen ablenkte, war Stone das nur recht.

„Gute Idee." Er versuchte nicht zusammenzuzucken, als sie mit dem Lappen über die kleineren Kratzer an seiner Schulter wischte. „Das hier ist zu schlimm, um es dem Jungen zuzumuten."

Sie erwiderte nichts, doch die leichte Schrägstellung ihres Kopfes schien Zustimmung auszudrücken. Während sie sich um seine Wunden kümmerte, beobachtete er sie weiter.

Die Frau schien nie in Eile zu sein. Ihre Bewegungen waren fließend. Kein raues Zudrücken. Kein nervöses Zittern. Einfach nur sanfte, weiche Berührungen. Als sie mit seinen Wunden fertig war, hatte sich seine Atmung verlangsamt und die Muskeln in seinem Nacken und Rücken hatten sich als Reaktion auf ihre Ruhe entspannt. Wenn sein Brustkorb nicht gebrannt hätte wie Feuer, hätte er sich womöglich auf die Seite gerollt und ein Nickerchen gemacht.

„Ich befürchte, der nächste Teil wird ziemlich unangenehm." Miss Atherton ließ das Tuch in die Schüssel fallen und stellte diese dann auf den Boden. Ihre eleganten Finger legten sich um den Hals einer Flasche und sofort verschwand das angenehme Gefühl.

Whiskey.

Stone rutschte auf der Matratze hin und her und stählte sich gegen das, was nun folgen würde. Als sie ihn entschuldigend ansah, schenkte er ihr sein großspurigstes Grinsen. „Und ich hätte Sie für eine Abstinenzlerin gehalten." Er nickte in Richtung Flasche. „Ich selbst trinke ja nicht, aber wenn Sie sich zur Stärkung ein Schlückchen genehmigen wollen, werde ich Sie nicht verurteilen."

„Wie unvoreingenommen, Sir." Ihr Tonfall klang schnippisch, doch in ihren Augen funkelte der Schalk. Sein Grinsen wurde breiter.

Mit einem sanften *Plopp* zog sie den Korken aus der Flasche. Sie rümpfte die Nase, als der Whiskeygeruch herausströmte. „So versucht ich auch bin, ich befürchte, dieser spezielle Alkohol wurde zu medizinischen Zwecken hergestellt."

Stone zuckte mit den Schultern. „Bedienen Sie sich."

Miss Atherton drückte den Lappen noch einmal gründlich aus, dann schaute sie ihm fest in die Augen. Jetzt war aller Humor aus ihrem Blick verschwunden. „Sind Sie bereit?"

Stone schob die Arme zurück, damit die Wunden besser zugänglich waren. Dann biss er die Zähne zusammen und nickte knapp.

Sie legte das Tuch unter die erste Wunde und tröpfelte die feurige Flüssigkeit auf sein Fleisch. Stones Finger krallten sich in das Matratzenende. Jeder Muskel in seinem Körper fühlte sich an, als würde er reißen. Doch er gab keinen Laut von sich. Nicht einmal, als sie die Prozedur bei den anderen Wunden und schließlich bei den kleinen Kratzern wiederholte. Als sie endlich fertig war, atmete er durch die Nase ein und zwang seinen Körper dazu, sich zu entspannen.

„Geschafft!" Etwas in ihrer Stimme lenkte seinen Blick auf ihr Gesicht. Tränen schimmerten in ihren Augen. „Es tut mir leid, dass ich Ihnen wehtun musste." Und sie meinte es so. Von ganzem Herzen.

Sein Magen zog sich zusammen. Er hoffte tief in seinem Inneren, dass er diese Entschuldigung nicht ebenfalls würde aussprechen müssen, weil ihm nichts anderes übrig blieb, als ihr ebenfalls wehzutun. Stone runzelte die Stirn und wandte den Blick ab. Weshalb fühlte er sich so schuldig? Sie war diejenige, die die Kinder entführt hatte, nicht er. Wenn er ihr Lily wegnehmen müsste, würde es mit dem Segen des Gesetzes geschehen.

Also warum hoffte er, dass ihr Anspruch auf Lily sich als rechtskräftig erweisen würde?

Die Lehrerin verschloss die fast leere Whiskeyflasche und stellte sie zurück in die Kiste zu ihren Füßen. „Ich will nichts von Mr Dobsons Salbe auf Ihre Wunden tun, bis der Arzt Sie untersucht hat. Aber es wird noch mindestens eine Stunde dauern, bis mein Verwalter zurückkommt, und ich möchte nicht, dass Schmutz in Ihre Wunden kommt. Also bandagiere ich Sie am besten, dann hören auch die Blutungen auf."

Stone beäugte die schlimmste der Wunden. Der Alkohol war schon getrocknet, doch es trat weiterhin Feuchtigkeit aus den Rissen aus. Sie war rosa, also mischte sich Blut in welche Flüssigkeit auch immer, die da noch aus seinem Körper floss. „Hört sich vernünftig an."

Sie rückte den Hocker zurecht. „Also, wenn Sie einfach … ähm … das hier festhalten würden, könnte ich … ähm … die Bandage um Sie wickeln …"

Stone warf seiner Krankenschwester einen Blick zu. Wurde die sonst immer so gelassene Miss Atherton jetzt etwa tatsächlich nervös? Ihre Wangen hatten wirklich eine rote Färbung angenommen und ihre Augen schienen partout nicht auf seine Brust schauen zu wollen.

Stone streckte trotz des unangenehmen Ziehens in seinen Wunden die Hand aus und griff nach den Wolltupfern, die sie ihm hinhielt. Er unterdrückte ein Grinsen und legte sie über die größten Verletzungen. Als er seinen Kopf anhob, hatte er seinen Gesichtsausdruck längst wieder unter Kontrolle. „Ich bin so weit, Frau Lehrerin."

Sie runzelte die Stirn, vermutlich wegen seines Tonfalls, erhob sich dann jedoch und stellte sich vor ihn. „Natürlich." Sie drückte das Ende der Bandage an seine Seite, entrollte die Baumwollbinde langsam und legte sie über die Tupfer. Ihre Hand strich dabei versehentlich über die seine und die Berührung schickte ein seltsames Kribbeln durch seinen Bauch. Dann beugte sie sich vor, um die Bandage an seinem Rücken entlangzuführen. Und plötzlich war er derjenige, der überall hinschaute, nur nicht auf Miss Atherton. Stattdessen starrte er lieber an die Decke.

„So. Fertig." Als Miss Atherton zurücktrat, stieß Stone den Atem aus, den er in den letzten Sekunden unbemerkt angehalten hatte.

Er hatte gerade sein Dankeschön gemurmelt, als Stephen zurückkam.

„Ich habe die Sachen gebracht, nach denen Sie gefragt haben, Mr Hammond. Miss Lottie hat mir gesagt, dass ich einfach ihren Reiseschreibtisch holen soll. Da drin ist alles, was Sie brauchen." Er hielt einen Eichenkasten hoch, an dessen Rand Efeublätter eingeschnitzt waren.

Stone winkte ihn zu sich. „Danke, mein Junge. Stell ihn hier ab." Er warf einen Blick auf die Lehrerin, die eilig die Verbandssachen zusammenpackte. Sollte er ihr ebenfalls danken? Er öffnete gerade den Mund, doch da schnappte sie sich auch schon ihr Medizinkästchen und ging in Richtung Tür.

„Ich schaue nach Lily und dem Eintopf. Stephen, leiste Mr Hammond Gesellschaft, ja?"

„Ja, Ma'am." Der Junge stellte den Schreibtisch ab und setzte sich auf den Hocker, den seine Lehrerin gerade frei gemacht hatte.

„Aber kau ihm nicht das Ohr ab, er will einen Brief schreiben, verstanden?" Ein liebevolles Lächeln umspielte ihre Lippen, während sie mit dem Jungen sprach. Stephen erwiderte das Lächeln und nickte zustimmend. Und was hätte er auch sonst tun sollen? Wenn Stone so ein Lächeln von Charlotte Atherton geschenkt bekommen hätte, hätte er ebenfalls getan, worum auch immer sie ihn bat. Doch als ihre Augen ihn noch einmal streiften, verschwand das Lächeln hinter ernster Sorge. Sie mochte gutherzig und freundlich sein, doch sie erkannte immer noch die Gefahr, die er darstellte.

Etwas Hartes tippte gegen Stones Knie und riss ihn aus seinen Gedanken. „Hier. Das ist Ihres."

Stone blickte nach unten. Stephen hielt ihm das Stiefelmesser entgegen und wartete darauf, dass er es nahm. Stones Hand zuckte, doch dann hielt ihn irgendetwas zurück. Das Messer anzunehmen erschien ihm illoyal der Frau gegenüber, die sich gerade um seine Wunden gekümmert hatte.

„Danke, aber ich glaube, deine Lehrerin wollte es zusammen mit meinen anderen Waffen einschließen. Du solltest es ihr zurückgeben."

Der Junge schüttelte den Kopf. „Miss Lottie hat mir gesagt, dass ich es mitbringen soll. Sie meinte, wenn Sie es gehabt hätten, als Sie mit der Wildkatze gekämpft haben, wären Sie nicht so schlimm verletzt worden." Er hob den Arm und hielt ihm die Klinge wieder hin. „Sie sollten das aber nicht Mr Dobson wissen lassen. Ihm würde es bestimmt nicht gefallen."

Stone nahm das Messer und steckte es in die kleine Scheide an seinem Stiefel.

Sie hatte ihm seine Waffe gegeben. Und damit ein bisschen Vertrauen geschenkt. Es war ein Anfang.

Kapitel neun

Stone war in der Schlafbaracke gefangen. Der Arzt hatte gestern seine Wunden genäht und ihm verboten, sich in den nächsten Tagen körperlich anzustrengen. Er durfte nicht einmal sein eigenes Pferd satteln. Was ihn schrecklich abhängig von Dobson machte. Dankenswerterweise lungerte der grauhaarige Kerl nicht hier herum, um seinen Triumph auszukosten. Heute Morgen hatte er ihm eine Ladung Zaumzeug vorbeigebracht, das geölt werden musste, und Stone seiner Aufgabe überlassen. Die Arbeit hatte einige Stunden überbrückt, doch gegen Mittag war er damit fertig gewesen.

Miss Atherton hatte ihm einen dampfenden Teller Bratkartoffeln mit Speck und Zwiebeln zum Mittagessen gebracht. Köstlich. Die Frau kannte sich am Herd aus. Und sie wusste auch, wie man Fragen auswich. Als er nämlich vorgeschlagen hatte, das Lily ihm einen Besuch abstatten könnte, damit er mit ihr sprechen konnte, hatte Miss Atherton ihre Ausreden parat gehabt. Das Kind musste lernen. Und hatte Aufgaben zu erledigen. Und Stone musste sich von den Strapazen des gestrigen Tages erholen. Was natürlich alles stimmte, doch er erkannte Ausflüchte, wenn er welche hörte. Die Lehrerin wollte nicht, dass Lily in seine Nähe kam. Deshalb musste Stone auch zweimal hinschauen, um sicher zu sein, dass ihm sein Verstand keinen Streich spielte, als das Mädchen einige Stunden später in die Schlafbaracke schlüpfte.

Die Kleine klopfte nicht an, sondern öffnete einfach die Tür, huschte herein und schloss sie wieder. Er war sofort hellwach und setzte sich auf, obwohl er Augenblicke zuvor noch vor sich hin gedöst hatte. Lily schenkte ihm allerdings zunächst keine Beachtung. Stattdessen presste sie sich flach an die Wand. Erst nach einem kurzen Moment wandte sie sich langsam zu ihm um und legte den Zeigefinger an ihre Lippen.

„Pssst." Sie sah sich um, als befürchte sie, hinter den Wollsocken, die Dobson auf einer Leine zum Trocknen aufgehängt hatte, lauerten Gefahren. „Sie müssen leise sein, Mr Hammond. Ich spiele Verstecken mit Stephen und ich will nicht, dass er mich findet."

Stone hob eine Augenbraue, schwieg jedoch. Er wollte die Kleine nicht verschrecken, wo sie ihm doch gerade die perfekte Möglichkeit bot, seine Befragung zu beginnen.

Übertrieben leise und vorsichtig schlich sie zu ihm. Als sie sein Kinn und die Bandagen unter dem Hemd sah, runzelte sie die Stirn.

„Tut es weh?"

„Jepp."

„Das tut mir leid." Sie legte den Kopf schief und ihre Augen wurden feucht. Das machte Stone nervös.

Was er jetzt gar nicht brauchen konnte, war ein weinendes Kind. Was würde die Lehrerin denke, wenn sie hereinkam und die Kleine weinend hier vorfand?

„Es muss dir nicht leidtun, Kleine", grummelte Stone. „Du warst schließlich nicht diejenige, die mich zerkratzt hat."

Sie zuckte beleidigt zurück. „Natürlich nicht. Ich bin eine Heldin. Heldinnen verletzen keine anderen Helden. Sie verletzen nur die Bösewichte. Und das auch nur, wenn sie keine andere Wahl haben."

Also sah sie ihn als Helden? Das könnte ihm zugutekommen.

Stone schob sich auf seinem Bett zurück, bis er mit dem Rücken an der Wand lehnte. Er sah sie zweifelnd an. „Ich habe noch nie eine so kleine Heldin gesehen."

„Ja, also …" Sie versuchte, sich etwas größer zu machen. „Das liegt daran, dass ich eine Heldin in der Ausbildung bin."

„In der Ausbildung? Wer bildet dich aus?"

„Dead-Eye-Dan."

Wer um Himmels willen war Dead-Eye-Dan?

„Und Angus O'Connell", fuhr sie schwungvoll fort. „Er ist aus dem ersten Buch, das ich gelesen habe. Sie würden ihn mögen. Er ist ein Kopfgeldjäger, der böse Hombres verfolgt, die eine Bank ausgeraubt haben, nur dass er nicht gemerkt hat, dass der Kopf der Bande nicht dabei war. Duke Mahone ist nämlich niemals selbst bei den Überfällen dabei. Er will sich nicht schnappen lassen. Er versteckt sich lieber am Wegesrand und nimmt sich jeden Verfolger seiner Männer mit dem Mehrlader vor. So hat er auch Angus

O'Connell erwischt. Hat ihm in den Rücken geschossen und ihn liegen lassen, weil er dachte, Angus wäre tot. So ähnlich wie Sie mit der großen Katze. Aus dem Hinterhalt." Die Augen des Mädchens funkelten, als es die blutige Geschichte zusammenfasste. „Angus ist aber zum Glück nicht gestorben. Eine Lady hat ihm geholfen, wie Miss Lottie Ihnen. Nur bei Angus war es ein italienisches Mädchen, das ihm mit Kräutern geholfen hat."

„Du magst Kopfgeldjäger, was?"

Lily nickte, dann erschreckte sie Stone, indem sie neben ihm aufs Bett kletterte. „Mhm. Die hab ich am liebsten. Sie jagen die Bösen, wenn alle anderen aufgegeben haben. Und schicken sie ins Gefängnis. Damit die Menschen sicher sind. Das will ich auch mal machen, wenn ich groß bin. Den Menschen Sicherheit schenken. Wie Miss Lottie."

„Miss Lottie?" Jetzt wurde es interessant.

„Ja. Als meine Schule geschlossen wurde und John und Stephen keinen Ort hatten, an den sie gehen konnten, hat Miss Lottie sie mit uns kommen lassen."

„Was ist mit dir?", forschte Stone vorsichtig nach. „Hattest du kein sicheres Zuhause, als die Schule geschlossen wurde?"

„Doch. Das hier." Sie sah ihn an, als wäre er ein Idiot.

„Aber was ist mit deiner Familie? Warum bist du nicht zu ihr gegangen?"

Lily runzelte die Stirn. „Miss Lottie ist meine Familie. Meine Mama hat mich in ihre Obhut gegeben, als sie in den Himmel gegangen ist."

Diese letzten Worte ließen erneut Tränen in die Augen der Kleinen steigen, also wechselte Stone schnell das Thema. „Wusstest du, dass ich auch mal ein Kopfgeldjäger war?"

„Wirklich?" Das Mädchen sah ihn mit großen Augen an. „Heißen Sie deshalb Stone? Alle guten Kopfgeldjäger haben beeindruckende Namen. Wie Dead-Eye-Dan und Hammer Rockwell."

Stone musste sich zusammenreißen, um nicht die Augen zu verdrehen. „Nein. Meine Mutter hat mir diesen Namen gegeben. Hier. Ich zeige es dir." Er beugte sich vor, um seine Satteltasche unter dem Bett hervorzuholen, musste jedoch innehalten, weil die Wunden zu stark schmerzten. Als er die Tasche endlich hervorgezogen hatte, atmete er tief ein und öffnete die Lasche. Er zog die Bibel seiner Mutter hervor und öffnete die erste Seite, auf der die Geburten festgehalten waren. Er zeigte auf den letzten Namen. „Siehst du? Das bin ich. Stone Arthur Hammond. Wenn du ein bisschen weiter oben guckst, siehst du, nach wem ich benannt wurde. Beatrice Anne Stone. Die Großmutter meiner Mutter. Alle haben sie nur Bertie genannt."

Lily kicherte. „Das ist ein lustiger Name. Oma Bertie."

Stone musste ebenfalls glucksen. Er hatte die Frau selbst nie kennengelernt, aber er mochte den Gedanken, eine Uroma Bertie zu haben. Er wollte Lily gerade fragen, ob sie auch eine Oma hatte, als ein Klopfen an der Tür erklang.

Lily zuckte zusammen und hüpfte vom Bett.

„Mr Hammond", rief Stephen durch die Tür, „ist Lily bei Ihnen? Ich mache mir langsam Sorgen. Ich kann sie nirgendwo finden."

Die Gesuchte kroch auf allen Vieren unter Stones Bett.

„Komm rein", rief Stone.

„Nein!", flüsterte sie, doch Stone ignorierte sie.

Wenn Stephen Lily nicht fand, würde die Lehrerin anfangen, sie zu suchen. Und wenn Miss Atherton das Mädchen hier antraf, würde sie vielleicht den Gnom auf ihn hetzen.

Stephen kam herein und suchte den Raum ab. Stone deutete auffällig auf Lilys Versteck.

Der Junge runzelte die Stirn. Dann grinste er breit, sprang vor und kroch unter das Bett. „Ich hab dich, Lily!"

„Du hast geschummelt!" Sie kroch unter dem Bett hervor und funkelte Stone und Stephen böse an. „Du hattest Hilfe."

„Ja, dann hast du aber auch geschummelt." Stephen verschränkte seine knochigen Arme vor der Brust. „Du weißt, dass Miss Lottie dir verboten hat, hierherzukommen. Sie wird dich ohne Abendessen ins Bett schicken, wenn sie es herausfindet."

„Du darfst es ihr nicht sagen!" Sofort wich das Funkeln in ihren Augen einem Hundeblick mit vorgeschobener Unterlippe. „Bitte. Ich verspreche, dass ich es nie wieder tue. Bitte, Stephen."

Der Junge wankte. „Na gut, aber du musst morgen für mich Unkraut jäten."

„Mach ich", versprach ihm Lily. Dann wandte sie sich bettelnd zu Stone um. „Und Sie sagen es ihr auch nicht, Mr Hammond. Versprochen?"

Als ob er das in Erwägung gezogen hätte. Er wollte ja schließlich selbst auch nicht ohne Abendessen ins Bett. „Ich verspreche es."

„Gut." Ihre Schultern senkten sich erleichtert.

„Wir gehen besser", sagte Stephen und nahm Lilys Hand. Als sie die Tür erreicht hatten, wandte er sich noch einmal um. „Ach, Mr Hammond?"

„Ja?"

„Miss Lottie hat gesagt, wenn Sie sich gut genug fühlen, können Sie um sechs Uhr zum Abendessen ins Haus kommen."

„Danke. Ich werde da sein."

Und weiter nach der Wahrheit suchen.

Kapitel zehn

Dreißig Minuten vor der verabredeten Zeit sammelte Stone die Schreibutensilien, die ihm die Lehrerin geliehen hatte, und das Geschirr vom Mittagessen zusammen und machte sich auf den Weg zum Haus. Es schadete nie, das Überraschungsmoment auf seiner Seite zu haben. Um seinen Vorteil noch zu vergrößern, ging er nicht zur Hintertür, sondern lief um das Haus herum zur Vordertür, die am weitesten entfernt von der Küche und der Schlafbaracke lag. Die unwahrscheinlichste Tür, die er benutzen konnte. Und anstatt zu klopfen, öffnete er leise die Tür und ließ sich selbst ein. So konnte er sie am besten überraschen und sich ein Bild davon machen, was wirklich in Miss Athertons Haus vor sich ging.

Nur, dass *er* derjenige war, der überrascht wurde.

Zuerst von der Musik. Eine komplizierte Melodie voller Drehungen und Wendungen umschwirrte ihn und zog ihn förmlich ins Wohnzimmer. Viel anspruchsvoller als jedes populäre Lied, das er im Tanzsalon gehört hatte. Er konnte es sich nicht einmal in einer Kirche vorstellen. Zu viele Noten, denen man mit der Stimme folgen müsste. Nicht, dass er es überhaupt versucht hätte. Dieses Lied brauchte keine Stimme, um ihm Bedeutung zu verleihen. Alles, was man tun musste, war zuzuhören.

„Nicht so schnell, John", rief eine Frauenstimme von irgendwoher, vielleicht aus der Küche. „Halte das Tempo."

John? Der kleine chinesische Junge spielte? Unmöglich.

Doch als Stone auf leisen Sohlen um die Ecke schlich, saß dort tatsächlich John Chang im Wohnzimmer und seine kleinen Finger flogen über die Tasten wie die eines Meisters. Sein ausdrucksloses Gesicht passte nicht zu der atemberaubenden Komplexität der Musik. Es war, als erforderten die Töne, die er produzierte, keinerlei Konzentration oder persönliche Reaktion.

Als Stone angefangen hatte, sich mit Dr. Sullivans Akademie zu beschäftigen, war ihm das „außergewöhnlich begabte Kinder und Jugendliche" als Teil des Namens aufgefallen, doch er hatte vermutet, dass der Mann es nur aus Prestigegründen verwendete, um ein ausgewähltes – und vor allem reiches – Klientel anzusprechen. Das eine Mal, als er Dr. Sullivan persönlich getroffen hatte, hatte dieser Stone etwas zu sehr nach Schwindelei gerochen. Er hatte wie ein Mann gewirkt, der nach außen hin die richtigen Worte fand, innerlich aber aalglatt war. Große Versprechungen, wenig dahinter. Stone kannte diesen Menschenschlag. Mit solchen Kerlen hatte er vor allem am Anfang viel Geld verdient – mit Betrügern und Scharlatanen, die so damit beschäftigt waren, sich die Taschen vollzustopfen, dass sie es in Kauf nahmen, das Leben der Menschen um sie herum zu zerstören. Dr. Sullivan mochte nicht mit magischen Elixieren gehandelt haben, aber nichtsdestotrotz hatte er nach Täuschung gerochen. Warum sonst hätte ein vermeintlich hingebungsvoller Erzieher mitten im Jahr seine Schule schließen sollen? Er musste einen besseren Weg gefunden haben, den Menschen das Geld aus der Tasche zu ziehen.

Doch es schien, dass das „außergewöhnlich begabt" im Titel der Schule keine Blenderei gewesen war. John Chang war der außergewöhnlichste Siebenjährige, den Stone je gesehen hatte. Hatten Stephen und Lily auch so beeindruckende Talente? Er musterte Stephen, der mit untergeschlagenen Beinen auf dem Fußboden saß und eine alte Uhr auf dem Schoß hatte, dann wanderte sein Blick weiter zu Lily. Sie sah aus wie jedes andere neunjährige Mädchen, hatte sich auf dem Sofa zusammengerollt und war in einen Groschenroman vertieft. Die Lehrerin hatte erwähnt, dass Lily klug war, und offensichtlich las sie gerne, doch machte sie das außergewöhnlich?

Stone trat näher und versuchte Hinweise zu finden. Vielleicht musste er das Mädchen in Aktion sehen. Immerhin war John auch nur ein stiller Junge gewesen, der das Haus nicht verlassen wollte, bevor er ihn am Klavier gesehen hatte.

„Mr Hammond!" Lilys fröhliches Quietschen erfüllte den Raum und ließ die Musik abrupt verstummen. Johns Hände erstarrten über den Tasten, während Lily ihr Buch beiseitewarf und aufsprang.

Stone grinste das Mädchen an und betrat das Wohnzimmer. „Du musst nicht aufhören, mein Junge", sagte er und nickte in Johns Richtung. „Du spielst gut. Kennst du noch ein anderes Lied?"

„Spiel das mit dem Mond, das Miss Lottie dir beibringt", bettelte Lily. „Das ist so schön." Sie fing an, die Melodie im Dreivierteltakt zu summen und tanzte dazu.

„Es ist nicht schön. Es ist traurig." Stephen runzelte die Stirn. „Ich fühle mich immer einsam, wenn ich es höre."

„Nur, wenn Miss Lottie es spielt", widersprach Lily. „Außerdem ist es doch gerade deswegen so schön."

Stephen verdrehte die Augen und sah Stone an, als suche er einen Verbündeten gegen die Unvernunft der Frauen. Stone konnte sein Glucksen gerade noch unterdrücken.

Lily wandte Stephen demonstrativ den Rücken zu und versuchte John zu überreden. Sie lehnte sich ans Klavier und setzte wieder ihren Hundeblick auf. „Bitte, Johnny. Es ist mein Lieblingslied."

Der arme Junge hatte keine Chance, obwohl er sich alle Mühe gab. „Ich kenne die Noten noch nicht richtig", sagte er. „Miss Lottie lässt mich bei diesem Stück die Punkte auf dem Papier lesen."

„Das macht nichts", ließ Lily nicht locker. „Du hast es Miss Lottie spielen hören und wir alle wissen, dass du jedes Stück auswendig kannst, das du einmal gehört hast. Du brauchst die Noten nicht."

Stone blickte von Lily zu John und dann zu Stephen, doch keins der Kinder schien Lilys Aussage übertrieben zu finden. Sie taten, als wäre so ein Talent normal.

John seufzte schwer und richtete sich auf.

Lily klatschte in die Hände und grinste so breit, dass der Raum heller zu werden schien. „Danke Johnny!" Dann sprang sie hinter die Bank, schlang ihre Arme um ihn und drückte ihn, so fest sie konnte.

John verzog das Gesicht und stöhnte, versuchte aber nicht, ihr zu entkommen. Stephen verdrehte wieder die Augen. Lily lachte nur und tanzte über den Teppich. Die drei verhielten sich eher wie Geschwister als wie Klassenkameraden. Kein Wunder, so hatten sie die letzten Monate ja auch gelebt.

Die Musik begann wieder, dieses Mal mit tiefen Noten und einem langsamen Rhythmus. Es war ein viel einfacheres Lied, doch der Junge spielte es zögerlich, sein Blick suchte den leeren Raum vor sich ab, als erwarte er Anweisungen.

Dann stand plötzlich Miss Atherton in der Tür. Sie trocknete sich die Hände an ihrer Schürze ab. Als sie Stone sah, hob sie eine Augenbraue, kommentierte seine Anwesenheit aber nicht weiter. Stattdessen durchquerte sie den Raum und stellte sich hinter John, legte ihre Hände auf seine Schultern und atmete langsam aus.

„Spür die Musik, John." Sie sprach so leise, dass Stone sie fast nicht verstanden hätte. „Weißt du noch? Lass sie durch deine Ohren fließen … durch deinen Verstand … in dein Herz … und *dann* erst in deine Finger."

Der Junge entspannte sich sichtlich. Die Töne wurden weicher.

„Besser", flüsterte sie. Für einige Sekunden imitierten ihre Finger Johns Spiel auf den Schultern des Jungen. Dann sanken sie herab und verschwanden in den Falten ihrer Schürze. Sie wandte sich ab und überließ ihren Schüler seiner Musik.

Stone trat ihr entgegen. „Ich dachte, ich bringe Ihnen den Schreibtisch zurück. Ach, und den Teller vom Mittagessen." Er streckte ihr beides entgegen. „Vielen Dank dafür."

Miss Atherton nahm ihm die Gegenstände ab und reichte die Schreibutensilien gleich an Lily weiter. „Bring das bitte in mein Zimmer." Das Mädchen stöhnte, schnappte sich dann aber den Kasten und verschwand. Die Lehrerin sah Stone wieder an. „Ich habe gehört, dass Dr. Ramsey den Brief für Sie verschickt hat."

„Das stimmt. Er hat ihn gleich gestern Abend mitgenommen. Er erschien mir vertrauenswürdig. Oder sollte ich mir Sorgen machen?"

Ihre Augen wurden ein wenig größer. „Nein, nein. Der Doktor ist ein guter Mann. Sehr verantwortungsbewusst. Ich habe keinen Zweifel daran, dass Ihr Brief schon im Postamt abgegeben wurde. Ich … ich habe mich nur gefragt, wie Sie Ihre Zeit verbringen wollen, während Sie auf eine Antwort warten."

Stone trat näher an sie heran und erhaschte einen Blick auf Lily, die gerade wieder ins Zimmer geflitzt war. „Sie wissen genau, was ich vorhabe, Charlotte." Er sprach leise. Ihr Mund öffnete sich leicht, als er ihren Vornamen benutzte, doch er war die gezwungene Förmlichkeit zwischen ihnen leid. Es wurde Zeit zu akzeptieren, dass die Hindernisse zwischen ihnen fallen mussten. Er würde sich nicht länger von Lily fernhalten lassen. „Ich plane, mich zu erholen und Ihre Gastfreundschaft zu genießen. Vielleicht kann ich einige

Aufgaben übernehmen." Er warf ihr einen vielsagenden Blick zu. „Zeit mit den Kindern verbringen." Die feinen Linien zwischen ihren Augen drohten zu einem Runzeln zu werden, deshalb lenkte er das Gespräch in eine andere Richtung. „Ich hätte nie erwartet, heute Abend noch ein so beeindruckendes Konzert zu hören. John hat wirklich Talent."

„Ja, das hat er." Die Falten verschwanden nicht völlig, doch nun trat ein stolzes Funkeln in Charlottes Augen, das sie zum Leuchten brachte. „Das haben sie alle. Jeder auf seine Art." Sie nickte in Stephens Richtung, der es während der letzten Minuten tatsächlich geschafft hatte, die Uhr vollständig auseinanderzubauen. „Er hat diese Uhr dreimal auseinandergenommen und wieder zusammengebaut. Jedes Mal ein bisschen schneller. Und immer, wenn er fertig ist, tickt sie wieder perfekt. Als wir hier angekommen sind, hat sie nicht funktioniert."

„Und Lily?", fragte Stone.

Charlotte blickte auf eine Stelle neben seinem rechten Ellbogen und lächelte. „Lesen Sie eine Geschichte mit ihr und Sie werden sehen."

Eine kleine Hand wühlte sich in seine Riesenpranke und zupfte an seinen Fingern. „Kommen Sie, Mr Hammond. Lesen Sie eine Geschichte mit mir. Das wird lustig."

Seine Finger schlossen sich instinktiv um Lilys Hand, während er sich von ihr zum Sofa führen ließ. Es fühlte sich seltsam an, ungewohnt, etwas so Kleines und Zerbrechliches in seiner Hand zu halten. Er war daran gewöhnt, Waffen oder seinen Sattelknauf zu spüren. Seine Hände waren dafür gemacht, Gesetzesbrecher zu schnappen, nicht Geschichten mit kleinen Mädchen zu lesen. Trotzdem hatte sein Herz einen kleinen Sprung gemacht, als sie ihn so vertrauensselig berührt hatte.

Es lag in seiner Macht, das Leben des Mädchens zu verändern. Zum Guten oder zum Schlechten. Was, wenn er die falsche Wahl traf? Der Gedanke erschütterte ihn. Das Mädchen war hier offensichtlich glücklich, mit der Lehrerin und ihren Freunden, doch wie lange würde dieses Glück andauern? Sich zu verstecken, auf der Flucht zu leben, das alles forderte seinen Preis. Wie oft hatte er einen Gesuchten gefunden, weil dieser nachlässig geworden war, nachdem er mit dem Trinken begonnen hatte, weil er es nicht mehr ausgehalten hatte, immer über die Schulter schauen zu müssen? Charlotte mochte den Kindern hier ein sicheres Heim bereitet haben, doch dieses Heim könnte jederzeit zum Gefängnis werden. Lily verdiente etwas Besseres. Doch war ein reicher Großvater zwangsläufig besser? Würde er sie lieben, sich um sie kümmern? Oder wäre sie nur ein weiterer Bauer in seinem Machtspiel, den es zu kontrollieren galt? Würde er sie eines Tages an den höchsten Bieter verheiraten?

Gott, ich kann diese Entscheidung nicht allein treffen. Zeig mir den richtigen Weg und schenk mir den Mut, ihn einzuschlagen.

„Mr Hammond? Geht es Ihnen gut?" Lilys strahlend blaue Augen blitzten ihn von unten her an, auf ihrer Stirn standen Sorgenfalten.

Stone verdrängte die düsteren Überlegungen und grinste. „Entschuldigung, Kleine." Er ließ sich neben sie aufs Sofa fallen und bemerkte, dass die erlauchte Miss Atherton sich in der Zwischenzeit wieder in die Küche zurückgezogen hatte. „Ich war kurz in Gedanken. Und jetzt erklär mir mal, was so besonders daran ist, wie du liest."

Sie lächelte. „Nichts. Ich lese genau wie alle anderen." Sie reichte ihm den Groschenroman, in den sie vorhin schon versunken gewesen war, und lehnte sich dann mit dem Rücken gegen seinen Arm. „Das, was mich laut Miss Lottie besonders macht, ist das, was nach dem Lesen kommt." Sie zuckte mit den Schultern. „Für mich ist es nicht wirklich besonders, aber es macht Spaß. Vor allem bei Geschichten über Kopfgeldjäger." Sie drehte den Kopf und grinste ihn an. „Fangen Sie an, dann zeige ich es Ihnen."

Kapitel elf

Unsicher, was er tun sollte, schlug Stone das Buch auf, dessen Umschlag ein Mann zierte, der ihn stark an Daniel Barrett, seinen früheren Partner erinnerte. Das flammend rote Haar war etwas heller als das dunkle, rostrote seines Freundes, doch der Titel – *Dead-Eye-Dan und das heimtückische Duell* – machte ihn neugierig.

Stone schlug das erste Kapitel auf und fing an zu lesen. „Dead-Eye-Dan duckte sich hinter einen Felsen am Rande des Widows Canyons, sein Gewehr im Anschlag. Er verfolgte die Gatling-Bande nun schon seit fünf Tagen, mit nicht mehr als einem Beutel Dörrfleisch und Hartkeksen zum Leben und seinem treuen Pferd Ranger.‟

Ranger? Dead-Eye-Dan *war* Daniel Barrett! Stone konnte ein Schnauben kaum unterdrücken. Wusste Barrett, dass man ihn unsterblich gemacht hatte? Er konnte es nicht erwarten, das seinem alten Freund unter die Nase zu reiben. Er musste selbst eine Ausgabe dieses Romans ausfindig machen und sie Dan zeigen.

Lily musste seine Pause so verstanden haben, dass sie übernehmen sollte, denn sie nahm den Faden auf, wo er innegehalten hatte. „Das Aufgebot aus Rockdale hatte die Verfolgung vor zwei Tagen aufgegeben, sodass Dan nun auf sich alleine gestellt war. Doch er scherte sich nicht darum. Dead-Eye-Dan arbeitete alleine am besten, erschnüffelte Spuren wie ein Bluthund und folgte zielsicher seiner Beute. So hatte es ihn nun auf den Grat des Widows Canyons verschlagen.‟ Lily senkte die Stimme, als wollte sie Dans Versteck nicht an seine Feinde verraten.

Stone wandte sich lächeln um … und erstarrte. Lily las nicht. Sie blickte das Buch nicht einmal an. Sie saß immer noch mit dem Rücken an seinen Arm gelehnt mit dem Kopf in Richtung Piano.

„Pferdegetrappel erklang von Westen her. Er hatte recht gehabt! Billy Cavanaugh und seine Bande Gesetzloser näherten sich.‟

Sie las … nein, *zitierte* das Buch Wort für Wort. Nicht ein einziger Fehler. Wie viele Male musste sie diese Geschichte bereits gelesen haben, um sie so flüssig wiederzugeben?

„Er hatte den kleinen Canyon gestern auf der Jagd entdeckt"", fuhr sie fort, „und Dans Bauch hatte ihm sofort verraten, dass dies der perfekte Ort für ein Versteck wäre. Geschützt. Verborgen. Ein kleiner Bach, der Männer und Pferde mit Wasser versorgte. Also hatte er die Gelegenheit ergriffen, sich hochgelegen positioniert, und wartete auf die Rückkehr der Bande. Sein Bauch hatte recht behalten. Denn Dead-Eye-Dans Bauch hatte immer recht."" Lily legte den Kopf in den Nacken, bis sich ihre Blicke trafen. Sie grinste. „Sie sind dran, Mr Hammond."

„Wie oft hast du das Buch gelesen, Knirps?" Stone versuchte, nicht allzu beeindruckt zu klingen.

Lily zuckte mit den Schultern. „Nur einmal. Aber ich lese alles immer nur einmal. Na ja, außer der Bibel. Miss Lottie sagt, die Bibel ist anders, weil Gott uns hilft, jedes Mal andere Dinge zu sehen, wenn wir sie lesen. Da bin ich mir aber noch nicht sicher. Ich kann die Bibelseiten in meinem Kopf sehen, genau wie ich alle anderen Bücher auch sehe, aber wenn sie es gerne möchte, lese ich jeden Tag darin."

Stone sagte nichts, sondern versuchte zu verarbeiten, was das Mädchen ihm gerade so beiläufig erzählt hatte. Sie hatte das Buch nur einmal gelesen? Und sie konnte es auswendig zitieren? Das konnte er nicht begreifen. „Du siehst die Seiten in deinem Kopf?", hakte er nach.

„Jepp. Wie eine Fotografie. Ich sehe die Seite einmal und dann kann ich sie mir später immer wieder angucken, wenn ich will. Genauso ist es doch auch bei John mit dem Klavier." Lily wandte sich jetzt um, vermutlich weil die verdrehte Kopfhaltung unbequem war. „Miss Lottie sagt, wir dürfen damit nicht angeben. Vor allem nicht, wenn wir nächstes Halbjahr in Madisonville in die Schule kommen. Sie sagt, es ist nicht nett, anderen Leuten bewusst zu machen, dass sie länger lernen müssen, um das Gleiche zu wissen. Es macht sie nicht dumm, es bedeutet nur, dass sie härter arbeiten müssen."

Stone musste sich zusammenreißen, um einen ernsten Gesichtsausdruck beizubehalten. Schön zu wissen, dass er nicht *dumm* war, sondern *hart arbeitete*.

„Einmal", Lily lehnte sich zu ihm, als verrate sie ein Geheimnis, „hat mir Miss Lottie von einem Jungen erzählt, der die schwierigsten mathematischen Gleichungen im Kopf lösen konnte, ohne sie sich aufzuschreiben. Er hat sich so daran gewöhnt, dass alles wie von selbst läuft, dass er enttäuscht war, als sein Lehrer ihm noch kompliziertere Aufgaben gestellt hat. Er hat die Lösung nicht gleich im Kopf gehabt, hatte dann keine Lust, sich anzustrengen und ist gegangen. Er hat die Akademie einfach verlassen. Miss Lottie hat gesagt, wenn Gott uns eine Gabe gibt, müssen wir sie kulti … kultivieren." Lily grinste, als sie das schwierige Wort fehlerfrei ausgesprochen hatte, und warf Stone dann einen Blick zu, der auch von Charlotte Atherton persönlich hätte stammen können. „Das bedeutet, dass man hart daran arbeiten muss, dass etwas wächst und gedeiht."

Stone nickte. „Das hört sich so an, als wäre Miss Lottie eine gute Lehrerin." Eine Frau, die überzeugt davon war, dass die Bildung des Charakters genauso wichtig war wie das Lernen von Lesen, Schreiben und Mathematik. Ein Punkt zu ihren Gunsten.

„Sie ist die beste!" Lily sprang auf dem Sofa herum. „Sie unterrichtet uns jeden Morgen nach den Hausarbeiten. Naja, außer gestern. Aber das lag daran, dass Sie hier aufgetaucht sind. Sie haben ihren Plan durcheinandergebracht. Miss Lottie mag Pläne sehr gerne. Ich bin überrascht, dass sie Sie hierbleiben lässt." Lily legte den Kopf zur Seite und musterte ihn, als frage sie sich endlich, was er eigentlich hier tat.

Zeit für eine Ablenkung.

Stone durchblätterte das Buch und schlug es an einer beliebigen Stelle in der Mitte auf. „Dan sprang hinter einen umgestürzten Baum, als ein Kugelhagel auf ihn niederging. Die Gatling-Bande hatte ein unerbittliches Feuer auf ihn eröffnet. Doch unbeirrt durch die tödliche Bedrohung warf sich Dan auf den Rücken und lud seinen Henry-Mehrlader mit methodischer Präzision. Der Revolver an seiner Hüfte hatte sechs volle Kammern. Das Messer in seinem Gürtel war scharf und wartete auf seinen Einsatz.'" Stones Stimme erstarb, als Lily übernehmen sollte.

Sie grinste und nahm die Herausforderung an wie eine geübte Spielerin. Innerhalb weniger Sekunden hatte sie die richtige Seite in ihrem mentalen Katalog gefunden und zitierte an der Stelle weiter, an der er aufgehört hatte.

„Die Kugeln ließen Holzsplitter auf ihn herniederregnen, doch Dan wischte sie achtlos beiseite. Billys Bande konnte nicht zielen, das hatte sie noch nie gekonnt. Deshalb verteilten die Mistkerle auch immer so viel Blei. Es war der einzige Weg, wie sie überhaupt etwas treffen konnten. Zu oft unschuldige Zivilisten. Dan rollte sich mit zusammengebissenen Zähnen auf die Seite, um einen Blick über den Baumstamm zu werfen. Einer gegen sieben war ein schlechtes Verhältnis, doch Billy Cavanaugh und seiner Bande waren Ungeziefer, das aus-ge-merzt werden musste.'" Sie stolperte ein wenig über das ungewohnte Wort, doch das konnte sie nicht aufhalten. Sie zitierte weiter. „Er würde warten, bis sie nachladen mussten, und dann würde er sich einen nach dem anderen vorknöpfen."

Stone schloss das Buch und legte es auf seinen Schoß, um Lily zu signalisieren, dass sie nicht weitermachen musste. Er hatte keinen Zweifel daran, dass sie das gesamte Buch zitieren würde, wenn er sie darum bat. Die Erinnerungsfähigkeit des Mädchens war beeindruckend. Doch ihre Lehrerin hatte sich alle Mühe gegeben, sie auf dem Boden der Tatsachen zu halten, und er wollte das nicht zunichtemachen, indem er ihr außergewöhnliches Talent lobte. Außerdem war nicht klar, wie viele Möglichkeiten Charlotte ihm noch geben würde, mit Lily zu sprechen.

„Dir ist schon klar, dass diese Geschichte stark übertrieben ist, oder?" Er schob Lily den Groschenroman zu. „Es waren nur fünf Männer in der Gatling-Bande und nicht sieben. Und Daniel Barrett hat sie nicht alleine dingfest gemacht, sondern er hatte Hilfe."

Lilys blaue Augen glänzten, als sie sich vor ihn kniete. „Wollen Sie mir etwa sagen, dass Sie Dead-Eye-Dan *kennen*?"

Stone stieß vielsagend die Luft aus. „Ihn kennen? Das kann man wohl sagen! Er und ich waren damals Partner. Natürlich nennt ihn niemand Dead-Eye-Dan. Er ist Vorarbeiter auf einer Ranch oben im Norden, auf Hawks Haven. Er *kann* richtig gut schießen. Hat mir mehr als einmal das Leben gerettet." Er stupste Lily gegen die Schulter und warf sie damit fast rücklings aufs Sofa. „Natürlich habe ich ihm auch mehr als einmal das Leben gerettet."

Sie umklammerte seinen Arm, um ihr Gleichgewicht zu halten,

ließ ihn aber auch danach nicht los. Nein, sie hielt ihn fest, als wäre er nicht nur Fremder, der am Tag vorher vom Aufseher ihrer Lehrerin angeschleppt worden war. Sie hielt ihn fest, als wäre er ein Teil ihrer Familie – oder eben ein Teil des zusammengewürfelten Haufens, der hier in Charlotte Athertons Haus lebte.

Stone ballte die Fäuste gegen den Schmerz, der sich in seiner Brust bildete. Diese blöden Wunden.

„Warten Sie." Lily atmete so tief ein, dass Stone glaubte, ihr Kopf müsse anschwellen. „Sie sind … Sie sind … Hammer Rockwell. Der Mann, der gerade rechtzeitig auftaucht und die Gatling-Bande überrascht, indem er mit dem Messer zwischen den Zähnen den Canyon hinunterklettert."

Hammer Rockwell? Ein Messer zwischen den Zähnen? „Das ist doch alberner, ausgemachter Blödsinn", grummelte Stone. „Du solltest wissen, dass alle meine Messer sicher in ihren Scheiden verstaut waren, als ich geklettert bin. Und wer hat sich nur diesen haarsträubenden Namen ausgedacht? Hammer Rockwell. So etwas Absurdes ist mir noch nie untergekommen!"

„Verstehen Sie denn nicht?" Lily kicherte. Das fröhliche Geräusch glättete einige der Stacheln, die sich in seinem Innern aufgestellt hatten. „Sie haben Ihren Namen nur umgedreht und leicht variiert. Stone Hammond. Hammer Rockwell. Machen Sie sich keine Sorgen – auch wenn Sie nur auf ein paar Seiten mitgespielt haben, haben Sie Ihrem Namen alle Ehre gemacht. Sie haben die bösen Kerle mit bloßer Hand umgehauen und plattgemacht." Sie demonstrierte es mit einigen enthusiastischen Stößen gegen seinen Oberarm. „Sie haben Ihr Messer erst benutzt, als eins der Bandenmitglieder Dan in den Rücken schießen wollte. Danach war der Gesetzlose nur noch Fraß für die Geier."

Stone hob eine Augenbraue, da sie offensichtlich sehr zufrieden mit dem Schicksal des Mannes war. „Eigentlich wurde er zusammen mit den anderen eingesperrt, nachdem wir seine Wunde genäht hatten."

Lily runzelte die Stirn. „Meine Version gefällt mir besser."

Stone schnaubte. *War ja klar.*

꙳

Charlotte stand im Flur und kaute auf ihrer Unterlippe herum. Sie sollte nicht lauschen. Wie oft hatte sie ihre Schüler für ein solch unhöfliches und ungehobeltes Verhalten gescholten? Doch hier stand sie und tat genau das, was sie sonst verbot. Dies war definitiv nicht ihre Glanzstunde. Aber sie konnte auch nicht aufhören, denn Stone Hammond hatte absolut recht gehabt. Man konnte viel lernen, indem man einfach nur beobachtete und lauschte.

Der Mann schien nicht viel Erfahrung im Umgang mit Kindern zu haben und doch verhielt er sich ihnen gegenüber mit großer Geduld und Freundlichkeit, erhob weder seine Stimme noch war er ungeduldig. Es stimmte natürlich, dass er seine eigenen Ziele verfolgte, doch Charlottes jahrelange Erfahrung hatte sie gelehrt, dass Kinder es spürten, wenn ein Erwachsener ein ganz bestimmtes Ziel verfolgte, und sich instinktiv abwandten. Aber alle drei schienen Stones Nähe regelrecht zu suchen. Selbst John hatte aufgehört Klavier zu spielen und sich neben Stephen auf den Boden gesetzt. Jetzt reichte er ihm Uhrteile an und versuchte, nicht allzu interessiert zu wirken, während er dem Gespräch auf dem Sofa lauschte.

Wie hätten sie auch nicht fasziniert sein sollen? Der Mann war offensichtlich eine lebende Legende, unsterblich gemacht in der Literatur. Nun ja, zumindest, wenn man einen Groschenroman als Literatur bezeichnen wollte. *Hammer Rockwell?* Charlotte unterdrückte ein Kichern. Grauenvoller Name. Und vor allem Stones Reaktion war es gewesen, die sie grinsen ließ. Er hatte so wunderbar beleidigt gewirkt.

Charlotte musste es ihm hoch anrechnen, dass er mit Lilys Begabung so souverän umgegangen war. Abgesehen von einer oder zwei Fragen, um ihre Fähigkeiten abzuklären, hatte er das Gespräch einfach weiterlaufen lassen, als wäre er kaum neugierig. Hatte er gedacht, das Mädchen würde sich unwohl fühlen, wenn er es weiter auf die Probe stellte, und nicht mehr mit ihm sprechen wollen? Charlotte war es nicht gewöhnt, mit einfühlsamen Männern zu tun zu haben – Männern, die zurückhaltend waren. Und bescheiden. Sie legte den Kopf an die Tür, die Wohnzimmer und Flur miteinander verband, während sie Lily und Stone lauschte, die über die Vorzüge von Geierfraß diskutierten. Stone hätte sich aufspielen und seine Rolle in der Geschichte aufblasen können, um Lilys Bewunderung weiter anzufachen, doch das hatte er nicht getan. Natürlich war auch die Wahrheit schon fast unglaublich.

„Und wie kam es, dass Dead-Eye-Dan sein Leben als Kopfgeldjäger aufgegeben hat und jetzt ein langweiliger alter Farmer ist?", fragte Lily.

Stone stöhnte auf und Charlotte konnte sich vorstellen, wie er die Augen verdrehte. Sehr warme, bernsteinfarbene Augen, wenn sie sich richtig erinnerte.

„Das Leben auf einer Ranch ist nicht langweilig, Kleine. Es bringt viel harte Arbeit mit sich. Nur weil die Rinder nicht auf einen schießen, bedeutet es nicht, dass es nicht gefährlich ist. Stürme, in Panik geratene Herden, ein wütender Bulle, der dich mit den Hörnern aufspießen will, sobald du ihn anschaust … Das ist nichts für Angsthasen. Außerdem kommt im Leben eines Mannes die Zeit, wo er sich niederlassen und sich etwas Beständiges aufbauen will. Einen Ort, den er sein Zuhause nennen kann."

Die aufrichtige Sehnsucht in seiner Stimme traf Charlotte völlig überraschend. Er wirkte so schroff, so unabhängig, dass sie ihn sich nur schwer in einem häuslichen Umfeld vorstellen konnte. Heim und Herd. Frau und Familie. Obwohl er eine Familie nicht erwähnt hatte, oder? Nur ein Zuhause. Wäre er alleine zufrieden? Ohne jemanden, mit dem er sein Leben teilen könnte?

Charlottes Rücken versteifte sich. Was genau ging sie das eigentlich an? Sie runzelte die Stirn und griff nach hinten, um die Bänder ihrer Schürze festzubinden. Ihr Ellbogen stieß leicht gegen die Wand, als sie überprüfte, ob die Schlingen auch wirklich die gleiche Länge hatten. *Ehrlich*, schäumte sie innerlich, *das zukünftige Leben von Stone Hammond kann mir nun wirklich egal sein. Hauptsache, er führt es weit entfernt von uns. Er kann sich meinetwegen bis zum Ende seiner Tage in einer Höhle verstecken, solange ich Lily behalten darf.*

„Haben Sie denn kein Zuhause?" Lilys Frage lenkte Charlotte von den Bändern ihrer Schürze ab. Sie hielt inne und hasste sich selbst dafür, dass sie sich für die Antwort interessierte.

„Nein. Kein echtes. Nur ein paar Hotels, die ein Zimmer für mich freihaben, wenn ich mal wieder in der Stadt bin. Seit meine Ma '68 gestorben ist, habe ich kein richtiges Zuhause mehr. Mein Vater starb fünf Jahre vorher im Krieg, und weil die Zeiten so schwer waren und ich so jung war, hatte ich keine Möglichkeit, das Haus zu halten. Die Bank hat es sich genommen und ich war auf mich allein gestellt."

Und er hatte überlebt. Mehr als das, erkannte Charlotte an. Er hatte sich eine erfolgreiche Existenz aufgebaut. Bewundernswert.

„Das Einzige, was ich abgesehen von dem Gewehr meines Vaters und einem Sack mit Essen mitgenommen habe", fuhr Stone fort, „war die Bibel meiner Mutter. Ich habe sie immer bei mir. Sie erinnert mich daran, wie meine Mutter war und was es bedeutet, ein Zuhause zu haben."

„Ich habe ein Medaillon", sagte Lily leise. „Ich trage es jeden Tag unter meinem Kleid. Wollen Sie es sehen?"

Charlotte stellte sich vor, wie Lily an der dünnen Goldkette zog, bis das ovale Schmuckstück aus ihrem Kragen rutschte. Sie würde es öffnen und ihm das Porträt von Rebekka zeigen.

„Deine Ma war wirklich schön." Stones barsche Stimme war voller Mitgefühl. „Vermisst du das Zuhause, das du bei ihr hattest?"

Charlotte versteifte sich. Er hatte Dorchester Hall nicht erwähnt, aber sie erkannte die Richtung, in die seine Frage zielte. Vielleicht hatte sie sich das Mitgefühl in seiner Stimme auch nur eingebildet. Vielleicht hatte er sich diese ganze traurige Geschichte seiner Kindheit auch nur aus den Fingern gesaugt, um Lily auf seine Seite zu ziehen, um sie zu manipulieren und dazu zu bringen, ihm ihre eigene Geschichte zu erzählen.

„Ich vermisse das Kätzchen, das sich immer neben dem Ofen in der großen Küche zusammengerollt hat. Ich durfte es herumtragen, und wenn wir draußen gespielt haben, hat es immer versucht, meinen Schatten zu fangen. Aber am meisten vermisse ich meine Mama. Sie mochte Großvaters großes Haus nie. Sie wollte ein gemütliches Zuhause für uns, aber Großvater hat darauf bestanden, dass wir bei ihm leben."

Lilys Stimme erstarb und Charlotte hielt den Atem an, weil sie nicht verpassen wollte, was die Kleine als Nächstes sagte. Wenn sie Stone erzählte, dass sie Dorchester Hall vermisste, würde er sie dann mit zurücknehmen?

„Ich glaube, Mama hatte recht", sagte Lily endlich. „Miss Lotties

Haus ist klein und gemütlich und es gefällt mir. Es fühlt sich an wie ein Zuhause."

„Ich glaube, Miss Lottie wäre froh, das zu hören."

Klang seine Stimme lauter als noch einen Augenblick zuvor?

„Nicht wahr, Charlotte?" Plötzlich stand Stone neben ihr im Flur und beäugte sie wie ein erfahrener Jäger, der gerade eine Taube im Busch aufgespürt hatte.

Kapitel zwölf

Charlotte hob ihr Kinn, um Stone Hammond nicht spüren zu lassen, dass sie sich ertappt fühlte. „Natürlich, Stone." Sie schleuderte ihm seinen Vornamen entgegen, ein wenig alarmiert darüber, dass er ihr so leicht über die Lippen kam. „Zu hören, dass sich Lily hier zu Hause fühlt, macht mich sogar *sehr* froh." Sie huschte um ihn herum und streckte ihre Hand nach dem Mädchen aus, das die beiden Erwachsenen verdutzt beobachtete.

Lily hüpfte vom Sofa und nahm gehorsam Charlottes Hand. Bevor die Kleine fragen konnte, ob ihre Lehrerin die Unterhaltung belauscht hatte, steuerte Charlotte sie in Richtung Küche.

„Komm und hilf mir, die Kartoffeln zu stampfen, Lily. Den Braten habe ich schon aus dem Ofen genommen." Erpicht darauf, ihre Aufmerksamkeit auf etwas anderes als den großen Mann zu lenken, der sie immer noch beobachtete, warf sie den Jungen auf dem Teppich einen Blick zu. „Stephen, wenn du mit der Uhr fertig bist, such bitte Mr Dobson und sag ihm, dass das Abendessen fertig ist. Danach holst du den Apfelcidre aus dem Brunnenhaus." Die Augen der Jungen leuchteten auf. „Einen Gast zum Essen zu haben, ist doch ein ganz besonderer Anlass, findet ihr nicht?"

„Ja, Ma'am!" Stephen nickte begeistert und John imitierte seine Bewegung etwas ruhiger.

„Danke, Jungs." Sie zwang sich dazu, unbeteiligt dreinzuschauen, als sie sich Stone zuwandte. Das Kinn erhoben. Der Rücken gerade. Das Lächeln aufgesetzt. „Das Essen ist in etwa zehn Minuten fertig, Mr Hammond. Bitte machen Sie es sich doch so lange bequem." Sie nickte in Richtung des Buches, das immer noch in seiner großen Hand lag. „Vielleicht möchten Sie noch etwas über Dead-Eye-Dan lesen. Lily hat mir versichert, dass die Geschichten über ihn sehr … mitreißend sind."

„Sie sind nicht mitreißend, Miss Lottie", verbesserte Lily sie mit einem Schnauben. „Sie sind nervenaufreibend."

Stone lachte laut auf. Der tiefe, volltönende Laut, der aus seinem

Mund kam, erreichte Charlottes Inneres und wärmte diejenigen Orte, die so lange brachgelegen hatten. Doch wie bei erfrorenen Fingern, die man zu nahe ans Feuer hielt, schmerzte die Wärme. Also zog sie sich von der Flamme zurück und eilte mit Lily im Schlepptau in die Küche.

Männern konnte man nicht trauen. Vor allem nicht charmanten Männern. Und obwohl mit Sicherheit niemand Stone für einen weltmännischen Schmeichler gehalten hätte, versprühte der Mann einen rauen Charme, der einem unter die Haut ging, ehe man eine Chance hatte, sich dagegen zu schützen. Nun, *sie* würde er so nicht um den Finger wickeln. Nicht mit seiner Tapferkeit. Nicht mit dieser breiten, muskulösen Brust. Nicht einmal mit seiner Freundlichkeit gegenüber den Kindern oder seiner Aufgeschlossenheit ihren Ansprüchen Lily gegenüber. Nur weil sein Lachen die Schutzmauern in ihrem Inneren zum Schmelzen brachte, bedeutete das nicht, dass sie vergessen würde, was ihr Vater sie gelehrt hatte.

„Sollte *ich* das nicht machen, Miss Lottie?" Lilys Frage riss Charlotte aus ihren Gedanken.

Sie blickte nach unten. Mit weißen Knöcheln hatte sich ihre Hand um den Griff des Kartoffelstampfers geballt. Ach du Schreck! Sie erinnerte sich nicht einmal daran, das Küchengerät in die Hand genommen zu haben.

„Ja, Liebes. Tut mir leid." Charlotte trat zur Seite und ließ Lily auf ihren Tritthocker steigen. „Ich war in Gedanken versunken und habe gar nicht darauf geachtet, was ich tue." Als das Mädchen bereit war, reichte Charlotte ihm den Stampfer. „Hier, bitte. Leg los."

Lily machte sich an die Aufgabe und hielt dann und wann inne, damit Charlotte Butter und Milch hinzufügen konnte. Währenddessen schnatterte sie über Dead-Eye-Dan und dass Stone ihn kannte und wie sie zusammengearbeitet hatten. Sie fragte sich laut, ob Stone jemals einen Indianer getroffen hatte oder angeschossen worden war oder sich schon einmal in eine Banditin verliebt hatte. Charlotte gab hier und da ein unverfängliches *Hm* von sich und wünschte sich nichts mehr, als endlich das Thema zu wechseln. Das Letzte, was sie sich vorstellen wollte, war Stone Hammond, dessen Herz für eine junge, hübsche Gesetzlose schlug. Vor allem, da dieser Gedanke ihr einen Stich versetzte, der sich verdächtig nach Eifersucht anfühlte.

Charlotte schmeckte die Kartoffeln mit Salz und Pfeffer ab, dann übernahm sie noch einmal den Stampfer und bearbeitete sie, bis sie cremig waren. Sie deckte die Schüssel ab, damit der Inhalt warm blieb, und öffnete den Röster, um das Fleisch hervorzuholen und auf ein Schneidbrett zu legen.

Sie hatte gerade damit begonnen, den Braten zu zerteilen, als Lily wieder sprach.

„Warum ist er hier, Miss Lottie?"

Charlotte schloss die Augen. Die Frage traf sie im Innersten. *Oh Herr, was soll ich ihr darauf antworten?* Sie hatte sich geschworen, die Kinder niemals zu belügen. In ihrem eigenen Leben hatte sie erkennen müssen, dass es auf lange Sicht immer besser war, die Wahrheit zu kennen – so schmerzhaft sie auch sein mochte. Doch sie hatte sich auch geschworen, ihre Schützlinge zu behüten. Wie konnte sie beides tun?

Langsam legte sie das Messer beiseite und wandte sich dem Mädchen zu, das sie wie eine Tochter liebte. „Warum setzen wir uns nicht einen Augenblick?", schlug sie vor und wischte ihre Hände an der Schürze ab, bevor sie zu den Stühlen hinübernickte, die um den Küchentisch standen. Lily sprang von ihrem Hocker.

Charlotte folgte ihr langsam. Lily erwartete von ihr, dass sie alle Antworten hatte. Doch die hatte sie nicht. Sie wusste nicht alles. Nicht darüber, wie man ein Kind großzog, nicht darüber, wie sie mit Stone Hammond umgehen sollte, und vor allem nicht, wie sie seine Anwesenheit hier erklären sollte, ohne die Kleine in Angst und Schrecken zu versetzen.

Sie zwang sich dazu, ihren gewohnt selbstbewussten Gang an den Tag zu legen, obwohl sie sich am liebsten umgedreht hätte und aus der Hintertür geflohen wäre. Unruhig befingerte sie die Kamee ihrer Mutter, während sie Gott darum bat, ihr die richtigen Worte zu schenken.

Lily blickte mit fragenden Augen zu ihr auf. Ihr Mund wirkte angespannt, als spüre sie Charlottes Unbehagen.

„Also", sagte Charlotte und ließ sich langsam am Tisch nieder. Sie lächelte das Mädchen neben sich an und streckte ihre Hand aus, um seine Finger zu tätscheln. Diese Geste würde es hoffentlich beruhigen. Gott allein wusste, wie sehr sie sich in diesem Moment jemanden wünschte, der ihre eigene Hand hielt und ihr versicherte, dass alles gut werden würde. Doch das waren alberne Kindereien und sie war schon lange kein Kind mehr. „Ich hoffe, ich kann es dir erklären."

Lily richtete sich neugierig auf und ihre Augen strahlten vertrauensvoll.

Charlotte schluckte und strich ihre Schürze glatt, dann faltete sie die Hände im Schoß und fing an. „Erinnerst du dich an die Nacht, in der wir die Akademie verlassen haben? Wie dunkel es war, als Mr Dobson uns weggebracht hat?"

„Ja." Lily runzelte die Stirn. „Aber was hat das mit Mr Hammond zu tun?"

„Dazu komme ich noch." Charlotte warf ihr einen ihrer Du-musst-schon-Geduld-haben-Blicke zu, die Lily mindestens genauso gut kannte wie Stephen. „Der Grund, warum wir uns mitten in der Nacht auf den Weg gemacht haben, war, dass unsere Abreise ein Geheimnis bleiben sollte. Ich weiß, dass dein Großvater wollte, dass du mit ihm nach Hause kommst."

Lily setzte sich noch aufrechter hin und biss sich auf die Unterlippe. „Aber Mama hat doch gesagt, dass ich bei Ihnen bleiben soll. Sie wollte nicht, dass ich zu Großvater gehe."

„Das stimmt." Charlotte erkannte in Lily das kleine, verlorene Mädchen wieder, das sie selbst einmal gewesen war, als sie mit Informationen konfrontiert worden war, die sie gar nicht hatte hören wollen. Sie schob ihren Stuhl noch weiter zurück und öffnete ihre Arme. „Komm her, Liebes."

Im selben Augenblick, in dem sie das Angebot erhielt, sprang Lily auch schon auf und setzte sich auf Charlottes Schoß. Charlotte schlang ihre Arme um das Mädchen und hielt es fest.

„Ich habe deiner Mutter versprochen, dass ich dich zu mir nehmen und dich so lieben würde, als wärst du mein eigenes kleines Mädchen. Und das tue ich. Ich liebe dich. So sehr." Das Zittern in ihrer Stimme überraschte sie.

Sie sollte die Kontrolle haben – über sich, über die Kinder, über ihr Heim, über ihre Emotionen. Sie sollte das Chaos beherrschen. So hatte sie bisher überlebt. Kontrolle bedeutete Sicherheit, Schutz. Doch seit Stone hier aufgetaucht war, war ihr die Kontrolle langsam, aber sicher entglitten. Sie selbst – und die Kinder in ihrer Obhut – waren verletzlich geworden.

Seid getrost und unverzagt … Der Vers, den sie vor so langer Zeit auswendig gelernt hatte, derjenige, der ihr Kraft gab und ihre Schutzmauern aufrichtete, wann immer sie sich verletzlich fühlte, kam ihr in den Sinn. Sie klammerte sich daran fest und an das Versprechen, das damit verbunden war. *Fürchtet euch nicht und lasst euch nicht vor ihnen grauen; denn der Herr, dein Gott, wird selber mit dir ziehen und wird die Hand nicht abtun und dich nicht verlassen.*

Er wird mich nicht fallen lassen. Er wird mich nicht aufgeben. Ich kann stark sein in ihm. Stark für Lily. Stark für die Jungen. Charlotte atmete zitternd ein und schob ihre aufgewühlten Emotionen dorthin zurück, wo sie hergekommen waren. Als sie weitersprach, war ihre Stimme wieder ruhig und bedächtig.

„Deinem Großvater hat es nicht gefallen, dass ich dich mitgenommen habe, ohne ihm zu sagen, wohin wir gegangen sind. Deshalb hat er Mr Hammond losgeschickt, um dich zu finden. Was er auch getan hat. Aber weil Mr Hammond gestern verletzt wurde, wäre es nicht richtig gewesen, ihn von hier zu vertreiben. Vor allem nicht, da er Stephens Leben gerettet hat. Also haben wir über alles gesprochen und ich habe ihm erlaubt, hierzubleiben und eine Weile bei uns zu leben."

Lily machte sich aus Charlottes Armen frei, damit sie ihrer Lehrerin in die Augen schauen konnte. „Also bringt er mich nicht von Ihnen weg? Zurück nach Dorchester Hall? Weil Mama mir doch gesagt hat, dass ich bei Ihnen bleiben soll!"

Da Charlotte nicht wusste, wie sie diese Frage beantworten sollte – immerhin hatte Stone seine Entscheidung noch nicht getroffen –, entschied sie sich dazu, mit einer Gegenfrage zu antworten. „*Möchtest* du denn zurück nach Dorchester Hall?"

Das Mädchen zuckte mit den Schultern. „Ab und zu zu Besuch dorthin zu fahren, wäre in Ordnung. Dann könnte ich gucken, wie es meinem Kätzchen geht. Und ich könnte etwas von Mrs Johnsons Schokoladenkuchen essen." Ein Grinsen breitete sich auf dem Gesicht des Mädchens aus. „Das ist mein absoluter Lieblingskuchen."

„Mmmm. Hört sich köstlich an." Leider war Schokolade ein Luxus, den Charlotte sich nicht leisten konnte. Zumindest nicht, bis sie eine neue Anstellung als Lehrerin gefunden hatte.

Sie wünschte, sie könnte jetzt sofort loslegen und den köstlichsten Schokoladenkuchen backen, den Lily jemals gegessen hatte, doch es gab Wichtigeres zu tun. Zum Beispiel sicherzustellen, dass Lily und die anderen in Sicherheit waren.

„Würdest du gerne deinen Großvater sehen?"

Lily nickte zögerlich und zuckte mit den Schultern. Charlotte hatte lange genug mit Kindern zu tun, um zu erkennen, dass Lily am liebsten Nein gesagt hätte, aber sich nicht sicher war, ob das in Ordnung wäre. „Er ist immer so schrecklich beschäftigt", platzte es aus dem Mädchen heraus. Es sank zurück in Charlottes Umarmung. „Er hat fast nie mit mir gespielt. Nur, wenn seine Geschäftspartner uns zum Essen eingeladen haben."

„Er hat dich mit zu den Essen genommen?" Das war seltsam. Normalerweise wurden Kinder von diesen gesellschaftlichen Ereignissen ausgeschlossen.

Lilys Haare streiften Charlottes Kinn, als sie nickte. „Diese Partys waren toll. Großvater hat mir dann immer ein neues Kleid gekauft und seinen Freunden erzählt, wie schlau ich bin und dass man genauso gut in mich investieren könnte, wenn ich groß bin, wie jetzt in ihn. Er hat mich an der Hand gehalten und mich in den Häusern herumgeführt, mich allen vorgestellt und mir alles gezeigt. Vor allem die Bibliotheken. Er weiß ja, wie gerne ich Bücher habe." Lily schwieg kurz, als durchlebe sie diese Momente noch einmal. „Großvater hat mich während dieser Partys nie so vergessen wie sonst immer. Er war nicht zu beschäftigt für mich. Er war sogar stolz auf mich. Wollte mich bei sich haben."

Charlottes Herz schmerzte angesichts der Sehnsucht, die sie aus der Stimme des kleinen Mädchens heraushörte. Sie war ihr nur allzu vertraut. Das Verlangen, von den Menschen geliebt und wertgeschätzt zu werden, die wirklich wichtig waren. Wie oft hatte sie geübt, bis sich ihre Finger verkrampften, nur um ihren Vater glücklich zu machen? Hatte ihm Komplimente gemacht, um ihn aus seiner Melancholie zu reißen. Hatte seine Musiknoten sortiert, seine Unterrichtsstunden organisiert, seine Finanzen kontrolliert, alles nur, um sich unentbehrlich zu machen. Nur, um dann festzustellen, dass sie vollkommen entbehrlich war.

Männer wie ihr Vater, wie Randolph Dorchester, stahlen die Lebenskraft der Menschen, die ihren Zwecken dienten. Also was waren Dorchesters Zwecke gewesen? Warum hatte er Lily mit zu diesen Partys genommen? Vielleicht hatte er seine Geschäftspartner nur mit seiner familiären Art beeindrucken wollen. Doch das konnte Charlotte sich kaum vorstellen.

„Lily, hat dein Großvater dich gebeten, dein Talent vor seinen Geschäftspartnern zu zeigen?" Sie konnte sich nur zu gut daran erinnern, wie sehr ihr eigener Vater es geliebt hatte, sein Kind vor Publikum auftreten zu lassen. Sie hatte ihm gehorcht, aber jeden einzelnen Augenblick dieser Zurschaustellung gehasst. All diese Augen, die sich auf sie gerichtet hatten. Die Angst, dass sie einen Fehler machen und ihn blamieren könnte. Ihn danach zu beobachten, wie er all die Komplimente entgegengenommen hatte, als wäre sie ein kleines Püppchen, das nach seiner Pfeife tanzt.

Doch Lily schüttelte den Kopf. „Nein. Er hat mir gesagt, ich soll es geheim halten. Er meinte, es wäre Teil des Spiels und ich würde verlieren, wenn ich es jemandem verrate, und dann würde er mir keine neuen Bücher mehr kaufen."

Was für eine Art Spiel könnte Dorchester auf einer Dinnerparty mit dem Kind gespielt haben? Und warum diese Geheimhaltung von Lilys Fähigkeiten? Das konnte doch nichts Gutes bedeuten.

„Was für ein Spiel hat dein Großvater denn mit dir gespielt, Lily?"

Genau diese Frage hatte Charlotte auch formulieren wollen, doch die tiefe Stimme, die sie gestellt hatte, entsprang bestimmt nicht ihrer eigenen Kehle. Sie fuhr herum, obwohl sie genau wusste, wen sie dort in der Tür erblicken würde. Stone Hammond.

Kapitel dreizehn

Stone blieb, wo er war, lässig in den Türrahmen gelehnt. Er hätte den Mund halten sollen. Doch als Charlotte gezögert hatte, die Frage zu stellen, die ihm wie glühende Kohlen auf der Zunge gelegen hatte, hatte er sich nicht zurückhalten können. Etwas in ihm wusste, dass die Antwort auf diese Frage sein weiteres Vorgehen bestimmen würde.

„H-hat mein Großvater eine Prämie auf meinen Kopf ausgesetzt, Mr Hammond?" Der Glanz der Heldenverehrung hatte Lilys Augen verlassen und an seine Stelle waren Furcht und Sorge getreten. „Sind Sie deshalb hier?"

Ein Faustschlag in den Magen hätte nicht schmerzhafter sein können.

„Auf keinen Fall, Kleine." Am liebsten wäre er zu ihr gegangen, hätte sich vor sie gekniet. Doch er blieb auf Abstand, da er Angst hatte, sie noch weiter zu verschrecken. „Ich bin schon seit Jahren kein Kopfgeldjäger mehr."

„Wie Dead-Eye-Dan?"

„Genau. Dan ist Farmer geworden und ich …" Jetzt wusste er auch nicht genau, wie er den Satz zu Ende bringen sollte. Er war ein Jäger. Und er bekam Geld dafür, Menschen zu finden. Was unterschied ihn da in den Augen eines kleinen Mädchens von einem Kopfgeldjäger? „Nun ja, die Leute engagieren mich zum Beispiel, damit ich Dinge finde, die sie verloren haben."

„Und Sie haben mich gefunden." Sie wirkte nicht im Mindesten beruhigt. Kluges Kind.

Er nickte. „Das stimmt. Und ich muss sagen, dass du viel hübscher bist als der blöde Bulle, den ich letztes Jahr für Mr Haymaker suchen musste. Wow! Das Vieh war vielleicht hässlich. Und es hat gestunken." Stone verzog das Gesicht und wedelte mit der Hand vor seiner Nase herum. Als Lily kicherte, fiel etwas von dem Gewicht von seiner Brust.

Langsam schob er seine Hände in die Hosentaschen und versuchte so harmlos wie möglich zu wirken. „Darf ich den Damen vielleicht am Tisch Gesellschaft leisten?"

Zum ersten Mal, seit er ihre Aufmerksamkeit durch seine Frage auf sich gelenkt hatte, blickte er zu Charlotte. Ihr Gesicht war eine undurchschaubare Maske, doch er spürte die Aufgebrachtheit, die dicht unter der Oberfläche loderte. Ja, er hatte sich in ein Gespräch eingemischt, bei dem sie ihn nicht hatte dabeihaben wollen, doch er musste wissen, was hier vor sich ging, und sie würde ihn nicht aufhalten. Sie nickte leicht, um ihm ihr Einverständnis zu signalisieren, da sie zu dem gleichen Schluss gekommen zu sein schien. Doch in ihren blaugrünen Augen konnte er erkennen, dass sie das Mädchen auf ihrem Schoß gegen jeden verteidigen würde, der ihm Schmerz zufügen könnte.

Langsam trat Stone an den Tisch und setzte sich auf den Stuhl, den Lily vor einer Weile freigemacht hatte. Er versuchte immer noch, so ungefährlich wie möglich zu wirken, um die Kleine nicht wieder einzuschüchtern. Wie beiläufig lehnte er sich zurück und musterte Lily. „Erzähl mir von dem Spiel, das dein Großvater mit dir gespielt hat."

Das Mädchen sah seine Lehrerin an, bevor es antwortete. Charlotte nickte zustimmend.

„Er hat es Schatzsuche genannt", erklärte Lily. „Immer, wenn alle herumstanden und vor dem Essen miteinander geredet haben, sollte ich mich davonstehlen und nach dem Schatz suchen. Großvater hat gesagt, er und seine Freunde verstecken Geheimnisse voreinander und derjenige, der das Geheimnis des anderen zuerst entdeckt, hat gewonnen. Wenn ich ihm helfe, die Geheimnisse zu finden, kauft er mir jedes Buch, das ich mir wünsche."

Stone kämpfte darum, seinen Gesichtsausdruck so neutral wie möglich zu halten, doch seine Schultern und sein Nacken verkrampften sich spürbar. Ihm gefiel die Richtung, in die Lilys Aussage deutete, ganz und gar nicht.

„Das Schwierigste war, den richtigen Schatz zu finden, weil ich ja nie wusste, wie er aussehen könnte. Großvater hat gesagt, die besten Schätze sind in den Schubladen der Schreibtische versteckt. Je weiter unten, desto besser. Wenn ich es schaffen konnte, eine verschlossene Schublade zu öffnen, gab es die meisten Punkte, aber ich durfte nie etwas kaputt machen. Das war gegen die Spielregeln. Also war ich sehr vorsichtig. Ich habe es nur einmal geschafft, eine verschlossene Schublade zu öffnen. Darin habe ich Papiere mit vielen Unterschriften gefunden, die sehr wichtig aussahen. Es ging um eine neue Bahntrasse zu einer Stadt, die Seymour heißt. Ein paar Leute aus der Stadt haben einen Brief geschrieben, in dem es darum ging, dass sie Geld beschaffen wollten, um die Wichita-Valley-Linie dorthin zu bringen. Ich habe nicht verstanden, was das heißt, aber es war auch eine Landkarte abgebildet. Als ich sie abends für Großvater aufgemalt habe, war er so stolz auf mich, dass ich mir sogar zwei Bücher aus dem Katalog aussuchen durfte."

Charlottes schockierter Blick traf den von Stone über Lilys Kopf hinweg. Ja, sie hatte es auch begriffen. Randolph Dorchester hatte sein Vermögen mit Grundstücksspekulationen gemacht. Stone war sich sicher, dass er in den Grundbüchern der Stadt Seymour in Texas Beweise dafür finden würde, dass Dorchesters Firma Ländereien im Bereich der neuen Bahntrasse, die Lily ihm so unschuldig aufgezeichnet hatte, im großen Stil angekauft hatte, nur um sie später zu horrenden Preisen weiterzuverkaufen. Zum Henker, der Mann hatte die Stadtbewohner wahrscheinlich sogar dabei unterstützt, das Geld zum Bau der Bahntrasse zu beschaffen. Aus reiner Nächstenliebe natürlich.

Der Schurke hatte seine eigene Enkelin für illegale Taten missbraucht und sie Firmengeheimnisse ausspionieren lassen. Und nun hatte er Stone engagiert, um seine kleine Spionin wiederzubekommen.

„Als die Bücher in der Post waren, hat Mama mich gefragt, wo ich sie her habe. Ich habe ihr von dem Spiel erzählt und sie ist ganz böse geworden. Sie hat Großvater gesagt, dass es falsch ist, so etwas mit mir zu spielen, und dass sie mir nicht erlauben würde, weiterhin zu den Geschäftsessen mitzugehen." Lily wand sich auf Charlottes Schoß, um sie anzuschauen. „Ich habe ihr gesagt, dass es mir leidtut, auch wenn ich gar nicht wusste, was ich falsch gemacht habe."

Charlotte streichelte Lilys Haar. „Das wusste sie, Liebes. Sie war auch gar nicht böse auf dich, sondern auf deinen Großvater."

„Ich weiß. Das hat sie mir gesagt. Ich durfte sogar die Bücher behalten. Aber ich musste ihr versprechen, dass ich nie wieder mit

Großvater dieses Spiel spiele." Lily schwieg einen Augenblick und ließ den Kopf sinken. Als sie ihn wieder hob, zitterte ihre Unterlippe. „Aber ich habe es doch getan. Zweimal."

„Warum …?" Bevor die Lehrerin ihre Frage zu Ende bringen konnte, strömten Tränen über das Gesicht des kleinen Mädchens.

Lily schüttelte den Kopf. „Ich wollte es nicht, Miss Lottie. Das schwöre ich! Ich habe Großvater auch gesagt, dass Mama nicht will, dass ich weiter mit ihm spiele, und zuerst war er auch einverstanden. Aber dann hat sich alles verändert. Er hat ein Telegramm bekommen, in dem ganz schreckliche Neuigkeiten gestanden haben müssen. Er hat angefangen zu schreien und mit den Türen zu knallen. Mama und ich sind ihm eine Woche lang aus dem Weg gegangen, bis er sich wieder beruhigt hatte."

Sie schaute schnell zu Stone herüber und der Anblick ihrer tränenüberströmten Wangen traf ihn zutiefst. Am liebsten hätte er auf etwas eingeschlagen. Am liebsten auf Randolph Dorchesters blasierte Nase.

„Es ging ihm besser", erklärte Lily immer noch zitternd. „Dann kam er an einem Nachmittag in mein Zimmer und hat mir gesagt, dass wir einen Ausflug machen. Er hat mich angelächelt, aber es hat sich irgendwie falsch angefühlt. Ich habe ihm gesagt, dass ich erst Mama fragen muss, aber er hat gesagt, dass er schon mit ihr gesprochen hat und alles in Ordnung ist."

„Und wohin hat er dich gebracht, Liebes?" In Miss Athertons leiser Stimme schwangen weder Missfallen noch Bestürzung mit, sondern nur Mitgefühl.

„Zu einem großen Haus, das ich nicht kannte. Großvater hat mich aber nicht zur Tür gebracht, sondern zu einem kleinen Fenster an der Seite. Er hat mir gesagt, dass der Mann, der dort wohnt, ganz böse ist und dass er Großvaters Geschäft ruinieren will, nur weil sein Schiff in einem Sturm gesunken ist. Aber der Sturm war ja nicht Großvaters Schuld. Er hat mir leidgetan, also habe ich mich von ihm durchs Fenster heben lassen. Drinnen habe ich nach Briefen, Büchern, Landkarten und allem gesucht, was meinem Großvater gefallen könnte. Immer, wenn ich zurück zum Fenster kam, sollte ich ihm vortragen, was ich gelesen hatte. Es war nie genug. Also musste ich immer und immer wieder zurück und weitersuchen. Ich habe ganz schlimme Angst bekommen. Was, wenn der böse Mann mich erwischt hätte?"

Stone biss die Zähne zusammen. Wie konnte ein Mann seiner eigenen Enkelin so etwas antun? Wie konnte er sie zum Stehlen zwingen und sie derart in Gefahr bringen?

Und wie hatte Stone nur einen Auftrag von diesem Mistkerl annehmen können? Hatten seine Instinkte ihn getrogen oder hatte er sich so von der fürstlichen Bezahlung blenden lassen, dass er die Warnsignale ignoriert hatte?

„Aber du bist wieder herausgekommen", beruhigte die Lehrerin das Kind. „Und jetzt bist du bei mir. In Sicherheit."

Lily nickte. „Ich habe einen Stapel Rechnungen auf dem Schreibtisch gefunden. Zuerst hatte ich mich nicht um sie gekümmert, weil sie ja nicht versteckt waren, aber als ich meinem Großvater davon erzählt habe, war er auf einmal ganz aufgeregt. Er hat sich besonders gefreut, als ich die Rechnung von einem Haus mit dem Namen *Roter Palast* gefunden habe. Danach war er zufrieden und ich durfte wieder nach draußen klettern."

Miss Atherton warf Stone einen fragenden Blick zu. Sie begriff offensichtlich nicht die Brisanz dieses Fundes, doch Stone tat es. Der *Rote Palast* war ein ganz bestimmtes Etablissement in Houston, in dem reiche Gentlemen verkehrten. Das perfekte Material für eine Erpressung.

„Ich dachte, wir würden nach Hause fahren", sagte Lily, „aber ich musste noch in ein anderes Haus."

Ein anderes Haus? War das nicht schon genug gewesen? Dieser niederträchtige, herzlose …

„Ich sollte da genau das Gleiche machen. Großvater hat gesagt, dass wir eine ganze Stunde haben, bevor der Mann nach Hause kommt. Er hatte einem Diener Geld gegeben, damit er das Fenster auflässt, also sollte ich mir keine Sorgen machen." Lily rutschte hin und her und klammerte sich an ihre Lehrerin. „Ich wollte gar nicht reingehen. Ich habe Großvater angebettelt, dass er mich nach Hause fährt. Er ist ganz böse geworden, Miss Lottie." Sie flüsterte nur noch. „Erst ist sein Gesicht rot angelaufen. Dann hat er meine Arme gepackt und mich so fest geschüttelt, dass mein Kopf ganz wehgetan hat. Und schließlich hat er gesagt, dass er meine Katze in einen Sack stopft und ertränkt, wenn ich nicht mache, was er sagt. Das ... das konnte ich doch nicht zulassen, Miss Lottie."

„Natürlich nicht, Liebes."

Jetzt weinte auch die Lehrerin.

Stone hatte die Stuhllehnen so fest umklammert, dass er sich darüber wunderte, dass sie nicht unter seinen Fingern zerbröselten.

„Ich bin durch das Fenster geklettert und zum Schreibtisch geschlichen. Es war ganz dunkel im Zimmer und ich bin gegen den Tisch gestoßen. Irgendwas ist runtergefallen und hat den Hund aufgeweckt."

Stone ruckte auf. „Da war ein Hund?" Er schrie die Frage fast. Lily kroch noch tiefer in die Umarmung ihrer Lehrerin. Miss Atherton warf ihm einen strafenden Blick zu. „Tut mir leid, Kleine. Ich wollte dich nicht erschrecken."

„Ist schon gut", sagte Lily mit leiser Stimme. „Der Hund hat mir auch ziemliche Angst eingejagt."

Das konnte er sich lebhaft vorstellen.

Lily schniefte leise, bevor sie fortfuhr. „Er hat unter dem Schreibtisch geschlafen. Zuerst hat er mich angeknurrt, dann ist er aufgesprungen und hat angefangen zu bellen. Ich hatte solche Angst, dass ich geschrien habe. Ich bin zum Fenster gerannt. Dieses Mal war es nicht so hoch, also habe ich nicht darauf gewartet, dass Großvater mich raushebt, sondern ich bin einfach gesprungen. Mein Knöchel hat wehgetan, als ich gelandet bin, und ich hatte Angst, dass Großvater böse ist, aber er hat sich auch vor dem Hund gefürchtet. Er hat mir aufgeholfen und wir sind schnell zurück zur Kutsche gerannt." Sie schüttelte den Kopf. „Auf dem Heimweg hat er gesagt, dass es ihm leidtut, dass ich in das Haus geklettert bin. Er hat nicht geschrien und mich auch nicht geschüttelt. Er sah nur besorgt aus. Dann hat er gesagt, dass er mir ein ganzes Regal voller Bücher kauft, wenn ich Mama nichts von unserem Ausflug erzähle. Er hat gesagt, Mama würde mit mir schimpfen und denken, dass ich ein böses Mädchen bin."

Miss Atherton schob Lily so weit von sich weg, dass sie ihr in die Augen schauen konnte. „Deine Mama hätte niemals, *niemals* gedacht, dass du ein böses Mädchen bist."

Lily nickte. „Ich weiß. Sie hat mir gesagt, dass ich es ihr sofort erzählen soll, wenn Großvater noch einmal mit mir spielen geht, und das habe ich auch getan. Ich durfte in dieser Nacht in ihrem Bett schlafen und am nächsten Tag sind wir nach Austin gefahren, um Freunde zu besuchen. Dann haben wir Ihre Schule gefunden."

Lily schlang ihre Arme um Charlottes Hals und presste ihre Wangen aneinander. „Ich bin so froh, dass Mama mich zu Ihnen geschickt hat, Miss Lottie. Ich will nie wieder von Ihnen weg. Nie wieder."

Charlotte schloss die Augen und erwiderte die Umarmung, doch Stone merkte, dass sie Lily keine Antwort gab. Wahrscheinlich wollte sie kein Versprechen geben, das sie nicht mit Sicherheit halten konnte – seinetwegen.

Stone stand auf und wünschte sich, dass er den Job nie angenommen hätte. Miss Atherton erhob sich ebenfalls und stellte Lily ab.

„Würdest du bitte den Tisch decken, Lily? Die Jungen kommen gleich mit dem Cidre. Sag ihnen, dass sie allen schon mal einschenken sollen. John soll sich um die Servietten kümmern. Ich muss noch einmal mit Mr Hammond sprechen, dann kümmere ich mich um den Braten."

„Ja, Miss Lottie." Lily nickte und wischte sich mit dem Ärmel die Tränen von den Wangen. Dann sah sie Stone an. „Jetzt, wo Sie mich gefunden haben, können Sie Großvater sagen, dass es mir gut geht. Er braucht sich keine Sorgen zu machen. Miss Lottie kümmert sich um mich."

Stone schluckte. „Ja, das tut sie, Kleine. Das ist mir jetzt klar."

Daraufhin lächelte sie ihn an. Und ihm war glasklar: Er konnte sie nicht zurückbringen. Nicht zu einem Mann, der sie wissentlich und willentlich solchen Gefahren aussetzte und sie für seine Zwecke missbrauchte.

„Mr Hammond?" Die Lehrerin zeigte in Richtung Hintertür.

Stone nickte. „Nach Ihnen, Ma'am."

Er hatte erwartet, dass sie ihn sofort zur Rede stellen würde, wenn sie das Haus verlassen hatten, doch sie überraschte ihn, indem sie weiterging. Am Toilettenhäuschen vorbei. Durch den Garten. Sie blieb nicht eher stehen, bis sie die Wäscheleine erreicht hatte. Dann sah sie sich auf dem Hof um, bevor sie ihn endlich anblickte. „Was werden Sie jetzt tun?"

Nun, wenigstens redete sie nicht um den heißen Brei herum.

„Ich warte auf den Brief aus Austin, wie wir es besprochen haben."

Funken sprühten aus ihren Augen. „Nach allem, was uns das Kind gerade erzählt hat, brauchen Sie noch einen Beweis dafür, dass Sie auf der falschen Seite stehen?" Sie zitterte vor Zorn. „Ich hätte es wissen müssen. Sie und Ihre freundlichen Worte, Ihre Heldentaten. Fast hätten Sie mich eingelullt. Aber Ihnen ist Lily vollkommen egal. Alles, was Sie kümmert, ist das Geld, das Dorchester Ihnen bietet." Sie wirbelte herum und wollte zurück zum Haus marschieren.

Doch Stone packte sie am Arm und wirbelte sie herum. „Warten Sie, Charlotte. Ich habe nicht gesagt, dass ich diesen Brief brauche, um meine Entscheidung zu treffen. Ich brauche ihn, um meinen nächsten Schritt zu machen."

Sie funkelte ihn böse an und riss ihren Arm los.

„Hören Sie", stieß Stone empört aus. „Mir wird schlecht, wenn ich über das nachdenke, was dieser Mistkerl mit Lily gemacht hat. Ich kann auf keinen Fall weiterhin mit gutem Gewissen für ihn arbeiten." Er zögerte, da er sich nicht sicher war, ob er den Rest seiner Gedanken mit ihr teilen sollte.

Charlotte spürte, dass es da noch etwas gab. „Aber …?"

Stone hielt ihren Blick lange fest. „Aber andere werden nicht solche Skrupel haben."

Sie klammerte sich an seinen Arm, als hätte er ihr gerade den Boden unter den Füßen weggerissen. „Andere?"

Am liebsten hätte er sie an sich gezogen und getröstet, wie sie es gerade mit Lily getan hatte. Doch noch während ihm dieser Gedanke durch den Kopf ging, ließ sie ihre Arme sinken und trat zurück, als wollte sie ihn von sich fernhalten.

„Es kommen noch andere? Ich dachte, Sie wären der Beste." Panik ließ ihre Stimme höher klingen. „Warum sollte er andere Männer anheuern?"

„Um seine Chancen zu erhöhen." Stone beobachtete sie. Zum Henker! Ihre Augen waren groß und ihre Lippen zitterten. Doch sie presste sie zusammen, um ihre Gefühle unter Kontrolle zu bringen. Er konnte nicht anders, als sie zu bewundern. Diese Frau hatte einen Kern aus Stahl. „Ich mag der Beste sein, doch Sie waren wirklich gut darin, sich zu verstecken. Ich habe zwei Monate gebraucht, um Sie aufzuspüren. Dorchester ist ungeduldig geworden und hat einen zweiten Mann angeheuert."

„Wird er uns hier finden?" Ihre Augen bettelten darum, dass er Nein sagte, doch diesen Gefallen konnte er ihr nicht tun.

„Möglich – wenn Dorchester meine Informationen an ihn weitergibt. Wenn er nichts mehr von mir hört, denkt er vielleicht, dass meine Spur sich im Sande verlaufen hat. Oder er wird erst recht misstrauisch. So oder so, wenn er nicht bald von mir hört, wird er Franklin losschicken."

„Franklin ist der andere Kopfgeldjäger?"

Warum musste sie ihn so ansehen? Ängstlich und tapfer zugleich, um Beschwichtigung bettelnd und gleichzeitig abweisend?

Stone atmete tief ein und aus und kratzte sich am Kinn. „Ja."

„Ist er gut?"

„Ja." Franklin war nicht gut darin, Rätsel zu lösen, doch wenn er erst einmal die Fährte aufgenommen hatte, war er wie ein Bluthund. Und er kümmerte sich nicht um das Wie und Warum. Für ihn zählte nur die Prämie. Doch das würde Stone Charlotte bestimmt nicht erzählen. Sie hatte schon genug Sorgen. „Aber ich bin besser. Deshalb hat Dorchester mich zuerst engagiert. Ich werde Sie ihm nicht ausliefern, Charlotte." Stone trat näher an sie heran und biss die Zähne zusammen, da er mit sich selbst rang. *Was soll's.* Die Frau brauchte Trost. Sanft legte er seine Hand auf ihre Schulter. Sie zuckte zusammen, wich aber nicht zurück.

„Wir haben ein paar Tage, in denen wir uns eine Strategie überlegen können, während wir auf den Brief aus Austin warten." Und er *musste* auf den Brief warten. Er glaubte Lilys Geschichte. Sie hatte keinen Grund zu lügen und wusste nicht, was sie da enthüllt hatte. Trotzdem war das noch nicht Beweis genug. Erst die Informationen über Charlottes rechtmäßige Vormundschaft würden ihm die Freiheit geben, die er brauchte, um zu agieren. „In der Zwischenzeit muss ich in die Stadt und Dorchester telegrafieren. Ich muss ihm so viel geben, dass er Franklin nicht auf Sie ansetzt."

„Was werden Sie ihm sagen?"

Stone grinste, als er ihre Schulter drückte und so versuchte, ihr Kraft zu geben. „Ich überleg mir was."

Kapitel vierzehn

Was sollte sie tun, wenn er nicht zurückkam? Charlotte ließ den Vorhang ihres Schlafzimmerfensters los. Zum hundertsten Mal hatte sie die Auffahrt nach einem Zeichen von Stone Hammond und seinem Riesenpferd abgesucht. Nach ihrer Unterhaltung gestern hatte sie nur zu gut verstanden, warum er nach Madisonville reiten und ein Telegramm aufgeben musste, aber mittlerweile war er schon seit vier Stunden unterwegs. In dieser Zeit hätte er zu Fuß gehen können.

Am liebsten wäre sie mit ihm gegangen, um seine Nachricht mit eigenen Augen zu sehen und sicherzustellen, dass er sie nicht hinterging, doch er hatte darauf bestanden, alleine zu reiten. Man sollte sie besser nicht zusammen in der Stadt sehen, hatte er gemeint. Außerdem hatte er noch bei Dr. Ramsey vorbeischauen wollen, damit dieser *vergaß*, dass sie sich getroffen hatten. Das war die beste Art, Lily zu schützen, sollte Franklin später nach ihnen suchen. Es durfte keinen Beweis dafür geben, dass Stone ihnen zur Seite stand.

Falls er das tatsächlich tat. Charlottes Zuversicht schwand mit jedem vergeblichen Blick, den sie aus dem Fenster warf.

Er hatte seine Tasche mit den Waffen in der Scheune zurückgelassen. Sicher würde er so wertvolle Gegenstände nicht aufgeben. Fühlten Männer wie er sich nicht mit ihren Waffen verbunden? Sie hatte gesehen, wie gut sie gepflegt waren. Sauber. Geölt. Die Griffe abgenutzt, als hätten sie sich im Lauf der Zeit an die Hand ihres Besitzers angepasst. In das Leder des Revolvergürtels waren sogar seine Initialen eingebrannt. Er hätte das alles nicht hiergelassen, wenn er nicht vorhatte, zurückzukommen. Oder?

Sie hatte auf ihn gesetzt. Auf die Bibel, die er bei sich trug. Auf seinen Zorn über Dorchesters Verhalten. Auf seine heldenhafte Natur. Aber was, wenn sie zu hoch gepokert hatte? Geld hatte einen schrecklichen Einfluss. Es brauchte einen starken Mann, um diesem zu entgehen. Sie kannte Stone Hammond erst seit wenigen Tagen. Was wusste sie schon über ihn oder seinen Charakter?

Das Für und Wider hallte unerbittlich in ihren Gedanken wider, sodass sie nach einer Weile das Gefühl hatte, es würde sie zerreißen. Ihre Beine zitterten. Ihre Atmung wurde immer hektischer. Sie brauchte eine Ablenkung. Brauchte … *Musik*.

Charlotte riss die Schlafzimmertür auf und stürmte den Flur hinunter ins Wohnzimmer, wo sie den einzigen Gegenstand wusste, der ihre chaotischen Gedanken sortieren würde.

Das Piano zog sie an wie eine verloren geglaubte Liebe, versprach Trost. Sie ließ sich auf die Bank sinken und legte ihre Hände auf die Tasten. Dobson hatte die Kinder mit zum Angeln an den See genommen. Niemand würde sie hören. Niemand sehen.

Als Musiklehrerin war sie es gewöhnt, vor ihren Schülern zu spielen, doch dabei hatte sie sich immer unter Kontrolle. Niemals wütete ein solcher Sturm wie jetzt in ihr, der sie beinahe zerriss. Niemals war sie so verletzlich, ungeschützt. Nein, dieser Augenblick verlangte nach Privatsphäre. Und Gottes Vorsehung gewährte sie ihr genau im richtigen Augenblick.

Sie schloss die Augen und ließ ihre Finger die Tasten berühren. Chopin. Ihre Finger mussten fliegen, ihr Verstand brauchte eine Herausforderung. Die düsteren Töne und ungewöhnlichen Akkorde des Präludiums in g-Moll drückten ihre Gefühle perfekt aus. Das Gefühl, in die Enge getrieben zu sein. Hilflosigkeit. Offene Fragen, die es zu beantworten galt. Doch das kurze Stück endete zu schnell. Ihre Emotionen kochten immer noch hoch. Also wählte sie ein anderes in fis-Moll. Ihre Gedanken nahmen den wilden Rhythmus des Stücks auf, der ihr den Atem nahm, als ihre Finger über die Tasten flogen. Doch auch das war noch nicht genug. Chopin forderte sie heraus, trieb sie an, doch seine Musik sprach nicht zu ihrer Seele. Nicht wie Beethoven. Klaviersonate Nr. 17. *Der Sturm.* Das brauchte sie jetzt.

Sie ließ ihre Finger über den Tasten schweben, richtete sich gerade auf und richtete den Blick auf die Wand über dem Sofa. Die Töne erklangen in ihrem Kopf.

Warte.

Sie konnte die Anweisungen ihres Vaters hören. *Berühre nie die Tasten, bis die Musik nicht in dir ist. Bis dein Herz eins geworden ist mit dem Stück.*

Warte.

Ihre Finger schwebten über dem Klavier. Sie atmete. Ein. Aus. Spürte den Sturm in sich.

Jetzt.

Es begann sanft. So wie sie es gewesen war. Sie hatte vertrauen wollen. Hatte glauben wollen, dass Stone Hammond sie nicht betrügen würde wie all die anderen Männer in ihrem Leben zuvor. Doch nach zwei Takten änderte sich alles. Sie kannte ihn nicht. Warum sollte er Dorchesters Bezahlung ausschlagen? Was kümmerte es ihn?

Doch er hatte es mit einer Wildkatze aufgenommen, um Stephen zu retten, ohne Rücksicht auf seine eigene Gesundheit. Die Musik wurde wieder langsamer, wie Sonnenstrahlen, die durch die Wolken brechen, gerade lange genug, um Hoffnung zu geben, bevor der Sturm sie wieder vertreibt. Dieses Mal wütete der Sturm länger. Ihre rechte Hand kämpfte gegen die Linke, während die leichteren Töne versuchten, sich Bahn durch die wogende See der tiefen, schweren Noten zu brechen.

Im Gegensatz zu Chopins Präludien dehnte sich Beethovens Sonate vor ihr aus, gestattete es Charlotte, sich voll hineinzugeben, in die Wogen einzutauchen, sich davon treiben zu lassen. Auf und nieder wurde sie gespült, hin und her gerissen. Vertrauen oder nicht? Wenn sie es tat und Stone sie betrog, was sollte sie dann machen? Wie könnte sie Lily beschützen?

Die Musik wurde zu einem Gebet, einem Schrei ihrer Gedanken, den sie nicht in Worte fassen konnte. Sie spielte und spielte, bis sie sich völlig verausgabt hatte, bis der Sturm sein furioses Finale erreichte und sich dann endlich legte. Auch ihre Gedanken gaben den Kampf auf. Sie konnte Stone nicht kontrollieren. Sie musste das alles Gott überlassen. Ihm konnte sie vertrauen, in allem, immer. Wenn die Zeit reif war, würde der Herr ihr zeigen, was zu tun war.

Also warum machte sie der Gedanke an Stone, der ihr den Rücken kehrte, so traurig? Etwas, das nichts mit der Sorge um Lily zu tun hatte, wuchs in ihrem Herzen. Etwas, das sie sich nicht eingestehen wollte. Doch auch wenn ihr Verstand sich wehrte, ihre Finger legten sich dennoch sanft auf die Tasten, um eine weitere,

schmerzvolle Melodie zu spielen. Beethovens Klaviersonate Nr. 14.
Die Mondscheinsonate.

♲

Stone saß auf der Verandatreppe und wagte es nicht, sich zu rühren.
Er hatte schreckliche Angst, dass die kleinste Bewegung ein Brett
zum Ächzen bringen und die Musik aufhören würde. Er hatte keine
Ahnung, wie lange er schon hier saß. Fünfzehn Minuten? Zwanzig?
  Als er aus der Stadt zurückgekommen war, hatte er das Klavier
zunächst nur leise gehört. Er hatte vermutet, John würde spielen.
Bis er Goliath abgesattelt und bemerkt hatte, dass der Wagen fehlte,
und ihm wieder eingefallen war, dass die Kinder mit Mr Dobson
zum Angeln gefahren waren.
  Sie musste es sein.
  Charlotte.
  Lily hatte ihm erzählt, dass sie ganz anders spielte als John, doch
er hatte die Bedeutung ihrer Worte nicht begriffen. Nicht, bis er zur
Veranda gekommen und von einem Wirbelsturm erfasst worden
war. Er hatte ihn auf den Stufen gestoppt. Noch nie hatte Stone
solch eine Musik gehört.
  Er war auf den Stufen zusammengesunken und hatte sich mit dem
Rücken gegen das Geländer gelehnt. Als er sich so weit wie möglich aufgerichtet und den Hals gereckt hatte, hatte er ihr Gesicht
durch das Fenster und die nur halb geschlossenen Vorhänge sehen
können. In diesem Augenblick hatte es ihm den Atem geraubt. Der
ernste Gesichtsausdruck, den sie sonst trug, war verschwunden und
übrig war nur ihr Selbst. Sie hatte das Gesicht verzogen, als leide
sie unter körperlichen Schmerzen. Die Bewegungen ihres Körpers
unterstrichen die turbulenten Melodieverläufe. Dann, als die Musik leichter geworden war, hatte sie ihr Gesicht Richtung Himmel
erhoben, als bitte sie den Herrn um Leitung, als suche sie Frieden.
  Sie traut mir nicht. Stone schloss die Augen und ließ sich zurück
gegen das Geländer sinken. Er konnte ihr keinen Vorwurf machen.
Er war mit dem Gedanken hierhergekommen, Lily zu retten. Retten. Ha! Als müsste man das Mädchen vor einer Frau retten, die so
viel riskiert hatte, um es zu beschützen.

Als er Charlottes inneren Kampf hörte, schmerzte es ihn tief in seiner Seele. Er wollte zu ihr. Wollte ihr versichern, dass er sie nicht hintergehen würde. Dass er seine Wahl getroffen hatte. Doch Vertrauen konnte er nicht erzwingen; er musste es sich verdienen. Und er spürte, dass dieses Vertrauen zu erkämpfen ihn mehr kosten würde als irgendetwas anderes jemals zuvor.

Sie nahm solche Anstrengungen auf sich, um ihr Innerstes vor der Welt zu verbergen. Zu ihrem Selbstschutz. Jemand hatte sie lange vor Dorchester schlimm verletzt. Lange, bevor die Schule geschlossen worden war. Ein Verehrer? Ihr Vater? Stone war nicht sehr tief in den Skandal um ihre Eltern eingetaucht. Er hatte sich darauf konzentriert, sie zu finden, und den alten Klatsch außer Acht gelassen. Doch jetzt wünschte er sich, er hätte sich die Zeit genommen, mehr über ihre Vergangenheit in Erfahrung zu bringen.

Die Musik änderte sich.

Stone öffnete seine Augen. Dieses Stück. John hatte es für Lily gespielt. Doch obwohl sich die Melodie ähnelte, war der Effekt ein völlig anderer. Stephen hatte gesagt, er fühle sich einsam, wenn seine Lehrerin es spielte. Stone musste ihm zustimmen. Es zu hören, erinnerte ihn an die einsamen Nächte auf der Jagd, an den Wind, der durch die Bäume strich und so sein eigenes Wiegenlied erschuf. An die Fragen, die er sich selbst in diesen dunklen Momenten stellte – über seine Zukunft, sein weiteres Leben. Würden die Hütte und das Stück Land, für das er sein Leben lang gearbeitet hatte, ihm Erfüllung bringen? Oder nur Einsamkeit?

Stone schüttelte die Melancholie ab, wie er es schon so oft hatte tun müssen, doch die Musik klang weiter und riss ihn zurück. Warum? Warum hatte sie so eine starke Wirkung auf ihn?

Sein Magen zog sich zusammen. Es war nicht die Musik. Es war die Frau, die sie spielte. Das Stück nahm ihn mit an diesen verlassenen Ort, weil *sie* dort war. In der Einsamkeit.

Stone hielt es nicht mehr aus. Er kroch die Stufen hinauf und ans Fenster heran. Ihre Augen waren geschlossen, die Wimpern lagen dunkel auf den hellen Wangen. Er sah genauer hin. Unter ihren Lidern glitzerte es. Tränen? Stone schluckte schwer. *Charlotte.* Sie war immer so stark und kontrolliert. Alle verließen sich auf sie, zählten auf sie. *Und an wen lehnst du dich an?*

Er hatte keine Ahnung, was er sagen sollte, doch er wollte sie wissen lassen, dass sie nicht allein war, deshalb erhob er sich und ging ins Haus. Vor dem Sofa blieb er stehen, betete darum, dass sie seine Absicht erkannte.

Sie zuckte nicht vom Klavier zurück, wie er erwartet hatte. Nein, sie brachte langsam die letzten Töne zu Ende, bevor sie den Deckel zuklappte. Sie hob die Augen. Dann wandte sie sich ihm mit tränenüberströmtem Gesicht zu.

„Sie sind zurückgekommen."

Kapitel fünfzehn

Charlotte starrte den schweigenden Mann an, der in ihr Wohnzimmer getreten war. In ihr Leben. Sie hätte erleichtert sein sollen, dass er nicht zurück zu Dorchester gegangen war. Oder vielleicht böse, dass er so lange in der Stadt herumgetrödelt und ihr damit Angst gemacht hatte. Womöglich auch peinlich berührt, weil er sie beim Spielen erwischt hatte, oder beschämt, da er ihre Schwäche gesehen hatte. Doch keines dieser Gefühle stieg in ihr auf. Die Wahrheit war, dass die Musik sie so ausgezehrt hatte, dass sie nur noch still dasitzen und ihn anstarren konnte.

Ihre Augen hielten einander für einen langen Moment fest und etwas an der Art, wie er sie ansah, schenkte ihr neue Kraft, als wäre sie ein verwelkter Garten, ausgetrocknet von der Mittagssonne, und er der sanfte Regen. Sie war so lange auf sich allein gestellt gewesen, hatte niemanden gehabt, auf den sie sich hatte verlassen können. Doch jetzt war Stone da. Mit seinen starken Arme. Seinen breiten Schultern. Wie wäre es, sich dort anzulehnen? Nur einen kurzen Augenblick?

Versponnener Unsinn – das war es –, heraufbeschworen von einem Herzen, das zu erschöpft war, um sich gegen die alten Träume zu schützen, die nie ganz gestorben waren. Doch sie konnte die Sehnsucht nicht gänzlich abschütteln. Das Verlangen, von einem ehrenhaften Mann geliebt zu werden, einem Mann, der etwas taugte, wie Stone es selbst gesagt hatte. Innerlich schüttelte sie den Kopf. Wohin wanderten ihre Gedanken nur?

Stone musste erkannt haben, dass ihr die Worte fehlten, denn mit einem Mal räusperte er sich und verlagerte sein Gewicht. „Natürlich bin ich zurückgekommen", grummelte er. „Hatte ich doch versprochen." Sein Blick zuckte von ihr zur Zimmerdecke zu seinen Stiefeln und dem Fenster, bevor er sich wieder auf sie richtete.

Da musste Charlotte lächeln. Dieses Herumgezappele, diese Unsicherheit bei einem Mann, der sonst so absolut kompetent wirkte, gab ihr die Kontrolle zurück, die sie über Beethovens Sonaten verloren hatte. Sie richtete sich gerade auf und erhob sich langsam von der Klavierbank. „Nach meiner Erfahrung", sagte sie und fühlte sich wieder mehr wie sie selbst, „gibt es keine Garantie dafür, dass ein Mann auch wirklich das tut, was er verspricht."

Mit einem Schlag waren alle Anzeichen der Unbeholfenheit verschwunden. Stone schenkte ihr einen Blick, der ihr den Atem raubte. „Ich schlage Ihnen etwas vor, Frau Lehrerin. Sie fangen an, mich nach meinen eigenen Taten zu beurteilen und nicht danach, ob die armseligen Kerle, die Sie bisher kannten, Sie im Stich gelassen haben. Und ich beurteile Sie ebenfalls anhand Ihres eigenen Verhaltens und nicht nach dem der enggeschnürten, sauergesichtigen, stockschwingenden Drachen, die ich in meiner eigenen Schulzeit immer gehasst habe."

Charlotte zuckte zusammen. „Es … es tut mir leid. Ich wollte nicht …"

War sie ungerecht gewesen? Das Leben hatte sie gelehrt, sich vor Männern in Acht zu nehmen. Doch vorsichtig zu sein, gab ihr nicht das Recht, alle Männer unter Generalverdacht zu stellen, vorauszusetzen, dass sie einen schlechten Charakter hatten, und sie dann auch so zu behandeln. Ein Mann – oder eine Frau – sollte so lange als unschuldig gelten, bis er sich als schuldig erwies. Hatte sie Stone nicht darum gebeten, die Fakten zu prüfen, bevor er ihr Lily wegnahm? Und das hatte er getan. Er hatte ihr zugehört, sich die Dokumente angesehen, ihretwegen einen Brief geschrieben … und das alles, obwohl er hatte davon ausgehen müssen, dass sie eine Entführerin war.

Charlotte hob ihr Kinn und zwang sich dazu, Stone in die Augen zu schauen. „Es tut mir leid, Stone. Ich habe Ihnen unrecht getan. Ich …" Sie schluckte. „Ich kann nicht versprechen, dass das nie wieder vorkommt." Gewohnheiten, die man sich sein halbes Leben lang angeeignet hatte, verschwanden nicht über Nacht. „Aber ich kann versprechen, dass ich mir alle Mühe geben werde, Sie nicht voreingenommen zu beurteilen. Sie haben recht. Sie verdienen es, an Ihren eigenen Taten gemessen zu werden."

Die Falten auf seiner Stirn glätteten sich und er trat näher. So nahe, dass sie ihn hätte berühren können, wenn sie den Arm gehoben hätte. Natürlich hielt sie beide Arme fest an den Körper gepresst.

Doch er nicht.

Stone legte seine Hand sanft an ihr Gesicht und strich mit den Fingerspitzen an ihrem Haaransatz und dann an ihrem Ohr entlang. Ein Schauer lief ihr über den Rücken und für einen kurzen Moment befürchtete sie, ihre Knie würden nachgeben. Noch nie hatte eine einfache Berührung sie so aus dem Konzept gebracht.

„Ich bin nicht perfekt, Charlotte." Seine Stimme klang rau. „Ich mache oft Fehler, aber ich schwöre hier und jetzt, dass ich alles in meiner Macht Stehende tun werde, um dich und Lily zu beschützen. Glaubst du mir?"

Das wollte sie. Oh, wie sehr sie das wollte. Doch sie konnte die argwöhnische Stimme in ihrem Inneren nicht völlig verstummen lassen.

Er weiß, dass du eine einsame, alte Jungfer bist. Deshalb berührt er dich so, sieht dich so an. Es ist alles Manipulation, damit du mit ihm zusammenarbeitest. Es ist nicht echt. Du kannst ihm nicht trauen.

Aber was, wenn es keine Manipulation war?

Charlotte musterte sein Gesicht, die Falten um seinen Mund, die Stärke seines Kinns, die Ernsthaftigkeit in seinen Augen. Entweder war Stone Hammond der beste Schauspieler, der die Straßen Texas' jemals betreten hatte, oder er war ein rechtschaffener Mann. Ein Mann, dem man trauen konnte. Konnte sie es sich leisten, so jemanden wegzuschicken, wo er doch gerade versprochen hatte, Lily zu beschützen?

Seine Hand wanderte ihren Arm hinunter und blieb einige Zentimeter über ihrem Ellbogen liegen. Sein Griff verstärkte sich ein ganz klein wenig, aber genug, um sie daran zu erinnern, dass er auf eine Antwort wartete.

„Ja", flüsterte sie. „Ich glaube dir." Ihr Vertrauen mochte zögerlich und vorsichtig sein, doch sie hatte sich nun für diesen Weg entschieden und sie würde ihn nicht mehr verlassen, es sei denn, Stone gab ihr einen Anlass dafür.

Stone grinste nicht triumphierend oder seufzte erleichtert auf. Nein, er hielt ihrem Blick stand und strich mit dem Daumen sanft über den Stoff ihres Ärmels. „Danke, Charlotte." Seine Hand sank von ihrem Arm und sofort vermisste sie diese Verbindung, die Wärme seiner Berührung.

Dann wandte er sich um, um zu gehen. Panik stieg in ihr auf.

„Warte." Sie ergriff seinen Arm. Fragend sah er über seine Schulter.

Charlotte ließ ihn los und kämpfte darum, das Gedankenchaos in ihrem Kopf zu sortieren. Sie musste vernünftig klingen, kontrolliert, wenn sie ihre Bitte aussprach. Wie eine Närrin vor sich hin zu stammeln würde ihre Position nicht gerade stärken. Doch das Vertrauen zwischen ihnen würde ohne Ehrlichkeit nicht wachsen und sie konnte nicht erwarten, dass er auf sie zuging, wenn sie nicht dasselbe tat.

„Ich brauche Hilfe", gab sie endlich zu.

Da lächelte er. „Ich weiß. Deshalb bleibe ich ja hier."

Sie schüttelte den Kopf. „Nicht wegen Lily. Nun ja, natürlich brauche ich Hilfe wegen ihr, aber das meinte ich nicht." So viel dazu, dass sie sich nicht wie eine Närrin hatte aufführen wollen. Charlotte seufzte, strich ihre Schürze glatt und versuchte es noch einmal. „Ich brauche Hilfe dabei, zu vertrauen. Dir zu vertrauen."

Sie zuckte angesichts ihrer offenen Worte zusammen, doch Stone wirkte weder ungeduldig noch böse. Er drehte sich lediglich weiter zu ihr um und sah sie entspannt an. „Was kann ich tun?"

Charlotte befingerte die Kamee um ihren Hals, riss sich dann zusammen und ballte die Hand zur Faust. *Um Himmels willen. Spuck es einfach aus.*

„Ich bin nicht sehr gut darin, blind zu vertrauen. Ich muss wissen, was du denkst, was du planst." Sie trat auf ihn zu und jetzt, wo sie einmal begonnen hatte, kamen ihr die Worte leichter über die Lippen. „Ich will an jeder Entscheidung teilhaben, die wegen Lily und den Jungen getroffen wird. Im Dunkeln gelassen zu werden, macht mich nur misstrauisch. Wenn du mein Vertrauen haben willst, musst du mir deine Strategie erklären. Und …" Sie konnte die Worte gerade noch zurückhalten, bevor sie ihr über die Lippen kamen, doch dann wuchs etwas Trotziges in ihr. Etwas, das sie unterdrückt hatte, seit sie ein Kind gewesen war. Eine Stimme, die gehört werden wollte. „Und ich erwarte, dass ich in dieser Partnerschaft gleichberechtigt bin. Meine Meinung wird angehört und in Erwägung gezogen und nicht gleich als nichtsnutzig abgetan, nur weil ich eine Frau bin. Ich will deinen Respekt."

„Zum Henker, Charlotte!" Stones Augen lächelten, auch wenn er immer noch den ernsten Gesichtsausdruck trug, den er zu Beginn ihrer Rede aufgesetzt hatte. „Du hattest von Anfang an meinen Respekt. Selbst, als ich dich noch nicht kannte und für eine halb verrückte Entführerin gehalten habe."

Nicht gerade die schmeichelhafteste Einschätzung, aber er war wenigstens ehrlich und das war genau das, was sie von ihm erwartete.

Stone ließ sich auf das Sofa fallen und lehnte sich zurück. „Jemand, der mit drei Kindern untertauchen kann und keinerlei Spuren hinterlässt, ist eine ernst zu nehmende Größe. Ich habe deinen Verstand von Anfang an respektiert, aber in den letzten Tagen habe ich gelernt, auch dein Herz zu respektieren."

Charlotte konnte nicht an sich halten. Sie lächelte. Noch niemals zuvor war sie so für sich selbst eingetreten. Es fühlte sich gut an. Doch was sich noch viel besser anfühlte, war seine Antwort. Er hatte nicht gelacht oder widersprochen. Er machte sich nicht lustig. Nein. Er schenkte ihr, ohne zu zögern, den Respekt, den sie sich wünschte.

„Du hast für diese Kinder dein gesamtes Leben auf den Kopf gestellt und den Zorn eines reichen Mannes in Kauf genommen." Stone lehnte sich vor und sah sie noch intensiver an. „Es ist offensichtlich, dass du sie liebst, und es gibt nichts, was ich mehr respektiere als die Liebe einer Mutter." Er rieb sich den Nacken und senkte den Kopf, bevor er sie wieder ansah. „Es ist lange her, dass ich mit einem Partner zusammengearbeitet habe, und vielleicht werde ich manchmal nicht daran denken, meine Gedanken mit dir zu teilen, aber du kannst mich immer fragen und ich werde dir antworten."

Es dauerte einen Augenblick, bis sie ihre Stimme wiedergefunden hatte. „Hört sich gut an", brachte sie endlich hervor.

„Aber es kommt vielleicht eine Zeit, wo es wichtig ist, sofort Entscheidungen zu treffen", fuhr Stone fort und sein Tonfall wurde energischer. „Wenn du oder die Kinder in Gefahr sind, erwarte ich, dass du meinen Anweisungen folgst, ohne Fragen zu stellen oder zu diskutieren. In einer Krise kann es nur einen Anführer geben."

Charlotte zögerte nicht. „Natürlich. Du hast viel mehr Erfahrung in solchen Situationen als ich. Ich wäre dumm, wenn ich nicht auf dich hören würde."

Er nickte knapp und erhob sich. „Gut. Dann haben wir einen Deal, Frau Lehrerin." Er streckte ihr die Hand entgegen und Charlotte ergriff sie.

Als sich seine starken Finger um die ihren schlossen, hatte sie zum ersten Mal, seit Mr Dobson Stone Hammond niedergeschlagen und hierhergeschleift hatte, das Gefühl, dass alles gut ausgehen könnte.

❦

Ihre Hand fühlte sich gut an in seiner. So gut, dass es Stone schwerfiel, sie überhaupt wieder loszulassen. Er kämpfte gegen den verrückten Drang an, Charlotte an sich zu ziehen und festzuhalten. Denn wenn er das täte, würde er sie wahrscheinlich zu Tode erschrecken und das bisschen Vertrauen, das sie ihm bereits entgegenbrachte, zerstören. Also ließ er ihre Hand sinken, räusperte sich und verschränkte die Arme vor der Brust. Jetzt konnte er nicht mehr in Versuchung kommen.

„Also", sagte er, da er seine Gedanken auf etwas anderes richten wollte, „hast du irgendwelche Fragen, die ich jetzt schon beantworten kann?" Er hatte ihr versprochen, dass sie alles fragen konnte und da er keine Geheimnisse hatte, war er recht entspannt.

Solange sie ihn nicht fragte, wie oft er in den letzten fünfzehn Minuten darüber nachgedacht hatte, sie zu küssen.

„Die habe ich tatsächlich", sagte sie. „Sollen wir uns setzen?" Sie zeigte auf das Sofa.

Stone nickte.

Sie setzte sich auf die Kante, ihr Rücken so gerade wie ein Besenstiel. Stone lümmelte sich in die andere Ecke und schaute sie an. Er legte den rechten Knöchel auf das linke Knie und wartete.

„Ich will wissen, was in der Stadt passiert ist", sagte sie. „Warum du so lange weg warst. Du hast doch mehr gemacht, als nur das Telegramm zu verschicken."

„Ja." Er zog das Wort lang, da er nicht wusste, warum sie verstimmt war.

Dann erinnerte er sich wieder daran, was ihre ersten Worte gewesen waren, als er ins Wohnzimmer getreten war. *Sie sind zurückgekommen.* Sie hatte gedacht, er hätte sich aus dem Staub gemacht. Für immer. Doch er hatte nicht einmal im Entferntesten daran gedacht, so etwas zu tun. Also gab er einen detaillierten Bericht über seinen Besuch in der Stadt ab und hoffte, dass sie das beruhigen würde.

„Zuerst war ich bei der Poststelle und habe mich dem Mann dort vorgestellt. Ich habe ihm gesagt, dass ich einen Brief erwarte, und ihn gebeten, ihn für mich aufzuheben, bis ich in ein paar Tagen nochmal in die Stadt komme. Ich wollte nicht, dass er einen unbekannten Namen sieht und anfängt, Fragen zu stellen. So ist es unauffälliger, falls Franklin tatsächlich hier auftaucht und uns sucht."

„Du scheinst dir sicher zu sein, dass er kommt." Und wieder strich sie ihre Röcke glatt. Mittlerweile war ihm klar, dass sie das immer tat, wenn sie unsicher war. Das und das Berühren der Brosche an ihrem Schlüsselbein.

„Ich bin mir mit nichts sicher", gab er zu. „Aber ich finde es gut, immer mit dem Schlimmsten zu rechnen, dann erwischt es mich nicht unerwartet."

Sie nickte zustimmend und kommentierte seine Worte nicht. Er nahm das als Aufforderung, weiter von seinem Besuch in der Stadt zu erzählen.

„Dann war ich im Gemischtwarenladen und habe ein paar Sachen gekauft. Man weiß nie, was man alles braucht, wenn man vielleicht fliehen muss. Danach war ich im Telegrafenbüro."

Charlottes Augen sahen ihn noch eindringlicher an, falls das überhaupt möglich war. „Was hast du geschrieben?"

„Ich habe Dorchester darüber informiert, dass ich Charles Athertons Grundstück ausfindig gemacht habe."

Ein leises Stöhnen entwich ihrer Kehle. Stone beeilte sich, weiterzuerzählen.

„Ich habe auch erwähnt, dass mich ein kleiner verrückter Kerl mit einem Gewehr bedroht hat, als ich mich umschauen wollte. Ich habe angeboten, noch eine Weile hierzubleiben und mich umzuschauen, habe aber auch angedeutet, dass ich nicht glaube, dass es hier eine heiße Spur gibt."

Sie atmete langsam aus. „Lily hast du nicht erwähnt? Oder mich?"

Stone schüttelte den Kopf. „Nein. Von euch muss er nichts wissen."

Charlotte berührte sein Bein. Ihre Augen waren weich geworden. „Danke."

Zum Henker! Jetzt musste er schon wieder daran denken, sie zu küssen. *Komm schon, Hammond. Bleib bei der Sache.*

„Zum Schluss war ich noch bei Doc Ramsey. Er hat gesagt, dass die Wunden gut heilen und die Fäden in fünf Tagen gezogen werden können. Zur gleichen Zeit sollte der Brief aus Austin kommen. Das passt gut, denn ich will die Fäden loswerden, bevor wir hier verschwinden."

„Verschwinden?" Sie riss ihre Hand so schnell von seinem Knie, dass er auf sein Bein schauen musste, um sicherzugehen, dass seine Hose nicht in Flammen stand. „Wann hast du entschieden, dass wir hier weggehen?"

Bei ihrem scharfen Tonfall zuckte Stone zusammen. Das war wohl eine von diesen Entscheidungen, an denen sie teilhaben wollte. Doch diesen Plan hatte er vor ihrem Gespräch geschmiedet, also sollte sie sich nicht so aufregen.

„Ich habe Daniel Barrett telegrafiert, als ich im Büro war", sagte er ohne ein Anzeichen von Entschuldigung. „Hab ihn informiert, dass ich ihn vielleicht mal besuchen komme."

Ihre Augenbrauen hoben sich ungläubig. „Du willst meine Kinder zu Dead-Eye-Dan bringen?"

Kapitel sechzehn

„Würdest du lieber woanders hin?"

Er wirkte so ruhig. Schrecklicher Mann! Als wäre es so einfach, alles einzupacken und das bekannte Leben hinter sich zu lassen. So war es aber nicht. Charlotte sprang auf und schritt auf dem Teppich auf und ab. Wie sollte sie Lily beschützen, wenn sie nicht wusste, wohin sie gingen, und sie die Menschen nicht kannte, auf die sie sich verlassen musste? Sie hatte gerade erst angefangen, Stone zu vertrauen, und jetzt sollte sie sich einem Revolverhelden aus einem Groschenroman anvertrauen? Er verlangte zu viel.

„Oder vielleicht möchtest du lieber hierbleiben?" Stone saß völlig entspannt und zurückgelehnt auf dem Sofa, als besprächen sie die Soße fürs Abendessen oder ob es Brat- oder Stampfkartoffeln geben sollte. Hier ging es um Lilys Leben, ihre Zukunft. „Immerhin besteht die geringe Chance, dass Dorchester Franklin doch nicht hierherschickt", sagte er gelassen. „Wenn der Brief aus Austin bestätigt, dass du Lilys gesetzlicher Vormund bist, wovon ich ganz sicher ausgehe, ist es sowieso an dir, zu entscheiden, wie wir weiter vorgehen. Wir könnten hierbleiben und versuchen, Franklin aufzuhalten, bevor er Dorchester deinen Aufenthaltsort nennt. Oder wir gehen von hier weg und er findet nur ein verlassenes Haus und einen unfreundlichen Dobson, genau wie ich es heute telegrafiert habe."

Charlotte blieb so stehen, dass sie dem ärgerlich rationalen Mann auf dem Sofa den Rücken zuwandte. Er hatte recht. Natürlich hatte er recht. Sie konnte hinsichtlich Lilys Zukunft nicht auf die unwahrscheinliche Tatsache setzen, dass dieser Franklin nicht hier auftauchte. Doch konnte sie das Kind ihrer besten Freundin Menschen anvertrauen, die sie nie getroffen hatte?

Eine seltsame Wärme breitete sich in Charlottes Rücken aus und die Haare in ihrem Nacken stellten sich auf. Sie schloss die Augen. Er war da. Sie wusste es so sicher, wie sie die Brosche ihrer Mutter spürte. Stone Hammond stand hinter ihr. Nah genug, dass sie seinen Atem spüren konnte. Doch er berührte sie nicht.

Damit erwies er ihr noch einmal seinen Respekt, seine Vertrauenswürdigkeit. Er war nicht darauf aus, sie zu verführen. Er zeigte ihr nur seine Bereitschaft, hinter ihr zu stehen, sie zu unterstützen. Also warum wünschte sie sich plötzlich, dass er seine Arme um sie legte und sie an sich zog?

„Mir zu vertrauen bedeutet, auch meinen Entscheidungen zu vertrauen, Charlotte." Seine raue Stimme erklang dicht neben ihrem Ohr. „Du kannst Fragen stellen und deine Augen ebenfalls offen halten, falls ich eine Gefahr übersehe. Aber du musst begreifen, dass ich Lily und die Jungen niemals einer Situation aussetzen würde, die ihre Sicherheit gefährdet."

„Du vertraust diesem Daniel Barrett so sehr?"

„Ich würde ihm mein Leben anvertrauen."

Langsam wandte Charlotte sich zu ihm um. „Würdest du ihm auch *Lilys* Leben anvertrauen?"

Stone hielt ihrem Blick stand und nickte. „Ja. Dan und ich haben uns so oft gegenseitig geholfen und unterstützt, dass wir loyal bis auf die Knochen sind. Nach Jahren der Jagd auf Gesetzlose ist das Band zwischen uns stärker als Blut."

„Gut. Ich habe Blutsbande nämlich schon brechen sehen. Da vertraue ich doch lieber auf etwas Stärkeres."

✣❧

Stone spürte die Bitterkeit in ihrer Antwort, bevor sie den Kopf sinken ließ. *Nein, vergiss es. Du kannst dich nicht mehr vor mir verstecken.* Er legte seine Hand unter ihr Kinn und hob es sanft an. „Über welche Blutsbande reden wir hier?"

Ihre Augen wurden groß und er hätte schwören können, dass sich ihr Puls unter seinen Fingern beschleunigte. „Ü-über Lilys und die von ihrem Großvater natürlich."

Stone schüttelte den Kopf. „Nein. Das glaube ich nicht. Dorchesters unsägliches Verhalten macht dich wütend, aber es verletzt dich nicht. Da ist noch etwas anderes, etwas Persönliches." Er sprach ganz leise und strich ihr dabei über die Arme, um die Fäuste zu lockern, zu denen sie ihre Finger geballt hatte. „Wer hat dich verletzt?"

Ihre Finger klammerten sich fast schmerzhaft um seine. Er war zu weit gegangen. Er konnte die Panik in ihrem Gesicht sehen, die Anspannung ihrer Muskeln spüren.

„Du musst es mir nicht sagen", flüsterte er. „Ich habe kein Recht darauf, deine Geheinisse zu erfahren; sie gehören dir allein. Doch wenn du sie eine Zeitlang bei jemandem abladen willst, bin ich bereit, dir zu helfen." Er zögerte, wartete auf ein Zeichen, dass sie ihn an sich heranließ, dass sie sich ihm öffnete. Doch sie sagte nichts.

Er sollte nicht enttäuscht sein. Ihr Vertrauen in ihn war zu frisch. Doch seitdem er gehört hatte, wie sie ihr Herz in die Musik gegeben hatte, wollte er auch einen kleinen Teil davon haben. Mehr noch, er wollte sich um ihre Wunden kümmern und ihr helfen, zu heilen. Aber ihre Verletzungen gingen tief und er vermutete, dass sie schon so lange mit ihnen lebte, dass sie ein Teil von ihr geworden waren. Sie zu offenbaren, würde schmerzen. Sehr. Und sie zu verletzen, war das Letzte, was er wollte. Auf der anderen Seite würde eine Wunde, die unbehandelt blieb, sich irgendwann entzünden und den ganzen Körper infizieren.

Was soll ich tun, Herr? Wie kann ich ihr helfen?

Es erklang keine Antwort vom Himmel, doch sein Unbehagen, sie weiter zu bedrängen, wuchs. Es waren *ihre* Geheimnisse. Sie sollte selbst entscheiden, wann sie sie mit ihm teilte. Er würde ihr zuhören, wenn sie dazu bereit war, sie aber nicht aus ihr hervorlocken. Vertrauen funktionierte nur in beide Richtungen.

„Ich bin für dich da, wenn du bereit bist, Charlotte." Er löste seine Hand sanft aus ihrer Umklammerung und wandte sich zum Gehen. Er war fast im Flur, als ihre Stimme ihn aufhielt.

„Mein Vater hatte eine Affäre."

Stone biss die Zähne zusammen. Er hörte die Tränen, die dicht unter der Oberfläche lauerten, spürte die Qual ihres Eingeständnisses und er hasste es, dass sie diese Schmerzen erleiden musste.

Gib mir die richtigen Worte, um ihr zu helfen, Herr. Oder kleb meine Zunge fest, wenn das besser ist. Hilf mir nur, dass ich es nicht vermassle.

Sie ließ den Kopf hängen, als drücke die Schwere der Sünde ihres Vaters ihn nieder. Charlottes Hände waren so fest ineinandergekrallt, dass die Knöchel weiß hervortraten. Stone überbrückte die

Distanz zwischen ihnen mit langen Schritten und schlang sofort seine Arme um ihre Schultern.

„Komm, wir setzen uns." Er führte sie zum Sofa, doch anstatt dass er sie wieder steif an der Kante sitzen ließ, zog er sie an sich.

Zuerst schien ihr das zu widerstreben, doch dann legte sie ihren Kopf an seine Schulter. Ob sie Trost bei ihm suchte oder nur ihr Gesicht verbergen wollte, konnte er nicht sagen. Aber zum Henker, es war ihm auch egal. Es fühlte sich perfekt an, wie sie sich an ihn schmiegte. Er würde sie den ganzen Tag halten, wenn es ihr dadurch besser ging. *Ihm* ging es jedenfalls deutlich besser.

Er hielt sie minutenlang schweigend fest, streichelte ihren Arm, spürte ihre Haare an seinem Kinn, wartete darauf, dass sie weitersprach. Als nichts kam, fragte er leise nach. „Wie alt warst du?" Er hoffte, dass sie durch seine Berührung seine Anteilnahme und Unterstützung spürte.

„Zehn", sagte sie endlich mit leiser Stimme. Sie spielte am Stoff ihres Rockes herum, zog ihn gerade, verdrehte ihn wieder, strich ihn wieder glatt. „Er hat versucht, die Schuld auf meine Mutter zu schieben, weil sie ihn für ihren Erfolg so oft allein gelassen hat. Aber selbst ich als kleines Kind habe verstanden, dass das eine Lüge war. Papa hat für das Rampenlicht gelebt, und als meine Mutter erfolgreicher wurde als er, wurde er in den Schatten gedrängt. Zuerst hat er in ihrem Ruhm gebadet, die Ehrungen als ihr Lehrer und Förderer entgegengenommen. Mama hat mitgespielt, immer wieder betont, dass sie ohne seine Förderung nichts erreicht hätte. Sie hat ihn geliebt und kannte seine Eigenheiten. Sie kümmerte sich nicht um den Ruhm. Für sie zählte die Musik, sie zum Leben zu erwecken und mit anderen zu teilen."

Stone versuchte, sich an das Wenige zu erinnern, das er von seinen Recherchen her über Jeanette Atherton wusste. „Sie ist Opernsängerin?"

Charlotte blickte auf und Stolz strahlte in ihren Augen. „Eine der besten Mezzosopranistinnen in Europa."

Er lächelte sie an und für einen kurzen Moment lächelte sie zurück. Dann schien sie sich an die Geschichte zu erinnern, die sie erzählte. Ihr Lächeln erstarb und sie legte ihren Kopf wieder an seine Schulter.

„Sie war in London, Paris, sogar in Wien. Momentan ist sie, glaube ich, irgendwo in Italien unterwegs. Aber ich habe schon seit ein paar Monaten nichts mehr von ihr gehört, deshalb bin ich mir nicht sicher."

Stone hörte die Einsamkeit, die in dieser Aussage mitschwang, konnte jedoch kein Selbstmitleid entdecken. Charlotte schien ihrer Mutter nichts nachzutragen, was Stone nicht von sich sagen konnte. Er wusste, dass Charlotte fünf Jahre lang an Dr. Sullivans Akademie unterrichtet worden war, bevor sie an die Sam Houston Normal School gewechselt und dort ihr Lehrzertifikat erworben hatte. Danach war sie an die Akademie zurückgekehrt und hatte mit gerade einmal achtzehn Jahren angefangen, als Musiklehrerin zu arbeiten.

„Meine Eltern waren glücklich miteinander ... vorher. *Wir* waren glücklich." Charlotte rutschte hin und her und fing wieder an, an ihrem Rock zu zupfen. „Unser Haus war von Musik erfüllt. Papa am Klavier, Mama hat gesungen und ich bin zwischen den beiden hin und her gehüpft. Wir haben die meiste Zeit des Jahres in New York gelebt, aber Mama hat darauf bestanden, dass wir auch einen Rückzugsort haben, ein Heim, wo die Familie nur unter sich ist und keine neugierigen Reporter über uns berichten können. Papa konnte höchstens zwei Monate lang auf den Rummel verzichten, aber er hat gesagt, dass er meine Mutter so sehr liebt, dass er ihr nichts abschlagen kann. Deshalb hat er dieses Haus hier mitten im Nirgendwo bauen lassen und wir haben jedes Weihnachtsfest hier verbracht. Dieses Haus war mir der liebste Ort auf der Welt."

Stone konnte es sich lebhaft vorstellen. Die drei Athertons, versammelt um das Klavier, singend, lachend. Der Traum jedes kleinen Mädchens.

„Deshalb war sein Betrug auch so schrecklich." Charlotte machte sich von ihm frei, um ihm in die Augen zu schauen. „Er hat gesagt, dass er uns liebt, Stone. Er hat gesagt, dass wir sein Stolz sind, sein Leben. Wir haben ihn bewundert. Aber unsere Bewunderung war ihm nicht genug. Er wollte von der ganzen Welt verehrt werden. Und als die Welt sich dann mehr für Mama interessiert hat, ist seine Liebe gestorben. Er hat sich jemand anderen gesucht, den er fördern konnte, weil er immer noch davon überzeugt war, dass Mamas Erfolg ausschließlich *ihm* zu verdanken sei, nicht ihrem eigenen Talent und ihrer harten Arbeit. Sein Protegé war eine junge Pianistin – jung, hübsch und schrecklich dankbar, dass eine Berühmtheit wie Charles Atherton ihr seine ungeteilte Aufmerksamkeit schenkte. Wie hätte er dieser Bewunderung widerstehen können?"

„Indem er sich an den Schwur vor Gott und seiner Ehefrau erinnert", knurrte Stone. Ein schwächlicher Jammerlappen, dieser Kerl! Ein Mann, der etwas taugte, würde die Leistungen seiner Frau wertschätzen, nicht dasitzen und sein eigenes Schicksal betrauern.

Ein seltsamer Ausdruck trat auf Charlottes Gesicht. Sie legte den Kopf schief und starrte ihn an, als wäre ihm gerade ein drittes Ohr am Kinn gewachsen.

„Was?" Er rieb sich über seine Bartstoppeln, um sicherzugehen, dass sie das Einzige waren, was dort wuchs.

„Nichts, es ist nur …" Sie zuckte mit den Schultern. „Nein, es ist nicht nichts. Es ist eigentlich sogar sehr wichtig. Danke, Stone."

Er hatte keine Ahnung, wofür sie ihm dankte, doch er würde jetzt nicht mit ihr diskutieren.

„Als der Skandal bekannt wurde", sagte sie, „habe ich zuerst versucht, meine Mutter gegen die ungerechtfertigten Behauptungen zu verteidigen, die aufkamen. Die Leute glaubten, was sie wollten. Sie war eine *Opernsängerin*. Jeder weiß doch, dass Frauen der Bühne eine zweifelhafte Moral haben. Charles Atherton war nur zu sehr Gentleman, um die Eskapaden seiner Frau bekannt zu machen, die ihn schließlich in die Arme einer anderen Frau getrieben hatten. Als wäre das eine Entschuldigung, den Schwur zu brechen, den man vor Gott gegeben hat. Du bist der erste Mensch, der ihm diesen Vorwurf macht."

„Ich sehe das so", sagte Stone, dem angesichts ihrer Dankbarkeit etwas unbehaglich zumute war. „Als Gott gesagt hat, dass man eine Ehe nicht entzweien soll, meinte er auch den Mann und die Frau, die sich das Gelöbnis gegeben haben. Ich sage ja nicht, dass es einfach ist. Auf dieser Welt gibt es zu viele Versuchungen und Umwege, um immer im gleichen Schritt zu reiten. Manchmal bockt das Pferd unter dir eben und du klammerst dich fest und hoffst, dass du nicht abgeworfen wirst. Aber am Ende pflegst du deine Wunden und bist glücklich, dass du überlebt hast."

Ihre Wangen wurden rot, als er diesen Vergleich zog, woraufhin auch Stone Hitze im Nacken aufstieg. Er fuhr sich mit der Hand durch die Haare. „Was ich sagen will, ist, dass man manchmal auch schwieriges Gelände durchqueren muss, aber irgendwann wird der Ritt wieder leichter, und wenn du die Sache überstanden hast, gehst du gestärkt daraus hervor."

Hör sich das einer an, ich schwafle hier, als hätte ich Ahnung vom Heiraten! Was weiß ich denn schon? Stone hatte nie eine Frau gehabt. Er hatte nur seine Eltern gekannt, doch die waren so jung gestorben, dass er sie nicht mehr recht in Erinnerung hatte. Er stieß den Atem aus. „Funktioniert zumindest bei Pferden."

Charlotte lächelte ihn an und hörte immerhin lange genug auf, an ihrem Rock zu zupfen, um ihm eine Hand aufs Knie zu legen. „Ich glaube, das funktioniert nicht nur bei Pferden." Ihre Augen funkelten, als hätten die Wolken die Sonne freigegeben. Sein Magen verkrampfte sich und plötzlich war ihm klar, dass er der Mann sein wollte, der all ihre Wolken vertrieb. Doch viel zu schnell schloss sie ihre Augen wieder und zog ihre Hand zurück.

„Ich glaube, was am meisten geschmerzt hat, ist, dass er sich nie verabschiedet hat. Ich kam aus der Schule nach Hause und er war weg." Sie hob ihr Kinn, sah Stone aber nicht an. Ihr Blick wanderte ziellos durch den Raum. „Als ich zwei Jahre alt war, hat mein Vater mein Klaviertalent entdeckt und von diesem Tag an hat er jede Woche Stunden damit verbracht, mich zu unterrichten, mich zu einer Pianistin zu machen, die in den Konzertsälen der Welt auftreten kann. Ich habe für sein Lächeln gelebt, sein Lob. Ich habe immer geübt, immer. Ich habe geglaubt, dass wir beide eine Verbindung haben, die nicht einmal meine Mutter mit ihm teilte, weil wir beide das gleiche Instrument liebten. Alles, was ich getan habe, tat ich, um ihn stolz zu machen. Dann war er weg. Ohne Erklärung. Ohne Entschuldigung. Er hat mir in all den Jahren keinen einzigen Brief geschrieben. Es ist, als hätte ich für ihn aufgehört zu existieren. Als hätte ich keine Bedeutung mehr für ihn."

In diesem Moment war Stone froh, dass Charlotte ihn nicht anschaute, denn er konnte seinen Zorn nicht länger unterdrücken. Wie konnte ein Mann das seinem eigenen Fleisch und Blut antun? Wie konnte er sein Kind derart im Stich lassen? Ihm das Gefühl geben, dass es bedeutungslos war? Diesem Mann sollte wirklich mal jemand Verstand einprügeln und Stone war mehr als bereit, diese Aufgabe zu übernehmen. Er ballte die Hände zu Fäusten.

„Mama hat gesagt, dass er sich zu sehr schäme, um mir unter die Augen zu treten, und dass ich nicht glauben solle, dass alle Männer so treulos seien wie er. Ich habe auf sie gehört und sogar einem jungen Mann gestattet, um mich zu werben, während ich Lehrerin geworden bin."

In Stones Magen bildete sich ein Knoten. „Du ... äh ... hattest einen Verehrer?"

Sie nickte. „Er war ein Jahr über mir in der Schule. Ruhig. Intelligent. Stand nie im Zentrum der Aufmerksamkeit. Das komplette Gegenteil meines Vaters. Ich dachte, mit ihm wäre es sicher. Er hat mich eingeladen, mit ihm zusammen in der Bibliothek zu lernen. Ich habe zugestimmt. Bevor ich wusste, wie mir geschah, gingen wir samstags ins Café und machten lange Spaziergänge. Wir trafen uns bereits drei Monate, als seine Schwester überraschend zu Besuch kam. Sie brachte eine Freundin mit. Eine Freundin, die sich als Alexanders Verlobte herausstellte. Der schockierte Ausdruck auf seinem Gesicht wäre mit Sicherheit komisch gewesen, wenn dadurch nicht so deutlich geworden wäre, dass er sich dafür schämte, mit mir überrascht zu werden. Er hat ein paar Ausreden gestammelt, warum ich mich bei ihm untergehakt hatte, und behauptet, ich hätte mir den Knöchel verstaucht." Charlottes Lippen waren zu einem schmalen Strich geworden. „Ich bin ein paar Schritte zu einer Bank gehumpelt, habe sie weggewinkt und ihnen versichert, dass es mir gut geht. Als sie ein paar Tage später abgereist sind, kam Alexander zu mir und erzählte mir eine hanebüchene Geschichte darüber, dass er Giorgiana nicht mehr heiraten wolle, seit er mich kenne, und so weiter. Dass er lieber eine Frau wolle, die intelligent und zielstrebig sei. Ich habe ihm gesagt, dass ich intelligent genug sei, mich nicht mit einem Mann einzulassen, der einer anderen versprochen ist. Danach habe ich mich auf meine Ausbildung konzentriert und nichts mehr mit Männern zu tun gehabt."

Ach du Schreck! Kein Wunder, dass Charlotte Probleme hatte, anderen zu vertrauen.

Sie seufzte und zog sich auf die andere Seite des Sofas zurück. „Der einzige Mann in meinem Leben, der sich als verlässlich erwiesen hat, ist Mr Dobson und ich bin mir sicher, er bleibt nur bei mir, weil er sonst keinen Ort hat, an den er gehen kann."

„Mach ihn nicht schlechter, als er ist", sagte Stone und konnte kaum glauben, dass er diese Worte wirklich äußerte. „Er hätte mich umgebracht, um dich und die Kinder zu schützen. Es ist nicht nur das Dach über dem Kopf, das ihn hier hält."

Charlotte sah ihn an und fing an zu grinsen. „Genau, vielleicht gefällt es ihm auch, große Männer niederzuschlagen und durch die Gegend zu schleifen."

Stone grinste ebenfalls und rieb die Beule auf seiner Stirn. „Möglich."

Dann erhob sich Charlotte und strich ihren Rock glatt.

Stone stand ebenfalls auf und ergriff ihre Hand. „Dobson ist nicht der einzige Mann, auf den du dich verlassen kannst."

Sie sah ihn lange an, bevor sie sich losmachte. „Wir werden sehen."

Kapitel siebzehn

Fast eine Woche später stand Charlotte wieder an ihrem Schlafzimmerfenster und sah Stone nach, wie er auf seinem überdimensionierten Pferd vom Hof ritt. Sie strich über die Kamee, während er verschwand, dieses Mal jedoch nicht aus Nervosität, sondern ganz gezielt. Der Frauenkopf, der in die Molluskenschale geschnitzt worden war, wühlte ihre Erinnerungen auf. Ihre Mutter hatte ihr die Brosche an dem Tag gegeben, an dem sie Charlotte in Sullivans Akademie abgesetzt hatte.

Die beiden hatten versucht, ihre kleine Familie aufrechtzuerhalten, nachdem ihr Vater verschwunden war, und waren ein Jahr zusammengeblieben. Ihre Mutter hatte Kindermädchen und Lehrer engagiert, während sie von einem Engagement zum nächsten gereist waren, doch der Stress war zu groß geworden. Alles, was Charlotte sich gewünscht hatte, war, in ihr Heim nach Texas zu ziehen, eine tägliche Routine zu haben, ein normales Leben. Doch von diesen Träumen hatte sie nie gesprochen. Wie hätte sie es gekonnt, wenn ihre Mutter dafür ihre Karriere hätte aufgeben müssen?

Wenn nur ihr Vater nicht alles ruiniert hätte. Selbst zu der Zeit, als Charlotte ihm schwere Vorwürfe gemacht hatte, hatte sie ihn vermisst. Hatte sie seine Musik vermisst. Immer, wenn sie angefangen hatte, Klavier zu spielen, war ihre Mutter aus dem Zimmer geflohen, da die Erinnerungen an das, was sie verloren hatten, zu schwer waren. Nach einer Weile hatte Charlotte aufgehört zu spielen. Da hatte ihre Mutter entschieden, sie auf Sullivans Akademie zu schicken.

„Du hast eine Gabe, Lottie", hatte ihre Mutter leidenschaftlich ausgerufen, als sie sie noch ein letztes Mal zum Abschied umarmt hatte. „Eine Gabe, die Gott dir geschenkt hat. Ich will sie dir nicht rauben, wie dein Vater es so oft bei mir versucht hat. Niemand hat das Recht, einem anderen etwas wegzunehmen. Nicht aus Trauer, nicht aus Eifersucht oder Selbstmitleid. Deshalb musst du hierbleiben, dein Talent weiterentwickeln und es als Gottes Leitfaden für dein Leben ansehen."

„Aber Mama, ich liebe *dich* mehr als die Musik. Bitte lass mich nicht hier. Ich will bei dir sein."

Tränen waren über ihre Wangen geströmt, doch sie hatte sich nicht erweichen lassen. Genau wie Lilys Mutter hatte Jeanette Atherton genau das getan, was sie für ihre Tochter als am besten erachtet hatte.

„Erinnerst du dich an die Geschichte von Hannah aus deinen Bibelstunden?"

Charlotte hatte genickt, unsicher, worauf ihre Mutter hinauswollte. „Sie hat so fest um ein Kind gebeten, dass der Priester dachte, sie wäre betrunken."

Da hatte ihre Mutter lachen müssen. „Genau. Und in ihrem Gebet hat sie Gott versprochen, dass sie ihm ihren Sohn geben würde, wenn sie einen bekäme. Und genau das hat sie getan. Sie nahm ihren Sohn, Samuel, mit zu den Priestern, die ihn aufzogen und unterrichteten. Ich tue das Gleiche für dich, Lottie. Von Stadt zu Stadt zu reisen, ist kein Leben für ein kleines Mädchen, und die Musik in deinem Inneren zu unterdrücken, wäre eine Sünde, mit der ich nicht leben könnte. Die Akademie ist das Beste für dich. Für uns beide."

Und ab diesem Moment hatte Charlotte aufgehört zu diskutieren. *Für uns beide.* Charlotte hatte ihre Mutter zurückgehalten, ihrer Karriere geschadet. Die Liebe zu ihrer Tochter hatte Jeanette Atherton in die eine Richtung gezogen, die Liebe zur Bühne genau in die entgegengesetzte. Sie hatte nicht beides haben können, nicht mit dem gleichen Erfolg. Und Charlotte hatte gewollt, dass ihre Mutter Erfolg hatte. Sie hatte es verdient. Jeanette Athertons Arien brachten die hartherzigsten Menschen zum Weinen. Ein Talent, das nicht zurückstehen sollte, nur weil die Tochter Angst hatte, allein zu sein.

„Gut, Mama. Ich bleibe hier."

„Das ist mein liebes Mädchen." Sie hatte Charlotte fest umarmt. „Ich werde dich sehr vermissen!" Charlotte hatte sich gewünscht, dass diese Umarmung niemals endete, doch das hatte sie getan. Viel zu schnell. Ihre Mutter hatte sich erhoben, ihre Brosche abgenommen und sie Charlotte gereicht. „Nimm die hier, Liebes. Ich weiß, dass du sie immer gemocht hast. Denk an mich, wenn du sie trägst, und erinnere dich daran, wie sehr ich dich liebe." Sie hatte die Kamee in Charlottes Hand gedrückt, sich noch einmal mit dem Taschentuch die Augen trocken getupft und war zurück zu ihrer Kutsche gegangen.

Seit diesem Tag hatte Charlotte die Brosche getragen.

Zuerst hatte ihre Mutter sie jedes Jahr besucht, meistens an Weihnachten. Sie waren dann in ihr Haus nach Texas gefahren und hatten nächtelang miteinander geplaudert, über Opernhäuser und Schulmädchenstreitereien. Sie hatten sich immer wieder gefunden. Doch als Charlotte an die Sam Houston Normal School gewechselt war, hatten die Besuche aufgehört. Die Karriere hatte ihre Mutter nach Europa verschlagen, was Besuche unmöglich machte, und Charlotte war eine erwachsene Frau geworden, die ihre Mutter nicht mehr brauchen sollte. Doch sie tat es.

Vielleicht hatte sie der Verlust der Verbindung zu ihrer Mutter so blind für Alexanders wahres Ich gemacht und sie seinem Charme ausgeliefert. Sie hatte sich danach gesehnt, zu jemandem zu gehören, hatte eine tiefere Beziehung gewollt als immer nur das freundliche Grüßen auf den Fluren. Doch diese Sehnsucht hatte ihr nichts als Schmerz gebracht, also hatte Charlotte sie im tiefsten Winkel ihres Herzens versteckt, wo sie mittlerweile Staub angesetzt hatte. Dort war sie lange Jahre unberührt geblieben, sicher verwahrt und außer Reichweite.

Charlotte hatte natürlich ihre Schüler und Kollegen gehabt. Doch immer hatte sie das Gefühl gehabt, dass sie ein Stück von sich zurückhalten musste. Zum Schutz für die Zeit, wenn sie wieder aus ihrem Leben verschwinden würden.

All das hatte sich in dem Augenblick verändert, als Stone sie am Piano gefunden hatte. Mit seinen sanften Fragen hatte er die Schale um ihr Herz geöffnet und all ihre Geheimnisse waren aus ihr hervorgebrochen. Sie konnte immer noch nicht glauben, dass sie ihm wirklich von Alexander und ihrem Vater erzählt hatte. Das hatte sie noch nie jemandem erzählt. Nicht ihren Kollegen an der Akademie und nicht einmal Rebekka Dorchester. Wenn er sie nicht in diesem verletzlichen Augenblick erwischt hätte, hätte sie es *ihm* wahrscheinlich auch niemals erzählt. Doch Reue darüber empfand sie nicht. Die Erinnerung daran, wie er seine Arme um ihre Schultern gelegt hatte, war zu wunderbar. Wie seine Finger sie gestreichelt hatten. Wie er ihr zugehört und dabei nicht ein einziges Mal aufgehört hatte, sie zu berühren. Er hatte sie angenommen. Getröstet. Sein Zuspruch war für sie von enormer Bedeutung gewesen. Das war gefährlich. Fast hätte sie eine alte, mit Spinnweben bedeckte Kiste in ihrem Inneren geöffnet, die besser verschlossen blieb.

„Was machen Sie, Miss Lottie?" Lilys Frage ließ Charlotte zusammenzucken und sie fühlte sich ertappt.

Sie ließ ihre Hand von der Kamee sinken und nahm sich schnell das Staubtuch, das sie vorhin auf die Fensterbank gelegt hatte. „Staub wischen. Brauchst du Hilfe bei deinen Grammatikübungen?"

Lily huschte in den Raum. „Nein, ich bin schon fertig."

Charlotte nickte anerkennend. „Gut. Dann darfst du eine Weile lesen, wenn du möchtest."

„Aber all meine Bücher über Dead-Eye-Dan sind schon eingepackt und auf etwas anderes habe ich keine Lust." Sie ließ sich auf die Bettkante fallen, rollte sich auf den Bauch und streckte die Füße in die Luft. Ein schwermütiges Seufzen entrang der kleinen Kehle, als sie den Kopf in die Hände stützte. „Glauben Sie, der Brief kommt heute? Mr Hammond hat versprochen, dass wir sofort losfahren, wenn er ihn hat."

Charlotte hörte mit dem vorgetäuschten Staubwischen auf und setzte sich neben Lily aufs Bett. Sie fuhr mit den Fingern durch das wellige, blonde Haar des Mädchens und entfernte dabei gleich zwei Knoten. Seit Stone den Kindern von der Reise erzählt hatte, die sie zu Daniel Barrett unternehmen würden, saß Lily auf glühenden Kohlen. Leider hatte sich die Ankunft des Briefes immer weiter verzögert, sodass Lily zunehmend unleidlicher wurde. Heute ritt Stone schon zum dritten Mal in die Stadt. Charlotte hoffte, dass er endlich mit positiven Nachrichten zurückkehren würde.

„Warum gucken wir nicht, wie die Jungs mit den Grammatikübungen zurechtkommen? Dann müssen wir sowieso mit Mathematik weitermachen."

„Uuh!" Lily rollte sich auf den Rücken und ließ ihren Kopf über den Bettrand hängen, als wäre sie gestorben. „Ich hasse Mathe."

Charlotte verbiss sich angesichts dieser Theatralik ein Lachen. „Komm schon. So schlimm ist es nicht. Du hast doch in einem Tag die Multiplikationstabellen auswendig gelernt. Division ist genauso, nur anders herum."

„Aber auf den Tabellen stehen ja nicht alle Antworten. Und diese schrecklichen Reste ... Bäh!"

Charlotte erhob sich und wartete darauf, dass Lily es ihr nachtat. „Du darfst dich für die Antworten nicht nur auf dein Erinnerungsvermögen verlassen, Lily. Du musst die mathematischen Prozeduren auswendig lernen, damit du die Lösungen logisch herausfinden kannst, falls in deinem internen Katalog mal eine weiße Seite ist."

„Ich weiß, ich weiß. Aber das bedeutet ja nicht, dass ich es auch mögen muss."

Als die Kinder mit ihren Übungen fertig waren, gab Charlotte ihnen eine Belohnung aus der Keksdose und scheuchte sie dann nach draußen zum Spielen. In Gedanken war sie ohnehin nicht beim Unterrichten, sondern meilenweit entfernt. Sechs Meilen, um genau zu sein. In Madisonville. Bei Stone.

Sie nahm sich eines der Brote, die zum Abkühlen auf dem Küchentisch lagen, und fing an, es in Scheiben zu schneiden. Als sie beim zweiten Laib angekommen war, stürmte Dobson durch die Hintertür.

„Reiter von Osten. In gestrecktem Galopp."

Madisonville lag südlich.

Mit klopfendem Herzen ließ Charlotte das Messer fallen und lief an Dobson vorbei nach draußen.

„Stephen!" Charlotte rannte über den Hof und betete darum, dass die Kinder in der Scheune spielten und sich nicht weiter vom Haus entfernt hatten. „Stephen!"

Sie entdeckte den Jungen oben auf dem Gatter der Koppel. Sein Kopf flog herum und er sprang augenblicklich herunter und rannte auf sie zu. „Was ist, Miss Lottie?"

„Ein Reiter", brachte sie nach Luft schnappend hervor. „Bring die anderen ... in den Keller."

Stephen hatte schon kehrt gemacht und sprintete in Richtung Scheune. Als Charlotte dort ankam, hatte Stephen die beiden Kleineren schon an der Hand.

„Beeilt euch, Kinder." Sie konnte schon die Hufschläge in der Ferne hören. Ihnen blieb nicht mehr viel Zeit. Die Bäume, die das Haus umgaben, boten ihnen Sichtschutz, doch sobald der Reiter auf der Straße war, die zum Haus führte, würde nichts mehr seinen Blick stören.

John konnte mit seinen kurzen Beinchen nicht mit den anderen Schritt halten. Stephen zog ihn mit sich, doch er stolperte und fiel.

Panisch beschleunigte Charlotte ihre Schritte. „Ich nehme ihn", rief sie und bedeutete Stephen, dass er weiterlaufen sollte. Ohne stehen zu bleiben, schnappte Charlotte sich John und drückte ihn an ihre Brust. Seine Beine klammerten sich um ihre Taille und seine Arme schlangen sich um ihren Hals. So stürmte Charlotte die Stufen der Veranda hinauf und durch die Küchentür. Dobson warf sie hinter ihr ins Schloss.

Die Falltür zum Keller war in den Küchenfußboden eingelassen und der alte Mann hatte sie schon geöffnet. Lily und Stephen waren bereits auf der Leiter und kletterten nach unten. Charlotte reichte ihnen John und raffte ihre Röcke, um selbst hinunterzusteigen.

Dann blickte sie noch einmal zu Dobson hinauf. „Seien Sie vorsichtig."

Der alte Mann verdrehte die Augen. „Machen Sie sich keine Sorgen, Miss Atherton. Ich mach das schon. Hab meine Waffe und meine Sinne. Kümmern Sie sich nur um die Kleinen."

Charlotte nickte und wandte ihren Blick nach unten, damit sie nicht stolperte. Sobald ihr Kopf weit genug unten war, schloss Dobson die Tür über ihr. Sofort war es stockdunkel.

„Miss Lottie?" Lilys furchtsame Stimme führte Charlotte dorthin, wo die Kinder an der Wand kauerten.

„Schhh. Alles ist gut, Liebes." In der Dunkelheit suchte Charlotte nach Lilys Hand und drückte sie beruhigend. „Ich bin ja hier. Alles ist gut. Jetzt schließen wir einfach die Augen und tun so, als würden wir zusammen auf dem Sofa liegen." Charlotte kroch zwischen die Kinder, dann zog sie John auf ihren Schoß. Einen Arm legte sie um

Lily, mit der anderen Hand ergriff sie Stephens, dann fing sie an zu summen, bis sie spürte, dass die Kinder sich beruhigten.

Beschütze die Kinder, Herr. Was auch immer passiert, beschütze sie.

Charlotte konnte nicht sagen, ob die Kinder ihre Augen tatsächlich geschlossen hatten, doch ihre waren weit geöffnet und sie starrte in die Dunkelheit hinein. Sie spitzte die Ohren, doch noch schien draußen nichts zu geschehen. Keine Schüsse. Keine Schreie. Noch nicht.

Zum Glück hatte Stone die Idee gehabt, dass sich alle Kinder und Charlotte im Keller verstecken sollten, falls sich ein Fremder näherte. So würde Dorchesters Mann nur Dobson vorfinden, wenn er sich hier umschaute. Spielsachen und Kleidung waren ohnehin schon eingepackt, also gab es keinen Beweis dafür, dass hier auch eine Frau und drei Kinder lebten.

Auf den Dielen über ihren Köpfen ertönten Schritte. Charlottes Herz raste. Ein Schatten zuckte über die schmale Linie, die die Tür über ihnen andeutete. Sie versteckte Lily hinter sich, so gut sie konnte, und blickte nach oben.

Die Tür ächzte und hob sich langsam. Ein Lichtstrahl drang Charlotte in die Augen, sodass sie nichts sehen konnte. Nur mit Mühe konnte sie einen Schrei unterdrücken.

„Charlotte? Ich bin's. Stone."

Charlotte blinzelte. Dort kniete er und blickte mit seinem gut aussehenden Gesicht zu ihnen herab. „Stone. Gott sei Dank. Ich dachte schon, Franklin hätte uns gefunden." Sie erhob sich und ließ die Kinder los.

„Ich bin einen Umweg geritten, damit niemand in der Stadt mitbekommt, wohin ich reite."

Lily lief zu der Leiter. „Mr Hammond, da sind Sie ja! Ist der Brief endlich angekommen?"

Charlotte grinste, während sie sich den Staub aus dem Rock klopfte. Lily und ihr Brief. Wenigstens war die Kleine jetzt so abgelenkt, dass sie keine Angst mehr hatte.

„Ja, ich bin da, Knirps", antwortete Stone. „Und ja, der Brief ist auch endlich da, allerdings hatte ich noch keine Gelegenheit, ihn zu lesen. Kommt jetzt da raus."

Lily sprang die Leiter hinauf in Stones Arme. Er tätschelte ihren

Rücken, da er nicht zu wissen schien, wie er auf die Umarmung reagieren sollte, dann stellte er sie zur Seite und half John und Stephen beim Hinaufklettern. Zum Schluss reichte er Charlotte die Hand und sie nahm sie dankbar an. Als sie oben angekommen war, wollte sie Stones Hand wieder loslassen, nicht weil es ihr nicht gefiel, seine starken Finger zu spüren, die ihr einen Schauer über den Rücken laufen ließen, sondern weil es der Anstand gebot. Doch Stone ließ sie nicht los. Im Gegenteil, er zog sie nahe an sich heran und flüsterte ihr rau ins Ohr: „Wir müssen weg von hier. Sofort. Franklin ist in der Stadt."

Kapitel achtzehn

Stone spürte, wie ein Zittern die Frau in seinen Armen durchfuhr, doch als sie von ihm zurücktrat, konnte er auf ihrem Gesicht kein Anzeichen von Unruhe erkennen.

„Gut, Kinder." Beim Klang ihrer Stimme erstarb das Geplapper, das um sie herum entstanden war. „Mr Hammonds Brief ist endlich angekommen. Ihr wisst, was das bedeutet."

„Wir fahren zu Dead-Eye-Dan!"

Stone unterdrückte ein Glucksen. Daniel würde eine Menge zu tun bekommen. Stone konnte es kaum erwarten, seine Reaktion zu sehen. Daniel, der sich in der Gegenwart von Frauen an einem guten Tag schon mehr als unwohl fühlte, würde mit Lily seine wahre Freude haben.

„Das stimmt", fuhr Charlotte fort, „und wenn ihr es schafft, in den nächsten fünf Minuten den Rest eurer Sachen zusammenzusuchen, kann Mr Dobson den Wagen beladen und wir reisen sogar noch früher ab. Wie findet ihr das?"

Lily quietschte. „Beeilt euch, Stephen, John. Wir müssen los!" Lily lief zu ihrem Zimmer und die Jungen folgten ihr dicht auf den Fersen.

Charlotte hatte es tatsächlich geschafft, diese mehr als brenzlige Situation ruhig und besonnen zu regeln und sie dabei noch zu einem Spiel für die Kinder zu machen.

„Du bist bewundernswert", murmelte Stone und suchte ihren Blick. „Ich hätte wahrscheinlich hektisch reagiert und am Ende wären sie verschreckt gewesen wie kleine Kaninchen. Aber du schaffst es, dass sie sich darauf *freuen*. Wie machst du das?"

Sie zuckte mit den Schultern. „Ich unterrichte seit zehn Jahren, da habe ich gewisse Taktiken entwickelt. Eigentlich will ich nur nicht, dass sie sich fürchten. Sie kennen die möglichen Gefahren und wissen, dass sie vorsichtig mit Fremden sein sollen. Das ist genug."

„Für dich auch, Charlotte." Stone trat näher an sie heran, bestrebt, alles zu tun, um *ihre* Ängste zu mindern. „Franklin hat mich nicht gesehen, dafür habe ich gesorgt. Und ich habe eine falsche Fährte gelegt, indem ich einen Umweg geritten bin, damit mir niemand folgt. Der Doc ist der Einzige, der weiß, dass ich bei dir wohne, und er wird nichts sagen." Er legte eine Hand auf ihren Arm und strich mit seinem Daumen sanft über ihren Ärmel. „Franklin wird sich in der Stadt umhören, wird mit den Leuten reden und versuchen, etwas in Erfahrung zu bringen. Dann wird er sich frühestens morgen hier umschauen. Wir werden also einen ordentlichen Vorsprung haben. Er wird uns nicht finden."

Zumindest betete Stone darum, dass er sie nicht finden würde. Man konnte sich niemals hundertprozentig sicher sein. Doch das war seine Sache, nicht Charlottes.

Dobson trat langsam an sie heran und zerstörte den privaten Moment. „Ich denke, Sie wollen Ihre Waffen wieder."

Stone ließ Charlottes Arm los und wandte sich dem gnomenhaften Hausverwalter zu, der mittlerweile zu seinem Verbündeten geworden war. „Wäre nicht schlecht, ja."

„Ich hole die Kiste." Dobson stöhnte gerade eben so laut auf, dass sie es hören konnten, dann drehte er sich um und humpelte zur Tür.

„Danke, Dobson", sagte Charlotte. „Bringen Sie sie doch in die Küche, dann kann ich sie mit Lebensmitteln füllen, wenn Mr Hammond sie ausgeräumt hat."

Der alte Mann nickte und sah noch einmal zurück, um Stone zu mustern. „Halten Sie mich nicht zum Narren, Hammond." Stone verstand die wahre Botschaft hinter seinen Worten. *Kümmern Sie sich um meine Familie. Diese Menschen sind alles, was ich habe.*

Zum Henker! Der alte Kautz war ihm mittlerweile wirklich ans Herz gewachsen.

„Machen Sie sich keine Sorgen", versprach Stone ihm.

Dobson starrte ihn noch einige Sekunden lang an, dann nickte er knapp und verschwand durch die Tür.

Charlotte starrte ihm nach. „Es fühlt sich falsch an, ihn hierzulassen."

Stone ergriff ihre Hand und drückte sie sanft. „Wir brauchen ihn hier, um den zänkischen, alten Hausverwalter zu spielen, wenn Franklin hier auftaucht. Das weißt du."

Sie seufzte, entzog ihm aber diesmal nicht ihre Hand. „Ich weiß. Ich mache mir nur Sorgen um ihn." Dann wandte sie sich um, um Stone in die Augen zu sehen. „Was, wenn Franklin unserem Spiel misstraut? Was, wenn er Mr Dobson etwas antut, um an Informationen zu gelangen? Ich könnte es nicht ertragen, wenn ihm meinetwegen etwas geschieht."

Ihr Griff um Stones Finger verstärkte sich und Feuchtigkeit glitzerte in ihren Augen. Mit einem kleinen Ruck zog Stone Charlotte an seine Brust und sah ihr tief in die Augen. „Mach dir keine Sorgen, Liebes. Dobson ist ein zäher, alter Knabe. Klug. Gewitzt. Er hat sogar mich überrumpelt, weißt du nicht mehr? Er macht das schon."

„Ich bete, dass du recht hast." Sie ließ seine Hand los und trat einen Schritt zurück. Stone kämpfte gegen den Drang an, sie zurück in seine Arme zu ziehen. Charlotte vermied einen weiteren Blickkontakt und trat an den Tisch heran, wo Brot und einige andere Lebensmittel lagen. „Wie lange dauert es, bis wir die Ranch deines Freundes erreichen? Ich muss wissen, wie viel Essen wir brauchen."

Stone zwang sich dazu, stehen zu bleiben und ihr den Raum zu lassen, den sie jetzt gerade zu brauchen schien. „Wenn wir die Straße benutzen würden, wäre es gar nicht so weit, aber wir müssen um die Städte herumreiten, damit man nicht auf uns aufmerksam wird. Man darf uns auf keinen Fall zusammen sehen. Vielleicht wäre es sogar am besten, wenn ich dir und den Kindern den Wagen überlasse und selbst auf Goliath eine andere Strecke reite. Ich könnte euch aus der Ferne beobachten und wäre zur Stelle, wenn ihr Hilfe braucht, aber niemand würde uns miteinander in Verbindung bringen. Ich könnte dann auch vorreiten und die Lagerstellen für euch vorbereiten."

„Also zwei Nächte? Drei?" Charlotte wickelte das Brot in ein Tuch und verknotete es fest.

Mögliche Szenarien und Alternativen spielten sich in seinem Kopf ab. Während er einige verwarf und andere in Erwägung zog, wurde ihm klar, dass er ihre Frage noch gar nicht beantwortet hatte.

„Zwei", verkündete er. „Wenn wir uns aufteilen, können wir eine direktere Route wählen. Aber da wir heute recht spät loskommen, könnte uns das wiederum zurückwerfen. Plan lieber mit drei Nächten, man weiß nie, wann ein Pferd ein Hufeisen verliert oder eine Achse bricht. Es würde dir nichts ausmachen, den Wagen allein zu fahren?"

Charlotte grinste ihn neckisch an und lenkte damit seine Gedanken in eine ganz andere Richtung. „Das schaffe ich schon. Eine unverheiratete Frau in meinem fortgeschrittenen Alter muss selbstständig sein. Wenn ich mein Leben lang darauf gewartet hätte, dass ein Mann mich durch die Gegend kutschiert, wäre ich nicht sehr weit gekommen."

„Dein Alter kommt mir gar nicht so fortgeschritten vor." Stone umrundete den Tisch und überbrückte die Distanz zwischen ihnen mit einem langen Schritt. „Nein. Ich sehe eine Frau, die in der Blüte ihrer Jahre steht." Er stellte sich hinter sie und umschlang ihre Taille mit seinen Armen. „Stark." Er legte seinen Kopf auf ihre Schulter. „Unabhängig." Langsam fuhr er mit der einen Hand ihren Arm hinauf. „Loyal und mutig." Er drehte sie sanft zu sich um, sodass sie seinem Blick nicht länger ausweichen konnte. „Und so umwerfend schön, dass es mir den Atem raubt."

Er senkte seine Lippen zu den ihren, um ihr zu zeigen, wie wunderschön er sie fand, doch ein lautes Kratzen von draußen unterbrach ihn.

„Hammond! Helfen Sie mir mal mit dieser Kiste!"

Stone unterdrückte ein Knurren und trat von Charlotte zurück. Er konnte nicht glauben, wie hübsch sie aussah mit diesen leicht geröteten Wangen.

Die Geräusche draußen wurden zu einem lauten Schlagen. Zog der Mann einen Waggon über die Stufen?

„Kommen Sie endlich, Hammond?"

Mit einem Stöhnen stürmte Stone durch die Küche. Er würde Dobson helfen, natürlich. Und dann würde er ihm in den Hintern treten, weil er diesen Moment gestört hatte.

❦

Die ersten beiden Tage vergingen ohne größere Zwischenfälle. Es sei denn, man zählte den Streit darüber, wer nachts neben Miss Lottie schlafen durfte, oder Stephens Drohungen, dass er Lily seine schmutzige Socke in den Mund stopfen würde, wenn sie nicht aufhörte, von Dead-Eye-Dan zu schwärmen. Mehr als einmal hatte Charlotte Stone um seinen einsamen Ritt beneidet, obwohl sie heute Morgen dunkle Ringe unter seinen Augen gesehen hatte.

Der Mann hatte in den letzten beiden Nächten kaum geschlafen, weil er über sie und die Kinder gewacht hatte. Sie hatte sich so sicher gefühlt wie selten zuvor, doch um seinetwillen wünschte sie, dass es nicht nötig gewesen wäre. Erschöpfung konnte die Reflexe eines Mannes verlangsamen und sein Urteilsvermögen trüben. Er musste in Topform sein, falls Franklin sie einholte. Um die Kinder zu beschützen natürlich.

Charlotte biss sich auf die Lippe. Das war eine Lüge. Stone war mehr als ein Schutzschild. Er war ein Mann, dessen Wohlergehen sie aus Gründen interessierte, die sie sich eigentlich gar nicht eingestehen wollte.

Er hatte den Wagen vor Tagesanbruch verlassen, wie schon am Morgen zuvor, und sich mit Goliath in die nähere Umgebung zurückgezogen, sodass nicht einmal Charlotte ihn mehr sehen konnte. Dabei wusste sie, in welche Richtung sie schauen musste. Sie tat es viel zu oft.

Sie konnte sich kaum auf die Fahrt konzentrieren, weil ihre Gedanken immer wieder wegwanderten. Zu Stone. Und zu dem, was in der Küche fast geschehen wäre. Er hatte sie küssen wollen. Und sie hätte es zugelassen. Nein. Sie hätte es nicht nur zugelassen, sie hätte ihn ebenfalls geküsst. Von ganzem Herzen. Oh, wie sehr sie es gehasst hatte, dass Dobson sie gestört hatte. Dieses allzu unschuldige Grinsen auf seinem Gesicht, als er mit Stone und der Truhe in die Küche gekommen war, hatte deutlich gemacht, wie überflüssig ein zweiter Mann gewesen war. Ja, Dobson hatte ganz genau gewusst, wobei er da gerade gestört hatte. Der Mistkerl!

Charlotte rutschte auf der Kutschbank hin und her und nahm die Zügel in die andere Hand. Sie konnte Dobson nicht böse sein. Er wollte sie nur beschützen. Er konnte nicht ahnen, wie sehr sie sich danach gesehnt hatte, Stone zu küssen. Was, wenn das ihre einzige Chance gewesen war, zu erfahren, wie sich ein echter Kuss anfühlte?

Sie seufzte und lenkte den Wagen um eine Kurve herum. Stone hatte seitdem Abstand gehalten und sie nicht wieder berührt. In den letzten beiden Tagen war er ein völlig anderer gewesen. Wie ein Soldat, der seinen Job macht. Er gab Anweisungen und Befehle, sah sich in der Umgebung um und kontrollierte ständig seine Waffen. Er nahm sich nicht einmal die Zeit, um vernünftig zu essen. Und er lächelte kaum.

Sie vermisste sein Lächeln.

Nun, vielleicht sollte sie sich schon einmal daran gewöhnen. Sich in ihn zu verlieben wäre dumm. Wenn die Sache mit Lily sich erledigt hatte, hatte Stone keinen Grund mehr, bei ihnen zu bleiben. Und wenn sie sich *nicht* erledigte? Selbst dann sollte sie nicht erwarten, dass er bei ihnen blieb. Irgendwann würde er wieder seinem Job nachgehen wollen und sie müsste Lily allein vor Dorchester beschützen.

Gib mir Kraft, Herr. Charlotte setzte sich gerader hin und schnalzte über den Rücken der Pferde mit den Zügeln, als die Straße wieder gerade wurde. *Danke, dass du uns Stone geschickt hast, aber lass mich bitte nicht so abhängig von ihm werden, dass ich mich nicht mehr alleine um Lily kümmern kann, wenn er weggeht.*

Denn das würde er tun. Das tat jeder. Ihr Vater. Ihre Mutter. Die Schüler, die ihren Abschluss machten. Kollegen, die eine neue Stellung antraten. Selbstsüchtige Schulleiter, die plötzlich etwas Besseres zu tun hatten. Auch Stephens Eltern würden ihren Sohn abholen, wenn sie von ihren Reisen zurückkehrten. Und wer wusste schon, was mit John geschehen würde. Charlotte bezweifelte, dass irgendein Gericht dieser Welt einer unverheirateten Frau gestattete, ein Kind zu adoptieren. Sie hoffte zwar, dass das Waisenhaus so überfüllt war, dass man John einfach bei ihr vergessen würde, doch verlassen konnte sie sich nicht darauf. Wenn Charlotte sich bis zum Ende des Schuljahres nicht dort meldete und ihnen den Aufenthaltsort ihres Schützlings nannte, würde man sie vielleicht sogar berechtigterweise der Entführung beschuldigen.

Selbst Lily würde sie eines Tages verlassen. Hoffentlich nicht durch Dorchesters Einmischung, doch der Tag würde kommen. Das Kind, das wie eine Tochter für sie war, würde sich eines Tages verlieben, vielleicht in einen Helden wie Dead-Eye-Dan, heiraten und ein eigenes Leben beginnen.

Hör auf, in Selbstmitleid zu versinken, Charlotte! Was machte es schon, dass alle weggingen? Sie war die meiste Zeit ihres Lebens allein gewesen. Sie war unverwüstlich. Stark. Sie würde es überleben.

„Miss Lottie ... ich muss mal."

Charlotte wandte sich um und sah Lily, die sich mit beiden Händen am Wagen festklammerte und sie mit großen Augen anblickte. Fast hätte sie aufgelacht. Hier saß sie und verheiratete Lily in Gedanken schon, dabei war die Kleine nicht einmal zehn Jahre alt.

Das hat man davon, wenn man zu oft in Tagträumereien versinkt.

Stephen beugte sich über John hinweg und sah Lily böse an. „Du solltest doch gehen, bevor wir losfahren."

„Da musste ich aber nicht", erwiderte sie und funkelte ihn ebenfalls an. „Jetzt schon."

„Gut, Kinder. Kein Grund zu streiten." Charlotte zog am rechten Zügel und lenkte den Wagen an den Wegesrand, wo sie ihn anhielt. „Stephen, komm her und kümmer dich um die Pferde, während ich Lily helfe."

Sie nutzte die Radsprossen als Leiter und kletterte vom Wagen hinunter, dann hob sie Lily zu sich herab.

„Tut mir leid, Miss Lottie. Aber ich konnte es nicht länger einhalten."

„Das macht doch nichts, Liebes." Charlotte ergriff ihre Hand und führte sie zu einer Hecke, die ihr Sichtschutz bot. „Aber das nächste Mal möchte ich, dass du meine Anweisungen befolgst und auf Toilette gehst, auch wenn du das Gefühl hast, dass du noch nicht musst."

Lily ließ den Kopf hängen. „Ja, Ma'am."

„Gut." Charlotte drückte ihre Hand und ließ sie damit wissen, dass sie ihr nicht böse war. „Beeil dich jetzt. Wir haben noch einige Meilen vor uns."

Lily lief eilig hinter die Hecke.

Charlotte unterdrückte ein Grinsen und wandte sich ab. Aus reiner Gewohnheit suchte sie die Straße nach Reisenden ab – zuerst in die eine, dann in die andere Richtung. Ihre Ohren nahmen einen leisen Donner wahr. Sie runzelte die Stirn. Hufschläge. Viele Hufschläge. Von hinter der Kurve, die sie gerade umrundet hatten.

„Lily, wir müssen los. Sofort!" Charlotte lief hinter die Hecke und ihr Herz schlug gegen ihre Rippen.

Lily quietschte. Sie saß immer noch in der Hocke, ihre Unterhose um die Knöchel. Charlotte nahm ihren Arm und richtete sie auf. „Tut mir leid, Liebes. Keine Zeit." Sie ergriff den Stoff und zog ihn hoch zu Lilys Hüfte.

„Miss Lottie!", protestierte das Mädchen, das die Situation noch nicht erfasst hatte.

„Es kommen Reiter." Charlotte schnappte sich Lilys Handgelenk und zog sie hinter sich her. „Die Jungen sind allein."

Endlich schien das Mädchen zu begreifen. Es beschleunigte seinen Schritt und endlich liefen sie auf den Wagen zu.

Doch die Pferde waren schneller.

Charlotte rief Stephen eine Warnung zu, aber bevor der Junge nach dem Gewehr unter der Kutscherbank greifen konnte, umschwärmte eine Gruppe von fünf Männern den Wagen.

„Was haben wir denn hier?" Der Anführer brachte sein Pferd vor dem Wagen zum Stehen. Er bedeutete seinen Begleitern, dass die Männer sich verteilen sollten, und sofort waren Charlotte und Lily von den Jungen abgeschnitten.

Die Männer sahen abgerissen aus. Unrasiert. Ungepflegt. Anrüchig. Charlotte schob Lily hinter sich und hob ihr Kinn.

„Du siehst aus, als bräuchtest du Hilfe, Süße. Ich glaube, es ist gut, dass wir hier sind." Der Anführer musterte sie lüstern von Kopf bis Fuß.

„Vielen Dank, Sir", sagte Charlotte in kältester Lehrerinnenmanier, die das Interesse eines Mannes normalerweise schneller auslöschte als ein Schwamm Kreide. „Aber wir brauchen keine Hilfe. Wir wollen unsere Reise gerade fortsetzen. Bitte reiten Sie weiter."

Anstatt den Mann abzuschrecken, schien ihr Tonfall in dem Mann irgendetwas zu entzünden, etwas, das ihn ihre Gesichtszüge mustern ließ, als versuche er, sich an etwas zu erinnern.

Charlotte warf Stephen hastig einen Blick zu und war erleichtert, als sie sah, dass er keine Anstalten machte, nach dem Gewehr zu greifen. Gegen so viele Männer würde es ihnen ohnehin nichts nützen.

„Es wäre doch unehrenhaft, eine Frau alleine weiterreisen zu lassen", sagte einer der anderen Männer. „Eine so hübsche Dame braucht eine ganz besondere Behandlung." Er streckte die Hand aus und streichelte ihre Wange.

Charlotte zuckte zurück. Sie fühlte sich angegriffen und ängstlicher als jemals zuvor in ihrem Leben. Herr im Himmel. Wenn diese Mistkerle ihre Hand gegen Lily erhoben …

Die Männer lachten über ihre Reaktion – tiefe, bellende Laute, bei denen sich ihre Nackenhaare aufstellten. Nur der Anführer schwieg. Er runzelte die Stirn.

„Du bist Lehrerin, stimmt's?", fragte er und lenkte sein Pferd näher an sie heran.

Charlotte antwortete nicht, sondern starrte ihn nur feindselig an. Sie würde nicht zurückweichen.

Plötzlich fing er breit an zu grinsen, wobei seine tabakbraunen Zähne sichtbar wurden, die sein Erscheinungsbild nicht gerade verbesserten.

„Jetzt hab ich's!" Er schlug sich aufs Knie, woraufhin sein Pferd zur Seite wich. „Du bist die Lehrerin, die der Kerl aus Houston gesucht hat." Er sah zum Wagen und beäugte die Jungen. „Jepp. Drei Kinder, genau wie er gesagt hat. Na so was, Männer. Wir haben gerade eine Flüchtige gefunden, auf die ein dickes, fettes Kopfgeld ausgesetzt ist!"

Charlotte hatte keine Zeit zum Nachdenken. Sie warf sich auf den Mann, der ihr am nächsten war, und riss ihn aus dem Sattel, während sie Lily zuschrie: „Lauf zu Stone!"

Sie kniete sich auf den Schurken und schlug auf ihn ein, da sie hoffte, damit für genug Ablenkung sorgen zu können, dass Lily den Männern entkommen konnte. Stone war bestimmt schon auf dem Weg. Er passte auf sie auf.

Es sei denn, er war vorgeritten, um den Weg auszukundschaften. *Herr im Himmel, bitte schick ihn zu uns!* Die Männer waren von hinten gekommen. Stone hatte sie vielleicht gar nicht kommen sehen.

Während sie das dachte, legte sich ein eiserner Arm um ihre Taille und riss sie hoch. Der Anführer war abgestiegen und presste sie nun fest an sich. Charlotte trat und schlug um sich, bis sie hörte, wie ein Revolver gespannt wurde.

„Halt still, Lehrerin, oder Winston bläst dem Jungen den Schädel weg."

Sie sah auf. Einer der Männer hatte eine Pistole auf Stephen gerichtet. Sofort erstarrte sie.

„Everett?" Der Anführer nickte einem der Männer zu, die noch auf ihren Pferden saßen. „Hol das Mädchen."

Der Mann gab seinem Pferd die Sporen und verfolgte Lily.

„Nein!" Charlotte versuchte ihm hinterherzulaufen, doch der Griff um ihre Taille war fest wie ein Schraubstock und quetschte ihr alle Luft aus der Lunge. Selbst ihr Schrei erstarb.

„Mach dir keine Gedanken, Kleine", sagte er in einem zuckersü-ßen Tonfall. „Bald seid ihr wieder vereint."

Tränen trübten ihre Sicht, als Charlotte hilflos mit ansehen musste, wie Everett Lily immer näher kam.

Kapitel neunzehn

Ein riesenhaftes Pferd brach vor Lily durch die Bäume. Die dunkle Silhouette auf dem Rücken des Tieres stieß einen Kampfschrei aus, der die Erde erbeben ließ. Dann explodierte ein Schuss. Everett wurde herumgerissen. Fiel von seinem Pferd. Lily schrie. Erstarrte. Bedeckte ihre Ohren mit den Händen und kauerte sich auf dem Boden zusammen.

Bis der Neuankömmling ihren Namen schrie und ihr befahl, in den Wald zu laufen.

Charlotte schnappte nach Luft. Dann blinzelte sie. Hammer Rockwell, genau wie er im Groschenroman beschrieben worden war. Die braune Staubhose flatterte im Wind, der Hut war tief ins Gesicht gezogen, den Revolver hatte er in der einen Hand, während er mit der anderen das Pferd um Lily herumlenkte. Er wirkte gnadenlos, gefährlich und Charlotte hatte sich noch nie so sehr über den Anblick eines anderen Menschen gefreut wie jetzt über den seinen.

Stone.

Der Anführer lockerte seinen Griff um ihre Taille und sofort riss Charlotte sich los. Sie lief um ihren Angreifer herum und stürzte auf den Wagen zu, doch er schnappte sie wieder.

„Nicht so schnell, Fräulein." Er zog sie vor sich, wie einen Schild, dann ging er rückwärts zu seinem Pferd. „Ich nehme dich mit."

Die anderen drei Männer eröffneten das Feuer auf Stone.

„Stephen!" Charlotte drehte den Kopf in Richtung Wagen. „Versteck dich mit John auf der Ladefläche. Duckt euch!" Sie wandte den Blick nicht ab, bis sie sicher war, dass die beiden Jungen sich hinter den Brettern in Sicherheit gebracht hatten. Stephen legte seinen Arm um John und drückte ihn zu Boden.

Die Schüsse gingen weiter. Langsam wurden die Pferde vor dem Wagen nervös. *Bitte lass das Gespann nicht ausbrechen,* betete Charlotte. *Nicht mit den Jungen auf der Ladefläche.* Obwohl sie das wenigstens außer Schussweite bringen würde. Diese Halunken kümmerten sich offensichtlich nicht darum, ob Unschuldige verletzt wurden.

Doch Stone schon.

Mit einem Schlag erkannte Charlotte die Wahrheit. Stone hatte nicht einen einzigen Schuss abgegeben, seit er Everett vom Pferd geholt hatte. Er schützte die Kinder. Schützte sie. Doch das machte ihn selbst angreifbar. Es nutzte dem Feind. Stone ritt weiter auf sie zu. Tief in den Sattel gebeugt. Als wäre er unbesiegbar.

Sie musste etwas tun, um ihm zu helfen. Aber was? Sie war eine Gefangene. Doch nur ihre Mitte wurde festgehalten. Die Hände waren frei. Sie brauchte eine Waffe, irgendetwas …

Charlotte griff an ihren Hals und löste die Brosche. Mit dem Daumen bog sie die Nadel weit auf. Dann umklammerte sie die Brosche so, dass der Dorn zwischen ihren Fingern hervorstach, und rammte ihn mit aller Kraft in den Oberschenkel ihres Widersachers.

Er schrie laut auf und ließ sie fluchend los. Sofort sprang Charlotte von ihm weg und rannte zu dem Wagen, warf sich auf die Ladefläche und stach dem nächststehenden Pferd die Nadel in die Flanke. Das Pferd wieherte und buckelte, stieß dabei gegen das danebenstehende Pferd und sofort entstand ein Tumult.

Wenn sie schon nicht die Schüsse stoppen konnte, konnte sie wenigstens dafür sorgen, dass die Mistkerle nicht mehr zielen konnten.

Sie kroch um die Jungen herum, um ein weiteres Pferd aufzuschrecken, doch das Chaos, das sie angerichtet hatte, ängstigte ihr eigenes Gespann. Die erschrockenen Tiere tänzelten in ihren Geschirren und warfen Charlotte um. Als sie versuchte, den Sturz mit den Händen abzufangen, entglitt ihr ihre Brosche. Das Schmuckstück schlitterte in eine Ecke nahe der Heckklappe. Sie krabbelte hinterher. Mit einem Mal sah sie aus dem Augenwinkel einen Stiefel, der auf ihren Kopf zielte. Charlotte warf sich herum, wurde aber trotzdem an der Schläfe gestreift. Sie brach zusammen. Blinzelnd versuchte sie, die Benommenheit abzuschütteln. Da erkannte sie, dass ihr Angreifer zu einem weiteren Tritt ausholte. Schützend legte sie die Arme um ihren Kopf und rollte sich zusammen.

Ein Zischen erklang, als etwas über sie hinwegflog. Einen Moment später schrie ihr Angreifer auf und fiel rückwärts um. Ein Messer steckte in seiner Schulter. Im selben Augenblick erklang hinter ihr ein Schrei. Charlotte hatte kaum Zeit, sich umzuwenden, da war Stone schon von seinem Pferd gesprungen und flog mit ausgestreckten Armen durch die Luft.

Er riss die Männer um, die ihm am nächsten waren. Sein Schwung katapultierte sie alle drei auf die Ladefläche. Die Waffen wurden den Männern aus den Händen geschleudert. Ihre Pferde scheuten und preschten davon.

Doch auch ihre eigenen Pferde hatten die Augen weit aufgerissen. Sie sprangen vorwärts, bäumten sich auf, bis die Bremse nachgab, und galoppierten schließlich kopflos die Straße hinunter.

Charlotte klammerte sich an der Heckklappe fest, um nicht wild hin und her geworfen zu werden. Sie bedeutete Stephen und John, zu ihr zu krabbeln. Der Aufprall hatte die Männer zwar einen Moment lang außer Gefecht gesetzt, doch bald würde der Kampf aufflammen und dann mussten die Jungen so weit wie möglich von ihnen weg sein.

Stephen nickte ihr zu und schnappte sich Johns Arm. Während die ersten Fäuste flogen, krabbelten, schlidderten und rollten sie auf Charlotte zu. Stone nutzte seinen Vorteil und rammte den Kopf des einen Mannes fest auf den Boden. Zweimal. Der andere Mann sprang auf Stone zu und umklammerten seinen Kopf, woraufhin Stone ihm rücklings seinen Ellbogen in den Magen rammte.

„Schauen Sie!" Stephen zeigte hinter sie, als er Charlotte erreichte. „Sie hauen ab!"

Charlotte riss ihren Blick von dem Kampf los. Es stimmte. Der Mann, der nicht verletzt worden war – derjenige, den der Anführer Winston genannt hatte –, floh gerade um die Kurve. Der Anführer allerdings hatte sich das Messer aus der Schulter gerissen und ritt auf seinem Pferd in die völlig andere Richtung. Auf den Wald zu, wo Lily war.

„Stone!" Charlotte wirbelte herum. „Er hat es auf Lily abgesehen!"

⁂

Stone hörte Charlottes Ruf und rammte seinem Widersacher das Knie in den Magen. Dann bückte er sich, umklammerte die Beine des Mannes und warf ihn von der Ladefläche. Der andere Kerl nutzte die Gelegenheit, um sein Messer zu ziehen. Doch Stone sah die Klinge sofort und schnappte sich das Handgelenk des Mannes.

Er hatte keine Zeit dafür.

Stone spitzte die Lippen und stieß einen schrillen Pfiff aus, um Goliath zu sich zu rufen, während er die Hand des Mannes wieder und wieder auf den Boden schlug, bis dieser endlich das Messer losließ. Dann versetzte er ihm einen Schlag gegen den Kopf, woraufhin er ohnmächtig wurde, und warf ihn über Bord.

„Beeil dich, Stone!", schrie Charlotte. „Er hat den Wald fast erreicht."

Stone sprang auf und stellte sich breitbeinig hin, um in dem immer schneller rollenden Wagen Halt zu finden. Er hielt sich an der Fahrerbank fest und stellte einen Fuß auf die Umrandung der Ladefläche. Sein Blick wanderte zurück zu Charlotte und den Jungen, die sich an der Heckklappe festklammerten.

Sollte er sie wirklich allein hier zurücklassen? Der Wagen könnte in ein Schlagloch geraten und sich überschlagen. Die Pferde könnten von der Straße abkommen und alle verletzen. Er zögerte.

„Geh, Stone." Charlotte nickte ihm zu. „Lily braucht dich mehr als wir. Ich kann den Wagen anhalten."

Sie könnte auch in den Tod stürzen.

„Geh jetzt!", schrie sie.

Und das tat er. Stone drückte sich mit dem linken Bein vom Wagen ab und landete auf Goliaths Rücken. Schmerz schoss durch seinen rechten Oberschenkel, wo ihn eine Kugel gestreift hatte, doch er ignorierte ihn. Mit einem Gebet im Herzen ließ er die anderen zurück und trieb Goliath dem Mann hinterher, der soeben zwischen den Bäumen verschwand. Sein Pferd preschte in gestrecktem Galopp über das Feld, sein schneller Hufschlag glich Stones rasendem Herzen.

Würde Lily sich gut verstecken? Was, wenn sie das Pferd des Häschers hörte und dachte, es wäre Stone? Sie würde dem Mistkerl direkt in die Arme laufen.

Stone biss die Zähne zusammen und beugte sich tief über Goliaths Nacken. Nicht, wenn es nach ihm ginge! Niemand würde dem Mädchen auch nur ein Haar krümmen.

Das Gelände wandelte sich. Wo zuvor nur grasige Prärie gewesen war, wuchsen nun vereinzelt Bäume. Während Stone Goliath den Hang hinauftrieb, waren sie gezwungen, langsamer zu reiten, da sie immer wieder Hindernissen ausweichen mussten. Stone nutzte die Gelegenheit, um sich umzuhören. Da die Bäume immer dichter wurden, würde er einen anderen Reiter eher hören als sehen. Natürlich würde er seine eigene Position ebenso leicht preisgeben.

Er verlangsamte Goliath zum Schritt. In östlicher Richtung war ein Rascheln zu hören. Stone spähte durch die Bäume. Dort. Ein dunkelbrauner Hut. Er bewegte sich in Richtung Norden. Anscheinend war der Mann abgestiegen. Stone zog seinen Revolver aus dem Holster und ließ sich lautlos von Goliaths Rücken gleiten. Mit vorsichtigen Schritten schlich er sich an den Mann heran, der vor ihm ging. Einer seiner Arme baumelte kraftlos an der Seite, doch in der anderen Hand hielt er eine Waffe. Er hatte sie auf einen Busch gerichtet, hinter dem rosa Stoff hervorblitzte.

„Komm raus, Mädchen", befahl der Mann knurrend. „Ich tu dir nichts. Ich bring dich nur nach Hause." Er trat näher an den Busch heran. „Da sucht ein Kerl nach dir. Dein Opa hat ihn angeheuert. Ich bring dich einfach zu ihm." Noch ein Schritt. „Du brauchst keine Angst zu haben."

Stone nahm seinen zweiten Revolver aus dem Holster und richtete beide Waffen auf den Mistkerl. „Ganz im Gegensatz zu dir", drohte er. „Du hast jeden Grund, Angst zu haben."

Der Mann wirbelte herum und feuerte. Im selben Augenblick ließ Stone sich fallen, rollte herum und schoss zweimal zurück. Der erste Schuss riss dem Mann den Hut vom Kopf. Der zweite schlug ihm die Waffe aus der Hand.

Stone spannte seine Waffen wieder, während er auf die Füße sprang. „Ich würde dich lieber nicht vor den Augen des Mädchens umlegen, aber wenn du auch nur daran denkst, dein Messer zu zücken, landen die nächsten beiden Kugeln genau in deiner Brust."

Der Mann erstarrte und nahm ganz langsam seinen Arm hinter dem Rücken hervor.

„Lily", rief Stone, „komm her und stell dich hinter mich."

Das musste er nicht zweimal sagen. Die Kleine sprang augenblicklich hinter dem Busch hervor und lief auf ihn zu. Um den

Angreifer machte sie einen weiten Bogen, dann schob sie sich hinter Stone und schlang sofort ihre Arme um seine Beine.

Stones Muskeln zuckten bei ihrer Berührung und in diesem Moment war ihm klar, dass er sie um jeden Preis beschützen würde. Seine Augen wurden schmal. „Steig auf dein Pferd, nimm deinen Kumpel mit und verschwinde von hier."

„Everett ist tot. Du hast ihn umgebracht."

„Nein", widersprach Stone. „Aber er wird sterben, wenn du ihn nicht sofort zu einem Arzt bringst." Er hatte den Mann auf allen Vieren gesehen, als er mit Goliath hierhergeritten war. Er hatte einen bemitleidenswerten Eindruck gemacht, war aber alles andere als tot. „Fairfield ist nur fünf Meilen von hier. Ihr könnt es schaffen."

Der Mann zögerte, doch dann schien ihm klar zu werden, dass die Belohnung, die Franklin ihm versprochen hatte, nicht wertvoller war als sein Leben. Er ging langsam rückwärts.

„Verschwinde!", schrie Stone.

Der Mann wandte sich um und lief davon. Seine Pistole ließ er im Schmutz liegen.

Stone hatte keine Zeit abzuwarten, ob der Narr seine Anweisungen auch wirklich befolgte. Jetzt, wo Lily in Sicherheit war, konnte er nur noch an Charlotte und die Jungen denken.

Nachdem er seine Waffen eingesteckt hatte, löste er Lilys Hände von seinen Beinen, nahm sie in seine Arme und lief zurück zu Goliath. Dort angekommen, setzte er sie vor das Sattelhorn und stieg hinter ihr auf. Er zog sie mit dem Rücken gegen seine Brust, sodass er ihr Schild war.

„Wo ist Miss Lottie?", fragte Lily mit zitternder Stimme.

Stone legte einen Arm um das Mädchen. Diese Frage konnte er selbst nicht genau beantworten. Den dreien konnte sonst etwas passiert sein. Er wollte sich gar nicht vorstellen, was sich auf der Straße abgespielt hatte. Doch Charlotte Atherton war keine Frau, die so einfach aufgab. Daran würde er sich klammern.

„Sie ist im Wagen", brummte Stone und betete dafür, dass das tatsächlich stimmte und es allen gut ging. Dann trieb er Goliath zu einem Galopp an, um die Wahrheit herauszufinden.

Kapitel zwanzig

Wie um alles in der Welt sollte sie den Wagen anhalten? Charlotte klammerte sich mit beiden Händen an der Heckklappe fest und zog sich daran auf die Füße. Kaum stand sie, da spürte sie ein Zupfen an ihrem Rock. John sah von unten zu ihr herauf. Seine Augen strahlten vertrauensvoll und in seiner kleinen, nach oben gereckten Faust hielt er etwas umklammert. Als sie ihm ihre Hand hinstreckte, legte er die Kamee ihrer Mutter hinein. Charlotte konnte sich nicht erklären, wie ein simpler Gegenstand solch eine große Hoffnung freisetzen konnte, doch die Brosche tat es. Sie schloss die Finger darum und nickte John dankbar zu. Dann, bevor die Zweifel wieder die Oberhand gewinnen konnten, stopfte sie das Schmuckstück in ihre Rocktasche und machte sich auf den Weg zur Kutscherbank.

Hilf mir, Herr! Bitte hilf mir! Sie wiederholte dieses Gebet immer und immer wieder, bei jedem unsicheren Schritt, den sie tat. Immer wieder wurde sie gegen die Seitenumrandung des Wagens geworfen. Der Wind peitschte ihr die Haare ums Gesicht und stach ihr so in die Augen, dass sie tränten.

Endlich erreichte Charlotte die Rücklehne des Kutschbocks. Sie klammerte sich daran fest. Ihr war klar, dass sie würde darüberklettern müssen – keine leichte Aufgabe mit einem langen Bahnenrock.

„Soll ich es machen, Miss Lottie?" Als Stephen ihren Arm berührte, zuckte Charlotte zusammen. Sie hatte nicht einmal bemerkt, dass er ihr gefolgt war. „Ich kann gut klettern."

„Auf keinen Fall!" Du liebe Zeit! Wenn er abstürzte, würde sie sich das niemals verzeihen. „Bleib hier hinten und kümmer dich um John."

Charlotte vertraute darauf, dass er gehorchen würde, und wandte sich wieder der Bank zu. Sie benutzte die kleine Truhe mit Büchern und Kleidung, die Lily gepackt und Stone hier zu Beginn ihrer Reise als eine Art Treppe festgebunden hatte, raffte ihren Rock bis zu den Knien und schwang ihr rechtes Bein über die Rücklehne der Bank.

Mit beiden Händen klammerte sie sich am Sitzbrett fest, legte ihren Bauch auf der Lehne ab und zog das andere Bein nach. Mit einem lauten Seufzer, der allerdings im Tumult um sie herum unterging, ließ sie sich auf die Bank fallen und sah sich nach den Zügeln um.

Sie hatten sich natürlich vom Bremsknüppel gelöst und baumelten über der Achse des Wagens zwischen den beiden panischen Pferden.

„Ruhig!", rief Charlotte den Tieren zu. „Ganz ruhig!" Nicht, dass ihr Kommando irgendetwas ausgerichtet hätte. Die Pferde waren zu kopflos, um sie zu hören. Doch sie wiederholte ihre Worte trotzdem. „Ruhig!"

Die Pferde donnerten weiter. Genau wie ihr Puls. Sie musste irgendwie an die Zügel kommen.

Charlotte sah sich um. Ansonsten war weit und breit niemand zu sehen, Gott sei Dank. Die Straße sah relativ eben aus. Doch weit vor ihnen lag eine Kurve. Eine sehr scharfe Kurve. Mehr ein spitzer Winkel. Die würden sie bei dieser Geschwindigkeit niemals schaffen, da war sie sich sicher.

Charlotte klammerte sich mit der Linken an der Armlehne der Bank fest, beugte sich, so weit sie konnte, nach vorne und streckte sich nach den Zügeln aus. Sie erreichte sie nicht einmal annähernd.

Wenn Stone hier gewesen wäre, wäre er wahrscheinlich einfach auf die Achse gesprungen, hätte sich mit einer Hand die Zügel geschnappt und die Pferde mit einem leichten Zug zum Stehen gebracht. Und das alles, ohne außer Atem zu geraten. Doch Stone war nicht hier. Und wenn sie versuchte, auf die Achse zu springen, würde sie auf dem schmalen Holz wahrscheinlich abrutschen und zwischen die Pferdehufe geraten, bevor sie vom Wagen überrollt wurde. Keine allzu rosigen Aussichten. In ihrem Rock waren solche akrobatischen Einlagen sowieso ausgeschlossen. Was konnte sie also tun?

Was auch immer, sie musste es bald tun. Die Kurve war nicht einmal mehr fünfhundert Meter entfernt.

Da ihr nichts Besseres einfiel, um die Distanz zu den Zügeln zu verringern, ließ sie sich im Fußraum vor der Fahrerbank auf die Knie fallen und lehnte sich weit über das Schutzbrett hinaus. Sie angelte nach den Zügeln. Streckte ihren Arm. Immer … noch …

zu … weit … weg. Nur wenige Zentimeter trennten sie noch von ihrem Ziel.

Sie sank auf dem wackelnden Brett zusammen. Tränen traten ihr in die Augen. „Du schaffst das, Charlotte", flüsterte sie. „Du musst es einfach schaffen."

Nun warf sie alle Vorsicht über Bord. Charlotte klemmte ihre Beine unter der Sitzbank fest und streckte sie durch, um sich weiter über das Brett hinausschieben zu können. Sie *würde* diese Zügel erreichen. Die Kante des Bretts schrammte über ihre Rippen hinweg bis zu ihrem Bauch. Wieder streckte sie den Arm aus. Ihre Fingerspitzen berührten die Zügel. Sie war so nah dran!

Zu nah, um aufzugeben.

Sie stieß sich noch etwas weiter nach vorne, bis nur noch ihre Füße unter der Bank klemmten. Es gelang ihr, so weit vorzurücken, dass sie mit der Hüfte auf dem Brett zu liegen kam. Dann streckte sie noch einmal den Arm aus. Und erreichte die beiden rechten Zügel.

Jetzt griff sie auch nach den linken, die etwas tiefer hingen. Nur … noch … ein … Stückchen. Eines der Räder geriet in ein Loch. Der Wagen machte einen Satz. Charlottes Schuhe rutschten aus ihrem Halt und sie fiel. Schrie.

Ihre Hände klammerten sich um die Deichsel. Sie fand Halt. Und die Zügel. Sie spürte sie unter ihrer linken Handfläche.

„Miss Lottie!"

Charlotte hörte Stephens Schrei, doch sie konnte nichts tun. Sie konnte kaum atmen, wie sie dort hing, das Schutzbrett zwischen die Oberschenkel gepresst, um nicht weiter abzurutschen.

Sie hatte die Zügel, doch wie um alles in der Welt, sollte sie sich wieder aufrichten? Sie mussten die Kurve fast erreicht haben.

Bitte, Herr. Schütze die Jungen. Schütze sie –

Ihr Gebet wurde von einem kleinen Körper unterbrochen, der sich an ihre Beine klammerte, und einem Paar Hände, das sich in ihre Bluse krallte und sie nach oben zog. Charlotte dankte Gott für den Ungehorsam ihrer beiden Jungen, die sie mit vereinten Kräften über das Brett und zurück auf die Fahrerbank zerrten.

Sobald sie wieder auf den Füßen war, zog sie mit aller Macht an den Zügeln. „Ruhig!" Sie stand vor der Fahrerbank und lehnte sich zurück, um ihr ganzes Gewicht in den Zug zu legen.

Die Pferde preschten weiter.

Stephen ergriff den rechten Zügel und John den linken. Jetzt zogen sie zu dritt. Und alle drei schrien sie: „Ruhig!"

Ganz allmählich wurden die Pferde langsamer.

„Ruhig!", schrien sie wieder, als sie die Kurve erreichten. Die Geschwindigkeit war immer noch zu hoch.

Die Pferde verlangsamten ihr Tempo zwar noch weiter, doch der Wagen schlingerte, rutschte mehr um die Kurve, als dass er fuhr. Die Hinterräder glitten über das Gras am Straßenrand, doch der Wagen kippte nicht.

Sie schafften es um die Kurve und ein paar Meter später kamen sie endlich zum Stehen.

Die Jungen jubelten. Charlotte ließ sich auf die Bank fallen. Betäubt.

Dann brach sie plötzlich in Panik aus und alles, was sie wollte, war, aus diesem dämonischen Fahrzeug zu verschwinden, das sie fast umgebracht hätte.

Sie zog die Bremse, band die Zügel fest und scheuchte die Jungen aus dem Wagen.

„Lasst uns im Gras auf Stone und Lily warten", sagte sie und zeigte auf einen großen Flecken Präriegras, der einige Meter von der Straße entfernt wuchs. „Ich brauche ein paar Minuten, um mich zu erholen."

Aller Energie beraubt, ließ Charlotte sich ins Gras fallen. Links und rechts von ihr nahm je einer der Jungen Platz und schmiegte sich an sie. Sie schloss die Augen, als die Sonne ihr windgerötetes Gesicht wärmte, und dankte Gott für seinen Schutz und seine Hilfe.

※

Stone verlangsamte Goliath zum Trab, als sie die Kurve erreichten. Er fürchtete sich vor dem, was ihn hinter der Biegung erwarten würde. Die Schmerzen in seinem Körper verstärkten seine Angst noch. Seine Fingerknöchel schmerzten von den Schlägen, die er ausgeteilt hatte, sein Oberschenkel wegen des Schusses, seine Knie von dem Sturz in den Wagen, sein Hals vom vielen Schreien, sein Gesicht von den Schlägen, die er eingesteckt hatte, seine Schulter, weil ihn dort eine weitere Kugel gestreift hatte. Alles brannte, pulsierte, stach, aber das war nichts im Vergleich zu den Qualen seiner Seele und der Angst, dass Charlotte und den Jungen womöglich etwas Schlimmes zugestoßen war. Er lenkte Goliath um die Kurve.

„Sehen Sie, Mr Hammond! Der Wagen!" Lily hopste vor ihm auf und ab. „Aber wo ist Miss Lottie? Ich kann sie nicht sehen."

Er auch nicht. Stone befahl sich selbst, nicht in Panik auszubrechen. Der Wagen stand dort, allem Anschein nach unversehrt, und das Pferdegespann war ruhig. Aber was, wenn es von allein langsamer geworden war? Wenn Charlotte und die Jungen schon viel früher hinausgeschleudert worden waren? Er hatte die Straßenränder abgesucht, aber hatte er etwas übersehen? Was, wenn …

Er lenkte Goliath neben den Wagen – und entdeckte Charlottes blauen Rock im hohen Gras!

„Charlotte!" Stone stellte Lily auf den Boden, dann sprang er von Goliaths Rücken und rannte um den Wagen herum. Er ließ sich im Gras neben ihr auf die Knie fallen, tastete ihren Körper ab. Doch bevor er bis zu ihren Knien gekommen war, setzte sie sich auf.

„Stone", sagte sie. Ihre Stimme klang erschöpft, so als habe sie geschlafen. Dann blinzelte sie und setzte sich aufrechter hin. „Ist Lily –?"

Bevor sie ihren Satz beenden konnte, warf sich das Mädchen auch schon in ihre Arme. Fast hätte sie Charlotte umgerissen.

„Oh danke, Gott!"

Stone wiederholte Charlottes Gebet still, als die beiden sich umarmten. *Ja, danke, Gott!*

Stephen und John sprangen auf und klammerten sich an Stones Arme. Stephen erzählte ihm so schnell, was ihnen alles passiert war, dass Stone kaum folgen konnte. John nickte die ganze Zeit über so lebhaft, wie Stone ihn nie zuvor erlebt hatte.

Nach ein paar Minuten wandten sich die Kinder endlich einander zu und Stephen und Lily versuchten sich gegenseitig mit ihren Horrorgeschichten zu übertrumpfen. Stone bot Charlotte seinen Arm an und half ihr auf die Beine. Sofort versuchte sie hektisch ihren Rock zu richten, die zerrissenen Stellen zurechtzuzupfen und ihr hoffnungslos zerzaustes Haar glatt zu streichen.

Stone ergriff ihre Hände und zog sie herab. „Lass es so."

Charlottes Augen sahen ihn fragend an.

„Ich mag es, wenn du ein bisschen ramponiert aussiehst." Er grinste breit. „Dann fühle ich mich im Vergleich zu dir nicht mehr wie eine große Schmutzwolke."

Sie errötete. Nur ein bisschen, aber doch so, dass er es wahrnahm.

„Du bist der heldenhafteste Mann, dem ich je begegnet bin, Stone Hammond", sagte sie dann. Sie sah ihn ernst an. „Ich schulde dir viel."

„Aber nein." Jetzt war er derjenige, der nicht wusste, wohin mit seinen Händen. „Du schuldest mir nichts." Er rieb seinen Nacken. „Du hast doch die meiste Arbeit gehabt." Stone griff nach ihrer Hand und drückte sie. „Du hast das heute gut gemacht, Charlotte. Wirklich gut."

Sie lächelte ihn an und ihr Gesicht wurde weich, so weich, wie er es nicht mehr gesehen hatte, seit sie Klavier gespielt hatte. Es war, als hätte sie den Vorhang zurückgezogen, den sie normalerweise geschlossen hielt, um ihm einen Blick auf ihre Verletzlichkeit, ihre Dankbarkeit und ihre Sehnsucht zu gewähren. Ihre Gefühle trafen ihn so hart, dass er fast zurückgetaumelt wäre. Sie senkte die Lider und der Vorhang fiel wieder an seinen Platz. Im nächsten Moment hatte sie sich auch schon abgewandt, um nach den Kindern zu sehen.

Stone konnte sich nicht bewegen. Konnte kaum atmen. Noch nie hatte eine Frau ihn so angesehen. Er war zu rau, zu grob, zu sehr Einzelgänger. Seit seine Mutter gestorben war, hatte er gelernt, dass er vom Leben nicht viel Zärtlichkeit zu erwarten hatte. Sein Ehrgeiz hatte ihm ein gutes Einkommen beschert, seine Fähigkeiten hatten ihn am Leben erhalten. Er hatte ein paar gute Freunde, auf die er sich verlassen konnte und denen er vertraute. Das war immer genug gewesen, um ihn zufriedenzustellen. Doch nun? Nun wollte er mehr. Er wollte Zärtlichkeit. Nähe. Musik.

Er wollte *sie*.

Eins nach dem anderen, Hammond!

Zuerst musste er sie alle zu Dan bringen. Die fünf Mistkerle, die er heute vertrieben hatte, würden womöglich zurückkommen, also durfte er sich ab sofort nicht mehr von Charlotte und den Kindern trennen. Nicht, dass seine Nerven etwas anderes zugelassen hätten.

Seine Hände zitterten immer noch bei dem Gedanken daran, wie er sie und die Jungen wie tot im Gras hatte liegen sehen.

Er würde den Wagen nach Hawk's Haven lenken. Goliath konnte sich derweil ausruhen. Und vielleicht stießen sie unterwegs ja auch auf einen Fluss, in dem sie sich waschen konnten. Charlotte würde Fremden nur ungern so derangiert unter die Augen treten wollen und Stone musste zugeben, dass er auch nicht in der besten Verfassung seines Lebens war.

„Stone Hammond!"

Charlottes wütende Stimme ließ ihn herumwirbeln und seine Hand fuhr an den Revolver.

„Was?" Er suchte die Umgebung nach einer Bedrohung ab, doch er sah nichts. Fragend schaute er zurück zu ihr.

„Du blutest!", warf sie ihm vor. Dann marschierte sie auf ihn zu und machte sich daran, seine Wunden zu untersuchen. Vor sich hin schimpfend und irgendetwas murmelnd.

„Mach dir keine Sorgen. Es ist nichts Ernstes. Ich kann mich im nächsten Bach waschen."

„Wir haben eine Feldflasche." Dann gab sie den Kindern Anweisungen. „Stephen, klapp den Wagen auf, damit Mr Hammond sich setzen kann. John, hol das Wasser. Lily, pack meine Unterröcke aus. Ich muss einen in Streifen reißen."

„Rechthaberisches Weib", grummelte Stone, als sie ihn dazu zwang, sich hinzusetzen. Er funkelte sie böse an. Sie funkelte zurück. Oh ja, das mochte er an ihr. Wie sie ihren eigenen Willen durchsetzte. Und wenn er ehrlich war, gefiel es ihm auch, dass sie sich um ihn kümmerte.

Eins nach dem anderen, Hammond! Eins nach dem anderen.

Kapitel einundzwanzig

Am Nachmittag tauchte das gebogene Tor zu Hawk's Haven vor ihnen auf. Die Kinder staunten über den eingebrannten Umriss eines Habichts, doch Charlotte verspürte keinerlei Trost beim Anblick dieses Symbols. Als bräuchte sie noch einen Räuber, der sie und ihre Schützlinge belauerte. Dorchester und Franklin waren nun wirklich genug. Und dann waren da ja auch noch die Männer, denen Franklin Geld geboten hatte. Wie viele weitere warteten noch darauf zuzuschlagen? Charlotte lief ein Schauer über den Rücken und sie rutschte etwas näher zu Stone, während er den Wagen in die Auffahrt lenkte.

Der Schrei eines echten Habichts schallte durch die Luft. Charlottes Blick schnellte zum Himmel hinauf, doch sie sah nichts. Es war nur ein Vogel, sagte sie sich, doch nichtsdestoweniger bekam sie auf den Armen eine Gänsehaut. Sie rieb sie vehement weg. Für solche Dummheiten hatte sie jetzt keine Zeit.

Stone wandte sich ihr besorgt zu. „Geht es dir gut?"

Charlotte zwang sich zu einem Lächeln. „Ja. Ein bisschen aufgeregt vielleicht."

„Verständlich." Er grinste sie mitfühlend an, was ihren Magen noch mehr zum Flattern brachte „Aber jetzt, wo wir auf Hawkins' Land sind, sind wir in Sicherheit."

Charlotte nickte. Das wusste sie. Sie war sich nur nicht sicher, wie lange diese Sicherheit anhalten würde. Stone hatte ihr versichert, dass Jonah Hawkins, der Besitzer der Farm, ein guter Mann war. Daniel Barrett hatte sich für seinen Arbeitgeber verbürgt und anscheinend wog sein Wort schwer. Stone zufolge verschenkte Barrett sein Vertrauen nicht leichtfertig. Doch das war keine Garantie dafür, dass dieser Hawkins sie auch wirklich auf seinem Grund und Boden willkommen heißen würde. Daniel Barrett mochte Stone zur Treue verpflichtet sein, doch Jonah Hawkins schuldete ihnen nichts und konnte sie einfach so vor die Tür setzen, wenn er erkannte, dass sie Schwierigkeiten mitbrachten.

„Ooooh, Miss Lottie, ich kann das Haus sehen", quietschte Lily. Sie stand hinter Charlotte auf der Ladefläche und klammerte sich an der Fahrerbank fest, um nicht das Gleichgewicht zu verlieren. Je aufgeregter sie wurde, desto mehr hüpfte sie, und je mehr sie hüpfte, desto intensiver stieß die Banklehne gegen Charlottes Rücken. Doch Charlotte brachte es nicht übers Herz, das Mädchen zurechtzuweisen. Nach dem schrecklichen Abenteuer, das sie auf der Reise hierher erlebt hatten, verdiente das Mädchen es, so wild zu hüpfen und zu quietschen, wie es wollte.

„Er kommt, Miss Lottie! Ich kann ihn sehen." Das Rütteln an der Lehne intensivierte sich noch.

„Wo? Ich sehe nichts", grummelte Stephen.

„Dort!" Lily streckte den Arm an Charlottes Kopf vorbei. „Ein Pferd. Kommt direkt auf uns zu."

„Das könnte jeder sein." Stephens Tonfall klang gelangweilt, doch Charlotte bemerkte, dass auch er sich weit vorbeugte, um den Reiter zu sehen.

„Es ist nicht jeder", beharrte Lily. „Es ist Dead-Eye-Dan! Ich weiß es."

Stone gluckste leise. „Das ist er."

Jetzt warf Charlotte Lily doch einen tadelnden Blick zu. „Vergiss nicht, was wir gestern Abend besprochen haben. Du sollst ihn mit Mr Barrett ansprechen. Wir wollen unseren Gastgeber nicht in Verlegenheit bringen."

„Ja, Ma'am."

Charlotte wandte sich wieder um und strich den Stoff ihres Rockes glatt. Sie hob eine Hand, um ihr Haar in Ordnung zu bringen, hielt aber inne, als Stone sie mürrisch anschaute.

„Du siehst okay aus", grummelte er.

So ein Kompliment kurbelte doch wirklich das Selbstwertgefühl einer Frau an! Und wie die finsteren Linien auf seiner Stirn es noch unterstützen. Wunderbar! Was für eine Laus war ihm denn über die Leber gelaufen? Vor zwei Minuten hatte er noch gelächelt. Warum störte es ihn, wenn sie einen guten Eindruck machen wollte? Es war doch normal, dass man so gut wie möglich aussehen wollte, wenn man zum ersten Mal dem Mann begegnete, der einem Schutz gewährte. Der erste Eindruck zählte. Es sei denn … Nein. Bestimmt nicht! Sie warf dem Mann neben sich einen Blick zu. Bestimmt dachte er nicht, dass sie Mr Barrett ... *gefallen* wollte, oder? Das war lächerlich. Sie hatte ein ganzes Jahrzehnt lang nicht versucht, einem Mann zu gefallen. Außerdem, warum sollte das Stone etwas ausmachen?

Ihr Herz flatterte, als ihr die offensichtliche Antwort klar wurde. Wieder blickte sie zu ihm. Jetzt lächelte er und hob grüßend die Hand. Sie war eine närrische alte Jungfer! Natürlich war Stone nicht eifersüchtig. Wahrscheinlich war er nur von ihrem Herumgewackel genervt gewesen. Charlotte befahl sich selbst, nicht enttäuscht zu sein, setzte ein Lächeln auf und wandte sich dem Mann zu, der auf sie zukam.

Das dunkle Rot seines Bartes leuchtete im Sonnenlicht. Als Charlotte bemerkte, dass Stones Freund sie mit seinen eisblauen Augen durchdringend musterte, wurde ihr Rücken noch ein wenig fester und gerader. Stone zügelte die Pferde.

„Dan, du alter Halunke. Schön, dich zu sehen!"

Sollte er doch schauen, wie er wollte. Sie würde sich vor niemandem für das rechtfertigen, was sie getan hatte, um Lily zu schützen. Und wer war er, dass er über sie urteilen durfte? Er sah mehr nach einem Gesetzlosen aus als nach einem Landarbeiter, war fast genauso stark bewaffnet wie Stone, abgesehen von dem Munitionsgürtel. Dafür trug er ein zweites Gewehr bei sich, das am Sattel befestigt war. Nur ein Mann, der schon oft in Schwierigkeiten geraten war, schleppte ein solches Arsenal mit sich herum.

Oder einer, der Schwierigkeiten *erwartete*.

Charlotte schluckte. Er hatte jedes Recht, sie prüfend anzuschauen. Eigentlich sollte sie sogar froh sein, dass Stone einen Freund hatte, dessen ... Talente ... ihnen bei ihrer Sache hilfreich sein konnten. Sie befahl ihrem Nackenfell sich zu legen und zwang ihre Hände dazu, locker im Schoß zu liegen.

„Charlotte." Stones Stimme holte sie zurück in die Gegenwart. Seine Augen suchten ihren Blick, sahen sie ermutigend an. „Darf ich dir Daniel Barrett vorstellen? Dan, das ist Charlotte Atherton."

Mr Barrett tippte sich an die Hutkrempe und nickte knapp. „Ma'am."

So stoisch. So hart. Nahm er es ihr übel, dass sie hier war?

166

„Mr Barrett." Sie nickte ihm zu. „Ich hoffe, wir bereiten Ihnen mit unserer Ankunft keine Unannehmlichkeiten."

„Nein, Ma'am."

Sie wartete auf mehr, doch der Mann schien genug gesagt zu haben.

„Ich bin Lily." Die Worte brachen aus dem Mädchen hervor, als hätte der Damm, der sie zurückgehalten hatte, plötzlich nachgegeben. „Und ich habe alle Ihre Bücher gelesen. Kann ich später ein Autogramm von Ihnen bekommen?"

Die starre Fassade des Mannes schien vor Charlottes Augen zu zerbröckeln. Sein Mund zuckte leicht und seine Augen wurden größer. Vor Angst? Sicher nicht. Dieser furchtlose Kämpfer konnte sich doch unmöglich vor einem kleinen Kind ängstigen. Doch sein Pferd schüttelte den Kopf und machte einen hektischen Seitschritt, als übertrage sich die Furcht seines Reiters auf es.

„Ruhig, Ranger."

„*Das* ist Ranger?" Lilys Aufregung wuchs sichtlich. „Der gleiche Ranger, der die Tür eingetreten hat, um Sie vor dem Feuer zu retten, nachdem Billy Cavanaugh Sie in die Scheune gesperrt hat? Wow! Darf ich ihn streicheln?" Sie krabbelte an John und Stephen vorbei und streckte ihre Hand nach dem tänzelnden Pferd aus. „Vielleicht darf ich später mit Ihnen reiten. Mr Hammond hat mich schon einmal mit auf Goliath reiten lassen. Ich weiß schon, wie man richtig sitzt und sich mit den Beinen festhält."

Daniel Barrett wendete sein Pferd und machte Anstalten, zurück zur Ranch zu reiten. „Ich … ähm … kümmer mich darum, dass im Haus alles vorbereitet ist, Stone. Wir sehen uns da." Er trieb Ranger zu einem Trab an, dann zum Galopp, und verschwand außer Sicht.

„Toll gemacht, Lily. Jetzt hast du ihn verschreckt", schnaubte Stephen.

„Hab ich gar nicht!" Lily stemmte die Hände in die Hüften. „Dead-Eye-Dan hat vor nichts Angst. Er hatte es nur eilig. Stimmt's, Mr Hammond?"

Stone warf einen Blick über seine Schulter. Dabei traf sein belustigter Blick einen Moment lang den von Charlotte, bevor er weiter zu Lily wanderte, und dieser kurze Augenblick hob Charlottes Laune mehr, als irgendetwas anderes es gekonnt hätte.

„Das stimmt, Kleine. Ich kann mir gut vorstellen, dass er dich,

Miss Lottie und die Jungs in seiner Hütte wohnen lässt, während er mit mir bei den Arbeitern schläft. Vielleicht will er noch ein paar Sachen in die Schlafbaracke bringen, damit er euch nachher nicht stören muss."

Stephen krabbelte neben Lily. „Ich will auch in der Schlafbaracke übernachten. Ich bin kein Baby, das bei den Frauen und Kindern bleiben muss."

„Du bleibst bei mir, Stephen Farley", ordnete Charlotte an, bevor Stone sich dazu hinreißen lassen konnte, irgendwelche Versprechungen zu machen. „Ich bin für dich verantwortlich, während deine Eltern weg sind, und ich werde dich nicht einer Handvoll fluchender Farmarbeiter überlassen, die dir Schimpfworte beibringen und wer weiß was noch."

„Aber Miss Lottie …"

„Diskutier nicht mit deiner Lehrerin, Junge." Stones tiefe Stimme schnitt Stephens Protest ab. „Du wirst tagsüber genug Zeit haben, mit den Cowboys zusammen zu sein. Die Nächte solltest du in Dans Hütte verbringen, wo es ruhig ist. Glaub mir. Ich würde mit dir tauschen, wenn ich könnte. Und jetzt setz dich wieder hin." Er schnalzte mit den Zügeln und setzte den Wagen wieder in Bewegung. „Dans Hütte ist das erste Außengebäude auf der rechten Seite. Guckt mal, ob ihr sie schon sehen könnt."

Die Kinder riefen sofort wild durcheinander, hüpften aufgeregt auf und ab und zeigten mit den Händen in der Gegend herum. Der Tumult war ohrenbetäubend. Stone blickte zu Charlotte hinüber und zwinkerte ihr zu. Augenblicklich entstand ein weiterer Tumult – in ihrem Inneren. Du liebe Zeit, sie musste endlich ihre Gefühle in den Griff kriegen! Charlotte biss sich auf die Unterlippe, um zu verhindern, dass sie zurücklächelte, und stellte sich einen ruhigen See vor, auf dessen Oberfläche kleine Wellen verebbten, bis er wieder völlig still dalag.

Sie vertraute Stone, wenn es um Lilys Sicherheit ging, doch wenn sie sich jetzt auch noch Gefühle für diesen Mann gestattete, würde das garantiert in einem Desaster enden. Es war gut, dass sie ihre Schwäche erkannt hatte. Nun konnte sie etwas dagegen unternehmen.

Als Charlotte sich von ihm abwandte und sich ihr Rücken noch weiter versteifte, erlosch Stones Lächeln. Hatte sein Zwinkern sie beleidigt? Konnte er so leicht ihren Ärger erregen? Nein, da war noch etwas anderes. Etwas Schwerwiegenderes. Nicht, dass er eine Ahnung gehabt hätte, was das sein könnte. Zum Henker! Er könnte das, was er über Frauen wusste, in einen Gewehrlauf füllen und hätte immer noch Platz für die Kugel. Am besten konzentrierte er sich ganz auf das, was er konnte – Menschen beschützen. Sobald sich alle häuslich eingerichtet hatten, würde er Dan auf den neuesten Stand bringen, was Franklin und Dorchester anging. Sein Freund musste wissen, welche Gefahren es mit sich brachte, dass er Charlotte und die Kinder hier beherbergte.

Als sie die Hütte erreicht hatten, lenkte Stone den Wagen um die Ecke, damit die Ladefläche so nah wie möglich an der Tür stand, dann stellte er die Bremse fest. Er sprang hinab und wandte sich um, um Charlotte behilflich zu sein, stellte aber fest, dass sie bereits auf der anderen Seite hinunterstieg. Ganz offensichtlich war ihr seit ihrer Ankunft hier irgendeine Laus über die Leber gelaufen.

Stone zuckte mit den Schultern, da er sich momentan nicht mit Charlottes Gefühlen beschäftigen konnte, sattelte Goliath ab und führte ihn zu dem Pfosten, an dem schon Ranger festgemacht war. Währenddessen zerrten und zogen die Kinder das Gepäck von der Ladefläche. Stone trat auf die Veranda und wollte gerade in die Hütte gehen, als Stimmen ihn innehalten ließen.

„Ich habe gesagt, Sie sollen hier verschwinden, Frau. Es ist nicht anständig, dass Sie hier sind."

„Was *nicht* anständig ist, ist, dass Sie mich erst zwanzig Minuten vor der Ankunft unserer Gäste über deren Erscheinen informieren. Und dann darf ich sie noch nicht einmal im Haus unterbringen. Frauen und Kinder, Daniel? Sie sollten bei mir im Haus wohnen, nicht in dieser Hütte."

„Sie werden hier wohnen und fertig, Etta. Sie kennen Stone nicht. Das ist kein Höflichkeitsbesuch. Er hat sie mitgebracht, weil sie in Schwierigkeiten sind. Und da Ihr Vater unterwegs ist, muss ich mich um Ihre Sicherheit kümmern. Je mehr Abstand Sie zu den Fremden halten, desto besser."

„Ach, jetzt hören Sie doch auf! Wenn man Ihnen zuhört, könnte man glatt glauben, ich wäre ein Porzellanpüppchen. Wann verstehen Sie endlich, dass ich mehr kann, als im Regal zu sitzen und hübsch auszusehen?"

Schnelle, leichte Schritte erklangen auf den Dielen und im nächsten Moment stürmte eine kleine Frau aus der Tür, die wütende Blicke über ihre Schulter warf. Höchstwahrscheinlich in Dans Richtung. Stone unterdrückte ein Grinsen. Ganz offensichtlich war er nicht der einzige ehemalige Kopfgeldjäger mit Frauenproblemen.

„Oh!" Die hübsche Frau blieb erschrocken stehen, als sie ihn auf der Veranda bemerkte. Ihre Wut war wie weggefegt und ein Lächeln machte ihre Gesichtszüge weich. „Sie müssen Mr Hammond sein. Willkommen auf Hawk's Haven."

Stone zog seinen Hut und nickte. „Danke, Ma'am."

„Ich bin Marietta Hawkins. Es tut mir leid, dass mein Vater nicht hier ist, um Sie zu begrüßen, aber seien Sie versichert, dass Sie und Ihre Begleitung hier so lange bleiben können, wie Sie –"

Ein blonder Wirbelwind fegte heran und schob sich zwischen Miss Hawkins und Stone. „Ist das wirklich Dead-Eye-Dans Haus? Ich kann es nicht erwarten hineinzugehen!"

Von drinnen hörte man ein lautes Stöhnen und Stone sah, dass seine Gastgeberin lachen musste.

Miss Hawkins kniete sich vor Lily hin und flüsterte dem Mädchen verschwörerisch ins Ohr: „Ja, das ist es! Aber du musst warten, bis er draußen ist, bevor du es dir anschauen kannst. Er tut gerne so, als wäre er einfach nur Daniel Barrett, Vorarbeiter und Pferdetrainer, als würde Dead-Eye-Dan gar nicht existieren. Also ziehen wir ihn damit auf. Aber willst du ein Geheimnis wissen?"

Lilys Augen wurden groß und sie nickte langsam.

„Ich habe Dead-Eye-Dan schon in Aktion gesehen. Eines Winters wurde ich in einem Schneesturm von meinem Pferd geworfen und musste mich zu Fuß zurück zur Ranch kämpfen. Ein Rudel Wölfe hat mich umzingelt und bedroht. Ich war mir sicher, dass ich das nicht überleben würde. Aber als der Leitwolf angreifen wollte, zerriss ein Schuss den Sturm und das Tier fiel tot zu Boden. Sechs weitere Schüsse erklangen so schnell, dass ich sie kaum zählen konnte. Aber mit jedem Schuss fiel ein weiterer Wolf. Dead-Eye-Dan hat mir an diesem Tag das Leben gerettet. Und weißt du, wie ich ihm für diese heldenhafte Tat danke?"

„Wie?" Lily flüsterte das Wort voller Bewunderung.

„Ich rede niemals über Dead-Eye-Dan, wenn er mich hören kann." Sie warf einen schnellen Blick über die Schulter, um sicherzugehen, dass der Mann, um den es ging, sie nicht hören konnte. „Und ich habe meine komplette Sammlung mit Dead-Eye-Dan-Büchern unter meinem Bett versteckt. Ich lese sie nur nachts, damit er sie niemals sieht. Meinst du, du könntest das Gleiche tun?"

Lily nickte. „Ja, Ma'am."

„Sehr gut." Miss Hawkins richtete sich wieder auf, sprach aber weiterhin leise. „Vielleicht kann ich dir meine Bücher später zeigen."

Röcke strichen über Stones Bein und ein angenehmer Schauer lief ihm über den Rücken. *Charlotte.* Er wandte sich um, um ihr die Hand in den Rücken zu legen und sie vorzustellen, doch sie trat einen Schritt beiseite und schob die Jungen in die entstandene Lücke.

„Ich glaube, Sie haben soeben eine Freundin fürs Leben gefunden", sagte sie mit ernstem Gesichtsausdruck zu ihrer Gastgeberin. „Ich bin Charlotte Atherton. Und dieser kleine Floh ist Lily. Die Jungen sind Stephen und John." Sie sah die Kinder mit einem Blick an, der sie an ihre Manieren erinnern sollte, und wartete darauf, dass sie alle höflich mit dem Kopf nickten. „Ich entschuldige mich dafür, dass wir einfach so hier hereinschneien, Miss Hawkins. Danke für Ihre Gastfreundschaft."

„Sagen Sie doch so etwas nicht. Sie können gerne so lange bleiben, wie Sie möchten. Und bitte, nennen Sie mich Marietta."

Mariettas aufrichtiges Lächeln musste etwas in Charlotte gelöst haben, denn plötzlich strahlte sie eine Wärme aus, die ihre harte Fassade bröckeln ließ. Diese Wärme schloss Stone zwar nicht mit ein, doch es erleichterte ihn zu sehen, dass sie sich nicht gänzlich hinter ihre Mauern zurückgezogen hatte.

Miss Hawkins zog Charlotte mit sich in die Hütte. Ihn und Dan scheuchte sie weg. Sie ordnete an, dass sie sich erst einmal um das Gepäck und die Pferde kümmern sollten. Stone war erleichtert, dass er gehen durfte, und kümmerte sich so ausgiebig um Goliath wie schon lange nicht mehr. Er untersuchte den Sattel und das Zaum-

zeug, lange nachdem Dan den Wagen bereits in die Scheune gefahren hatte. Warum war Charlotte seiner Berührung ausgewichen?
Stone linste in Richtung des geschlossenen Vorhangs und wünschte
sich, er könnte sie sehen, mit ihr sprechen. Hatte sie Angst gehabt,
dass Miss Hawkins falsche Schlüsse aus dieser Berührung ziehen
könnte, oder war ihre Reaktion eine Botschaft an ihn gewesen?
Bleib auf Abstand!?

Stone biss die Zähne zusammen. *Bau deine Mauern ruhig wieder
auf, Lottie. Ich finde schon einen Weg, sie zu überwinden.* Stone zurrte
noch ein letztes Mal den Verschluss seiner Satteltaschen fest, dann
führte er Goliath hinüber zum Stall. Angestrengt achtete er darauf,
dass er nicht mehr zum Fenster hinüberblickte.

Kapitel zweiundzwanzig

Stone warf seine Satteltaschen auf das leere Bett neben dem, das Dan in Beschlag genommen hatte, und zog seinen Staubmantel aus. Er war hundemüde. Er konnte es kaum erwarten, etwas von dem Gewicht loszuwerden, das er die ganze Reise über mit sich geschleppt hatte. Der Colt konnte von seinem Rücken verschwinden, zusammen mit dem Munitionsgürtel um seine Hüften. Er entknotete das Holster, das zwischen seinen Schulterblättern hing, und zog es, gemeinsam mit dem Gürtel, über seinen Kopf. Fast hätte er geseufzt, als das Gewicht wegfiel, aber er wollte nicht, dass Dan glaubte, er sei in den letzten Jahren weich geworden.

„Also, was kommt da auf uns zu?" Dan streckte sich auf seinem Bett aus, verschränkte die Arme hinter dem Kopf und ließ die Füße über das Ende des zu kurzen Möbelstücks baumeln.

Stone schüttelte den Kopf und schluckte ein Lächeln hinunter. Dan mochte sich den Hut übers Gesicht gezogen haben, als wolle er ein Nickerchen machen, doch Stone wusste genau, dass sein Freund sich niemals völlig entspannte. Daniel Barrett hätte selbst aus dieser Position noch mit einer Kugel aus seinem Revolver den Mantelknopf eines Gesetzlosen getroffen. Und genau aus diesem Grund hatte Stone Charlotte und die Kinder hierhergebracht.

„Nichts, womit Dead-Eye-Dan nicht umgehen könnte."

Schnell wie der Blitz rollte sich Dan zur Seite und rammte Stone die Faust gegen die Schulter, genau dort, wo ihn die Kugel gestreift hatte. Schmerzen schossen durch Stones Arm. Trotzdem konnte er sich ein lautes Auflachen nicht verkneifen.

„Fang du nicht auch noch mit diesem Unsinn an! Ich kann nichts dagegen tun, wenn die Frauen mich so nennen, aber wenn *du* damit anfängst, wische ich mit deinem Gesicht den Fußboden auf, *Hammer.*"

„Also hast du sie gelesen. Das hatte ich mich schon gefragt." Stone trat die Stiefel seines Freundes weg, die dieser vorhin ordentlich am

Fußende des Bettes positioniert hatte. Dan warf ihm einen bösen Blick zu.

„Ich musste mir doch selbst ein Bild machen, was dieser Großstadttrottel für einen Unsinn über mich verzapft hat", grummelte Dan, der jetzt die Füße auf den Boden stellte und seine Ellbogen auf die Knie stützte. „Anscheinend haben ein paar der Sheriffs, mit denen wir zusammengearbeitet haben, ein ziemlich loses Mundwerk."

„Oder leere Taschen", vermutete Stone.

Dan zuckte mit den Schultern. „Gequirlter Pferdemist, wenn du mich fragst."

Stone ließ sich auf seine Pritsche fallen und schob den Hut in den Nacken. „Ich weiß. Lily hat mir einen Abschnitt aus einem der Bücher vorgelesen. *Dead-Eye-Dan und das heimtückische Duell*, glaube ich."

„Schrecklicher Titel", knurrte Dan.

„Vielleicht, aber für dieses kleine Mädchen bist du ein Held und ich will nicht, dass ihre Gefühle verletzt werden, nur weil dir die Geschichten nicht gefallen."

„Das Mädchen, das mein Pferd *streicheln* wollte?" Dan runzelte die Stirn. „Ranger ist doch kein Haustier, Stone. Er ist ein Schlachtpferd."

„Ich weiß. So ging es mir mit Goliath auch, aber die Kinder haben was in der Birne. Sie werden ihm schon keine Schleifen ins Haar flechten." Er zuckte mit den Schultern, dann schlug er sich mit der Hand auf den Oberschenkel. „Vielleicht kann Lily Ranger nachher mit dir zusammen bürsten oder so. Dann ist sie glücklich und du kannst sichergehen, dass ihm keine Herzchen ins Fell gestriegelt werden."

Ein Kissen traf Stone ins Gesicht und riss ihm den Hut vom Kopf. Er sandte das Geschoss mit gleicher Kraft zurück und grinste, als Dans Stetson ebenfalls auf der Matratze landete.

„Also … hast du vor, mir irgendwann zu erzählen, warum du hier bist? Nicht, dass ich mich nicht freuen würde, dich zu sehen." Zuneigung erwärmte Dans Augen – Zuneigung und noch etwas anderes. Loyalität.

„Ich habe ein kleines Problem mit meinem letzten Auftraggeber", gab Stone zu. „Anscheinend ist der Gentleman, der mich engagiert hat, damit ich seine Enkelin finde, ein hinterhältiger Mistkerl, der sie für seine eigenen Zwecke missbrauchen will. Und die Entführerin hat das Kind nur mit sich genommen, um es zu beschützen."

„Ich vermute, es geht um das rehäugige Mädchen, das auf meinem Pferd reiten wollte?"

Stone nickte. „Lily Dorchester. Miss Atherton war ihre Lehrerin und eine Freundin ihrer Mutter. Sie ist auch Lilys rechtmäßiger Vormund." Dan hob fragend den Kopf und seine Augen wurden schmal. „Ashe hat das überprüft und bestätigt", versicherte Stone ihm. „Sein Brief kam unmittelbar bevor wir uns auf den Weg gemacht haben. Dorchester hat keinen gesetzlichen Anspruch auf Lily, es sei denn, er kann einen Richter davon überzeugen, Charlottes Vormundschaft zu kippen. Was keineswegs unwahrscheinlich ist bei allem, was er zu verbergen hat. Vermutlich hat er sowieso schon einen Richter auf seiner Gehaltsliste. Und wenn nicht, dürfte es für ihn kein Problem sein, mit ein bisschen Schmiergeld seinen Willen zu bekommen, sobald das Mädchen wieder bei ihm ist."

Dan setzte sich aufrechter hin, griff nach seinem Hut und drückte an der Krempe herum, wie er es immer tat, wenn er nachdachte. „Es sieht dir gar nicht ähnlich, für solch einen Halsabschneider zu arbeiten."

Stone biss die Zähne zusammen. „Ich weiß. Es ärgert mich auch immer noch, dass ich auf seine Kniffe hereingefallen bin." Stone stand auf, ging zum Fenster und starrte hinaus, ohne etwas zu sehen. „Ich hätte seiner Geschichte genauer auf den Grund gehen sollen, mich mehr mit den Details beschäftigen. Aber um ehrlich zu sein: Als Dorchester mir gesagt hat, dass seine Enkelin entführt worden ist, war mir klar, dass ich den Job annehmen musste. Ich kann es nicht ertragen, wenn Kinder leiden."

Eine starke Hand legte sich auf seine Schulter. Dieser Augenblick bedurfte keiner Worte. Dan verstand ihn. Sie beide hatten das Leben auf der Straße überlebt. Es hatte sie stark gemacht. Hart. Und keiner von ihnen wünschte das einem anderen.

„Ich glaube, es war gut, dass du den Job angenommen hast", sagte Dan und trat neben Stone ans Fenster. „Ein anderer Jäger hätte

Dorchesters Geschichte nicht in Zweifel gezogen. Er hätte sich das Mädchen geschnappt und die Belohnung kassiert."

Stone wandte sich seinem Freund zu und sah ihn fest an. „Es *gibt* einen anderen Jäger. Deshalb sind wir hier. Ich habe Dorchester hingehalten und gehofft, er würde glauben, dass ich immer noch nach Lily suche, aber er wurde ungeduldig. Er hat Walt Franklin geschickt. Ich habe ihn am Tag unserer Abreise in Madisonville gesehen. Und anscheinend hat er seinen Auftrag nicht geheim gehalten, sondern jedem eine Belohnung versprochen, der ihm hilft, das Mädchen zu finden. Wir sind auf dem Weg hierher einer Gruppe Söldner begegnet."

Dan hob eine Augenbraue. „Wie viele?"

Stone grinste. „Fünf."

„Ziemlich unfair. Sechs wären interessanter gewesen."

Stone zuckte mit den Schultern. „Fünf waren interessant genug. Sie haben Charlotte als Schutzschild benutzt, deshalb konnte ich nicht schießen. Das hat alles etwas schwieriger gemacht."

Dan musterte ihn, als suche er nach Spuren des Handgemenges mit den Mistkerlen. „Du siehst aber nicht sehr mitgenommen aus."

„Nein. Charlotte hatte den schwierigsten Teil zu erledigen. Sie musste den Wagen stoppen, nachdem die Pferde durchgegangen waren, während ich dem Mädchen nach bin."

Dan stieß einen leisen Pfiff aus. „Hätte nicht gedacht, dass eine zimperliche Lehrerin den Mut für so was hat."

„Charlotte Atherton ist mutiger als die meisten Männer." In Stones Stimme schwang Stolz mit. Genug, dass Dan ihn von der Seite ansah, bevor er das Thema wechselte.

„Franklin wird nicht aufgeben." Dan lehnte sich gegen den Fensterrahmen. „Er ist nicht sehr clever, aber wenn er erst einmal Lunte gerochen hat, wird man ihn nicht so schnell wieder los."

„Ich weiß." Stone rieb sich über seinen Dreitagebart. Dieses Wissen hatte ihn die letzten beiden Nächte wachgehalten – und die Vorstellung, wie rau und kaltherzig Franklin das süße Mädchen behandeln würde, das spannende Groschenromane so sehr liebte. Selbst in einem mitzuspielen, würde sie mit Sicherheit weniger begeistern. Franklin würde sie wahrscheinlich knebeln und fesseln, um sie ruhig zu halten. Nachts würde er sie an einen Baum binden, damit sie nicht floh und er ohne Angst schlafen konnte. Franklin würde sich nicht um die Verletzungen durch die Fesseln an ihren Handgelenken kümmern oder darum, dass die Kleine an einem Taschentuch in ihrem Mund ersticken könnte. Er würde sie einfach möglichst schnell zu Dorchester bringen, um die Belohnung zu kassieren.

Aber das war noch nicht alles, worum Stone sich sorgte. Er blickte wieder aus dem Fenster, gerade rechtzeitig, um Charlotte und Miss Hawkins über den Hof gehen zu sehen. Miss Hawkins schien Charlotte einen Überblick über den Hof und das umliegende Gelände zu geben, denn sie zeigte hierhin und dorthin und Charlotte hörte aufmerksam zu und nickte.

Was würde Franklin Charlotte antun, wenn sie versuchte, ihn aufzuhalten, damit er ihr Lily nicht wegnahm? Denn das würde sie. Sie würde wie eine Löwin kämpfen, damit das Mädchen in Sicherheit blieb. Würde er seine Fäuste benutzen? Oder seine Waffen?

„Hier sind sie sicher, Stone", sagte Dan, als hätte er seine Gedanken gelesen. Wahrscheinlich hatte er das auch. Deshalb waren sie als Partner so erfolgreich gewesen. Der eine wusste, was der andere dachte, ohne dass sie auch nur ein Wort wechseln mussten. Deshalb wusste Stone auch, dass Dan Gefühle für die kleine Brünette hatte, die gerade mit Charlotte über den Hof spazierte. Genauso wie ihm klar war, dass Dan diese Gefühle niemals ausleben würde, da es sich um die Tochter seines Bosses handelte. Und er war sich auch sicher, dass Dan Stones eigene Schwäche für Charlotte bereits erkannt hatte. Doch er würde natürlich nichts sagen. Das würden sie beide nicht. Schwächen zuzugeben war nichts, was Männer wie sie taten. Sie akzeptierten sich gegenseitig, unterstützten sich und passten aufeinander auf.

„Wir können aber nicht für immer hierbleiben", gab Stone zu bedenken. „Ich muss einen Weg finden, wie ich Dorchester davon abbringen kann, nach Lily zu suchen. Irgendein Geheimnis ausgraben, mit dem ich ihn in die Enge treiben kann."

„Das wird schwer, während du dich vor Franklin versteckst."

„Ich dachte, ich könnte Ashe noch einmal schreiben. Ihn auf Dorchesters Geschäftspraktiken ansetzen. Lily hat da ein paar Dinge erzählt. Dorchester hat sie durch einen Vorwand dazu gebracht, für ihn zu spionieren. So ist er an Geheimnisse gekommen, die er nachher zu seinem Vorteil genutzt hat. Vielleicht hat er sogar Leute erpresst."

Dan hob eine Augenbraue. „Was kann ein kleines Mädchen wie sie schon ausspionieren?"

„Du wärst überrascht." Stone grinste und dachte an seine eigene Verblüffung, als er Lilys Gabe erkannt hatte. „Dieses Kind hat ein Gedächtnis wie einer dieser Fotoapparate. Wenn sie sich einen Zettel ansieht, kann sie sich alles merken, was darauf steht, und den Inhalt dann Wort für Wort wiedergeben. Ohne Fehler. Alles ist in ihrem Kopf abgespeichert."

Jetzt hob sich auch Dans andere Augenbraue.

„Weißt du, wie ich von *Dead-Eye-Dan und dem heimtückischen Duell* erfahren habe?" Stone stieß Dan mit der Schulter an. „Sie hat mir ganze Seiten aufgesagt, ohne ein einziges Mal ins Buch zu schauen. Es ist, als könnte sie sie vor ihrem inneren Augen sehen."

„Ein Talent, das einem Erpresser in die Karten spielt." Dan beobachtete, wie Lily draußen um Charlotte herumtanzte. John kam ebenfalls hinzu und ergriff die Hand seiner Lehrerin. Der Junge klammerte sich an sie, als würden ihn die ganzen neuen Eindrücke hier ängstigen. „Niemand würde ein Kind verdächtigen."

„Genau."

Stephen lief am Fenster vorbei und rief Lily eine Aufforderung zu, die unwiderstehlich sein musste, denn sofort schoss sie hinter ihm her. Charlotte wandte sich von Miss Hawkins ab, um hinter den Kindern herzuschauen. Immer wachsam. Immer beschützend. Stone wünschte, das wäre nicht nötig. Wünschte, sie könnte sich entspannen und ihr Leben genießen, anstatt immer damit zu rechnen, dass es ihr einen Schlag ins Gesicht versetzte.

„Ich gehe besser raus, bevor die kleinen Indianer das Vieh erschrecken", grummelte Dan gutherzig. „Ich vermute, wenn Ranger während eines Schusswechsels die Ruhe bewahrt, wird er es auch überstehen, wenn ihn quietschende Winzlinge striegeln." Dan setzte sich den Hut auf den Kopf und schlenderte in Richtung Tür. Er griff nach dem Knauf und sah zurück zu Stone. „Ruh du dich aus, Partner. Du siehst schrecklich aus. Ich kümmer mich um alles."

Stone wollte ihm widersprechen, wollte darauf bestehen, dass er sich allein um Charlotte und Lily kümmern konnte. Doch Dan hatte recht. Er brauchte Schlaf. Und niemand war besser geeignet, um sich um seine Mädchen zu kümmern, als Dan Barrett.

„Danke." Stone griff nach seinem linken Stiefel und zog ihn aus.

„Nach dem Abendessen kannst du Ashe schreiben", sagte Dan von der Tür aus. „Ich schicke dann morgen einen Mann mit dem Brief in die Stadt."

Stone schlief mit einem halb geschriebenen Brief im Kopf und einem Gebet auf den Lippen ein.

❦

Nach dem Abendessen setzte sich Charlotte in einen der Schaukel-stühle, die auf der Veranda des Haupthauses standen. Sie schloss die Augen und ließ die sanfte Abendbrise über ihr Gesicht streichen. Die Anspannung, die sie in den letzten drei Tagen mit sich herumgetra-gen hatte, wich langsam aus ihren Fingern und Zehen. Sie waren in Sicherheit. Zumindest vorerst.

Dutzende Männer liefen in der Gegend herum und gingen ih-ren Aufgaben nach. Männer, die sich Eindringlingen gegenüber als wenig freundlich erweisen würden. Männer, die Daniel Barrett ge-horchten. Er und Stone waren bei ihnen. Organisierten eine Wache für die Nacht und schworen die Männer darauf ein, wachsam zu sein.

Die Jungen spielten im Hof. Marietta hatte einige Zinnsoldaten gefunden, die einmal ihrem Bruder gehört hatten, und hatte sie den Jungen gegeben, bevor sie mit Lily in ihrem Schlafzimmer ver-schwunden war, wo die geliebten Groschenromane auf sie warteten. Charlotte lächelte in sich hinein und stellte sich Lily vor, die aufge-regt durch die Bücher blätterte, um Geschichten zu finden, die sie noch nicht auswendig konnte.

Als der Stuhl zu ihrer Rechten ächzte, öffnete Charlotte erschro-cken die Augen.

„Schöner Abend, was?"

Stone! Gegen ihren Willen schlug ihr Herz schneller.

Sie unterdrückte das Lächeln, das unwillkürlich auf ihre Lippen treten wollte, und nickte ihm stattdessen höflich zu, als er sich zurücklehnte und seinen Schaukelstuhl in Bewegung versetzte. „Ja, das stimmt." Sie wollte noch einen Kommentar über das Wetter machen, doch als ihr Blick dem seinen begegnete, war ihr Verstand plötzlich wie leergefegt. In seinen Augen lag ein schwer zu deutender Ausdruck – war das etwa Zärtlichkeit? –, der ihre Gedanken hemmte. Rasch ließ sie den Blick sinken, damit er ihre Gefühle nicht noch mehr in Aufruhr versetzen konnte. Dabei bemerkte sie, dass Stone einen Zettel in den Händen hielt.

„Ich schreibe noch einen Brief an meinen Kontaktmann in Austin." Stones Finger drohten das Papier zu zerknittern. „Wenn du einverstanden bist, würde ich ihm gerne den Auftrag erteilen, Dorchesters Geschäftspraktiken etwas genauer unter die Lupe zu nehmen. Natürlich diskret. Vielleicht kann er sogar nach Houston reisen und Kontakt mit Dorchesters Partnern aufnehmen. Nach allem, was Lily uns erzählt hat, würde es mich nicht wundern, wenn er in Erpressungen oder andere unrechtmäßige Aktivitäten verstrickt ist. Wenn wir einen Beweis für seine schmutzigen Geschäfte finden, könnte uns das die Oberhand geben und ihn dazu bringen, Lily in Ruhe zu lassen."

Dorchester. Deshalb war Stone zu ihr gekommen. Nicht, weil er Zeit mit ihr verbringen, sondern weil er seine Pläne mit ihr besprechen wollte. Darum hatte sie ihn schließlich gebeten. Eigentlich hätte sie also dankbar sein müssen, dass er sich daran hielt. Stattdessen hätte sie jedoch beinah angefangen zu weinen.

Charlotte klammerte sich an den Armlehnen ihres Schaukelstuhles fest, damit ihre Hand nicht zu der Kamee an ihrem Hals wanderte, und atmete kontrolliert ein und aus. „Ich glaube nicht, dass es schaden kann, solange Dorchester nicht bemerkt, dass er beobachtet wird. Aber es könnte Monate dauern, bis dein Kontaktmann Beweise für illegale Aktivitäten findet. So lange können wir nicht hierbleiben."

„Mach dir keine Sorgen um morgen, Charlotte." Stones Hand – seine starke, warme, unglaublich trostspendende Hand – legte sich auf die ihre. „Wir konzentrieren uns nur auf heute. Alles Schritt für Schritt."

Abrupt zog er seine Hand weg und stand auf. Sie wollte nach seinem Arm greifen, ihn bitten, bei ihr zu bleiben. Doch natürlich tat sie das nicht. Stattdessen saß sie einfach nur in ihrem Stuhl, starrte zu Boden und wartete darauf, dass seine leiser werdenden Schritte sein Weggehen verkündeten.

Doch es wurden keine Schritte laut. Zu Charlottes Verblüffung tauchten Stones Stiefel in ihrem Blickfeld auf und eine Hand streckte sich ihr entgegen.

„Gehen wir spazieren?"

Sie hob den Kopf und sah ihm in die Augen. Bevor ihr Verstand Widerspruch einlegen konnte, hatten sich ihre Finger auch schon in seine Handfläche geschmiegt. Im nächsten Augenblick zog er sie hoch und führte sie vom Haus weg.

Kapitel dreiundzwanzig

Stone ließ ihre Hand nicht los und Charlottes Puls beschleunigte sich von einem flattrigen *Allegro* hin zu einem atemraubenden *Presto*. Innerlich schirmte sie sich ab, machte sich klar, dass er nur weitere Details seines Plans mit ihr besprechen und dies lieber im Gehen tun wollte, doch ihr Herz schien einfach nicht auf sie hören zu wollen. Es klopfte wie wild, als sich seine Finger um die ihren schlangen. Und als er lächelte, hätten ihre Knie fast unter ihr nachgegeben, hier, mitten auf dem Hof.

„Vorsichtig." Er legte rasch seinen Arm um sie und hielt sie fest, half ihr, ihr Gleichgewicht wiederzufinden – und ihre Würde. Leider machte dieser intensive Körperkontakt alles nur noch schlimmer. Bevor sie es verhindern konnte, atmete sie tief ein, um seinen Duft in sich aufzunehmen.

Beschämt durch ihre Reaktion versteifte Charlotte sich und machte sich von ihm los. Stone gestattete ihr, etwas Abstand zwischen sie zu bringen, ließ ihre Hand jedoch nicht los. Selbst als sie daran zog, um sich frei zu machen. Zweimal.

Gut. Sollte er doch mit diesen Albernheiten weitermachen, wenn sie ihm so gut gefielen. Dann strich sie sich die Schürze eben mit der freien Hand glatt. Auch kein Problem. Charlotte wusste, eigentlich sollte sie sich frei machen und ihren Spaziergang selbstständig fortsetzen. Die Wärme, die seine Berührung in ihrem Inneren auslöste, machte sie schwach und fügsam. Viel zu einfach zu führen. Doch wenn sie noch einmal versucht hätte, ihre Hand aus der seinen zu lösen, hätte das vielleicht zänkisch gewirkt. Oder feige.

Also ließ sie ihre Hand in der seinen und versuchte krampfhaft, das Gefühl nicht zu genießen.

Stone führte sie an der Koppel entlang und um die Scheune herum, bis sie vom Hof aus nicht mehr zu sehen waren.

„Ich sollte die Kinder nicht allein lassen", protestierte sie und sah den Weg zurück, den sie gerade gekommen waren, auch wenn ihre Neugier sie eigentlich weitertrieb.

„Es geht ihnen gut." Stone ging weiter, passte seinen Schritt dem ihren an, wurde aber nicht langsamer. „Lily ist drinnen bei Miss Hawkins und Dan passt auf, dass die Jungen sich benehmen. Du hast sie in den letzten drei Tagen nicht aus den Augen gelassen. Du verdienst eine Pause. Atme ein paar Minuten durch."

Als könnte sie atmen, wenn er sie so anschaute! So einfühlsam und fürsorglich und … nun ja, wie auch immer. Schnell richtete sie ihre Aufmerksamkeit auf den Boden zu ihren Füßen.

„Ich halte dich nicht lange auf. Versprochen!", versicherte er ihr.

War dieser plötzliche Schmerz in ihrer Brust etwa Enttäuschung? Natürlich nicht! Sie war eine vernünftige Person. Und schnell wieder zurück zum Haus zu gehen, war äußerst vernünftig. Also warum verspürte sie auf einmal den unbändigen Drang, ihre engen Schuhe von sich werfen und barfuß über die Wiesen zu laufen?

Sie gingen einen kleinen Trampelpfad entlang, der von einem Stacheldrahtzaun flankiert wurde. Keiner von ihnen sagte etwas. Die Stille beruhigte sie, verlangsamte ihren Puls und langsam fing sie tatsächlich an, sich … wohlzufühlen. Charlotte warf Stone einen verstohlenen Blick zu und sah, dass er seine Augen in die Ferne schweifen ließ. Sie folgte seinem Beispiel. Eine Weide mit Rindern erstreckte sich bis zum Horizont. Und über dem Horizont? Charlotte schnappte nach Luft. Während sie gedankenversunken zu Boden gestarrt hatte, hatte Gott den wunderschönsten Sonnenuntergang an den Himmel gemalt, den sie jemals gesehen hatte.

Scharlachrote Wolken bedeckten den Himmel. Tiefes Orange und helles Rosa vermengten sich mit dem Himmel darunter, tauchten die Baumwipfel in dunkle Schatten.

„Atemberaubend", stieß sie hervor. Ihre Füße waren wie festgewurzelt und brachten auch den Mann neben ihr zum Stehen.

Stone ließ ihre Hand los. Einen Herzschlag lang war Charlotte enttäuscht, doch noch ehe sie seine Berührung allzu sehr vermissen konnte, legte er seinen Arm um ihre Taille und zog sie an sich.

„In anderen Gegenden mag es höhere Berge oder größere Seen geben", flüsterte er ehrfürchtig, „doch nichts schlägt einen Sonnenuntergang in Texas."

Da sie nicht wusste, wie sie darauf reagieren sollte, dass er sie so dicht an sich drückte, verharrte Charlotte still. Er sagte nichts weiter. Atmete nur ein. Und aus. Und starrte in den Himmel.

Der Anblick war wahrlich zu schön, um ihn mit Sorgen und Fragen zu verderben, auf die sie ohnehin keine Antworten hatte. Warum musste sie alle Antworten kennen? War sie wirklich so ein Feigling, dass sie meinte, sich vor diesem Mann schützen zu müssen, nur weil er ihr Herz zum Rasen brachte? Es würde nichts Schlimmes passieren, wenn sie seine Gesellschaft genoss. Es würde kein Blitz vom Himmel herabzucken, wenn sie ihren Schutz sinken ließ.

Außerdem hielt ihre Steifheit sie davon ab, das Meisterwerk zu genießen, das Gott an den Himmel gemalt hatte.

Charlotte biss sich auf die Unterlippe, und obwohl sie sich fühlte, als plante sie sich von einer Klippe zu stürzen, gab sie etwas nach. Sie lehnte sich leicht gegen ihn. Dann gestattete sie ihrer Wirbelsäule, weicher zu werden, bis sie sich an Stones Haltung angepasst hatte.

Mit einer sanften Bewegung seines Arms zog er sie noch ein Stückchen näher. Seine Finger ruhten in ihrer Taille. Charlotte hielt den Atem an. Stones Augen waren weiter auf den Sonnenuntergang gerichtet, auf seinen Lippen lag ein leichtes Lächeln.

Sie stieß den Atem aus und langsam … ganz langsam … legte sie ihren Kopf an seine Schulter.

Stone musste einen Jubelschrei unterdrücken, als Charlotte ihren Kopf an seine Schulter legte. Die Frau war scheu wie ein ungezähmtes Wildpferd, doch er hatte noch niemals eine wundervollere Belohnung für seine Geduld erhalten.

Seit dem Nachmittag, an dem er sie am Klavier überrascht hatte, war er ihr nicht mehr so nahe gewesen. Damals waren ihre Mauern durch die Musik gefallen. Heute waren sie aufgerichtet gewesen, doch er hatte sie Stein für Stein abgetragen. Nun konnte er nur noch hoffen.

Dann versank die Sonne hinter dem Horizont. Stone biss die Zähne zusammen und wünschte sie sich zurück. Wünschte sich eine Ausrede, um diesen Moment zu verlängern. Er nahm sich fest vor, dass er Charlotte gehen lassen würde, wenn sie sich von ihm losmachte, auch wenn es ihm schwerfallen würde. Er würde ihr ihre Freiheit lassen.

Doch sie bewegte sich nicht.

Stone senkte den Kopf, bis seine Wange an ihrem Haar lag. Als er seinen Kopf vorsichtig bewegte, verfingen sich die weichen Strähnen an seinen Bartstoppeln. Beim Einatmen nahm er den Duft von Lilien wahr, der aus ihren Haaren strömte. Er schloss die Augen. Die schwindenden Farben am Himmel interessierten ihn nicht länger. Nur Charlotte. Wie sie sich anfühlte. Wie sie duftete. Wie sie atmete. Er wollte das alles genießen.

Nach einigen Minuten seufzte Charlotte und Stone spürte, wie sie noch weiter gegen ihn sank. Er öffnete die Augen. Die Spuren von rot, orange und rosa waren verschwunden und die Dunkelheit zog herauf. Vielleicht sollte er sie loslassen. Sie zurückbringen. Doch das tat er nicht. Er wollte sie noch länger festhalten. Seine Charlotte! Also schwieg er. Der Rhythmus ihres Atems passte sich an seinen an, als die Grillen anfingen zu zirpen. Es war der intensivste Augenblick seines Lebens.

Bis ein kindliches Quietschen von der Scheune her sie beide wieder in die Gegenwart zurückholte.

Charlotte hob ihren Kopf von seiner Schulter und wandte sich in die Richtung, aus der der Laut gekommen war. „Das hat sich nach Lily angehört. Sie muss mit Mariettas Büchern fertig sein. Ich sollte mich wirklich darum kümmern, dass die Kinder ins Bett kommen."

Ausflüchte über Ausflüchte strömten aus ihrem Mund, während sie sich von ihm zurückzog. Stone konnte beinah zusehen, wie die Mauern in ihrem Inneren wieder hochgezogen wurden. Sie würde so tun, als hätten die Minuten zwischen ihnen niemals stattgefunden. Nun, sie konnte Mauern aufrichten, so hoch sie wollte. Er würde einfach eine Tür hineinbauen.

„Sieh mich an, Charlotte." Seine raue Stimme war kaum mehr als ein Flüstern. Sie hielt inne, richtete den Blick aber weiterhin auf den Boden. „Sieh mich an", sagte er wieder.

Ihr Gesicht wanderte nach oben, aber nicht so weit, dass er ihr in die Augen schauen konnte. Stone legte einen Finger unter ihr Kinn und hob ihren Kopf weiter an. Ihre Wimpern waren gesenkt, nahmen ihm die Sicht auf ihre wunderschönen Augen. Also wartete er. Er hielt ihr Kinn so lange fest, bis der Vorhang sich endlich hob. Ihre Schüchternheit entlockte ihm ein Lächeln. Dadurch sah sie jünger aus, frischer, als wäre sie nie mit den Enttäuschungen dieser Welt in Berührung gekommen. So sollte sie immer aussehen.

„Als ich den Job von Dorchester angenommen habe", sagte Stone und sah ihr eindringlich in die Augen, „habe ich entschieden, dass es mein letzter sein würde. Mit fünfunddreißig Jahren ist es Zeit, das Leben im Sattel aufzugeben und Wurzeln zu schlagen. Aber heute Abend habe ich es mir anders überlegt. Ich werde noch einen allerletzten Job erledigen, bevor ich mich zur Ruhe setze."

Charlotte blickte wieder zu Boden. „Weil du von Dorchester keine Bezahlung erhalten wirst." Sie schien sich ihrer Vermutung sicher zu sein und wirkte herzergreifend verständnisvoll.

Stones Lächeln wurde breiter. „Nein, es geht nicht ums Geld." Er hielt inne, damit sie ihn wieder ansah.

„Wahrscheinlich willst du deinen guten Ruf wiederherstellen, oder?", fragte sie. „Wenn du Lily nicht zu Dorchester zurückbringst, hinterlässt das einen Fleck auf deiner weißen Weste."

Stone schüttelte den Kopf. „Für das, was ich vorhabe, spielt das keine Rolle. Aber ich werde nichts und niemanden zwischen mich und diesen letzten Job kommen lassen, so viel ist klar."

Charlotte runzelte die Stirn. „Du hörst dich an, als hättest du den Auftrag schon. Hat Mr Barrett dir gesagt, dass jemand hier in der Nähe dich damit beauftragen möchte, Jagd auf jemanden zu machen?"

„Nein. Dieses Mal arbeite ich nur für mich selbst."

„Für dich selbst? Das verstehe ich nicht. Auf wen willst du denn Jagd machen?"

Stone sah sie fest an. „Auf dich."

Charlotte starrte ihn fragend an. Sie sah verwirrt und ein wenig ängstlich aus, doch in ihrem Blick lag auch ein Hauch von Sehnsucht, der Stone mitten ins Herz traf und ihm Hoffnung machte.

Er öffnete den Mund, um noch etwas zu sagen – was, das wusste er auch nicht so genau. Doch bevor ihm das erste Wort über die Lippen kommen konnte, wirbelte Charlotte herum, raffte ihre Röcke und floh.

Stone sah ihr nach. Er lächelte, da sie an der Scheune stehen blieb, um ihr Haar zu richten und ihre Schürze glatt zu streichen. Ihre Schultern hoben sich, als sie tief einatmete, zweifellos, um sich zu beruhigen und die Kontrolle über sich zurückzugewinnen. Seine Ankündigung hatte sie erschüttert, das war nicht zu übersehen gewesen.

Trotzdem war zwischen ihnen ein Band entstanden, das hatte Stone ganz deutlich gespürt. Und auch wenn Charlotte sich nicht mehr zu ihm umblickte, hatte er doch keinen Zweifel daran, dass sie ebenfalls Gefühle für ihn hatte. Das reichte ihm für den Moment.

„Nimm dich in Acht, Charlotte Atherton", murmelte Stone, nachdem sie um die Ecke der Scheune verschwunden war. „Ich kriege dich." Ein breites Grinsen trat auf sein Gesicht. „Bisher bin ich noch bei jeder Jagd erfolgreich gewesen."

Kapitel vierundzwanzig

An den letzten beiden Morgen war Charlotte jedes Mal aufgestanden und hatte die Stunden gezählt, bis die Sonne wieder untergehen würde. Denn dann endlich würde Stone sie wieder umwerben. Ein anderes Wort fiel ihr nicht ein für die Spaziergänge, die er mit ihr unternahm, auch wenn ihr Verstand viele andere Bezeichnungen dafür gesucht hatte. Freundlichkeit? Nein, es war mehr als das. Viel mehr. Ein Flirt? Das glaubte sie nicht, nachdem er ihr so unumwunden erklärt hatte, er habe sich als seinen allerletzten Job vorgenommen, Jagd auf sie zu machen.

Jetzt saß sie auf der Bettkante und nahm ihre Bürste von dem kleinen Nachtschränkchen, das eins der wenigen Möbelstücke in Daniel Barretts karger Hütte war. Sie legte den Kopf schief und kämmte ihr Haar, während sie sich an Stones Worte während ihres ersten Spaziergangs erinnerte. Ein kleines Lächeln umspielte ihre Lippen. Ausnahmsweise konnte sie ihre Selbstkontrolle einmal fahren lassen, da sie allein in der Kammer war. Die Kinder schliefen vorne im Hauptraum und Charlotte konnte ihren Gedanken nachhängen.

Er wollte Jagd auf sie machen. Über diese Aussage hätte sie den Kopf schütteln sollen. Es hörte sich so martialisch an und nicht gerade romantisch. Doch als Stone diese Worte gesagt hatte, hatten seine Augen sie angestrahlt und ihr war ein Schauer über den Rücken gelaufen, der all ihre Träume wieder zum Leben erweckt hatte. All die Träume, die sie sicher verpackt in ihrem Inneren geglaubt hatte.

Unermüdlich. So beschrieben ihn Lilys Bücher. Würde Stone ihr mit der gleichen Beharrlichkeit auf den Fersen bleiben, die er auch bei seinen anderen Jagden an den Tag legte? Dieses Mal würde er dafür keine Belohnung erhalten. Nur die verkümmerten Gefühle einer alten Jungfer. Charlotte war sich nicht einmal sicher, ob sie überhaupt wusste, wie man einen Mann liebte. Sie hatte so viele Jahre damit verbracht, sich vor anderen zu verschließen, dass ihr

Herz mit Sicherheit schmerzen würde wie ein überanstrengter Muskel, wenn sie sich endlich jemandem öffnete.

Ihre Hand hielt mitten beim Bürsten inne. *Was soll ich tun, Herr? Ich habe Angst, verletzt zu werden, aber ich darf mich nicht von dieser Angst bestimmen lassen. Wenn ich nur sicher wüsste, dass Stone mich nicht verlassen wird!*

Charlotte seufzte schwermütig. Eine Garantie würde alles so viel einfacher machen. Sie würde sofort Ja zu Stone sagen, wenn sie den Beweis dafür hätte, dass er sie niemals betrügen würde. Aber das Leben bot keine Garantien – das wusste sie besser als jeder andere.

Verlass dich auf den Herrn von ganzem Herzen und verlass dich nicht auf deinen Verstand, sondern gedenke an ihn in allen deinen Wegen, so wird er dich recht führen.

Der vertraute Vers aus den Sprüchen kam ihr in den Sinn. Sie hatte sich ihr gesamtes Erwachsenenleben nur auf ihren Verstand verlassen. So hatte sie die Kontrolle behalten können. Hatte Schmerzen vermieden. Doch was, wenn ihre eigenen Überlegungen dieses Mal fehlerhaft waren? Was, wenn Gott versuchte, ihre Pfade in eine bestimmte Richtung zu lenken, ihre Ängste um die Zukunft seine Pläne jedoch durchkreuzten? Oder was, wenn das Gegenteil zutraf und es nicht Gott war, der sie leitete, sondern ihre eigenen dummen Wünsche? Wie sollte sie bloß den Unterschied erkennen?

Charlotte seufzte frustriert und legte die Bürste zurück auf den kleinen Nachttisch. Sie nahm ihr Haar über die rechte Schulter und flocht es zu einem Zopf. Als sie damit fertig war, zog sie sich ihren Morgenmantel über. Sie würde noch ein letztes Mal nach den Kindern schauen, bevor sie schlafen ging. Welchen Pfad sie mit Stone einschlagen sollte, mochte unklar sein, doch was Lily und die Jungen anging, hatte sie das Ziel klar vor Augen.

Barfuß ging sie zur Zimmertür und spähte in den dunklen Raum hinein. Durch die kleine Lampe in ihrem Zimmer sah Charlotte genug, ohne dass die Kinder beim Schlafen gestört wurden. Stephen und John teilten sich eine Matratze in der Ecke. John war in einen Haufen Decken gewickelt und kaum sichtbar, während Stephen mit weit ausgestreckten Armen und Beinen dalag und sich kaum zugedeckt hatte. Charlotte lächelte über das ungleiche Paar. Jeder der Jungen war auf seine Art liebenswert. Dann schlich sie zu ihnen und sorgte dafür, dass auch Stephen wieder einigermaßen zugedeckt war. Anschließend ging sie zu Lily.

Ihr Gesicht sah so friedlich aus, so sorglos.

„Hilf mir, sie zu beschützen, Herr", flüsterte Charlotte, bevor sie Lily über die Haare strich.

Ein leises Klopfen erklang an der Tür. Charlotte runzelte die Stirn und wandte sich um. Wer mochte um diese Uhrzeit vor ihrer Tür stehen? Wieder erklang das Klopfen, dieses Mal lauter.

Stephen murmelte etwas im Schlaf und drehte sich um. Das setzte Charlotte in Bewegung. Die Kinder brauchten Ruhe. Außerdem klopfte nachts nie jemand mit guten Nachrichten an die Tür. Nur mit schlechten. Und die Kinder hatten schon genug Nervenaufreibendes erlebt. Stone hatte versprochen, sofort Bescheid zu geben, wenn Franklin in der Nähe der Farm gesichtet wurde. Vielleicht war das nun geschehen.

Ihr Magen zog sich zusammen, doch sie hob ihr Kinn und trat an die Tür. „Vertrau auf den Herrn", murmelte Charlotte leise und richtete sich gerade auf. Denn *ihm* konnte man trauen. Er hatte Stone geschickt, um sie zu beschützen.

Nur, dass es nicht Stone war, der an ihrer Tür stand. Als sie den Stofffetzen zurückzog, den Daniel Barrett als Gardine aufgehängt hatte, erblickte sie zwei Arbeiter, die auf der Veranda warteten. Ihre Gesichter lagen im Schatten, sodass sie sie nicht sehen konnte. Derjenige, der geklopft zu haben schien, sah, wie sich der Vorhang bewegte, und nahm höflich den Hut ab.

„Machen Sie bitte auf, Ma'am?" Seine gedämpfte Stimme drang leise durch das Glasfenster.

Charlotte schüttelte den Kopf. Sie würde ihnen nicht öffnen, ohne dass sie ihr sagten, worum es ging. Dass sie um diese Uhrzeit hier waren, war mehr als unschicklich. Doch den einen erkannte sie jetzt durch das Fenster, deshalb entspannte sie sich etwas.

Es war der Junge, der im Stall arbeitete und sich um die Pferde kümmerte. Jimmy, meinte sie sich zu erinnern. Er konnte nicht älter als sechzehn oder siebzehn Jahre sein, wenn man seine glatten Wangen betrachtete, doch er war genauso groß wie alle anderen Arbeiter auch. Charlotte war ihm in den letzten Tagen ein- oder zweimal begegnet.

„Es tut mir leid, dass wir Sie so spät stören, Ma'am, aber Sie werden im Haus gebraucht." Er kam näher an die Tür, damit sie ihn besser verstehen konnte. „Miss Hawkins hat uns geschickt. Sie hat plötzlich … ähm … so eine Frauensache. Sie hat schreckliche Schmerzen, will uns Männer aber nicht helfen lassen. Mein Bruder kümmert sich um die Kinder, während ich Sie zum Haus bringe."

Charlotte biss sich auf die Unterlippe. Sie hätte Marietta gerne geholfen, aber ihr gefiel der Gedanke nicht, die Kinder in der Obhut eines Fremden zu lassen. Vor allem, da der zweite Mann keine Anstalten machte, näher an die Tür heranzukommen.

Schließlich trat Charlotte zurück und hob den schweren Riegel von der Tür, der den Männern den Eintritt verwehrte. Sie zog ihren Morgenmantel eng zusammen und öffnete die Tür nur so weit, dass sie den Kopf hinausschieben konnte.

„Ich würde Miss Hawkins gerne helfen", sagte sie leise, „aber es wäre mir lieber, wenn Mr Hammond sich so lange um die Kinder kümmern könnte. Sie mögen ihn sehr gerne, verstehen Sie?" Sie wandte sich entschuldigend lächelnd an den Mann im Schatten.

In dem Moment, in dem sie in seine Richtung schaute, sprang der Mann auf sie zu. Er schob seine Hand durch den schmalen Türspalt und stieß Charlotte weg. Sie taumelte rückwärts und konnte sich gerade noch fangen, bevor sie stürzte. Der Mann stieß die Tür weit auf und schob sich in die Hütte. Da erkannte Charlotte ihn.

Es war einer der Angreifer auf der Straße.

„Lily!" Charlotte wirbelte herum und rannte zum Sofa, doch der Mann schnappte sie sich von hinten und hielt ihr mit seiner schmutzigen Hand den Mund zu.

Charlotte schrie und trat um sich, schlug voller Schrecken nach dem Angreifer. Er gab nicht einmal einen Mucks von sich, als ihre nackten Füße ihn trafen.

Stephen wachte als Erster auf. Er sprang von der Matratze und brüllte: „Lassen Sie Miss Lottie los!" Dann senkte er wie ein Stier den Kopf und stürmte auf Charlottes Häscher zu. Jimmy stellte sich ihm in den Weg. Er warf sich mit der Schulter gegen den Jungen, sodass dieser zu Boden geschleudert wurde, wo er stöhnend liegen blieb und sich den Kopf hielt.

Lily schrie Stephens Namen und verhedderte sich in ihrer Decke, als sie zu ihm rennen wollte. „Du blöder Mistkerl!", schrie sie und Wut loderte in ihren Augen, als sie zu Stephen kroch. „Wenn Stone das herausfindet, versohlt er dir den Hintern."

Jimmy warf einen Blick von Lily zu seinem Bruder und wieder zurück. Seine Brust hob und senkte sich, als hätte er plötzlich Probleme zu atmen. Das war keine leere Drohung gewesen und das wusste er auch. „Bist du dir sicher damit, Winston? Sie wirken nicht so, als wären sie entführt worden."

„Mach, was ich dir gesagt habe, Junge. Das schuldest du mir." Winstons Atem stank so sehr, dass Charlotte sich fast übergeben musste. „Franklin kann sich um die Details kümmern. Alles, was mich interessiert, sind die fünfzig Dollar Belohnung für den Hinweis auf ihren Aufenthaltsort. Und wenn ich ihm das Mädchen *bringe*, legt er bestimmt noch 'ne Schippe drauf."

Natürlich war auch John durch den Tumult geweckt worden. Er hatte sich die Decke vors Gesicht gezogen und war an die Wand gekrochen. Dort saß er mit weit aufgerissenen Augen und angezogenen Beinen und rührte sich nicht mehr.

„Schnapp dir das Mädchen." Charlottes Häscher wandte sich um, sodass er Lily anfunkeln konnte. „Wir retten dich, Balg. Du kannst uns dankbar sein, dass wir dich zu deiner Familie zurückbringen."

„Miss Lottie *ist* meine Familie", schluchzte Lily. „Meine Mama hat mich zu ihr gegeben."

Charlotte nickte vehement, woraufhin sich der Griff ihres Angreifers noch verstärkte. Sie bekam fast keine Luft mehr.

„Jimmy", zischte Winston drohend. „Jetzt mach schon!"

Der jüngere Bruder ging auf Lily zu wie auf ein in die Ecke getriebenes Kalb. Mit weit ausgestreckten Armen wollte er sie fangen, doch sie entwischte ihm. „Nein! Ich gehe nicht mit euch. Ich bleibe bei Miss Lottie und Stone."

„Ich will dir nicht wehtun", versuchte sie Jimmy zu besänftigen.

Stephen sprang auf die Füße und stellte sich zwischen das Mädchen und den viel größeren Mann. „Verschwindet von hier!"

„Das geht nicht, Junge", knurrte Winston dicht neben Charlottes Ohr.

„Tut mir leid", murmelte Jimmy, als er Stephen im Nacken packte. Er warf ihn aufs Sofa, als hoffe er, dass er ihm damit nicht allzu sehr wehtun würde. Dann verschwendete er keine Zeit mehr und griff nach Lily. Sie schrie, doch darauf war er gefasst. Er stopfte ihr ein Halstuch in den Mund und presste sie an seine Brust. Lily trat nach ihm, doch der junge Mann schien das gar nicht zu spüren.

Lily so gefangen zu sehen, löste etwas in Charlotte aus. Sie geriet völlig außer sich und riss den Kopf zurück. Ihr Schädel prallte gegen die Nase ihres Häschers und es knackte befriedigend.

„Aaah!", schrie Winston und stieß Schimpfworte aus, bevor er sie gegen die Wand warf. Die Kraft des Aufpralls trieb ihr die Luft aus der Lunge. Als sie wieder zu Atem gekommen war und den Mund öffnete, um laut zu schreien, stopfte Winston ein schmutziges Tuch hinein. Es schmeckte nach Schweiß und Schmutz, doch Charlotte schob es mit ihrer Zunge weg. Sie musste hier raus. Sie musste um Hilfe schreien.

Doch es hatte keinen Zweck. Der Mann war zu stark. Innerhalb weniger Sekunden hatte er den Gürtel von ihrem Morgenmantel dazu verwendet, ihre Hände hinter ihrem Rücken zu fesseln. Dann beugte er sich über sie, um das Tuch in ihrem Mund mit einem weiteren Taschentuch festzubinden.

Stephen ergriff die Gunst der Stunde und rannte auf die Tür zu, die Jimmy allerdings wieder verriegelt hatte.

Ja! Lauf, Stephen! Hol Hilfe! Hol Stone!

Charlotte wehrte sich noch vehementer, da sie hoffte, ihren Angreifer so ablenken zu können. Stephen schaffte es zur Tür, hob den Riegel und zog die Tür gerade auf, als ihn ein Tritt zur Seite warf.

Jimmy.

Fast hätte Charlotte geweint, doch sie unterdrückte diesen Impuls. Diese Genugtuung gönnte sie den Mistkerlen nicht. Außerdem würde sie mit einer verstopften Nase noch schwerer Luft bekommen. Und sie musste für die Kinder stark sein. Nicht, dass ihr diese Stärke irgendetwas gebracht hätte, da ihre Hände und Füße gefesselt waren. Winston kniete immer noch auf ihren Beinen und umwickelte ihre Knöchel mit einem Lederriemen.

Sobald er fertig war, schnappte er sich Stephen und ließ ihm die gleiche Behandlung angedeihen. Stephen funkelte den Mann böse an, konnte jedoch nichts weiter tun. Wenigstens war Stephen zu wütend, um sich zu ängstigen. Der arme John. Er musste vor Angst sterben. Charlotte sah in die Ecke, wo der Junge gesessen hatte.

Er war verschwunden.

Kapitel fünfundzwanzig

Charlotte richtete ihren Blick wieder auf die Männer, die im Hauptraum herumstapften. Ihnen fiel gar nicht auf, dass jemand fehlte. Noch niemals zuvor war Charlotte so dankbar für Johns leises Wesen gewesen. Doch wohin war er verschwunden? Die Hütte hatte nur eine Tür und dort war er nicht hinausgelaufen. Das hätte sie gesehen.

Aus einem Fenster? In Mr Barretts Zimmer war ein kleines, doch der Riegel ließ sich nur schwer bewegen. Charlotte hatte ihn selbst kaum bewegen können, als sie heute Morgen mit Marietta gelüftet hatte. Sie konnte sich nicht vorstellen, dass John mit seinen kleinen Fingerchen der Aufgabe gewachsen war.

Nun, wo auch immer der Junge war, er hatte sich in Sicherheit gebracht und das war momentan genug.

„Wir wickeln sie hierein." Winston riss eine graue Decke von Stephens Bett und warf sie zu Boden. „Leg sie drauf und halt ihre Arme fest." Er hatte bereits ein Taschentuch parat, um Lily ebenfalls zu fesseln, sobald Jimmy sie losließ.

Lilys Augen richteten sich auf Charlotte. Sie waren geschwollen. Rotgerändert. Voller Angst. Sie bettelten ihre Lehrerin an, etwas zu tun.

Charlotte wünschte sich die Kraft von Samson, um ihre Fesseln zu sprengen und den ekelhaften Mistkerlen die Köpfe einzuschlagen. Doch sie hatte diese Kraft nicht. Sie war hilflos.

Oder etwa nicht?

Charlotte hörte auf, gegen ihre Fesseln anzukämpfen und setzte sich gerade hin, bis sie vor dem Sofa saß wie eine Königin auf ihrem Thron. Sie war vielleicht körperlich nicht dazu in der Lage, Lily zu helfen, doch sie konnte den Geist der Kleinen stärken. Ihr Grund zur Hoffnung geben. Sie wissen lassen, dass, egal was diese Männer auch mit ihr vorhatten, sie am Ende nicht gewinnen würden. Gott würde auf sie achtgeben. Und Stone würde kommen und sie suchen.

Lilys Kinn hob sich nur wenige Millimeter. Sie hörte auf zu schluchzen. Ihre Arme und Beine wurden still. Dann nickte sie ganz leicht und Charlotte wusste, dass sie die Botschaft verstanden hatte. Hilfe würde kommen.

„Wickel die Decke fest um das Mädchen, Jimmy, aber lass den oberen Teil offen, damit wir ihn ihr über den Kopf ziehen können, wenn wir der Patrouille begegnen. In der Dunkelheit wird sie niemand sehen, aber ich werde auf der Ladefläche sitzen müssen, um sicherzugehen, dass sie nicht herumzappelt, während du uns an den Wachen vorbeibringst."

Der widerliche Kerl besaß die Unverfrorenheit zu grinsen, während sein Bruder Lily wie in einen Kokon einwickelte. „Jawoll." Er rieb sich die Hände. „Endlich hab ich auch mal Glück. Erst bin ich der Einzige aus Gordons Bande, der ohne einen Kratzer diesem Hammond entkommt und dann höre ich von meinem kleinen Bruder, dass der Kerl mit einer Lehrerin und ein paar Kindern auf Hawk's Haven untergekrochen ist." Das wölfische Funkeln in seinen Augen bereitete Charlotte eine Gänsehaut. „Manch einer würde sagen, es war mein Schicksal, diese Belohnung zu kassieren, was, Lehrerin?"

Hätte sie doch nur nicht diesen Knebel im Mund! Sie blitzte ihn wütend an.

Er lachte.

„Lass uns verschwinden, bevor jemand etwas mitbekommt, Win. Wenn ich nicht weit genug von hier weg bin, bevor Barrett merkt, wer das Mädchen mitgenommen hat, lebe ich nicht lange genug, um die Belohnung zu genießen. Und du auch nicht!" Jimmy warf sich das Bündel über die Schulter wie einen Beutel Mehl. Lily hing dort wie ein nasser Sack. Sie kämpfte nicht mehr. Sie weinte nicht mehr. Doch als Winston an ihr vorbeiging, schenkte sie ihm einen vernichtenden Blick. Einen Blick, der Vergeltung versprach.

Winston stolperte, fing sich aber. Schnell sah er von Lily weg, dann riss er die Tür auf. „Komm schon. Der Typ aus Houston wartet schon auf uns. Ich habe ihm telegrafiert. Wenn wir uns beeilen, können wir das County schon bei Tagesanbruch verlassen haben."

Jimmy brummte zustimmend und folgte ihm. Charlotte kämpfte wieder gegen ihre Fesseln an, um ihrer Tochter zu Hilfe zu eilen, doch sie hatte keine Chance. Bevor sie auch nur auf die Knie kam, fiel die Tür bereits ins Schloss.

Sie hauen ab!

Charlotte warf sich auf die Seite und rutschte mit dem Oberkörper an das Sofa heran, sodass sie ihr Gesicht gegen den Stoff drücken konnte. Sie rieb ihren Mund über die Polsterung. Irgendwie musste sie diesen Knebel loswerden. Wieder rieb sie. Das Tuch wollte sich einfach nicht bewegen. Aber sie musste doch Stone alarmieren! Dann fand sie eine Stelle, an der eine Polsternadel aus dem Stoff hervorstand. Charlotte verstärkte ihre Bemühungen noch, versuchte, das Tuch wie einen Fisch aufzuspießen. Sie hatte gerade einen erfolgversprechenden Winkel gefunden, als ein dumpfer Schlag an der Tür erklang.

Ihr Blick flog zu Stephen. Er hatte es geschafft, sich auf die Beine zu kämpfen, erstarrte aber bei dem unerwarteten Geräusch. Ein zweiter Schlag erklang vom Fenster her. Das bisschen Licht, das von draußen hereingedrungen war, verschwand.

Die Sturmläden. Die Männer bedeckten die Fenster. Schlossen sie und die Jungen ein. Während sie die Erkenntnis noch verarbeitete, erklang das vorsichtige Klopfen eines Hammers. Erst an den Fensterläden, dann an der Tür. Sie versiegelten jede Fluchtmöglichkeit.

Charlotte und die Jungen waren gefangen. Gefangen, bis jemand sie am Morgen entdeckte. Doch dann würde es zu spät sein. Lily wäre in Franklins Händen.

Es sei denn, John hatte einen Weg hier heraus gefunden. Er war wirklich sehr klein. Selbst, wenn er das Fenster nicht hatte öffnen können, hatte er vielleicht eine andere Möglichkeit entdeckt zu fliehen. Ein lockeres Bodenbrett, durch das er hinunter auf die Erde hatte kriechen können? Das Loch für das Kaminrohr in der Decke? Er war nicht gerade abenteuerlustig, aber wenn er genug Angst gehabt hatte …

„Sind die bösen Männer weg, Miss Lottie?"

John. Seine schmale Gestalt zeichnete sich im Licht der Schlafzimmerlampe ab. Charlotte schluckte ihre Enttäuschung herunter, als der Junge in den Raum schlich und seine Decke hinter sich herzog. Es ging ihm gut. Er war unverletzt. Das waren genügend Gründe, um dankbar zu sein.

„Mhm." Charlotte nickte nur. Was hätte sie auch sonst tun sollen? Als er ihren Zustand sah, ließ John seine Decke fallen und kam zu ihr gelaufen. Er legte seine Händchen um ihre Wangen und drehte ihren Kopf hin und her, dann hakte er seine Finger unter das Taschentuch und zog es über ihr Kinn. Sie nickte ermutigend und streckte ihm ihr Kinn entgegen, damit er den Knebel entfernte. Sobald das ekelhafte Ding aus ihrem Mund verschwunden war, befahl sie John, Stephen zu helfen, dann drehte sie den Kopf in Richtung des verschlossenen Fensters und schrie so laut sie konnte.

„Stone!"

Stephen und John stimmten in ihr Geschrei ein. „Hilfe!"

Sie schrien, bis sie heiser waren, doch es kam niemand. Die Hütte lag zu abgelegen. Die Wände waren zu dick. Die verrammelten Fenster zu solide. Als Vorarbeiter lebte Daniel Barrett nicht bei seinen Männern, sondern seine Hütte lag an einem wunderschönen Fleckchen an der Vorderseite der Koppel. Charlotte hatte die Lage gefallen, weit weg von den Gerüchen des Stalls und den Geräuschen aus der Schlafbaracke. Jetzt war die Hütte zu einem einsamen Gefängnis geworden, das sie davon abhielt, ihre Tochter zu retten.

„Es hilft nichts", krächzte sie schließlich. „Sie können uns nicht hören." Die Niederlage trieb ihr die Tränen in die Augen, doch sie würde sie nicht fließen lassen. Stattdessen lehnte sie sich ans Sofa und zog die Schultern hoch. Da Plan A nicht funktioniert hatte, würde sie sich eben Plan B ausdenken. Und C und D, wenn es nötig wäre, bis sie einen Weg aus diesem Schlammassel herausgefunden hatte. Lily zählte auf sie und sie würde nicht aufgeben. Sie waren intelligente Menschen. Bestimmt konnten sie sich etwas einfallen lassen.

Charlotte wandte sich an John. „Komm her, Schatz, und hilf mir mit diesem Knoten."

John trat zu ihr, doch anstatt sich um den Knoten zu kümmern, lehnte er sich an sie und vergrub sein Gesicht in ihrer Halsbeuge.

„Es tut mir leid, dass ich mich versteckt habe, Miss Lottie. Ich hätte helfen müssen, gegen die bösen Männer zu kämpfen." Nässe tropfte auf Charlottes Haut. „Aber ich hatte solche Angst."

Charlotte legte den Kopf zur Seite und hob die Schulter, umarmte den Kleinen so weit wie möglich. „Schhh, mein Schatz. Du hast genau das Richtige getan. Wenn du dich nicht versteckt hättest, wärst du auch gefesselt worden. Aber weil du so klug warst, kannst du der Held unserer Geschichte werden und Stephen und mich befreien."

John hob den Kopf und blinzelte sie an. „W-wo ist Lily?"

„Sie wartet darauf, dass wir sie retten, also müssen wir uns beeilen." Weil sie nicht wollte, dass John sich wieder aufregte, nickte sie in Stephens Richtung. „Du musst meine Handfesseln lösen. Dann können wir nach einem Ausweg suchen und Stone hinter Lily herschicken."

Da alle möglichen Ausgänge verschlossen waren, fiel es ihr schwer, optimistisch zu klingen. Trotzdem ließ sie ihren Blick durch den Raum schweifen und suchte nach Schwachstellen. Schade, dass die Hütte aus Baumstämmen erbaut war. Sie konnten schlecht ein Loch mit Stephens Taschenmesser hacken.

Barrett hatte alle Waffen mitgenommen, weil Charlotte darauf bestanden hatte. Sie hatte nicht gewollt, dass die Kinder den Gefahren ausgesetzt waren, die von Revolvern und Gewehren ausgingen. Jetzt betete sie darum, dass er eine vergessen hatte, und musterte das oberste Brett des Bücherregals am anderen Ende des Raumes. Ein Gewehrschuss würde alle sofort aufschrecken und zu ihnen bringen.

Sie kniff die Augen ein wenig zusammen. Es könnte tatsächlich eine Waffe dort oben versteckt sein. Nahe an der Tür und gut zu erreichen für einen großen Mann. Das Regalbrett lag zu sehr im Schatten, als dass sie von ihrer Position aus etwas hätte erkennen können, doch irgendwie wusste sie, dass sie dort ohnehin nichts finden würden. Daniel Barrett war kein Mann, der einfach so ein Gewehr vergaß.

Bitte, Herr! Wir müssen hier raus und Lily retten.

„Ich glaube, ich weiß, wie wir hier rauskommen." Stephens Worte klangen durch den Raum, als hätte Gott selbst ihr eine Antwort auf ihre Gebete geschickt. Sein Knebel hing um seinen Hals, als er zur Tür hopste und sie genau untersuchte. „Sie haben sie an der Schlossseite verriegelt, aber nicht an den Angeln. Ich habe einen Schraubendreher in meiner Tasche. Wenn wir die Angeln aushebeln, können wir die Tür aufdrücken. Zumindest so weit, dass wir uns durchquetschen können."

Tränen traten in Charlottes Augen. Niemals wieder würde sie zulassen, dass er glaubte, nicht außergewöhnlich zu sein. In diesem Augenblick hielt sie ihn sogar für den außergewöhnlichsten Jungen, den die Sullivan Akademie jemals hervorgebracht hatte. „Das ist ein genialer Plan, Stephen. Absolut genial." Und zweifellos von Gott gesandt.

Stephen wandte sich zu ihr um und strahlte sie voller Stolz an, wodurch auch Charlottes eigenes Feuer wieder aufflammte.

„Das wird funktionieren", sagte sie und blinzelte die Tränen weg. Sie lächelte Stephen an, dann nickte sie über die Schulter, um John zu ermutigen. „Da bin ich mir sicher."

John lächelte sie an und machte sich an ihren Handgelenken zu schaffen.

Charlotte biss sich auf die Unterlippe. Sie war sich bei fast gar nichts mehr sicher, doch zum ersten Mal, seit die Männer mit Lily verschwunden waren, war sie bereit, das Beste zu hoffen und nicht das Schlimmste zu befürchten.

Stone streckte sich auf seinem Bett aus und verschränkte die Hände hinter dem Kopf. Ihn umgaben vertraute Geräusche. Aus der hinteren Ecke der Schlafbaracke ertönten immer wieder das Klicken von Pokerchips und hin und wieder Kartenmischgeräusche. Die Männer, die die frühe Patrouille übernommen hatten, schliefen tief und fest, was an ihrem Schnarchen unschwer zu erkennen war. Ein Stift kratzte über Papier, da ein verliebter Junge schon seit einer halben Ewigkeit versuchte, ein paar Zeilen für seine Angebetete in der Stadt auf Papier zu bringen. Männergeräusche. Behaglich, locker, vertraut. Also warum konnte er dann nicht schlafen?

Weil er nicht mehr zwischen bärtigen Kerlen schlafen wollte, die nach Schweiß und Rauch stanken und sich nichts dabei dachten, sich zu kratzen und zu rülpsen und in ihren Unterhosen herumzulaufen. Er sehnte sich nach einer sauberen, wohlduftenden Lehrerin an seiner Seite. Er wollte Kinder – Mädchen, die Geschichten über Gesetzlose lasen, und Jungen, die sich seltsame mechanische Konstruktionen ausdachten oder keinen Laut von sich gaben, bis sie dann am Klavier saßen. Das wollte er nachts um sich haben. Eine Familie.

„Denkst du manchmal darüber nach, dir eigenes Land zuzulegen, Dan?", fragte Stone so leise, dass es nur im Nachbarbett zu hören sein würde. „Dich mit einer Frau niederzulassen und Kinder zu bekommen?"

„Mit der Frau und den Kindern bin ich mir noch nicht sicher, aber ich habe da ein Stück Land nicht weit von hier ins Auge gefasst. Ich will da vielleicht Pferde trainieren. In den letzten Jahren habe ich schon einige verkauft und es kommen immer wieder neue Aufträge rein. Hawkins erlaubt mir, dass ich sie in meiner Freizeit ausbilde, aber wenn ich wirklich erfolgreich sein will, muss ich mich selbstständig machen."

Stone warf seinem Freund einen Blick zu. Etwas an der Art, wie Dan das Gespräch über eine Ehefrau vermied, verriet ihm, dass er mit seiner Vermutung über Marietta Hawkins recht gehabt hatte. „Das hört sich nach einem guten Plan an für einen Mann, der niemals einem Pferd begegnet ist, das er nicht zähmen konnte", ließ er nicht locker. „Du könntest gutes Geld verdienen. Eine Frau ernähren ..."

„Darum geht es nicht", grummelte Dan. „Es –" Er brachte seinen Satz nie zu Ende, denn in diesem Moment wurde die Tür der Schlafbaracke so fest aufgestoßen, dass sie an die Wand krachte.

„Stone! Ich brauche Stone!"

Augenblicklich war Stone auf den Beinen und schnappte sich seinen Revolver. Alles, was es gebraucht hatte, war ein Blick auf Charlotte und ihm war klar gewesen, dass etwas ganz und gar nicht stimmen konnte.

Denn seine saubere, wohlduftende Lehrerin war gerade mitten in der Nacht mit nichts weiter bekleidet als ihrem Nachthemd in ein Haus voller Männer gestürmt.

Kapitel sechsundzwanzig

„Ich bin hier, Charlotte." Da Stone wusste, dass Dan ihm folgen würde, steckte er seine Waffe weg und breitete die Arme aus. Er wollte – nein, *musste* – ihr Anker sein. Doch Charlotte suchte anscheinend keinen Trost, denn sie schnappte sich sein Handgelenk und zog ihn energisch mit sich in die Nacht hinaus.

„Beeil dich, Stone! Du musst ihr nach. Stephen hat für die Angeln länger gebraucht als gedacht. Sie haben fast eine Stunde Vorsprung."

Hatte sie sich am Kopf verletzt? Die Frau redete wirr. Trotzdem trottete er ihr hinterher wie ein folgsamer Hund.

„Charlotte, halt." Er blieb stehen. „Ich kann dir nicht helfen, wenn du mir nicht sagst, was los ist."

Wieder zog sie an seinem Handgelenk. Sie schien seinen Einwand gar nicht gehört zu haben. „Wir dürfen keine Zeit verlieren. Ich habe die Jungen in den Stall geschickt, damit sie dem diensthabenden Arbeiter Bescheid sagen, dass er Goliath und Ranger satteln soll." Als Stone sich nicht wieder in Bewegung setzte, griff sie auch mit der zweiten Hand nach ihm, wodurch ihre Ärmel verrutschten. Rote Striemen verunstalteten ihre Handgelenke. Fesselmale.

Stone riss ihre Hände hoch und musterte ihre Handgelenke. Wut – siedend heiße Wut – durchströmte ihn. „Wer hat das getan?" Seine Zähne waren so fest zusammengebissen, dass er die Worte fast nicht herausgebracht hätte.

Charlotte machte sich los. „Die Männer, die Lily entführt haben!" Nachdem sie den Namen des kleinen Mädchens gesagt hatte, konnte sie nur noch schluchzen und endlich verstand Stone.

„Franklin." Wie hatte der Mann auf die Ranch gelangen können?

Charlotte schüttelte so heftig den Kopf, dass ihr blonder Zopf ihr um die Schultern flog. Sie presste einen Moment lang die Lippen fest aufeinander, um ihre Gefühle in den Griff zu bekommen. „Nicht Franklin. Einer der Männer, die uns auf der Straße angegriffen haben. Und ein Mann von Hawk's Haven."

„Wer?" Dans scharfe Stimme drang in die Unterhaltung ein wie ein Pfeil in einen Apfel.

Charlottes Blick schoss zu dem Mann hinüber, der schräg hinter Stone stand. „Jimmy."

In Dans Augen flackerte Wut auf. Jemand würde seinen Job verlieren – und sein Fell. Stone würde sich freiwillig zur Verfügung stellen, um die Bestrafung auszuführen.

„Sie bringen sie zu Franklin", sagte Charlotte. „Stephen und ich haben uns gewehrt, so gut wir konnten, aber sie waren zu stark. Sie bringen sie in die Stadt. Winston hat gesagt, dass Franklin sie dort erwartet. Ihr müsst sie einholen und zurückbringen. Ihr müsst einfach."

Charlotte schlang ihre Arme um sich, als der kühle Nachtwind an ihrem Hemd zupfte. Sie sah so verloren aus, so verängstigt. Doch trotz allem hatte sie auch etwas Kämpferisches an sich. Etwas Wildes, das Stone aufforderte, das zurückzuholen, was sie liebte. Etwas Wildes, das verlangte, dass er Erfolg hatte.

Stone richtete sich auf. Er *würde* Erfolg haben. Gott würde ihm beistehen. Er würde nicht ruhen, ehe Lily wieder sicher bei Charlotte war.

Er trat vor und schlang seine Arme um Charlotte. „Ich hole sie zurück, Liebling. Das verspreche ich." Er presste seine Wange an die ihre, während er mit rauer Stimme seinen Schwur in ihr Ohr flüsterte.

„Ich weiß." Sie lehnte sich in die Umarmung. „Ich vertraue dir."

Diese drei Worte hätten Stone beinahe umgeworfen. Doch zur gleichen Zeit setzten sie ihn unter Strom, als hätte ihn ein Blitz getroffen. Am liebsten hätte er diese ungezügelte Energie augenblicklich genutzt, doch er durfte nicht riskieren, dass er Lily durch Unbesonnenheit weiter in Gefahr brachte. Also dämmte er die Kraft so weit ein, dass er sie nutzen konnte. Sie mussten schnell sein. Entschlossen handeln. Doch am wichtigsten wäre ein gut durchdachter Plan.

In diesem Augenblick führte der Stallarbeiter Goliath und Ranger herbei. Beide waren gesattelt und fertig für ihren Ritt. Die Pferde scharrten aufgeregt mit den Hufen und schüttelten ihre Köpfe. Sie wussten, was kommen würde. Stone drückte Charlotte noch einmal an sich, dann ließ er sie los. Mit zusammengebissenen Zähnen ging er auf sein Pferd zu.

Dan warf Stone seinen Munitionsgürtel, das Schulterholster und die Messer zu, die er in der Truhe bei seinem Bett verstaut hatte, dann trat er an die Sättel heran und schob Gewehre in die dafür vorgesehenen Halterungen. Ein anderer Cowboy kam mit Stones Hut und Mantel angelaufen. In weniger als einer Minute war Stone fertig und stieg in Goliaths Sattel. Er warf Charlotte noch einen letzten Blick zu, an deren Seiten sich mittlerweile die Jungen eingefunden hatten. Sechs Augen forderten ihn dazu auf, Lily sicher zurückzubringen.

„Sie wartet auf Sie, Mr Hammond", rief Stephen. „Sie weiß, dass Sie kommen."

Stone nickte knapp. Er würde sie nicht im Stich lassen.

„In Stewards Mill gibt es einen Saloon", sagte Dan, während er Ranger an Goliath heranlenkte. „Das ist der einzige Ort, der so spät noch geöffnet hat. Ein guter Platz für ein nächtliches Treffen."

Stone zwang seinen Blick von Charlotte weg auf die Straße vor sich. „Reite voran." Dann gab er Goliath die Sporen und ließ ihn so schnell galoppieren, wie die mondscheinerhellte Nacht es zuließ.

~

Dreißig Minuten später zügelten sie ihre Pferde vor dem Saloon. „Siehst du den Wagen?", fragte Stone, während er sich von Goliaths Rücken gleiten ließ.

Dan ließ seinen Blick über die überfüllte Straße gleiten. Offensichtlich war der Lonely Coyote, wie sich die Lokalität nannte, bei Weitem nicht so einsam, wie man aufgrund des Namens hätte vermuten können. Selbst an einem Dienstag nicht. Stone musterte die Pferde, die vor dem Saloon angebunden waren, und runzelte die Stirn. Das, was er suchte, war nicht dort. Franklins Palomino. Weiße Mähne und Schweif, die im Licht des Dreiviertelmondes leuchten würden. Wenn Franklin nicht ein unauffälligeres Pferd gemietet hatte, waren sie zu spät. Lily war bereits übergeben worden.

„Dort." Dan riss Stone aus seinen Gedanken und zeigte auf einen verwitterten Wagen, der gerade noch ein Stück um die Ecke blitzte.

„Der gehört zu Hawk Haven." Dan stieg ab und bahnte sich seinen Weg an den vielen Tiere vorbei, die an der Pferdestange festgebunden waren. Stone folgte ihm.

Als sie sich dem vertrauten Gespann näherten, wieherte das eine Pferd leise, da es Dan am Geruch erkannte. Dan legte seine Hand auf dessen Nüstern und flüsterte etwas. Sofort wurde das Tier still.

Da Stone Dans einzigartigen Umgang mit allen vierbeinigen Kreaturen kannte, wunderte er sich nicht darüber und sah sich weiter um. Leise schlich er an der Wand des Saloons entlang, bis er auf die Ladefläche des Wagens schauen konnte. Nichts. Er hatte auch nicht wirklich erwartet, Lily hier zu finden, doch trotzdem war er enttäuscht.

„Sie ist nicht hier", informierte er Dan leise.

Was bedeutete, dass sie bereits bei Franklin war. *Ach zum Henker!* Stone schlug mit der flachen Hand gegen den Wagen. Wenn dieser elende Mistkerl Lily auch nur ein Haar krümmte, würde er – Stone atmete tief durch, um die Panik zu unterdrücken, die in seinem Inneren aufstieg. Franklin würde ihr nichts tun. Sie war zu viel wert. Doch auch dieser Gedanke tröstete ihn nur wenig. Franklin war gar nicht das Problem. Sondern Dorchester. Und je größer Franklins Vorsprung wurde, desto geringer war die Chance, dass sie ihm Lily würden abnehmen können, bevor er Houston erreichte. Wenn sie erst einmal bei ihrem Großvater war, würde nur noch ein Rechtsstreit sie wieder zurückbringen. Wenn überhaupt.

Stone ging zu Dan und versuchte sich zu konzentrieren. Jetzt mussten sie Schritt für Schritt vorgehen. An Informationen gelangen. Auf die richtige Fährte kommen. „Hoffen wir, dass Winston und Jimmy sofort etwas von ihrem illegal erworbenen Geld ausgeben wollen." Er klopfte Dan auf die Schulter. „Sollen wir uns mal drinnen umschauen?"

Dan nickte und grinste. „Nach dir, mein Freund."

Stone trat durch die Flügeltür und ging unauffällig an der Wand entlang. Er musterte die Gesichter. Eins nach dem anderen. An der Bar. An den Tischen. Die Männer trugen Hüte, manche hatten sie tief ins Gesicht gezogen, sodass man sie kaum erkennen konnte. Doch der Hut in der Ecke mit dem Lederband kam ihm bekannt vor. Stone beobachtete seinen Träger genauer. Das könnte einer der

Männer sein, die sie auf der Straße angegriffen hatten, doch sicher konnte er sich nicht sein. Nicht, ohne ihm ins Gesicht zu schauen.

Der Mann grinste, sah seine Mitspieler an und raffte dann das Geld auf dem Tisch zusammen. „Ich *wusste*, dass sich mein Glück gewendet hat!" Während er prahlte, hob er den Kopf und Stones Magen zog sich zusammen.

Er war es. Derjenige, der Stephen die Pistole an den Kopf gehalten hatte. Der, der Charlotte eingeschüchtert hatte.

Stone drückte sich von der Wand weg und marschierte direkt auf den Tisch zu. Ein Mädchen, das gerade Drinks bringen wollte, warf einen Blick auf sein Gesicht und lief sofort zurück zur Bar. Stone verlangsamte seinen Schritt nicht. Mit einer fließenden Bewegung packte er Winston am Hals, hob ihn hoch und drückte ihn gegen die Wand. „Und es wird sich wieder wenden, Winston", knurrte Stone. „Nur, dass du das diesmal vielleicht nicht überlebst."

Die Augen des Mannes wurden groß. „D-du!", krächzte er.

„Jepp. Ich." Stone zog eines der Messer aus seinem Gürtel und hielt es dem Verbrecher an den Hals. „Wenn dir dein Leben lieb ist, sagst du mir, wo das Mädchen ist." Er presste die Klinge an die Haut des Mannes. „Schnell."

Das Geräusch hektisch zurückgeschobener Stühle und eiliger Füße erfüllte den Raum, als sich der Pokertisch leerte.

Winston versteifte sich und seine Augen wurden schmal. „Mein Gewinn", krächzte er.

„Das ist momentan dein geringstes Problem." Stone verstärkte den Griff um seinen Hals und bekam so wieder die ungeteilte Aufmerksamkeit des Mannes.

„Ich hab den anderen gefunden, Stone", rief Dan.

„Da ihr gefunden habt, was ihr gesucht habt, Dan", sagte der dicke Mann hinter der Theke mit einer tiefen Stimme, die den Raum ohne Probleme durchdrang, „wäre ich euch sehr dankbar, wenn ihr eure … *Unterhaltung* draußen weiterführen würdet."

„Gerne, Buck." Dan zerrte Winstons Kumpan zur Tür. „Kommst du, Stone?"

„Jepp." Stone riss Winston von der Wand und ließ seinen Hals los. Während der Mann um sein Gleichgewicht kämpfte, schnappte sich Stone seinen rechten Arm und drehte ihn auf seinen Rücken.

Winston stöhnte, leistete aber keinerlei Widerstand, als Stone ihn vorwärtsschob.

Stone funkelte den schlaksigen Jungen in Dans Griff böse an, als sie durch die Tür hinaus auf die Straße traten. Er mochte kaum älter als siebzehn Jahre sein, doch er war alt genug gewesen, um Charlotte und die Kinder zu misshandeln. Das bedeutete auch, dass er alt genug war, um die Konsequenzen seines Handelns zu tragen.

Der Junge schluckte. „E-es tut mir leid, Boss. Ich wollte das nicht, aber Winston hat gesagt, das Mädchen ist entführt worden."

„Und anstatt zu mir zu kommen, Jimmy, bist du in meine Hütte eingebrochen, hast eine Frau und drei Kinder, die unter meinem Schutz stehen, aufgemischt und dann ein unschuldiges Mädchen an einen Mann verkauft, den du nie vorher gesehen hast?", wollte Dan wissen. „Ich sollte dich aufknüpfen und dem Staat so die Kosten deiner Hinrichtung ersparen."

Jimmy wurde blass. „Es war alles Winstons Idee, das schwöre ich", jammerte der Junge. „Er hat mich dazu gezwungen, wie er es schon immer tut, seit unserer Kindheit."

„Halt's Maul", knurrte Winston. Stone drehte den Arm des Mannes noch etwas weiter. Daraufhin beugte dieser sich schmerzerfüllt vor und fiel auf die Knie. Wenn dem Jungen nach Reden zumute war, würde Stone dafür sorgen, dass sein älterer Bruder sich nicht einmischte.

Dan schubste Jimmy die Straße entlang. „Tja, es ist aber so, dass Miss Atherton Lilys gesetzlicher Vormund ist. Sie hat sogar die Papiere, die das beweisen." Er stieß dem Jungen seine Finger gegen den Brustkorb. „Was bedeutet, dass du und Winston hier diejenigen seid, die sich der Entführung schuldig gemacht haben. Ich hoffe, das Geld in deiner Tasche ist eine Gefängnisstrafe wert."

Fürchterliches Entsetzen machte sich auf Jimmys Gesicht breit. „Ge… Gefängnisstrafe?"

„Jepp." Dan blickte auf seine Füße und zuckte mit den Schultern. „Wenn einer von euch uns natürlich sagt, was Walt Franklin mit dem Mädchen vorhat, könnten wir beim Marshall ein gutes Wort für ihn einlegen."

„Er … er hat sie mitgenommen und ist weggeritten. Ich weiß

nicht, wohin." Jimmy wäre fast über seine eigene Zunge gestolpert, um Dan seinen guten Willen zu beweisen.

„Das reicht nicht." Dan sah dem Jungen in die Augen. In seinem harten Gesicht zeigte sich keine Gnade.

Der Junge richtete die Augen gen Himmel, als erhoffe er sich von dort eine Antwort, die seine Strafe mildern könnte. Dann schnippte er mit den Fingern und grinste. „Ich habe ihn sagen hören, dass er seine Sachen aus dem Commercial holen und dann den Frühzug erwischen will."

Dan wandte sich Stone zu. „Das Commercial Hotel. In Corsicana. Wenn er mit dem Mädchen reitet, können wir ihn noch einholen."

„Er ist erst vor fünfzehn oder zwanzig Minuten weg", grunzte Winston, der offensichtlich ebenfalls auf Strafmilderung hoffte. „Wenn ihr sofort losreitet, habt ihr noch eine Chance. Beeilt euch lieber. Wenn ihr auf den Marshall wartet, holt ihr ihn nicht mehr ein."

„Sie brauchen gar nicht warten. Ich bin hier."

Stone warf einen Blick über seine Schulter und nickte dem Gesetzeshüter zu, der die Straße entlang auf sie zukam. „Toby."

Der Marshall tippte sich an seinen Stetson. „Stone. Dan." Sein ruhiger Blick streifte die beiden anderen Männer. „Buck hat nach mir geschickt. Ich habe gehört, es gäbe Probleme im Saloon. Finde ich Fahndungsbilder von den beiden in meinem Büro? Ihr habt mir lange niemanden mehr gebracht."

„Vielleicht findest du etwas über den hier", sagte Stone, als er Winston auf die Füße riss. „Aber momentan sind wir nicht auf die Belohnung aus. Wir müssen ein kleines Mädchen retten, das diese beiden Mistkerle hier entführt und verkauft haben, bevor es in den Frühzug gesetzt wird." Er schob Winston dem Marshall zu. Toby hielt ihn ohne Probleme fest. „Sperr sie so lange ein, bis wir wieder da sind. Wegen Entführung und Körperverletzung. Wir machen dann unsere Aussage."

Der Gesetzeshüter nickte, während Winston anfing zu plappern.

„Körperverletzung? Wir haben niemandem etwas getan. Nur die Lehrerin und den Jungen gefesselt und die Türen und Fenster vernagelt, damit sie bis zum Morgen nicht rauskommen."

208

Stones Hand ballte sich zur Faust, als er das armselige Gejammer des Mannes hörte. Er hatte seine Charlotte angefasst, ihr Schmerzen zugefügt. Am liebsten hätte er auf ihn eingeschlagen, bis er so hilflos auf der Straße lag, wie Charlotte sich in der Hütte gefühlt haben musste. „Ich bin mir sicher, sie saßen einfach nur da und haben sich fesseln lassen", knurrte er und seine Stimme triefte vor Sarkasmus. „Kein Kampf. Kein Handgemenge. Kein Grund, um Gewalt anzuwenden."

Ihm wurde fast schlecht, als er sich die Situation vorstellte. Lily schreiend und verängstigt. Charlotte tapfer und mutig, aber machtlos gegen zwei Männer. Stephen, der versuchte, stark zu sein, aber zu jung war, um die Frauen zu verteidigen. Und John. Der arme Junge würde nach diesem Schock wahrscheinlich wochenlang kein einziges Wort mehr sprechen.

Dann plötzlich verstand Stone Winstons Worte zur Gänze. Er hatte die Tür vernagelt? Und die Fensterläden? In der Eile hatte Stone nicht auf die Hütte geachtet. Es war ein Wunder, dass Charlotte und die Jungen entkommen waren. Jetzt verstand er auch, was Charlotte gemeint hatte, als sie von den Angeln gesprochen hatte. Stephen hatte die Tür ausgehebelt. So waren sie entkommen. Gott sei Dank für diesen klugen Jungen.

„Ich halte sie fest, Stone." Der Marshall zog ein paar Handschellen hervor und legte sie um Winstons Handgelenke, dann sah er Jimmy an. „Du kommst mit, ohne Probleme zu machen, Junge, oder soll ich dich auch fesseln?"

Jimmy ließ den Kopf hängen und trat einen Schritt vor. Dan nahm ihm den Pistolengürtel und das Messer ab. Stone ließ Winston die gleiche Behandlung angedeihen. Der Marshall nahm die Waffen entgegen, richtete dann seinen eigenen Colt auf die beiden Verbrecher und ließ sie vor sich her zum Gefängnis laufen.

Stone wandte sich um und lief zurück zu den Pferden. Sie mussten eine ordentliche Strecke reiten und hatten nicht mehr viel Zeit.

„Immer wieder schön, mit euch Geschäfte zu machen, Dan", rief der Marshall noch über die Schulter.

Stone wartete nicht auf Dans Antwort. Er stieg auf Goliath und lenkte das Pferd die Straße entlang.

„Komm, Dan. Wir müssen einen Zug erwischen."

Dan schwang sich in einer fließenden Bewegung auf Rangers Rücken und schnappte sich die Zügel. Dann machten sie sich auf in Richtung Norden nach Corsicana.

Kapitel siebenundzwanzig

Goliath und Ranger waren dafür ausgebildet, lange Strecken in hoher Geschwindigkeit zurückzulegen, doch der Dreißigmeilenritt brachte sie an ihre Grenzen. Anfangs hatte Stone sie zum Galopp angetrieben, da er gehofft hatte, Franklin einzuholen. Mit Lily als zusätzlichem Gewicht auf dem Rücken konnte Franklins Pferd ein derart schnelles Tempo auf keinen Fall halten. Doch dann hatten sie an einem kleinen Bachlauf Halt gemacht, um die Pferde zu tränken, und dabei eindeutige Spuren entdeckt. Zuerst hatte Stones Verstand es gar nicht begreifen wollen, als er auf die Hufspuren im Schlamm gestarrt hatte. Aber als auch Dan schockiert bemerkt hatte, dass Franklin ein Ersatzpferd dabeihaben musste, war beiden klar geworden, dass sie keine Chance hatten, ihn einzuholen.

Nach dieser Entdeckung waren sie etwas langsamer weitergeritten. Jetzt kämpften sie nicht länger gegen Franklin an, sondern gegen den Sonnenaufgang. Wenn sie Corsicana erreichten, bevor der Zug in den Bahnhof rollte, hatten sie eine Chance. Wenn Franklin Lily bereits an Bord gebracht hatte … nun, zusätzliche Zeugen würden die Sache verkomplizieren. Und wenn sie den Zug ganz verpassten? Bei diesem Gedanken zog sich Stones Magen schmerzhaft zusammen. Dorchester an einem Ort entgegenzutreten, an dem er die Oberhand hatte, wäre, als würde man ohne Waffen gegen eine Wildkatze kämpfen. Einmal hatte Stone so einen Kampf überlebt, doch er wusste nur zu gut, dass die Katze kaum Verletzungen davongetragen hatte – ganz im Gegensatz zu ihm. Das war kein Szenario, in das er Lily gerne verwickeln würde.

Als die Sonne aufging und die Landschaft in goldenes Licht tauchte, zuckte Stone zusammen. Als die ersten Vögel ihren Gesang anstimmten, trieb er Goliath wieder zu einem Galopp an. Und eine Stunde später, als eine einsame Zugpfeife die Morgenluft zerriss, beugte er sich dicht über den Hals seines Pferdes und trieb es noch schneller an.

„Mir nach." Dan trieb Ranger an die Spitze. Er nickte in Richtung eines Pfades, der östlich durch die Bäume führte.

Stone nickte ebenfalls. Geschwindigkeit war wichtig, aber ebenso das Überraschungsmoment. Wenn sie die Hauptstraße vermeiden konnten, ohne dadurch Zeit zu verlieren, würden sie Franklin vielleicht noch abfangen können. Eichen standen am Wegesrand und verbargen die dahinterliegende Landschaft. Dann plötzlich waren sie an den Bäumen vorbei und hatten freien Blick. Da lagen die Eisenbahnschienen. Schienen, die sie bis zum Bahnhof führen würden.

Gott sei Dank!

„Komm schon, Goliath. Wir sind fast da", murmelte Stone. „Ich verspreche dir, dass du hiernach eine Woche lang nichts arbeiten musst."

Das treue Pferd verlängerte seine Schritte noch. Stone zischte einen Dank und ließ ihm freien Lauf. Was auch immer es das Tier kosten mochte, Stone würde es riskieren. Für Lily.

Die ersten Gebäude kamen in Sicht und Dan bedeutete Stone, dass sie die Seite wechseln mussten. Auf der anderen Seite der Schienen standen Lagerhäuser, keine Wohnhäuser. Stone folgte ihm, ohne seine Entscheidung infrage zu stellen – bis sie am Bahnhof vorbeiritten. Was hatte Dan vor? Sein Herz sagte ihm, dass sie hier in die Achte Straße abbiegen sollten, und zwar in westliche Richtung, doch sein Verstand und das jahrelange Vertrauen in seinen Partner ließen ihn ihm die Neunte Straße hinunter folgen. Sie passierten eine Mühle, ein Baumwolllager und ein Lokal, bevor Dan in die Collinstreet einbog. Erst dort überquerten sie wieder die Gleise und Dan lenkte Ranger nach Süden zu einem der vielen Gütergleise. Dort wies ein selbst gemaltes Schild auf Frank Roots Pferdestation hin. Sofort wurde Stone Dans Plan klar. Sie mussten die Pferde verstecken. Die Gegend absuchen. Franklin und Lily ausfindig machen, ohne sich zu verraten. Indianische Anpirschtechnik statt Angriff der Kavallerie.

Ein Mann, der gerade mit einer Mistgabel Heu in einen Trog schaufelte, musterte sie kritisch, als sie ihre Pferde in einer Staubwolke neben seinem Gatter zum Stehen brachten. Mit offensichtlichem Missfallen beäugte er den Schaum auf der Brust der Tiere.

Dann rammte er wütend die Mistgabel in den Boden und stampfte auf sie zu, ohne Zweifel, um sie für ihren schlechten Umgang mit den Tieren zu rügen. Doch als er den Mann erkannte, der auf dem vorderen Pferd saß, verpuffte sein Zorn und Besorgnis machte sich auf seinem Gesicht breit. Er fing an zu laufen.

„Was ist los, Barrett? Ich hätte nie gedacht, dass du Ranger so behandeln würdest."

„Bisher hing auch nie das Leben eines kleinen Mädchens davon ab."

Der Mann bückte sich zwischen den Zaunbrettern hindurch und kam auf ihre Seite des Gatters. Sobald Stone und Dan abgestiegen waren, nahm er ihnen die Zügel ab und schnalzte den erschöpften Tieren beruhigend zu.

„Ich zahle dir das Doppelte, wenn du sie abkühlst und dich sofort um sie kümmerst, Frank. Wir sind die ganze Nacht durchgeritten."

„Macht euch keine Sorgen", sagte er und führte die Tiere in den Schatten des Stalls. „Ich werde diese beiden Kämpfer fürstlich belohnen." Er rief einen Stalljungen herbei, übergab ihm die Zügel und wies ihn an, die Tiere abzukühlen. Dann kam er zurück zu Dan und Stone und sah sie nachdenklich an. „Heute Morgen war schon ein Pferd hier, das fast genauso erschöpft war. Nicht ganz so mitgenommen, aber ich konnte sehen, dass es hart geritten worden war."

Stone war in Gedanken schon dabei, sich heimlich an den Bahnhof anzuschleichen, als ihm die Worte des Mannes bewusst wurden. „War es ein Palomino? Mit auffälligen Verzierungen am Sattel?"

„Jepp. Zusammen mit einer braunen Stute, die ich aus Thompsons Pferdestation unten in Stewards Mill kenne."

Franklin.

„Hatte er ein Kind bei sich? Ein Mädchen?"

Frank lehnte sich mit der Schulter an die Wand seines Stalls. „Jepp. Hat gesagt, es sei seine Tochter. Hat ihm aber nicht ähnlich gesehen, mit ihren blonden Haaren."

Stones Herz hämmerte wie wild. Die beiden waren hier. Irgendwo ganz in der Nähe. „Wie lange ist das her?"

„Vielleicht zwei Stunden. Er meinte, er würde noch was aus dem Hotel holen und dann den Frühzug nehmen. Sein Pferd würde er nachholen, wenn seine Tochter zu Hause ist."

„Wie hat sie ausgesehen?", fragte Dan.

Stone hielt den Atem an. *Bitte lass sie in Ordnung sein!*

„Ich hab nicht viel von ihr gesehen. Der Typ hatte sie in eine Decke gewickelt und hat gesagt, sie würde schlafen. Ich konnte nur ihre Haare sehen." Frank zuckte mit den Schultern. „Um ehrlich zu sein, habe ich mir mehr Sorgen um die Pferde gemacht. Der Palomino hat gelahmt. Hatte einen Stein im Huf."

Stone sah Dan an. „Vielleicht hat er sie mit Laudanum betäubt."

Dan nickte. „Dann macht sie ihm an Bord auch keine Probleme und kann nicht weglaufen. Sie zu finden wird nicht einfach."

Stone biss die Zähne zusammen. „Dann müssen wir einfach *ihn* finden."

Dan grinste.

„Also … was genau machen wir jetzt?", fragte Dan von seinem Platz in der Gasse gegenüber dem Commercial Hotel aus.

Stone ließ seinen Blick über die Straße schweifen. Es kamen und gingen zu viele Leute. „Wir besuchen einen lange vermissten Freund. Alles andere würde zu viel Aufmerksamkeit erregen."

Dan nickte und zog seinen Revolver aus dem Holster. Stone zückte ein Messer.

Sie hatten den Bahnsteig und die umliegende Gegend schon abgesucht. Weit und breit kein Zeichen von Franklin. Aber wahrscheinlich würde er bis zum letzten Moment warten, weil er die Leute nicht auf sich aufmerksam machen wollte. Immerhin würde er ein Kind tragen, das eigentlich schon viel zu alt dafür war und noch dazu fest schlief, obwohl es helllichter Tag war.

Hinter ihnen pfiff der Zug, um die Passagiere ein letztes Mal an Bord zu rufen. Einen Moment später verließen einige Geschäftsmänner das Hotel. Dann eine Familie mit aufgeregten Kindern. Danach zwei Damen mit ausladenden Federn an den Hüten. Stone musterte jedes Gesicht und seine Anspannung wurde immer größer.

Franklin war ein schwerfälliger Rohling mit strähnigem Haar und einer Vorliebe für Lederhosen mit Fransen. Seine Erscheinung wäre es wert gewesen, in einem Groschenroman verewigt zu werden, doch soweit Stone wusste, war das noch nicht geschehen. Das gab ihm ein wenig den Glauben an den Berufsstand der Autoren zurück.

Ein weiterer Mann verließ das Hotel. Groß. Mit breiten Schultern. Vornehmem Anzug. Kurz geschnittenem Haar. Stone hätte fast an ihm vorbeigesehen, wäre neben ihm nicht ein kleiner Junge gelaufen. Der Knirps hatte ausgewaschene Hosen und ein weites Hemd an und passte vom Erscheinungsbild überhaupt nicht zu dem wohlgekleideten Mann, der ihn begleitete. Und er stolperte durch die Gegend, als wisse er nicht recht, wo oben und unten war. Stone kitzelte es im Nacken. Da stimmte etwas nicht.

Er trat auf die Straße hinaus, weil er näher an den Mann herankommen musste, um sein Gesicht zu sehen.

„Was tust du?", zischte Dan.

„Das könnten sie sein. Der Mann und der Junge. Vielleicht hat Franklin für andere Kleidung gesorgt."

Dan kam näher. „Bist du dir sicher? Wenn wir jetzt gehen und sie es nicht sind, verjagen wir Franklin vielleicht."

„Und wenn er es *ist* und wir nicht gehen, bringt er Lily in den Zug." Stones Herz schlug wie wild, als er einen weiteren Schritt vortat. Wenn er doch nur sein Gesicht sehen könnte!

Dan schlug vor: „Ruf ihn einfach."

Stone zögerte. Noch einmal ließ er seinen Blick prüfend über die anderen Menschen schweifen, die sie umgaben. Niemand passte von der Statur her zu Franklin.

Sein Bauchgefühl sagte ihm, dass sie dem gut gekleideten Mann und dem Jungen folgen sollten. Sein *Herz* sagte es ihm.

„Wir gehen."

Nach dieser Entscheidung verschwendeten die Männer keine weitere Sekunde. Sie verbargen die gezückten Waffen in ihren Mänteln und lachten und scherzten miteinander, während sie sich durch die Menschen schlängelten. Sie beschleunigten ihre Schritte, um Franklin einzuholen, und teilten sich nach rechts und links auf.

„Walt Franklin?", rief Stone laut. „Bist du das?"

Die Schultern des Mannes zuckten, doch er drehte sich nicht um. Stone grinste. Das war auch gar nicht nötig. Das Zucken hatte Franklin verraten.

„Du *bist* es!" Stone und Dan liefen um ihn herum und schnitten ihm den Weg ab. „Ich habe dich seit Jahren nicht gesehen, du alter Schwerenöter. Und du siehst richtig gut aus, so herausgeputzt. Fast hätte ich dich nicht erkannt."

Franklin verzog das Gesicht und starrte Stone finster an. Damit vertrieb er auch noch den letzten Zweifel, den Stone gehabt haben mochte. „Geh mir aus dem Weg, Stone", knurrte er zwischen zusammengebissenen Zähnen hervor, während er die wenigen Leute anlächelte, die ihr Aufeinandertreffen beachteten.

„Und der Junge", rief Dan laut. „Er muss einen Fuß gewachsen sein, seit ich ihn das letzte Mal gesehen habe. Ich frage mich, ob ich ihn überhaupt noch auf den Schultern tragen kann, wie damals, als er noch kleiner war."

Stone schlang seinen linken Arm um Franklins Schulter und drückte seinem Rivalen das Messer gegen die Rippen. Er winkelte die Spitze so lange an, bis Franklin die Bedrohung erkannte und Lily losließ.

Als Franklins Griff sich lockerte, steckte Dan zufrieden seinen Revolver ein und hob Lily auf seine Schultern. Ihre glasigen Augen schienen nichts wahrzunehmen. Wie eine nasse Puppe hing sie weit über dem Erdboden. Dan hielt ihre Hände fest, damit sie nicht rückwärts hinunterfiel. „Halt dich an deinem Onkel Dan fest, Kleiner. Wir machen einen kleinen Ausflug."

„Wir haben keine Zeit für einen Ausflug", protestierte Franklin, obwohl Stones Klinge ihn immer noch bedrohte. „Unser Zug fährt gleich ab."

„Ich laufe mit dem Jungen nur kurz den Bahnsteig hinauf. Wir treffen uns dann am Zug", sagte Dan überfreundlich. Im Galopp hüpfte er den Bahnsteig entlang und schnaubte wie ein Pferd. Nur Stone wusste, dass er einen Umweg über die Pferdestation machen würde. Dan würde Lily in Sicherheit bringen.

Stone würde sich um Franklin kümmern.

Kapitel achtundzwanzig

„Mir gefällt es nicht, wenn man mir meine Prämie stehlen will", knurrte Stone leise und tat so, als würde er lächeln.

„Dann hättest du Dorchester vielleicht nicht hintergehen sollen." Franklin versuchte, sich von ihm loszumachen, doch Stones eiserner Griff ließ ihm keine Chance. „Der Mann ist nicht gerade geduldig. Dein Aufbruch zu Barretts Farm war mein Startzeichen. Wenn es dir um die Prämie gegangen wäre, hättest du das Mädchen schon längst nach Houston gebracht."

Stones Stimme blieb hart, als er Franklin auf den Bahnsteig zwang. „Es gab Komplikationen."

Franklin schnaubte. „Klar. Von diesen *Komplikationen* habe ich gehört. Du hast dich in dieses Weibsbild verliebt. Hätte nie gedacht, dass es dich mal erwischen würde, Hammond."

„Sag mir eins." Stone lächelte einer vorbeigehenden Dame zu. „Hat Dorchester dir gesagt, dass Miss Atherton die gesetzliche Vormundschaft für das Mädchen hat?"

„Wer hat dir das erzählt? Die Lehrerin?" Franklin schnaubte wieder. „Was hat sie getan? Dich mit ihren Augen verzaubert, bis du ihre Lügen geglaubt hast?"

Stones Finger bohrten sich in die Schulter des Mannes. Fest genug, um ihn zusammenzucken zu lassen. „Sie hat Papiere. Unterzeichnet von einem Richter. Papiere, die ein Kollege aus Austin geprüft hat. Dorchester hat uns reingelegt."

„Beruhig dich, Mann." Franklin wand sich. Widerstrebend verringerte Stone den Druck. Er musste seine Rolle spielen. Und das war keine heldenhafte.

Die Familie aus dem Hotel mit den vielen Kindern verlangsamte das Einsteigen, weil einer der Jungen sich sträubte, in den Zug zu klettern. Stone hielt Franklin zurück, da er niemandem zu nahe kommen wollte. Außer Franklin musste niemand hören, was er zu sagen hatte.

„Warum, glaubst du, verschwende ich so viel Zeit mit einer vertrockneten Lehrerin?" Stone drehte sich fast der Magen um, als er das sagte. „Ich will nachher nicht wegen Entführung angeklagt werden. Was soll die Frau davon abhalten, mich festnehmen zu lassen, wenn ich mir das Mädchen einfach schnappe und es nach Houston bringe?"

Franklin zuckte mit den Schultern. „Du könntest sie umbringen."

Fast hätte Stone nach Luft geschnappt. Charlotte umbringen? Er könnte ihr nicht einmal ein Haar auszupfen, ohne die Schmerzen zu bereuen, die er ihr damit zufügte. „Besser ist es, sie zu umwerben und so in Sicherheit zu wiegen und sich keine Gedanken um den Strick machen zu müssen. Du weißt, wie launisch Frauen sind." Er beäugte Franklin. „Gib ihnen ein bisschen Aufmerksamkeit, mach ihnen ein paar Versprechungen und schon würden sie ihr eigenes Kind verkaufen, um mit einem gut aussehenden Kerl wie mir ins Bett zu steigen. Wenn ich dann die Belohnung nehme anstatt sie, ist das doch eine gute Lektion für die Alte." Stone konnte kaum glauben, dass er diese Worte überhaupt über seine Lippen gebracht hatte.

Franklin schüttelte den Kopf und gluckste anerkennend. „Du warst schon immer der Schlimmste von allen, Hammond."

Stone schubste ihn wieder näher an den Zug heran. Die Menschen hatten sich erneut in Bewegung gesetzt, nachdem der Vater sein schreiendes Kind endlich in den Zug gezerrt hatte. Einer nach dem anderen betraten die Passagiere den Wagen, bis nur noch zwei Leute zwischen Franklin und seiner längst überfälligen Abreise standen.

„Geh zu Dorchester", befahl Stone und drückte Franklin das Messer noch einmal fester gegen die Rippen, damit der Kerl sofort verstand, wie ernst es ihm war. „Sag ihm, dass ich es nicht mag, wenn man sich in meine Arbeit einmischt. Ich bringe ihm das Mädchen bis zum Ende des Monats und ich erwarte die volle Belohnung. Wenn ihm die Verzögerung nicht gefällt, ist das sein Problem. Er hätte mich nicht belügen sollen."

„Ich bin nicht dein Botenjunge, Stone."

„Nein, aber Dorchesters Schoßhündchen. Richte ihm meine Botschaft aus." Stone schob ihn noch näher an den Zug, doch eine plötzliche Veränderung in Franklins Haltung ließ seine Alarmglocken schrillen.

Im Bruchteil einer Sekunde griff Franklin an seine Hüfte und zog seine Pistole aus dem Holster unter seinem Mantel. Stone tat das Einzige, was ihm einfiel – er umarmte Franklin fest, sodass er mit seinem Körper dessen Arm einklemmte.

„Ich werde dich vermissen, Freund", rief Stone und zog seinen Widersacher fest an sich. Er hoffte, dass ihre Haltung tatsächlich nach einer Umarmung aussah und nicht nach dem Würgegriff, der es eigentlich war. Wenn Franklin es schaffte, den Haken zu spannen, könnte er sie beide schwer verletzen. Stone hoffte, dass der Mistkerl genug Selbsterhaltungstrieb hatte, um es besser zu wissen, doch sicher konnte er sich nicht sein. Stone musste die Kontrolle zurückerlangen. Und zwar schnell.

Vorsichtig schob er das Messer an Franklins Seite weiter hinauf. Noch ein wenig. Da!

Er stieß leicht zu. Franklin grunzte.

„Lass die Waffe fallen oder ich ramm dir das Messer ins Herz", knurrte Stone ihm ins Ohr. Die Klinge streckte nur wenige Millimeter in seinem Fleisch. Weit genug, um Blut fließen zu lassen, doch nicht so weit, dass ernsthafter Schaden entstand. Doch wenn er zustieße, würde die Klinge Franklin umbringen. Der Mann erstarrte.

Stone klopfte ihm noch einmal fest auf den Rücken, wodurch sich das Messer bewegte. Franklin fluchte leise.

Neben ihnen räusperte sich jemand. „Zeit, einzusteigen, mein Herr", sagte der Schaffner. „Wir haben einen Zeitplan einzuhalten."

„Lass sie fallen und steig in den Zug", zischte Stone leise, „oder du wirst schneller verbluten, als der Arzt hier sein kann." Dann rief er laut und freundlich: „Pass auf dich auf, Walt." Stone verstärkte seine Umarmung. Franklin stöhnte.

Endlich bewegte sich etwas an Stones Unterleib. Stone zog den Bauch ein, ohne Franklin loszulassen und ein schwerer Gegenstand prallte auf seinen Stiefel.

Sofort ließ er Franklin los, zog sein Messer zurück und gab ihm einen *freundlichen* Schubs in Richtung Zugtür. Franklin geriet ins Taumeln, fand jedoch sein Gleichgewicht wieder, bevor der Schaffner ihm seine Hilfe anbieten konnte.

„Wir sehen uns Ende des Monats." Ohne nach unten zu schauen, stellte Stone seinen Fuß auf Franklins Pistole. Genau wie die anderen Menschen auf dem Bahnsteig winkte er zum Abschied, doch er entspannte sich erst, als er sah, wie Franklin sich einen Platz am Fenster suchte. Er hatte also nicht vor, irgendwelchen Unsinn zu machen und aus dem Zug zu springen.

Trotzdem starrte Stone ihn weiter an und ließ ihn nicht aus den Augen. Erst als der Zug sich in Bewegung setzte und schließlich in der Ferne verschwand, machte Stone sich auf den Weg zur Pferdestation – mit einer Waffe mehr im Gepäck als auf dem Hinweg.

※

Frank Root, der Besitzer der Pferdestation, erwartete Stone an der Eingangstür. „Barrett hat das Mädchen zu mir nach Hause gebracht." Er zeigte in Richtung Stadt und erklärte Stone den Weg. „Die Kleine war immer noch etwas müde, aber es ging ihr schon wieder ziemlich gut. Hat die ganze Zeit davon geplappert, dass Dead-Eye-Dan gekommen ist, um sie zu retten. Barrett hätte sich am liebsten verkrochen, so rot ist er geworden."

Stone grinste. Lily war schon wieder ganz die Alte. *Danke, Gott!* Doch der Drang, sie zu sehen, wurde immer stärker. Er bedankte sich hastig und machte sich auf den Weg.

„Meine Frau bringt das Kind im Nullkommanichts wieder auf die Beine", rief Frank ihm noch nach. „Mach dir keine Sorgen."

Stone hob eine Hand, verlangsamte seine Schritte jedoch nicht. Lily war seine Sache. Er war froh um jede Hilfe, doch jetzt war es an ihm, sich um die Kleine zu kümmern.

Als er Franks Haus erreicht hatte, trat er durch ein kleines, hölzernes Tor. Das Quietschen der Angeln weckte einen zotteligen braunen Hund, der unter der Veranda hervorkroch. Das Tier bellte und schnappte nach Stones Stiefeln, doch er ignorierte es und marschierte weiter.

Eine mit Schürze bekleidete Frau erschien in der Haustür. „Aus, Jasper!" Sie zeigte mit dem Finger auf einen Baum. „Setz dich dorthin und lass den armen Mann in Frieden."

Jasper hörte auf, Stone zu umkreisen, und hob den Kopf, um seinem Frauchen zu lauschen. Dann bellte er noch einmal und trottete zu dem Baum hinüber.

„Tut mir leid", sagte sie und öffnete die Tür weiter, als Stone die Stufen erklomm. „Er ist immer so, wenn Frank nicht da ist. Sind Sie Mr Hammond?"

Stone tippte sich an den Hut und nickte. „Ja, Ma'am. Ich bin wegen Lily hier."

Ein Lächeln erhellte Mrs Roots Gesicht und vertiefte die Falten um ihren Mund, sodass man einfach mitlächeln musste. „So ein süßes Püppchen. Selbst nach allem, was sie durchgemacht hat. Sie ist drinnen."

Stone nahm seinen Hut ab und trat über die Türschwelle.

„Im Wohnzimmer, den Flur entlang links", erklärte seine Gastgeberin und ließ ihn vorgehen.

Als Stone das Wohnzimmer betrat, wäre er fast von einem blonden Wirbelwind umgeworfen worden, der gegen seine Beine prallte. Lily schlang ihre Arme um seine Hüfte und presste ihre Wange an seinen Bauch.

Sofort kniete Stone sich nieder und drückte sie an sich. Sie lebte, war in Sicherheit, es ging ihr gut. Plötzlich fühlte sich sein Hals kratzig an und er musste sich räuspern, bevor seine Stimme wirklich funktionierte. „Es scheint dir besser zu gehen, Zwerg."

Ihr süßes Gesicht strahlte ihn an. „Miss Lottie war sich sicher, dass Sie kommen würden. Ich wusste, dass ich nur tapfer sein und warten musste. Aber diese eklige Medizin, die ich trinken sollte, hat mich ganz müde gemacht." Sie ließ ihn los und verzog angewidert die Lippen. „Jetzt habe ich endlich mal ein echtes Abenteuer erlebt und kann mich an die Hälfte gar nicht erinnern." Sie verschränkte die Arme vor der Brust und stampfte mit dem Fuß auf. Die vehemente Bewegung ließ sie straucheln. Schnell fasste Stone sie an der Schulter und hielt sie fest. Anscheinend hatte das Laudanum seine Wirkung doch noch nicht gänzlich verloren.

„Der böse Mann sitzt im Zug und fährt weit, weit weg, du musst dir also keine Sorgen mehr machen." Stone tätschelte sie unsicher, dann trat er zurück.

„Ach, ich mache mir gar keine Sorgen", versicherte Lily ihm. „Mr Barrett hat mir gesagt, dass Sie den Kerl wahre Gottesfurcht lehren." Sie nickte knapp und fing an, die Bibel zu zitieren, als läge das Buch offen vor ihr. „Der Weisheit Anfang ist die Furcht des Herrn

… Die Furcht des Herrn hasst das Arge: Hoffahrt und Hochmut und bösen Wandel … Durch Güte und Treue wird Missetat gesühnt und durch die Furcht des Herrn meidet man das Böse.'" Sie sah ihn vertrauensselig an. „Jetzt, wo Sie ihn die Furcht Gottes gelehrt haben, wird er bestimmt ein besserer Mensch."

Irgendwo in der Ecke verschluckte sich Dan und hustete. Stone warf ihm einen bösen Blick zu.

„Also, das ist nicht wirklich …" Sollte er einem neunjährigen Mädchen erzählen, dass er einem Mann körperliche Schmerzen zugefügt und ihm mit dem Tode gedroht hatte, um sie zu schützen? Stone konnte sich lebhaft vorstellen, wie Charlotte auf diese Erklärung reagieren würde. Er schluckte. „Ich habe mein Bestes getan, um ihn zu überzeugen, aber man kann niemanden dazu zwingen, den Herrn zu fürchten. Jeder muss seine eigene Entscheidung treffen."

Lily knabberte an ihrer Unterlippe. „Ich glaube, Sie haben recht."

Da platzte Mrs Root ins Wohnzimmer und ersparte Stone weitere Erklärungen. „Guck, was ich in der alten Kiste meiner Tochter gefunden habe." Sie hielt ein blaues Baumwollkleid in die Höhe, das einen kleinen Spitzenkragen hatte. „Vielleicht ist es ein bisschen zu lang, aber besser als diese Jungensachen ist es allemal." Sie streckte es Lily entgegen. „Komm, Kleine. Lass uns dich wieder in ein süßes Mädchen verwandeln."

Lily grinste. „Das ist aber schön!"

Mrs Root ergriff Lilys Hand und führte sie aus dem Zimmer.

Sobald die Frauen weg waren, ging Stone zu Dan hinüber, der in einem Ohrensessel Platz genommen hatte, und ließ sich in einen dazu passenden Schaukelstuhl fallen.

„Ich habe Franklin gesagt, dass ich Lily am Ende des Monats zu Dorchester bringe."

Dan stieß einen Pfiff aus. „Das ist in zwei Wochen. Ziemlich wenig Zeit, um Beweise gegen den Kerl zu finden."

Stone warf seinen Hut auf das Sofa neben sich, lehnte den Kopf zurück und verzog das Gesicht. „Ich weiß, aber ich muss Dorchester glauben lassen, dass ich immer noch vorhabe, Lily an ihn zu übergeben. Sonst schickt er nur noch mehr Kopfgeldjäger. Aber jetzt, wo Franklin weiß, dass ich das Mädchen habe, sind meine Möglichkeiten stark eingeschränkt."

„Welchen Grund hast du denn für die Verzögerung genannt?" Dan streckte seine Beine aus und schlug sie auf Knöchelhöhe übereinander.

Stone zuckte zusammen. „Ich habe behauptet, ich bräuchte mehr Zeit, um mich bei der Lehrerin einzuschmeicheln und sie davon zu überzeugen, dass sie freiwillig auf die Vormundschaft verzichtet."

„Und ich dachte, *ich* wäre schlimm, wenn es um Frauen geht."

„Was hätte ich denn sagen sollen? Franklin hätte mir doch nichts geglaubt."

Dan hob entschuldigend die Hände. „Ich verurteile dich ja gar nicht. Es ist eine sehr gute Ausrede. Sie erklärt Miss Athertons Anwesenheit auf der Ranch und verschafft uns ein bisschen Zeit. Aber das wird uns alles nichts bringen, wenn wir keine Beweise für Dorchesters illegale Geschäfte finden."

Die beiden verbrachten mehrere Minuten damit, Ideen zu sammeln, wie sie das Problem lösen könnten, doch keine war wirklich fruchtbar. „Zuerst müssen wir ein paar Geschäftsmänner finden, die bereit sind, gegen Dorchester auszusagen. Bestimmt hat er sich genug Feinde gemacht. Vielleicht finden wir darunter ja einen Zeugen." Stone schlug sich mit der Faust auf den Oberschenkel. Es *musste* einen Weg geben. *Bitte, Herr, mach, dass es einen Weg gibt!*

Dan stieß einen Seufzer aus und sank in seinem Sessel zurück. „Aber wie sollen wir herausfinden, wer diese Geschäftspartner sind?"

„Wir könnten mal in Großvaters geheime Mappe schauen."

Lilys Stimme ließ Stones Kopf herumwirbeln. Die Kleine stand mitten im Wohnzimmer und drehte sich von einer Seite zur anderen, damit alle ihr neues Kleid bewundern konnten.

„Ich habe nie reingeschaut, aber ich weiß, wo er sie versteckt. Vielleicht stehen da die Namen drin."

Zum ersten Mal, seit er mit Dan die Ranch verlassen hatte, hatte Stone wirklich Grund zu lächeln.

Kapitel neunundzwanzig

Charlotte saß am Fenster ihres neuen Schlafzimmers im Haupthaus und starrte auf die Zufahrt zu Hawk's Haven, als ein leises Klopfen an der Tür erklang. Charlotte blinzelte und wandte sich langsam um. Marietta trat mit einem Tablett mit Rindfleischeintopf und Brot in ihr Zimmer.

„Unten gibt es ein Zimmer, das eine ebenso gute Aussicht auf die Einfahrt hat. Und es würde dich bestimmt ablenken, wenn die Jungen in deiner Nähe wären." Marietta hob tadelnd ihre Augenbrauen, als sie das Tablett auf den Schreibtisch stellte.

„Sie machen doch keine Schwierigkeiten, oder?" Das Essen roch himmlisch, doch Charlottes Magen, ihr ganzer Körper, war zu aufgewühlt, um Appetit zu haben.

„Nein, nein", versicherte Marietta ihr. „Aber ich glaube, John macht sich Sorgen, dass du krank bist."

Charlotte biss sich auf die Unterlippe. „Das tut mir leid. Es ist nur … Ich *muss* nach ihnen Ausschau halten. Ich kann es nicht erklären. Es ist, als ob es sie sicherer nach Hause bringen würde, wenn ich mich mit aller Kraft auf sie konzentriere und für sie bete." Jetzt, wo sie ihre Gefühle in Worte gefasst hatte, musste Charlotte den Kopf schütteln. So etwas Albernes. Als hätte ihre Warterei am Fenster irgendeine Auswirkung auf Stones Fähigkeiten, Lily zu retten. „Ich weiß, es klingt albern –"

„Überhaupt nicht." Marietta ging am Bett entlang und setzte sich dicht neben Charlottes Stuhl auf den Rand der Matratze. „Seit Menschengedenken beten Frauen für ihre reisenden Männer. Und du darfst ruhig glauben, dass es einen Unterschied macht. Mir wird es ganz anders, wenn ich an die armen Kerle denke, die keine Mutter oder Schwester, keine Frau oder Liebste haben, die für sie betet. Es ist egal, wie stark oder tüchtig unsere Männer sind, sie brauchen immer noch den Schutz des Herrn. *Ich* kann sie nicht vor der Kugel eines Gesetzlosen oder den Hörnern eines durchgehenden Bullen schützen, aber ich kann auf die Knie gehen und den *Einen* bitten, der es kann." Sie legte ihre Hand auf Charlottes Arm. Mit ihrer Berührung zeigte sie Verständnis und machte ihr gleichzeitig Mut.

Charlotte bedeckte Mariettas Hand mit ihrer eigenen. „Danke."

Sie wusste wirklich nicht, was sie in den letzten Tagen ohne diese freundliche junge Frau getan hätte. Nach dem Vorfall in der Hütte hatte Marietta darauf bestanden, dass Charlotte mit den Kindern ins Haupthaus zog, und da Mr Barrett nicht in der Nähe war, hatte auch niemand dagegen protestiert. Am ersten Tag hatte Marietta Charlotte mit allerlei Aufgaben abgelenkt – in der Küche, dem Garten, und sie hatte sie sogar dazu gebracht, Beethoven auf dem völlig verstimmten Klavier zu spielen, das im Salon stand –, sodass sie keine Zeit gehabt hatte, sich Sorgen zu machen. Am Abend hatte sie dann Stones Nachricht erreicht.

Charlotte warf einen Blick auf das zerknüllte Papier in ihrem Schoß und nahm ihre Hand von Mariettas, um es glatt zu streichen. Sie hatte es in den letzten beiden Tagen unzählige Male gelesen.

Haben Lily. Pferde müssen ausruhen. Kommen Samstag zurück.

Solch eine kurze Nachricht. So viele Fragen, die ihr im Kopf herumschwirrten. Doch Stone hatte ihr die Informationen gegeben, die am meisten zählten. Lily war in Sicherheit. Er war in Sicherheit. Alles andere konnte warten.

„Hm … ich vermute, die Aussicht hier oben ist tatsächlich besser." Marietta stand auf und trat ans Fenster. Einen kurzen Augenblick lang nahm ihr Gesicht einen sehnsuchtsvollen Ausdruck an, der Charlotte von ihren eigenen Gedanken ablenkte.

Vielleicht rührte das Verständnis ihrer neuen Freundin von mehr her als nur ihrem mitfühlenden Charakter.

So schnell er gekommen war, war der Ausdruck jedoch auch schon wieder verschwunden und Marietta setzte ein freundliches Lächeln auf. „Nun", sagte sie und wandte sich vom Fenster ab, „ich habe den Jungen versprochen, dass ich das Schachspiel meines Vaters für sie heraussuche. Ich kümmere mich besser darum, bevor ihnen langweilig wird." Sie tätschelte Charlottes Schulter und ging zur Tür, doch dann hielt sie noch einmal inne. „Vielleicht kommst du nachher nach unten, wenn du etwas gegessen hast, und spielst noch einmal für uns. Mamas Klavier hat noch nie so gut geklungen, wie wenn du es spielst. Ich weiß zumindest, dass es *mir* gutgetan hat, die fröhlichen Lieder zu hören."

Schlagartig wurde Charlotte klar, wie selbstsüchtig sie war. Sie schloss sich hier oben mit ihren eigenen Ängsten ein und ihr war gar nicht in den Sinn gekommen, dass auch andere sich Sorgen machen könnten. Nun, damit war es jetzt vorbei. Wenn ein kleines bisschen Musik auf einem ungestimmten Klavier diese wunderbare Frau glücklich machte, würde Charlotte den ganzen Nachmittag spielen. Gebete waren wichtig, doch Vertrauen ebenso. Es war Zeit, diejenigen in Gottes Hand zu lassen, die außerhalb ihrer Reichweite waren, und sich denen zuzuwenden, die bei ihr waren. „Ich komme gleich nach."

❦

Kurz darauf ging Charlotte tatsächlich zu den anderen hinunter. Sofort wurde sie in den Salon gezogen und auf die Klavierbank bugsiert. Die Jungen unterbrachen ihr Schachspiel, um Liedvorschläge zu rufen, genau wie Marietta, und bald war das Haus mit Musik erfüllt. Lebhafte, freudige Melodien erklangen, um die gedrückte Stimmung, die über der Ranch hing, zu vertreiben. Stephen schnappte sich zwei Löffel aus der Küche, klemmte einen Finger dazwischen und schlug einen freudigen Rhythmus. Marietta klatschte und wippte mit den Füßen, während John auf Charlottes Schoß kletterte und die Melodiestimme übernahm.

„Spielen Sie das Truthahnlied, Miss Lottie! Spielen Sie ‚Turkey in the Straw'!", rief Stephen, als die letzten Töne von ‚The Yellow Rose of Texas' verklungen waren.

„Gut." Charlotte beugte sich vor und flüsterte John zu. „Du übernimmst die Melodie, ich improvisiere."

John grinste. Das war sein Lieblingsspiel. Er stimmte mit der rechten Hand die Melodie an. Die einfachen Noten hingen in der Luft, das Tempo war langsam. Dann nahm er die Linke dazu und fing an, das Tempo zu erhöhen. Als er seine finale Geschwindigkeit erreicht hatte, schloss Charlotte die Augen und lauschte den Harmonien, die durch ihren Geist tanzten. Sie fügte eine beherzte Basslinie hinzu, dann griff sie um Johns Rücken, um die höheren

Tasten zu erreichen. Bald tanzte eine ganze Familie von Truthähnen durch das Stroh.

Stephen warf seine Löffel beiseite und sprang auf. „Kommen Sie, Miss Hawkins. Wir tanzen."

Mariette lachte, lehnte sein Angebot jedoch nicht ab. Bald hatten sie sich untergehakt und wirbelten in der Mitte des Raumes herum. Charlotte lachte mit ihnen und ihr Herz war leichter als seit vielen Tagen. Das war genau das, was sie brauchte – von Freunden und Musik umgeben zu sein. Wie hatte sie jemals denken können, es wäre besser, allein zu sein?

Inspiriert improvisierte Charlotte über ihre Improvisation, fügte einen stampfenden Bassrhythmus hinzu, während sie die hohen Tasten trillern ließ wie Flöten. John passte seine Melodie dem neuen Stil an und bald hüpften und marschierten Stephen und Marietta durch den Raum. Nach einigen Minuten fügte Charlotte dem Stück Synkopen hinzu, die an die Spirituals der schwarzen Bevölkerung erinnerten, die sie so sehr liebte. Wieder änderte sich der Tanz. Marietta raffte ihre Röcke und machte kleine Trippelschritte. Stephen warf die Beine vor und zurück und winkte mit den Armen von einer Seite auf die andere.

John kicherte leise. Wie selten ließ der stille Junge dieses Geräusch erklingen. Charlotte küsste seine Haare und sandte ein Dankgebet himmelwärts. Was für eine Freude!

Die Freude am Herrn ist eure Stärke. Der Lieblingsvers ihrer Mutter kam Charlotte in den Sinn. Sie hatte ihn bisher nie so richtig verstanden. Bisher hatte sie immer gedacht, ihre Mutter benutze ihn als Ausrede dafür, überall ihrem Drang zu singen nachzugeben. Wenn man sowieso fröhlich war, brauchte man doch nicht noch zusätzliche Kraft, oder? Nein, man brauchte Gottes Stärke besonders, wenn es einem schlecht ging, wenn man Angst hatte.

Jetzt erst verstand Charlotte, dass man sich auch in Zeiten der Verzweiflung für die Freude entscheiden konnte. Gottes Segnungen waren so zahlreich, dass man immer einen Grund zur Freude finden konnte. Man musste Gott nur genug vertrauen, um seine Probleme vor seinen Füßen abzulegen, und seine Augen für den Segen öffnen, den er anbot. Musik. Freundschaft. Lachen. All das war die ganze Zeit über hier gewesen, doch Charlotte hatte sich dem verwehrt.

Jetzt wurde sie davon durchströmt und mit Kraft erfüllt. Sie erhielt Hoffnung, neue Zuversicht und eine Zufriedenheit, wie sie sie allein vor dem Fenster niemals verspürt hätte.

„Ich will auch tanzen!", rief da jemand.

Charlottes Kopf fuhr herum. „Lily!" Schiefe Töne erklangen. Sie riss ihre Hände von den Tasten, hob John von ihrem Schoß und setzte ihn neben sich auf die Bank. Dann sprang sie auf und lief durch den Raum. „Oh Lily!" Charlotte ließ sich auf die Knie fallen und zog das kleine Mädchen in ihre Arme. „Du bist wieder da. Gepriesen sei Gott, du bist wieder da!" Tränen traten ihr in die Augen, doch sie schloss sie und genoss das Gefühl, ihre Tochter – ja, *ihre* Tochter – in den Armen zu halten.

„Natürlich bin ich wieder da, Miss Lottie." Die Kraft, mit der sich die Kleine an sie klammerte, strafte ihre überzeugten Worte Lügen. „Mr Hammond findet doch immer, was er sucht. Stimmt's, Mr Barrett?" Lily sah hinter sich.

Dan brauchte mehrere Sekunden, um sich von dem zauberhaften Anblick zu lösen, den Marietta bot. Ihre Wangen waren immer noch gerötet und sie war vom Tanzen ganz außer Atem. „Ähm … ja. Das stimmt." Endlich nickte er Lily zu, was ihm ein Lächeln von allen Frauen im Raum einbrachte. „Stone ist hartnäckig wie ein Bluthund. Er kommt niemals mit leeren Händen von einer Jagd zurück."

Stone. Als Charlotte ihn ansah, ließ die Intensität seines Blickes sie erstarren. Seine bernsteinfarbenen Augen waren voller Versprechen. Sie zu beschützen. Zu versorgen. Alles zu überwinden. Mit ihr zusammen.

Bei diesem letzten Gedanken stockte Charlotte der Atem. Er hatte das alles getan, weil er ehrenhaft war und wollte, dass die Gerechtigkeit siegte. Er hatte es getan, um Lily zu retten. Doch je länger Charlotte ihn ansah, desto lauter klang der wahre Grund in ihrem Herzen. Er hatte es für sie getan. *Für mich! Er tut das alles für mich!*

Charlotte wandte sich hastig von Stone ab und damit von dem unbekannten, flattrigen Gefühl, das er in ihrem Magen auslöste. Haltsuchend drückte sie Lily noch einmal an sich, tief erfüllt von der Liebe zu ihren Kindern. Die war ihr vertraut. Die verstand sie. Die war sicher. Und Lilys Umarmung fühlte sich nach all den Tagen, die sie fort gewesen war, einfach unglaublich gut an. Es war ihr fast unmöglich, die Kleine wieder loszulassen, doch Charlotte tat es. Denn sie schuldete demjenigen Dank, der sie ihr zurückgebracht hatte. Nach dieser Rettungsaktion stand sie so sehr in Stones Schuld, dass sie sie niemals würde begleichen können.

Langsam erhob Charlotte sich wieder und trat vor Stone. Hinter ihr erklangen mehrere Stimmen gleichzeitig. Stephen fragte Lily darüber aus, was seit der Nacht ihrer Entführung geschehen war. Marietta wollte alle Details von Dan wissen. Niemand schien Charlotte und Stone noch seine Aufmerksamkeit zu schenken.

„Danke." Das Wort kam ihr leise über die Lippen. Es fühlte sich so unzulänglich an und doch war es das Einzige, was ihr einfiel. „Danke, dass du sie zurückgebracht hast."

Stone sagte nichts. Er nickte nur. Dann hob er seine Hand und strich mit den Fingern sanft über ihre Wange. Charlotte schloss die Augen. Fast hätte diese zärtliche Geste sie umgeworfen. Im Raum schien nichts anderes mehr zu existieren als seine Berührung. Seine Nähe. Und das Verlangen, das Stone in ihrem Herzen auslöste. Das Verlangen, den Rest ihres Lebens mit diesem Mann zu verbringen.

Charlotte riss die Augen auf. Was dachte sie da nur? Viel schlimmer, was *tat* sie? Mit rasendem Puls trat sie zurück und schaute sich um, um sicherzugehen, dass niemand sie vorwurfsvoll ansah. Doch von den anderen beachtete sie keiner … außer John, der immer noch auf der Klavierbank saß.

„Darf ich für Lily spielen, Miss Lottie?", fragte er, als sich ihre Blicke trafen. Es schien, als habe er geduldig gewartet, bis sie mit Stone fertig war, bevor er seine Frage stellte. „Sie will doch tanzen."

Lily klatschte sofort in die Hände. „Oh ja, Miss Lottie. Bitte. Es sah so spaßig aus."

Und plötzlich *sahen* sie alle an. Wärme stieg in Charlottes Nacken und Wangen auf. „Natürlich darfst du spielen." Dann würde sie wenigstens niemand mehr anschauen! „Ich komme gleich dazu."

John kniete sich auf die Klavierbank und erfüllte den Raum mit der freudigen Melodie von ‚Oh! Susanna'. Stephen nahm seine Löffel wieder auf, während Marietta sich mit Lily im Kreise drehte. Selbst Daniel Barrett klopfte sich mit dem Daumen auf den Oberschenkel, während er an der Wand lehnte.

Charlotte wollte zum Klavier gehen, fand es jedoch seltsam schwer, sich von Stone zu entfernen, obwohl ihr die Nähe eben noch peinlich gewesen war. Sie wollte sich gerade eine Strafpredigt über angemessenes Verhalten zwischen Männern und Frauen halten, als Stone seine Hand auf ihren Arm legte und alle Gedanken wie weggefegt waren.

„Warte einen Moment", murmelte er. „Ich muss erst mit dir reden."

Sie wandte sich um. „Worüber?"

„Dorchester."

Charlottes Magen zog sich zusammen. Würde er ihr jetzt sagen, dass er wegging? Er hatte sich um Franklin gekümmert und Lily gerettet. Sie hatte kein Recht, mehr von ihm zu erwarten. Nur weil er ein paar Mal mit ihr in den Sonnenuntergang spaziert war, bedeutete das nicht, dass sie etwas von ihm einfordern konnte. Ihr war klar, dass er schon weit mehr getan hatte als jeder andere an seiner Stelle.

„Na gut." Sie atmete tief ein. „Sollen wir auf den Flur hinausgehen?"

Er nickte und trat beiseite, um Charlotte zuerst durch die Tür hinter sich gehen zu lassen. Als sie an ihm vorbeiging, legte er seine Hand in ihren Rücken. Sie musste die Lippen zusammenpressen, damit sie nicht aufseufzte. Warum verwandelte seine Berührung ihr Innerstes immer in Sirup? Wenn es jemals einen Moment gegeben hatte, der es erforderte, dass sie stark war, war es dieser. Darauf bedacht, ihr Rückgrat wiederzufinden, wandte sie sich um und sah ihm in die Augen, entzog sich aber gleichzeitig seiner Berührung.

„Also?", fragte sie und stählte sich gegen den Schlag, der gleich kommen würde. „Was willst du mir sagen?"

„Dorchester wird seinen vermeintlichen Anspruch auf Lily nicht aufgeben, Charlotte. Nicht, bis wir ihn ein für alle Mal davon abgebracht haben. Ich habe uns ein paar Wochen Zeit verschafft, aber ich glaube, wir sollten unseren nächsten Schritt schon vorher tun. Ihn unvorbereitet treffen."

Verdutzt starrte Charlotte Stone an. Seine Worte überraschten sie so, dass sie einen Moment brauchte, um sie zu begreifen. „Welchen nächsten Schritt?"

Er grinste sie zurückhaltend an, als sei er sich nicht sicher, wie sie auf seine nächsten Worte reagieren würde. „Dan und ich haben die letzten beiden Tage viel darüber nachgedacht und ich glaube, wir haben einen soliden Plan entwickelt, wie wir die Oberhand gewinnen und sicherstellen können, dass Dorchester Lily in Ruhe lässt. Für immer."

„Das hört sich großartig an!" Die Tatsache, dass Stone ihr nicht für immer Lebewohl sagen wollte, war bereits wunderbar, doch wenn er tatsächlich einen Weg gefunden hatte, Dorchester zu besiegen … Charlottes Herz summte vor Freude und Aufregung. „Erzähl mir davon."

Sein Lächeln erlosch etwas und ein Ausdruck der Unsicherheit trat auf sein Gesicht. „Unser Plan wird dir nicht gefallen."

Kapitel dreißig

Stone beobachtete, wie Charlotte sich innerlich stählte. Sie atmete tief ein, machte einen kleinen Rückwärtsschritt mit ihrem linken Fuß und atmete dann wieder aus, wobei sie darauf achtete, dass ihre Schultern sich auch wirklich senkten. Was sie nicht tat, war, ihre undurchdringliche Maske aufzusetzen, mit der sie sich sonst immer geschützt hatte. Sie sah ihm direkt in die Augen. War ganz seine Charlotte. Ohne Mauer.

„Ich bin bereit."

So wie sie ihn in diesem Moment anblickte, die strahlend blauen Augen voller Vertrauen, hätte er seinen Plan nicht einmal ausbreiten können, wenn Dorchester den Raum betreten und ihm eine Pistole an den Kopf gehalten hätte. Warum hatte er das Thema überhaupt angeschnitten? Sie sollten bei den anderen sein und zusammen mit Lily singen und tanzen. Aber nein. In seiner grenzenlosen Dummheit hatte er gedacht, es wäre am besten, die schlechten Nachrichten gleich loszuwerden. Damit Charlotte sich an den Gedanken gewöhnen konnte, bevor sie ihren Plan in die Tat umsetzten.

„Stone?"

„Es tut mir leid. Es … es kann warten. Ich hätte dich nicht von den anderen wegholen sollen." Zumindest nicht deswegen. Ein Kuss wäre ein guter Grund gewesen, sie auf den Flur hinauszulocken. Oh, wie gerne hätte er sie in seine Arme geschlossen, so wie sie es gerade mit Lily getan hatte. Er sehnte sich danach, ihren Duft einzuatmen, ihre Wangen zu streicheln und ihre Haare an seinem Gesicht zu spüren.

Charlotte verdrehte die Augen. „Du liebe Güte, Stone Hammond! Du kannst eine Frau nicht wegen dringlicher Neuigkeiten – ganz offensichtlich *unangenehmer* dringlicher Neuigkeiten – mit dir mitschleifen und ihr dann sagen, dass es auch warten kann. Ich werde mir den ganzen Abend lang Sorgen machen, wenn du es mir jetzt nicht sagst."

Jepp, er hatte es vermasselt. Wunderbar.

Charlotte stampfte mit dem Fuß auf die Dielen. „Also? Spuck es aus.“

„Ich muss Lily zu Dorchester bringen.“

Schlagartig wich alle Farbe aus Charlottes Gesicht. Erst da erkannte Stone, wie seine Worte geklungen haben mussten. Von allen idiotischen Möglichkeiten, diesen Satz zu formulieren … Er streckte die Hand aus, um sie zu stützen, doch Charlotte schüttelte den Kopf. Ihr zarter Hals war so verkrampft, dass sie Mühe hatte, zu schlucken.

„Charlotte, so war das nicht gemeint –“

Sie riss die Hand hoch und brachte ihn so zum Schweigen. Dann richtete sie sich gerade auf, hob das Kinn und sah ihn direkt an. Er erwartete, in ihrem Blick Anschuldigungen zu sehen. Das Gefühl des Verrats. Ablehnung. Doch was er sah, durchdrang sein Herz mit so viel Stolz, dass es fast explodiert wäre.

Vertrauen. Ihre Augen funkelten voller Vertrauen.

„Gut. Wir bringen Lily zu Dorchester. Und dann?“

Stones Gefühle überschlugen sich. Eine Woge des Glücks erfasste ihn, wie er sie niemals zuvor in seinem Leben verspürt hatte. Bevor er wusste, was er tat, zog er Charlotte an sich.

Er legte seine Hände an ihre Wangen und liebkoste mit seinen Lippen die ihren. Im ersten Moment zuckte sie erschrocken zusammen, doch sie zog sich nicht zurück. Stattdessen suchte sie Halt an seinen Schultern. Das nahm er als Erlaubnis, sie an seine Brust zu ziehen. Er wollte sie ganz nah bei sich haben.

Sie vertraute ihm. Die Frau, die in ihrem Leben von Männern bisher nur enttäuscht worden war, *vertraute* ihm. Ihm – dem Mann, der von ihrem Feind geschickt worden war, um ihr Lily wegzunehmen.

Stones Arme legten sich fester um sie, löschten jede Distanz zwischen ihnen aus. Gerade, als ihm klar wurde, dass er zu weit ging und sich von ihr zurückziehen sollte, stellte Charlotte sich auf die Zehenspitzen und legte ihre Arme um seinen Nacken. Ihre wunderbar weichen Lippen pressten sich auf die seinen und er merkte, dass sie dasselbe für ihn empfand wie er für sie. Jetzt konnte er sie unmöglich loslassen. Während sie ineinander versanken, strich er mit den Händen über ihren Rücken. Da erklangen plötzlich Schritte im Flur, die ihn zurückzucken ließen.

„Ich sehe schon, du erklärst unseren Plan mit allen lebhaften Details."

Charlotte versteifte sich. Stone zog ihren Kopf an seine Brust, um sie vor den Blicken ihres ungebetenen Besuchers zu schützen, und warf Dan einen Blick zu, der ihm einen langsamen, qualvollen Leidensweg versprach.

„Sie scheint die Neuigkeiten besser aufzunehmen, als wir erwartet hatten."

„Halt die Klappe", knurrte Stone.

Dan lachte. „Lasst euch nicht stören", sagte er und hob gespielt entschuldigend die Hände in die Höhe. „Ich wollte nur schnell in die Küche, um einen Schluck Wasser für Miss Hawkins zu holen. Vom Tanzen ist sie völlig erschöpft."

„Dann mach das."

„Das mache ich auch."

Ja. Mit der Geschwindigkeit einer altersschwachen Schildkröte. Stone kniff seine Augen zu Schlitzen zusammen und überlegte, wie er seinen Freund loswerden könnte. Doch ihm fiel nichts ein, bei dem er Charlotte nicht hätte loslassen müssen. Also biss er sich auf die Innenseite seiner Wange und wartete.

„Ach ja", sagte die altersschwache Schildkröte, als sie endlich die Tür zur Küche erreicht hatte, „ich habe gehört, dass Mr Hawkins' Büro frei ist, falls ihr eure *Unterhaltung* dort fortsetzen wollt. Ist vielleicht eine gute Idee, damit die Kinder nichts von den Plänen sehen … ähm … hören."

Das verlegene Stöhnen, das Charlotte entfuhr, brachte das Fass zum Überlaufen. Stone fuhr mit der rechten Hand in seine Hosentasche und zog den ersten Gegenstand hervor, der ihm in die Finger geriet. Seinen Geldbeutel. Er schleuderte ihn in die Richtung von Dans grinsendem Gesicht und zwang den Mann dazu, sich zu ducken. Doch er war nicht schnell genug. Das Portemonnaie erwischte seinen Hut und riss ihn ihm vom Kopf. Das war nicht so befriedigend wie ein blaues Auge, aber besser als nichts.

„Schon gut, schon gut." Dans Augen funkelten immer noch vor Schadenfreude. „Ich akzeptiere dein Bestechungsgeld. Kein Wort zu niemandem."

Da die Stimmung ohnehin zerstört war, drückte Stone Charlotte einen Kuss auf die Haare und zog sie in Richtung der Tür, auf die Dan gedeutet hatte. „Komm, Liebling. Dan ist so feinfühlig wie ein Kaktus, aber er hat recht. Die anderen sollten nichts von unseren Plänen mitbekommen."

Sie hob ihr Kinn und nickte. Ihre Augen funkelten immer noch und ihre Wangen waren rosig. „Na gut, aber während der Unterhaltung bleiben Sie auf Ihrer Seite des Schreibtisches, Mr Hammond. Verstanden?"

Stone verkniff sich ein Grinsen und nickte. „Ja, Ma'am."

Als er ihr die Tür aufhielt, bemerkte Stone, dass ihm der strenge Lehrerinnenton durchaus gefallen konnte, wenn er aus einem Mund kam, der noch rot vom Küssen war.

☙

Charlotte presste ihre Hände zusammen, als sie das Büro betrat, und versuchte verzweifelt, das Zittern zu unterdrücken. Was hatte sie sich nur dabei gedacht? Wie hatte sie ihm nur gestatten können, sie so zu küssen, wo sie jederzeit jemand hätte sehen können? Wo sie jemand gesehen *hatte*! Eine neue Woge der Verlegenheit überspülte ihr Gesicht. Du liebe Zeit! Eine Lehrerin konnte für so etwas ihre Stelle verlieren.

Doch sie war sowieso keine Lehrerin mehr, oder? Und nachdem sie sich drei Tage lang Sorgen um Stone und Lily gemacht hatte und sie nun wieder zu Hause waren – gesund und unverletzt –, hatte sie ihre Gefühle einfach nicht mehr kontrollieren können. Sie hatte es ja versucht. Das hatte sie wirklich! Sie war ihm nicht sofort um den Hals gefallen, wie Lily es bei ihr getan hatte, auch wenn sie sich nach einer Umarmung gesehnt hatte. Sie hatte versucht, den Blick von ihm abzuwenden und wieder zurück zum Klavier zu gelangen, bevor er sie in den Flur gelotst hatte.

Doch seine Berührung hatte all ihre guten Vorsätze, auf Abstand zu bleiben, mit einem Schlag ausgelöscht. Sie hatte sie verletzlich gemacht. Und als seine Lippen die ihren berührt hatten, hatte sie nicht mehr widerstehen können. All die Wünsche, all die Sehnsüchte, die sie so lange tief in ihrem Inneren vergraben hatte, waren hervorgebrochen.

Sie hatte seinen Kuss erwidert. Das war der wahre Grund, warum Daniel Barretts überraschendes Auftauchen sie so peinlich berührt hatte. Nicht, weil er sie dabei erwischt hatte, dass sie Stone *gestattete*, sie zu küssen, sondern weil die Leidenschaft auch von ihr ausgegangen war. Plötzlich hatte sie keinen Gedanken mehr an den Anstand verwand. Sie hatte nur eine atemberaubende Erleichterung verspürt, dass Stone in Sicherheit war, und eine Liebe, die so stark war, dass sie sie nicht länger hatte zügeln können.

Liebe. Charlotte umrundete den schweren Mahagonischreibtisch und ließ sich in Mr Hawkins' Stuhl nieder. Eine Hand hatte sie gegen ihren Bauch gepresst und den Blick hielt sie auf die Tischplatte gesenkt, während sie sich wünschte, dass sie das Wort in die dunklen Tiefen des Gefängnisses zurückschicken könnte, aus denen es ausgebrochen war. Das war keine Liebe. Es konnte keine Liebe sein. Ihr Herz war immer noch geschützt. Das musste es einfach sein.

„Du bist so still, Charlotte." Stone legte seinen Arm auf den Schreibtisch und streckte ihr die Hand entgegen. „Mach dir wegen Dans Sticheleien keine Gedanken. Er meint es nicht böse. Er will mich nur ein bisschen ärgern."

Sie starrte seine Hand an. Die Linien, die sich über seine Haut zogen. Die entspannten Finger. Wie gerne hätte sie ihre Hand hineingeschmiegt – die Verbindung erneuert. Doch sie traute sich nicht. Nicht jetzt, wo ihre Selbstkontrolle so geschwächt war. Also tat sie so, als hätte sie seine Hand nicht bemerkt, hob ihr Kinn und sah Stone unbeteiligt an. „Ich glaube, wir sind hier, um deinen Plan zu besprechen, nicht Mr Barretts Possen."

Als Nächstes tat sie so, als sähe sie die aufflackernde Enttäuschung in seinen Augen nicht, als er seine Hand zurückzog. Und danach tat sie so, als versetzte es ihr keinen Stich, dass er seine eigenen Gefühle vor ihr abschirmte. Nun, zumindest einige Sekunden lang. Dann strömte ihr aus seinen Augen wieder Wärme entgegen.

Charlotte legte beide Arme auf den Schreibtisch und streckte ihm ihre Hände entgegen. „Es tut mir leid, Stone. Das hast du nicht verdient." Ihn wie ein ungezogenes Kind zu behandeln, war wirklich ungerecht nach allem, was er für sie getan hatte. „Es ist nur …" *Sprich gerade heraus, Charlotte. Sei kein Feigling.* „Ich habe Angst vor meinen Gefühlen für dich."

Charlotte ließ den Kopf sinken. Sie konnte ihm unmöglich in die Augen schauen, nachdem sie ihm *das* gestanden hatte. Schreckliche Sekunden verstrichen. Er sagte nichts. Tat nichts. Ihr Herz schlug schneller und schneller. Ihr Hals wurde eng. Jetzt hatte sie es geschafft. Sie hatte ihn abgeschreckt. Kein Mann wollte über Gefühle sprechen. Vor allem nicht ein rauer Kämpfer, der ihre Gesellschaft vielleicht nur als netten Zeitvertreib ansah.

Doch noch während sie das dachte, kam ihr ein anderer Gedanke. Hatte er ihr nicht gesagt, dass er es als seinen letzten Auftrag ansehe, sie für sich zu gewinnen? Zugegeben, er hatte es etwas martialischer ausgedrückt, aber letztlich hatte er das doch gemeint, oder? Ein Mann würde so etwas sicherlich nicht sagen, wenn er es nicht ehrlich meinte. Es sei denn, er sagte es nur, um eine Frau um den Finger zu wickeln. Aber nein, so etwas würde Stone nicht tun. Allein bei dem Gedanken rebellierte Charlottes Herz. Doch ihr Herz hatte sich in der Vergangenheit schon mehrfach als wenig vertrauenswürdig erwiesen.

Feuchtigkeit stieg Charlotte in die Augen, doch sie biss sich auf die Unterlippe, da sie den Tränen keinen Lauf lassen wollte. Wie verzweifelt musste sie auf ihn wirken. Die einsame alte Jungfer, die sich nach etwas ausstreckte, das außerhalb ihrer Reichweite lag. Stone Hammond – gut aussehend, intelligent, tapferer als jeder Ritter – konnte jemanden viel Besseres haben als sie. Deshalb sagte er nichts.

Sie musste hier weg. Sofort. Sich in ihrem Zimmer einschließen. Weg von seinem Mitleid. Seinen Entschuldigungen. Charlotte riss ihre Arme zurück, nur noch darauf versessen, zu fliehen.

Doch bevor sie aufspringen konnte, ergriffen seine Hände die ihren. Seine starken, wunderbaren Hände. Hände, die Lily gerettet hatten. Hände, die vor wenigen Augenblicken noch ihre Wangen liebkost hatten. Hände, die die ihren nun so fest umschlangen, als wollten sie sie nie wieder loslassen.

„Warte, Charlotte." Das raue Flüstern klang nicht nach dem Stone, den sie kannte. In seiner Stimme schwang keinerlei Selbstvertrauen mit. Kein Stolz. Sie klang fast so, als wäre sein Hals ebenso zugeschnürt wie ihrer. „Bitte, ich …"

Sie konnte ihn immer noch nicht anschauen, verspürte jedoch auch nicht länger das Bedürfnis, sich von ihm loszumachen.

„Ich habe auch Angst vor meinen Gefühlen."

Charlottes Kopf fuhr hoch. Ihre Augen wanderten über sein Gesicht. Die gerade Linie seines Mundes. Die Anspannung in seinem Kiefer. Seine Augen. So eindringlich. So ernst. Und ohne jedes Flackern, das seine Aussage unglaubhaft gemacht hätte.

„Ich bin fünfunddreißig Jahre alt, Charlotte. Ungeschliffen und grob, nicht gerade gebildet. Ich habe so viel Zeit auf der Schattenseite des Lebens verbracht, dass ich manchmal nicht weiß, wie ich mich unter normalen Menschen verhalten soll. Ich habe Blut vergossen und war brutal. Ich bin so sehr das Gegenteil von dir, wie man es sich kaum vorstellen kann." Er grinste so selbstironisch, dass es ihr ins Herz schnitt. „Du bist elegant. Kultiviert. Und klüger, als ich es jemals sein werde. Und wie du Klavier spielst! Ich glaube nicht, dass irgendein Engel es besser könnte. Du bist loyal, bestimmt, beschützt die, die du liebst ... und Schatz, du bist so unglaublich schön, dass es mir jedes Mal den Atem verschlägt, wenn du mich anlächelst."

Charlotte schüttelte ungläubig den Kopf. Sie konnte nicht begreifen, was sie da hörte. Stone strich mit den Daumen über ihre Handrücken.

„Ich will dich in meinem Leben, Charlotte Atherton. Mehr, als ich jemals zuvor etwas wollte. Und das ängstigt mich zu Tode. Denn egal, wie sehr ich kämpfe und wie lange ich warte, niemand gibt mir die Garantie, dass du mir jemals von ganzem Herzen vertrauen wirst."

Die erste Träne entschlüpfte ihren Wimpern und rollte ihre Wange hinab. Dann eine zweite. Er wusste es. Wusste, wie gebrochen ihr Herz war. Wie groß ihre Angst war, einen Mann zu lieben, der sie eines Tages betrügen könnte. Sie hatte gelernt, ihm zu vertrauen, wenn es um Lilys Sicherheit ging. Doch bei ihrem Herzen? Das vertrocknete Organ schmerzte allein bei der Vorstellung.

„Ich liebe dich, Charlotte, und ich will, dass du meine Frau wirst." Stones leise Stimme drang zu ihr hinüber. Bestimmt. Unerschütterlich. Leidenschaftlich. „Ich werde um dich kämpfen", versicherte er ihr, „bis ein Pfarrer den Segen über unsere Verbindung spricht oder ein letztes Gebet über meinem Grab."

Das alles war zu viel für sie. Diese unbändige Freude! Diese schreckliche Angst! Charlotte schluchzte auf, riss ihre Hände weg, sprang vom Stuhl und lief davon.

Kapitel einunddreißig

Stone holte sie ein, bevor sie die Tür erreicht hatte, und griff nach ihrem Handgelenk. „Lauf nicht vor mir weg, Charlotte." Seine Stimme war mehr Bitte als Befehl. Vielleicht machte sie sich deshalb nicht von ihm los.

Vorsichtig nahm er seine Finger von ihrem Handgelenk und hoffte, dass das kein Fehler war. Sie zog sich nicht weiter von ihm zurück, doch anschauen wollte sie ihn offensichtlich auch nicht. Sie starrte nur zu Boden, als lägen die Antworten auf ihre Fragen dort ins Holz eingebettet.

Er wusste, dass er ihr Angst gemacht hatte, indem er so offen über seine Gefühle gesprochen hatte, und vielleicht wäre es klüger gewesen, sie gehen zu lassen, sie in Ruhe ihre Gedanken sortieren zu lassen. Doch als er die Angst in ihren Augen gesehen und erkannt hatte, dass sie sich vor ihm zurückziehen wollte, hatte er instinktiv reagiert. Er würde sie nicht gehen lassen. Nicht jetzt. Nie wieder.

Er trat so nah an sie heran, dass er mit dem Daumen über die Innenseite ihres Handgelenkes streicheln konnte. „Wir müssen jetzt nicht weiter darüber reden, Liebling." Charlotte hatte viele Jahre des Schmerzes hinter sich, deshalb würde es ihrem Herzen schwerfallen, der Liebe eines Mannes zu vertrauen. Stone würde ihr die Zeit geben, die sie brauchte. Sie sollte sich langsam an den Gedanken gewöhnen. Und ihn beweisen lassen, dass er ihr Vertrauen wert war. „Wir haben andere Dinge zu besprechen. Zum Beispiel Lily."

Das ließ sie aufblicken. Stone lächelte. Es bedurfte nur eines kleinen Stupses gegen das Junge, um die Bärin wieder in Kampfposition zu bringen.

„Stimmt." Charlotte räusperte sich und schob die Schultern zurück. „Der Plan. Du wolltest ihn mir erklären."

Stone ignorierte den leichten Vorwurf in ihrer Stimme. Schließlich war es tatsächlich seine Schuld gewesen, dass sie vom eigentlichen Thema abgekommen waren. Ohne den Blick von Charlotte abzuwenden, lehnte er sich mit der Schulter an die Wand neben der Tür. „Lily hat uns von einem geheimen Buch erzählt, das ihr Großvater in seiner Schreibtischschublade versteckt. Wir sind uns ziemlich sicher, dass wir in dieser Mappe Beweise für seine Erpressungen und illegalen Machenschaften finden."

„Ziemlich sicher?" Charlottes Augen wurden schmal.

Stone zuckte nicht zurück. „Hör mich einfach bis zum Ende an, ja?" Obwohl das Ende nicht wirklich besser war als der Anfang. Eigentlich war es sogar der schlimmste Teil überhaupt.

Charlotte biss sich auf die Unterlippe und zögerte, dann nickte sie knapp. Sie gab sich wirklich alle Mühe, ihm zu vertrauen. Er wünschte, er könnte es ihr leichter machen, doch die Dinge lagen nun einmal so, wie sie lagen. Hübsche Worte würden daran nichts ändern.

„Lily hat gesagt, dass es genauso aussieht wie die Bücher, die sie bei seinen Geschäftspartnern ausspionieren sollte. All diese Bücher enthielten Geschäftsunterlagen, deshalb glauben wir, dass es bei diesem Buch genauso sein wird. Und die Tatsache, dass er es versteckt hält, vergrößert den Verdacht, dass darin seine illegalen Machenschaften dokumentiert sind. Dorchester weiß nicht, dass Lily das Versteck entdeckt hat, also hat er keinen Grund zu glauben, dass wir ein Spielchen mit ihm spielen."

„Welche Art Spielchen spielen wir denn genau?", fragte Charlotte. „Und wenn du *wir* sagst, zählst du mich besser dazu, denn nichts auf der Welt könnte mich davon abhalten mitzukommen. Wo Lily hingeht, gehe auch ich hin." Sie entzog ihm ihre Hand und verschränkte die Arme vor der Brust. In bester Lehrerinnenmanier starrte sie ihn an, als wäre er ein kleiner Schuljunge, der gerade beim Unsinnmachen erwischt worden war.

„Ich würde dir Lily niemals wegnehmen, Charlotte. Darauf hast du mein Wort." Stone beobachtete ihre Reaktion und jubelte innerlich, als ein Teil der Anspannung von ihr abfiel. „Ich weihe dich nicht nur in den Plan ein, du spielst sogar eine zentrale Rolle. Ohne dich würde es gar nicht funktionieren."

Ihre Arme waren immer noch verschränkt, wirkten aber weniger verkrampft. Das nahm er als gutes Zeichen.

„Wenn wir alles geklärt haben, reist du nach Houston und quartierst dich in der Nähe von Dorchester Hall ein. Du wirst dich tarnen müssen, damit du nicht zu früh erkannt wirst, aber Dan meint, dabei könnte Marietta dir helfen. Wie auch immer, wenn du an Ort und Stelle bist, komme ich mit Lily in die Stadt. Da Franklin ihm mit Sicherheit von unserem Zusammentreffen erzählt hat, wird Dorchester mich erwarten. Ich übergebe ihm Lily und verlange meine Bezahlung. Dann kommst du herein, als wärst du mir gefolgt, und machst eine Riesenszene, um Dorchester abzulenken. Ich hole das Buch und bringe dich dann aus dem Haus."

„Und was ist mit Lily? Wir können sie nicht bei ihm lassen!" Charlotte ließ die Arme sinken. „Wenn Dorchester herausfindet, was wir getan haben, wird er seine Wut an ihr auslassen."

Stone stieß sich von der Wand ab und legte seine Hände um ihre Taille, da er Angst hatte, sie könnte schon wieder an Flucht denken. „Wir werden sie bis zum Abend bei ihm lassen müssen. Aber ich werde meinen Mann aus Austin beauftragen, das Haus nicht aus den Augen zu lassen. Wir können ausmachen, dass sie uns ein Zeichen gibt, wenn sie in Schwierigkeiten gerät."

Charlotte schüttelte vehement den Kopf. „Nein. Das ist zu gefährlich. Ich werde nicht zulassen, dass sie —"

„Lily hat dem Plan schon zugestimmt, Liebling." Stone sprach mit ruhiger Stimme, damit sie sich abregte, doch seine Worte machten es nur noch schlimmer.

„Natürlich hat sie zugestimmt. Sie ist neun! Was weiß sie schon von Gefahren? Für sie ist das alles nur ein großes Abenteuer, eine Geschichte aus einem Groschenroman."

„Das Kind hat gerade eine Entführung hinter sich", erinnerte Stone sie. „Sie weiß, was Gefahr bedeutet."

„Aber sie ist naiv. Sie vertraut einfach darauf, dass du sie wieder retten wirst. Sie weiß nicht, was alles schiefgehen könnte." Charlotte umklammerte seine Arme und schüttelte ihn. Zumindest versuchte sie es. „So beeindruckend deine Erfolgsbilanz auch sein mag, Stone, du kannst keine Garantie dafür geben, dass sie unverletzt bleibt. Du kannst nicht alle Variablen kontrollieren. Dafür gibt es zu viele."

Er zog sie langsam an sich heran. Sie wehrte sich, doch er war stärker. Als er sie endlich in seinen Armen hielt, hörte sie auf, sich zu wehren. Sie sank gegen ihn und schmiegte ihren Kopf an seine

Schulter. Stone legte seine Wange an ihre Haare, damit sie sich weiter entspannte.

„Du hast recht, Charlotte", murmelte er dicht an ihrem Ohr. „Ich kann nicht alle Variablen kontrollieren. Das kann kein Mensch. Alles, was ich tun kann, ist, auf die Erfahrungen und Talente zu vertrauen, die Gott mir geschenkt hat. Im Leben gibt es kaum Garantien. Die wenigen, die existieren, stammen von Gott. Wir dürfen darauf vertrauen, dass er uns liebt und immer treu bleibt. Er hat uns nie ein Leben ohne Schwierigkeiten versprochen. Wenn ich mich richtig erinnere, gibt es in der Bibel sogar viele Stellen, in denen uns solche schwierigen Zeiten angekündigt werden. Aber selbst durch die geht er mit uns und gibt uns genug Kraft, um alles zu meistern."

„Ich habe Angst, Stone." Charlottes Worte waren kaum zu hören, doch er konnte den Widerhall in seinem Herzen spüren. „Ich will sie nicht verlieren."

Und ich will dich *nicht verlieren.* „Wir werden beide dort sein, Liebling. Wir werden auf sie aufpassen. Sie beschützen. Sobald ich das Buch habe und keine Gefahr mehr besteht, dass Dorchester sich das Sorgerecht doch noch irgendwie erschleicht, holen wir Lily. Innerhalb weniger Stunden sollte alles gelaufen sein. Ashe wird uns helfen."

Charlotte sah ihn an und er ließ sie so weit los, dass er ihr in die Augen schauen konnte. „Ashe?", fragte sie.

„Robert Ashe, der Texas-Ranger, von dem ich dir erzählt habe. Der, der in Austin deine Vormundschaftspapiere überprüft hat. Ich telegrafiere ihm morgen, wenn Dan und ich uns um diese Sache mit dem Marshall in Stewards Mill gekümmert haben. Er wird uns helfen."

„Aber wir stehlen Dorchesters Eigentum. Da wird ein Gesetzeshüter doch sicherlich nicht mitmachen."

Stone grinste. „Ashe schuldet mir noch einen Gefallen. Er wird mit uns zusammenarbeiten. Zum Henker, vielleicht wird er sogar verlangen, dass ich ihm das Buch übergebe, damit er einen Prozess gegen Dorchester anstrengen kann."

„Das könnte Monate dauern! Wenn es überhaupt jemals zu einer Verhandlung käme. Rebekka hat mir erzählt, dass ihr Schwiegervater einige Richter und prominente Politiker auf seiner Gehaltsliste hat. Selbst wenn Ashe genug Beweise gegen Dorchester finden würde, würden ihm seine Freunde daraus helfen."

„Das habe ich schon vermutet. Deshalb werde ich ihm das Buch auch nicht geben. Lilys Sicherheit ist wichtiger, als dass Dorchester für seine Taten bezahlt." Vorerst. Wenn Stone Charlotte erst einmal davon überzeugt hatte, ihn zu heiraten, könnten sie Lily offiziell adoptieren und sie Dorchesters Einflussbereich damit für immer entziehen. Danach könnte Ashe mit den Dokumenten anfangen, was er wollte.

Charlottes lange Wimpern senkten sich langsam über ihre Augen. „Du willst dieses Buch als Druckmittel verwenden."

Sie war klug. Stone nickte. „Jepp."

Charlotte kaute auf ihrer Unterlippe herum. „Das gefällt mir nicht. Was, wenn Dorchester deinen Bluff durchschaut?"

Stone hob eine Augenbraue. „Schatz, glaub mir, es wird nicht bloß ein Bluff sein. Und ich werde sichergehen, dass Dorchester das auch weiß."

„Aber was, wenn das Buch gar nicht die Dokumente enthält, die Lily vermutet? Oder was, wenn er es woanders versteckt hat? Was, wenn –"

„Schhh." Stone legte einen Finger auf ihre Lippen. Er würde nicht zulassen, dass sie sich wieder in Rage redete. Und wenn es dafür eine große Dosis Realität brauchte, würde er sie ihr eben verabreichen. „Was, wenn wir nichts unternehmen und Dorchester Franklin oder einen anderen schickt, um Lily zu holen? Was, wenn Dorchester eine Prämie wegen Entführung auf *deinen* Kopf aussetzt? Er hat drei Fälle, in denen er Anklage gegen dich erheben könnte. Selbst, wenn du nicht verurteilt würdest, würde ihm allein eine kurzzeitige Verhaftung Kontrolle über Lily geben. Je länger wir ihn zappeln lassen, desto ungeduldiger wird er. Und je ungeduldiger er wird, desto schmutziger werden seine Tricks. Das Risiko wird immer größer, wenn wir nicht handeln."

Charlotte sagte nichts. Stattdessen verbarg sie ihr Gesicht an seiner Brust und verstärkte den Griff um seine Arme. Immerhin suchte sie Zuflucht bei ihm. Alles andere würde sich mit der Zeit ergeben. Stone drückte sie an sich.

„Ich liebe Lily auch, Charlotte", sagte er und brach damit das

Schweigen. „Ich kenne sie noch nicht so lange wie du, aber die Kleine hat mich längst um den Finger gewickelt. Ich verspreche dir, dass ich alles tun werde, um sie zu beschützen."

Stone streichelte sanft über Charlottes Rücken. „Nach dem Tod meiner Eltern habe ich mir verboten, von einer eigenen Familie zu träumen." Seine Kehle wurde plötzlich trocken und sein Hals schien sich zuzuschnüren. Doch Stone zwang sich dazu weiterzusprechen. Charlotte musste diese Dinge hören und er … nun, er musste sie loswerden. „Ich habe mich auf andere Sachen konzentriert. Sachen, die ich erreichen konnte. Ich habe von einem Stück Land geträumt, einer eigenen kleinen Hütte. Ich habe davon geträumt, ein Mann zu werden, den andere respektieren, ein Mann, auf den meine Mutter stolz gewesen wäre. Manchmal, in den schwersten Zeiten, habe ich auch einfach nur von einer Mahlzeit geträumt, die groß genug war, um mich satt zu machen."

Charlotte ließ seine Arme los und glitt mit den Händen unter seinen Mantel, um ihn zu umarmen.

„Ich habe mir nie gestattet, von einer Familie zu träumen, weil ich aus eigener Erfahrung weiß, wie unerträglich schmerzhaft es ist, wenn man sie verliert."

Stone hörte, wie Charlotte zischend einatmete, spürte, dass sie zitterte. Oder vielleicht war er es auch, der zitterte. An seine Familie zu denken, machte ihn immer schwach. Verletzlich. Dann wurde er wieder zu dem kleinen, verlorenen Jungen ohne Zuhause, der niemanden hatte, auf den er sich verlassen konnte, außer dem Gott, von dem seine Mutter ihm immer erzählt hatte. Doch dieser Gott hatte sich als treu erwiesen. Er hatte ihn erwachsen werden lassen, hatte ihm ein Gewissen gegeben. Hatte ihm Freunde zur Seite gestellt, die wie Brüder für ihn waren. Dan und Ashe. Und nun stellte er ihm, wenn Stone sich nicht völlig täuschte, genau das zur Seite, was er niemals zu hoffen gewagt hatte. Eine eigene Familie.

Stone hob Charlottes Kinn an. „In den letzten Wochen habe ich angefangen, von einer Familie zu träumen, Liebling. Von einer Ehefrau und Kindern. Von einer wunderschönen, blonden Lehrerin mit blauen Augen und einem Lächeln, das mein Herz zum Schmelzen bringt. Von einer Tochter, die Groschenromane liebt, und einem Sohn, der ganz still ist und dann in der Musik explodiert. Zum

Henker, ich habe sogar darüber nachgedacht, eine Schule zu bauen, in der ein Junge, der gerne Sachen konstruiert, unterrichtet werden kann!" Er hielt kurz inne. „Ich habe von dir geträumt, Charlotte. Von dir und den Kindern. Ich werde Lily niemals im Stich lassen. Vertrau mir."

Kapitel zweiunddreißig

Bis sie so weit waren, ihren Plan in die Tat umzusetzen, dauerte es ein paar Tage länger, als Stone erwartet hatte. Ashe hatte nach San Antonio reisen müssen, um gegen einen Viehdieb auszusagen. Den Viehdieb, den er letztes Jahr mit Stones Hilfe zur Strecke gebracht hatte und der ihn fast das Bein gekostet hätte.

Die Kugel, die seinen Freund damals im Oberschenkel getroffen hatte, hatte Knochen, Muskeln und Arterien so schwer verletzt, dass der Arzt eine Amputation als letzte Überlebenschance gesehen hatte. Ashe, der alte Sturkopf, hatte Stone das Versprechen abgenommen, dass er den Doc erschoss, sollte dieser seine Hand auch nur noch der Knochensäge ausstrecken. So war es zu einer komplizierten Operation gekommen, während der Stone seine Hand nicht vom Griff des Revolvers gelöst hatte. Ashe hatte überlebt, kurz darauf aber mit einer schweren Infektion zu kämpfen gehabt.

Die Tochter des Arztes, Belinda, hatte ihm durch diese Zeit geholfen und so sein Herz erobert. Sie war schon seit Jahren in ihn verliebt gewesen, doch sie hatte es nie geschafft, ihn lange genug an einem Ort festzuhalten, um sein Interesse zu wecken. Nachdem sie ihm eine Woche lang im Kampf gegen das Fieber beigestanden hatte und einen weiteren Monat mit ihm zusammen sein Bein trainiert hatte, sodass er, wenn auch nicht ohne Hinken, wieder am Stock laufen konnte, hatte Lindy nicht nur Ashes Respekt, sondern auch sein Herz erobert. Der Ranger, der sonst den Sattel seines Pferdes immer einem gemütlichen Feuer vorgezogen hatte, hatte sich plötzlich viel mehr für die Verwaltungsaufgaben in Austin interessiert – und das nicht nur wegen seines verletzten Beines. Letzten Dezember hatten die beiden dann geheiratet, gerade einmal zwei Monate, bevor Stone den Job von Dorchester angenommen hatte.

Vielleicht hatte Ashes Glück ihn dafür offen gemacht, sich sein eigenes vorzustellen. Mit Charlotte.

Stone grinste, als er den Striegel gegen die Pferdebürste eintauschte und Goliaths Fell weiterpflegte. Die Flanken des Pferdes zitterten und verscheuchten eine hartnäckige Fliege, die sich schnell einen anderen Platz im Stall suchte.

Es war noch früh. Die Sonne war erst vor einer halben Stunde aufgegangen. In der Luft hing immer noch die Frische des Morgens, selbst hier im Stall, sodass Stone seine Gedanken in Ruhe ordnen konnte, bevor das Chaos losbrach.

„Ich werde eine Weile unterwegs sein, Junge", murmelte er und tätschelte mit der freien Hand Goliaths Nacken. „Mache einen kleinen Ausflug nach Houston."

Goliath schnaubte, als wolle er sagen, ihm gefalle der Gedanke nicht, dass er allein zurückbleiben sollte.

„Ich weiß", beruhigte Stone ihn. „Ich würde auch lieber reiten, als den Zug zu nehmen, aber ich reise in Damenbegleitung. Außerdem hängen wir dem Zeitplan sowieso schon hinterher, weil wir so lange auf Ashe warten mussten. Dorchester wird die Wände hochgehen, wenn ich mich nicht bald bei ihm melde."

Es war über eine Woche her, dass Charlotte seinem Plan zugestimmt hatte. Neun Tage, um genau zu sein. Und in all der Zeit hatte sie nicht gezaudert. Nicht einmal, als sie erfahren hatte, dass Dans Verpflichtungen auf der Ranch ihn davon abhielten, mit ihnen zu kommen. Natürlich beruhigte es sie auch, dass Dan hierbleiben und ein Auge auf John und Stephen haben würde, doch trotz allem war es eine weitere Prüfung für ihr Vertrauen. Selbstverständlich hatte sie viele Fragen gestellt und immer ihre Meinung gesagt, ob sie sie nun hatten hören wollen oder nicht, doch sie hatte nie offen daran gezweifelt, dass ihr Plan funktionieren würde, oder in Lilys Gegenwart etwas anderes als ein zuversichtliches Gesicht gemacht.

„Ich bin wirklich stolz auf sie, Junge", sagte Stone, während er Goliath mit der Bürste über den Rücken strich.

Er hatte sie um Vertrauen gebeten und sie hatte es ihm geschenkt. Und nicht nur in Bezug auf Lily. Nein. Sie hatte angefangen, ihm ihr Herz zu öffnen. War jeden Abend mit ihm spazieren gegangen. Hatte ihn tagsüber aufgesucht, um ihm ein Glas Wasser zu bringen, und war dann bei ihm geblieben, um mit ihm zu sprechen. Und gestern Abend … Stone hielt inne und lächelte. Gestern Abend hatte sie die Mondscheinsonate gespielt, die vor fast einem Monat die Mauern zwischen ihnen eingerissen hatte. Das Stück hatte damals dafür gesorgt, dass er angefangen hatte, von einer Familie zu träumen.

Die Melodie war federleicht durch den Raum geschwebt. Fast wäre sie verklungen, bevor sie seine Ohren erreicht hatte. Charlotte hatte die Kinder nicht wecken wollen. Doch genau diese leisen Töne hatten ihre ganz eigene Tiefe besessen, und als er die Augen geschlossen und den Kopf zurückgelegt hatte, war die Musik über seine Haut geglitten wie eine zarte Feder.

Seltsam, dass sich das Stück gar nicht mehr einsam und sehnsuchtsvoll anhörte, wenn sie es spielte. Es war zu einem Liebeslied geworden, einem, das den starken, männlichen Bass mit einem leichten, flüsternden Sopran verwebte und eine Ballade der Hoffnung, der Zärtlichkeit und des Vertrauens erschuf.

Stone ging um Goliath herum und widmete sich seiner anderen Seite. Seine Gedanken wanderten von Charlotte zu Lily und der Aufgabe, die vor ihnen lag. Einer Aufgabe, die schwer auf seinem Herzen lastete.

„Lass mich nicht versagen, Herr." Stone legte die Arme auf Goliaths Rücken und beugte den Kopf. Er legte ihn an die Seite seines Pferdes und betete das gleiche Gebet wie jeden Tag, seit er Lily zurück zur Ranch gebracht hatte. „Ich weiß: ‚Des Menschen Herz erdenkt sich seinen Weg; aber der Herr allein lenkt seinen Schritt.' Ich denke schon die ganze Woche über diesen Vers nach. Wir haben geplant, so gut wir konnten, Vater, doch nur du kannst unsere Schritte lenken. Hilf mir, dir zu vertrauen, nicht meinem Plan. Leite unsere Schritte. Schütze Lily und Charlotte. Bring uns alle gesund nach Hause."

„Amen."

Stone öffnete seine Augen und hob den Kopf. „Charlotte?"

Gegen das helle Licht der Morgensonne konnte er ihre Züge kaum ausmachen, da sie direkt in der Stalltür stand, doch das war auch nicht nötig. Ihre Stimme trug die gleiche Leichtigkeit wie ihre Musik.

„Mr Barrett hat den Wagen fertig gemacht. Ich fahre in ein paar Minuten los." Sie kam auf ihn zu.

Stone fand, sie sah irgendwie fremd aus in dem ernsten, schwarzen Kleid, das sie trug. Vermutlich, weil es in krassem Kontrast zu dem gewohnten freundlichen blauen Rock und der hellen Schürze stand. Das Trauerkleid gehörte Marietta, deren Mutter vor zwei Jahren verstorben war. Es war aus feinstem Stoff, doch das harte Schwarz ließ Charlotte blass und fahl aussehen. Es konnte allerdings auch die bevorstehende Reise sein, die alle Farbe aus ihrem Gesicht gewischt hatte.

Stone fuhr mit der Hand über Goliaths Rücken. Dann verließ er die Box und trat auf Charlotte zu. „Ich wusste nicht, dass Dan schon so früh loswill." Er hatte gedacht, er hätte noch mehr Zeit, bevor sie ihn verließ.

Der Houston & Texas Central hielt auch in Richland, weshalb sie nicht bis nach Corsicana fahren mussten. Selbst mit viel Gepäck im Wagen würden es Dans Pferde in höchstens vier Stunden zum Bahnhof schaffen. Wenn sie wie geplant nach dem Frühstück losgefahren wären, hätten sie den Nachmittagszug also problemlos erreicht.

„Das war meine Idee." Charlotte hob die Hand an ihre Brosche. Nur, dass sie nicht dort war. Vielleicht wirkte das Kleid deshalb so ungewohnt. Er hatte sie noch nie ohne die Kamee ihrer Mutter gesehen.

Sie alle hatten es als sicherer empfunden, wenn Charlotte sie ablegte. Falls Dorchester Männer am Bahnhof postiert haben sollte, würden sie danach Ausschau halten, da allgemein bekannt war, dass Charlotte sie stets trug.

Charlotte presste ihre Lippen zusammen, ballte die Hand zur Faust und drückte sie gegen ihren Magen. „Man weiß nie, was einen unterwegs erwartet. Ich wollte sichergehen, dass ich den Zug auch erreiche, wenn uns unterwegs eine Achse bricht oder ein Pferd lahmt."

„Ich schätze, es ist gut, mit allem zu rechnen. Aber ich hatte gehofft, dass wir noch einmal spazieren gehen könnten, bevor du aufbrichst." Sanft nahm Stone ihre Hand und drückte sie erst gegen seine Brust, dann hob er sie an seine Lippen. Während er einen zärtlichen Kuss daraufdrückte, hielt er ihren Blick fest.

Charlottes Lider senkten sich und ihr Atem stockte. „Ich … ich habe heute Nacht nicht sehr gut geschlafen, deshalb war ich schon vor dem ersten Hahnenschrei wach. Kurz darauf hatte ich alles gepackt. Es brauchte nicht viel Überzeugungskraft, Mr Barrett dazu zu bringen, früher loszufahren."

Stone unterdrückte ein Glucksen. Er wusste, dass Dan der Meinung war, dass es nur zwei Möglichkeiten gab, einen Streit mit einer Frau zu verhindern: ihr so schnell wie möglich zuzustimmen oder sich aus dem Staub zu machen. Da Letzteres an diesem Tag eindeutig keine Option war, hatte er sich wahrscheinlich für die erste Variante entschieden.

„Lily und die Jungen sind auch schon wach. Sie warten beim Wagen, um mich zu verabschieden." Charlotte trat einen Schritt von ihm weg und strich ihren Rock glatt. „Marietta leiht Lily ihre Dead-Eye-Dan-Bücher für die Zugfahrt, also wird sie dir nicht zur Last fallen. Außerdem habe ich Proviant eingepackt. Langeweile macht hungrig."

Stone musste sich zusammenreißen, damit er nicht die Augen verdrehte. Das hatten sie doch alles schon gestern Abend besprochen. „Es ist nur eine halbe Tagesreise, Schatz. Wir werden es überleben."

Charlotte sah ihm in die Augen und ihre Wangen färbten sich wunderbar rosa. „Natürlich. Es ist nur …" Sie zuckte mit den Schultern. „Ich bin es nicht gewöhnt, dass andere meine Aufgaben übernehmen. Ich fühle mich schuldig, weil ich Marietta darum gebeten habe, auf die Jungen aufzupassen. Stephen kann manchmal wirklich ungestüm sein und John … also John habe ich noch nie allein gelassen, seit ich ihn aus dem Waisenhaus geholt habe. Er ist so still und in sich gekehrt, dass niemand wirklich weiß, was er denkt. Ich –"

„Ihm wird es gut ergehen", unterbrach Stone sie mit einem Tonfall, der keinen weiteren Zweifel zuließ. „Er ist alt genug, um zu verstehen, was und warum du das alles tust. Und Stephen ist da, um zu helfen, wenn Marietta sich unsicher ist. Die beiden Jungen sind sich so nahe wie Brüder. Sie werden sich gegenseitig beistehen, wenn das Warten zu schlimm wird."

Stone führte sie an der Hand zur Wand, sodass sie von außen niemand sehen konnte. Wenn das alles war, was ihnen an Zeit blieb, würde er die letzten gemeinsamen Augenblicke nutzen.

„Ich weiß, dass es schwer ist, sie zurückzulassen, Charlotte, aber ich habe die ganze Woche darüber gebetet und mein Herz sagt mir, dass es das Beste ist."

Charlotte nickte. Ihr Blick haftete irgendwo auf seiner Brust. „Ich habe auch gebetet", sagte sie leise. „Und auch, wenn ich nicht ganz so überzeugt bin wie du, habe ich doch zumindest meinen Frieden mit dieser Entscheidung gemacht." Jetzt sah sie ihn an. „Ich vertraue dir Lily an, Stone. Du wirst für uns alle sorgen."

Es war nicht die Liebeserklärung, nach der Stone sich so sehr sehnte, doch trotz allem war es ein Geschenk.

Langsam beugte er den Kopf und senkte seine Lippen zärtlich auf die ihren. Er legte all die Worte in den Kuss, für die sie nun keine Zeit mehr hatten – einen Kuss, der ihnen beiden über die Zeit hinweghelfen sollte, die sie voneinander getrennt sein würden.

Kapitel dreiunddreißig

Stone lenkte sein gemietetes Pferd in die Straße, die zu Dorchester Hall führte. Lily saß vor ihm im Sattel.

„Ich sehe es!" Sie hopste vor ihm auf und ab und zeigte auf ein
zweistöckiges Gebäude, das sich von den umliegenden Häusern
allein schon durch die riesige, übertrieben, kurz geschnittene Ra-
senfläche unterschied, die es umgab. Sie sah so ordentlich und
gepflegt aus, dass sich sicher nicht einmal Käfer daraufrauten.
Und auch architektonisch konnte keines der umliegenden Anwesen mithalten.

Dorchester Hall zierten griechische Säulen und Balkons, die jedes
Stockwerk vollständig umliefen. Dunkelgrüne Läden schmückten
jedes der unzähligen Fenster, während die mit Schnitzereien reich
verzierte Eichenhaustür eher wirkte, als sollte sie Eindringlinge abhalten und nicht Besucher willkommen heißen.

Stone griff um Lily herum und nahm ihren Arm hinunter. „Ruhig, Kleine. Du solltest dich nicht so offensichtlich über diese Wie-
dervereinigung freuen."

„Ach ja. Stimmt." Sofort ließ sie sich wieder gegen ihn plumpsen
und schob schmollend ihre Unterlippe hervor. „Besser so?"

„Denk daran, was ich gesagt habe. Lass mich das Reden übernehmen. Alles, was du tun musst, ist so zu tun, als könntest du mich
nicht leiden. Verstanden?"

„Verstanden." Lily nickte knapp und schmollte überzeugend weiter.

„Sehr schön." Stone ließ den Blick durch die Gegend schweifen,
während er sein Pferd langsam vorwärtstrotten ließ. Vor dem Haus
zu ihrer Linken stand ein Wagen mit dem Schild eines Lebensmit-
telgeschäftes daran. Nur ein Lieferant, der seine Waren abgab, kein
Hausierer. Gut. Ein Handelsvertreter hätte alles verkomplizieren
können. Vor dem Haus auf der rechten Seite schnitt eine ältere
Dame ihre Rosenbüsche. Sie war viel zu weit weg, um etwas von
der möglichen Unterhaltung auf der Eingangstreppe mitzubekom-

men, und auch viel zu gebrechlich, um länger draußen im Freien zu bleiben. Die Straße lag ruhig da. Perfekte Voraussetzungen. So weit, so gut.

Stone warf bewusst keinen Blick auf die Bäume an der Ostseite des Hauses, da er wusste, dass Ashe sich dort seit heute Morgen vor Sonnenaufgang verborgen hielt. Sein Bein würde dann und wann etwas schmerzen, doch der Mann war immer noch ein harter Kämpfer.

„Wenn dein Großvater dich auf dein Zimmer schickt, öffne als Allererstes dein Fenster."

Lily seufzte. „Ich *weiß*. Wir haben das gestern schon hundert Mal besprochen. Ich öffne das Fenster, damit Mr Ashe mir helfen kann, wenn etwas schiefläuft. Und damit er weiß, dass etwas nicht stimmt, soll ich die Vorhänge halb zuziehen. Das ist das Zeichen."

Stone musste bei ihrem geplagten Tonfall ein Grinsen unterdrücken und grummelte stattdessen zustimmend. Jetzt musste er eine Rolle spielen. Und da das Haus immer näher kam, wurde es Zeit, sie auch endlich einzunehmen.

Daran zu denken, dass Dorchester Lily für seine illegalen Machenschaften missbraucht hatte, war alles, woran er denken musste, um jede Freundlichkeit aus seinem Gesicht zu vertreiben. Als sie die Einfahrt zu Dorchester Hall erreichten, hatte er innerlich genug Druck aufgebaut. Ein Hauch von Schwarz in seinem Augenwinkel fachte das Feuer noch weiter an.

Die verschleierte Frau in Witwentracht, die steif auf der anderen Seite der Straße saß und ein Buch in den Händen hielt, hätte niemals der Entführung beschuldigt werden dürfen. Wenn Dorchester zuerst Franklin engagiert hätte … Wenn er sie gefunden hätte … Er wollte gar nicht darüber nachdenken.

Stone schwang sich knurrend von seinem Pferd, einen Arm immer noch um Lilys Oberkörper gelegt. Sie quietschte, als er sie mit sich riss, und trat um sich, doch er drückte sie fest an seine Seite, sodass ihre Schuhe ins Leere trafen. Dann warf er die Zügel über einen Pfosten am Rande des Fußweges und stapfte den geschotterten Pfad entlang.

Bevor er die Steintreppe erreicht hatte, die zur Eingangstür führte, wurde diese auch schon geöffnet. Ein Butler in Livree sah hochnäsig auf Stones verstaubte Reisekleidung und seine zappelnde Fracht hinunter.

„Mr Hammond für Mr Dorchester", rief Stone mit donnernder Stimme, während er die Stufen erklomm. „Ich werde erwartet."

Er drückte sich an dem sprachlosen Bediensteten vorbei und betrat die mit Marmor gefliese Empfangshalle, als sei er der Schlossherr.

„Dorchester!", brüllte Stone, während er schnell sein Wissen über den Grundriss des Hauses auffrischte. Eine breite Treppe, die ins Obergeschoss führte. Die Küche hinten. Das Esszimmer zur Linken. Das Wohnzimmer davor. Offizieller Salon vorne rechts. Das Büro dahinter. „Ich komme, um meinen Lohn zu holen."

„Lassen Sie mich los!", rebellierte Lily wütend. „Ich habe es Ihnen gesagt: Meine Mama wollte, dass ich bei Miss Lottie bleibe, nicht bei Großvater."

Stone drückte sie fester, um sie zum Schweigen zu bringen. Er wollte nicht, dass sie die Aufmerksamkeit auf sich zog. Obwohl er zugeben musste, dass ihr Geschrei mittlerweile ein ordentliches Publikum angelockt hatte. Die Haushälterin kam aus der Küche, um zu sehen, was dort vor sich ging, und oben auf der Treppe erschienen zwei Hausmädchen, die neugierig nach unten starrten.

„Dorchester", rief Stone noch einmal, „ich habe die Göre. Holen Sie sie, bevor ich ihr Manieren einprügle."

„Ich bin keine Göre!" Lilys Faust traf seinen Oberschenkel. „Ich sollte nur nicht hier sein. Ich will zu Miss Lottie."

So viel zu dem Thema, dass nur *er* reden würde.

„Wirklich, Mr Hammond." Die Haushälterin traute sich ins Foyer hinaus. Sie rang die Hände, hielt das Kinn jedoch hoch erhoben. „Müssen Sie die kleine Mistress wirklich wie einen Sack Kartoffeln hier hereinschleppen? Geben Sie sie mir. Ich kümmere mich um sie."

Die Frau hatte mehr Mut, als Stone es von Dorchesters Angestellten erwartet hätte. Das sprach für sie. Ebenso wie die Tatsache, dass sie sich für das Kind einsetzte. Es war gut zu wissen, dass Lily eine Verbündete mit Rückgrat im Haus hatte. Die Frage war natürlich, ob dieses Rückgrat auch stark genug war, sich gegen Dorchester zu stellen.

Stone konnte der Frau jedoch nicht gestatten, ihm Lily abzunehmen. Nicht, bis Dorchester aufgetaucht war. Also sah er sie finster an. „Wenn es Ihnen nichts ausmacht, Ma'am, behalte ich sie noch ein bisschen bei mir." Die Augen der Haushälterin wurden bei seinem harten Tonfall ganz groß. „Dorchester schuldet mir eine hübsche Summe für diese Lieferung und ich werde sie nur ihm persönlich übergeben."

„Nun, Sie haben sich wirklich Zeit gelassen, Mr Hammond."

Dorchester. Endlich!

Stone wandte sich der Stimme seines Auftraggebers zu. Der Mann hatte inzwischen die Tür seines Büros geöffnet. Seine Hand lag immer noch am Knauf und er blickte ihn kalt und abschätzig an. Stone verengte die Augen.

„Vielleicht wäre es schneller gegangen, wenn Sie mich nicht über die Umstände der *Entführung* belogen hätten", sagte er und schwang Lily herum, sodass sie vor ihm zum Stehen kam. „Die Lehrerin hat mir Schwierigkeiten gemacht, mit denen ich nicht gerechnet hatte." Er legte seine Hand fest auf Lilys Schulter, um der Kleinen ein Gefühl von Sicherheit zu geben und Dorchester seine Machtposition zu zeigen.

Der Mann zuckte mit den Schultern, als sei es ihm egal, dass er die Wahrheit verdreht hatte. „Was kann eine Frau schon gegen einen Mann Ihres Rufes ausrichten?" Dorchester kam auf ihn zu und seine Schuhe klackten auf dem Marmorboden. „Obwohl ich mit Ihrer Arbeitseffizienz nicht gerade zufrieden bin. Ich hätte mehr von Ihnen erwartet. Sobald Franklin auf das Mädchen gestoßen war, hatte er es sich am nächsten Tag geschnappt. Sie haben Wochen gebraucht."

Dorchester hob herausfordernd eine Augenbraue und ein weiterer Mann trat aus dem Büro. Franklin.

Stones Blick verfinsterte sich. Also musste er sich noch um eine weitere Sache kümmern. Und sie würde nicht gerade erfreulich werden, wenn er Franklins Gesichtsausdruck richtig deutete.

„Sie haben mich angeheuert, weil ich der Beste bin." Stone betonte das vorletzte Wort, während er seinen Mantel hinter das Pistolenholster warf, um Franklin freie Sicht auf seine Bewaffnung zu gewähren. „Und eine Sache, die mich zum *Besten* macht, ist, dass

Sie sicher sein können, dass Ihr Auftrag final erfüllt wird. Wenn ich fertig bin, gibt es keine Gesetzeshüter, die auf Sie aufmerksam werden und Ihnen unangenehme Fragen stellen und Ihren Ruf in Gefahr bringen. Wenn ich mich nicht um die Lehrerin gekümmert hätte, hätten die Texas-Ranger hier vor Ihrer Tür gestanden, bevor Franklin die Göre auch nur bei Ihnen abgegeben hätte. Züge sind schnell, aber als ich mich das letzte Mal damit beschäftigt habe, waren Telegramme *noch* schneller."

Dorchester warf einen bösen Blick hinter sich zu Franklin, dann wandte er sich wieder an Stone. „Nun, dann ist es wohl gut, dass ich den besten Mann für diesen Job engagiert habe."

Stone konnte förmlich spüren, wie Franklins Wut aufloderte, doch er würde ihn ignorieren und sich weiter auf Dorchester konzentrieren.

„Und mein Lohn?", wollte Stone wissen.

„Das besprechen wir, sobald ich mich davon überzeugt habe, dass meine geliebte Enkeltochter unverletzt ist." Dorchester blickte zum ersten Mal zu Lily, ging vor ihr auf die Knie und griff nach ihren Händen.

Lily zuckte zurück und für einen kurzen Moment befürchtete Stone, dass sie bei ihm Schutz suchen würde. Nicht, dass er ihn ihr nicht gerne gewährt hätte. Liebend gern hätte er ihr übers Haar gestreichelt und ihr Trost zugesprochen, doch sie mussten ihre Rollen spielen.

„Lily, Schätzchen. Ich habe mir solche Sorgen um dich gemacht."

Solche Sorgen, dass er sie in den letzten Minuten nicht einmal angeschaut hatte. Stone biss die Zähne zusammen.

„Es geht mir gut", sagte sie leise. „Kann ich jetzt zurück zu Miss Lottie?" Ihr trauriger Tonfall klang viel zu überzeugend in Stones Ohren. Sie fiel nicht aus der Rolle. Gut.

Dorchester runzelte die Stirn, versteckte sein Missfallen jedoch sofort hinter einem aufgesetzten Lächeln.

„Nein, Kind. Du bleibst bei mir. Bei deiner *Familie*. Miss Lottie hat es gut gemeint, da bin ich mir sicher, aber dein Platz ist hier." Er machte eine Geste mit der Hand, die all den Reichtum seines Anwesens einfasste. „Du hast hier alles, was du dir wünschen könntest. Bücher. Spielsachen. Kleider." Er zwinkerte ihr zu. „Ein Pony."

„Aber ich will kein Pony. Ich will Miss Lottie! Mama hat gesagt, dass ich bei ihr bleiben soll."

Dorchester machte jetzt keine Anstalten mehr, seine Wut zu verstecken. Er erhob sich abrupt, packte Lily am Arm und zog sie von Stone weg. „Tja, deine Mutter hatte unrecht. Du bleibst bei mir und damit Ende der Diskussion. Ich will keine Widerworte mehr hören, junge Dame. Verstanden?"

„J-ja, Großvater."

Es kostete Stone seine gesamte Selbstbeherrschung, Dorchester nicht die Faust ins Gesicht zu rammen.

Dorchester schnippte mit den Fingern und rief seine Haushälterin zu sich. „Kümmern Sie sich um das Kind, Mrs Johnson. Sie ist bestimmt nur erschöpft von der langen Reise. Ich bin mir sicher, nach einem Nickerchen ist sie viel umgänglicher."

„Ja, Sir, Mr Dorchester." Die Frau lief eilig herbei und legte beschützend einen Arm um Lilys Schultern. „Komm, Kleines. Dir werden die neuen Spielsachen gefallen, die dein Großvater gekauft hat. Er wartet schon seit Wochen auf dich."

Lily ließ sich wegziehen, aber nicht, ohne Stone einen Blick über die Schulter zuzuwerfen. Am liebsten hätte er gelächelt oder gezwinkert oder irgendetwas anderes Aufmunterndes getan, doch da Dorchester ihn beobachtete, traute er sich das nicht.

Mrs Johnson redete weiter, während sie Lily die Treppe hinaufführte. „Das Kätzchen, das du so mochtest, sonnt sich bestimmt gerade auf deiner Fensterbank. Dein Zimmer ist sein Lieblingszimmer, weißt du?"

Lily wandte sich wieder der Haushälterin zu und setzte ein kleines Lächeln auf. Sie sagte nichts, doch ihre Schritte wurden leichter.

Stone zwang seinen Blick weg von der Kleinen und wandte sich wieder Dorchester zu, die Hand griffbereit über dem Revolver. Hart. Überheblich. Standfest.

„Jetzt, wo die Göre weg ist", knurrte er, „können wir endlich über meine Bezahlung sprechen."

Kapitel vierunddreißig

Charlotte umklammerte das Buch in ihrem Schoß, als wäre es ihr einziger Halt in einem Wirbelsturm. Dabei lockerte nicht einmal eine leichte Brise die Luftfeuchtigkeit in Houston auf. Schweiß lief ihren Nacken hinunter, während sie den oberen Balkon beobachtete. Sie würde sich nicht von ihrer Bank wegbewegen, bevor Mr Ashe ihr das Zeichen gegeben hatte.

Lily und Stone waren schon seit Tagen in Dorchesters Haus. Na gut, wahrscheinlich waren es nicht einmal fünfzehn Minuten, doch trotzdem war es viel zu lange. Zumindest viel zu lange, um tatenlos hier auf dieser Bank zu sitzen und die Hände in den Schoß zu legen.

Charlottes Finger umklammerten das Buch noch fester, als sie sich dazu zwang, ruhig zu bleiben. Sie blinzelte, versuchte, einen besseren Blick auf den Baum zu erhaschen, in dem sich ihr Verbündeter verbergen sollte. Sie konnte nichts sehen. Dieser schreckliche Schleier! Er verbarg ihre Identität, schränkte aber ebenso ihre Sicht ein. Wie sollte sie ihren Teil des Planes ausführen, wenn sie nicht einmal das Startzeichen sehen konnte?

Robert Ashe war ein großer Mann. Bestimmt würde sie ihn trotz des Schleiers gut sehen, wenn er aus dem Baum hervorkam. Aber hätte er sich nicht längst zeigen sollen? Bereitete ihm sein Bein Schwierigkeiten? Als sie sich gestern kurz getroffen hatten, hatte sie sein Humpeln bemerkt. Was, wenn er nicht zu Lily gelangen konnte, wenn sie seine Hilfe brauchte?

Während sie noch ihren verstörenden Gedanken nachhing, löste sich ein Schatten aus dem Hickorybaum und ließ sich geschmeidig auf den oberen Balkon gleiten.

Charlotte hielt die Luft an. Sie wartete auf einen Alarmschrei, der mit einem Schlag alles zunichtegemacht hätte. Doch kein Bediensteter schien etwas bemerkt zu haben. Ihr Respekt für den Ranger wuchs noch. Er hatte kein Geräusch gemacht. Trotz seines verletzten Beines.

Mr Ashe kroch über den Balkon, sicherte jedes Fenster, bevor er es passierte. Erst jetzt war das leichte Hinken zu bemerken. Schließlich hatte er das dritte Fenster erreicht und kroch darunter. Einen Moment später erhob er sich zu seiner vollen Größe und winkte mit den Armen.

Das Signal! Lily musste sicher in ihrem Zimmer sein.

Charlotte sprang auf. Plötzlich raste ihr Herz. Sie ließ das Buch auf die Bank fallen und richtete ihren Blick auf die Tür auf der anderen Straßenseite. Die Tür, die sie von Lily trennte. Von Stone. Ihre Brust hob und senkte sich schnell. Sie konnte es schaffen.

Jetzt, Charlotte!

Mit einer fahrigen Bewegung riss sie sich den Schleier vom Kopf. Die Nadeln verfingen sich in ihren Haaren, doch sie ignorierte den Schmerz. Zum ersten Mal in ihrem Leben hielt sie sich nicht damit auf, ihre zerzauste Frisur zu richten. Den Blick weiter fest auf die Tür gerichtet, marschierte sie über die Straße und ignorierte die losen Strähnen. Sie würde sie nicht zähmen. Genauso wenig wie ihre aufflammenden Emotionen – ihre Abscheu, wenn sie an Dorchester dachte, ihre Wut, dass er sie in seine niederträchtigen Machenschaften verwickelt hatte. Die Zügel waren losgelassen und sie würde diese Sache zu Ende bringen.

Ihre Schritte beschleunigten sich, bis sie fast rannte. Rannte und auch an der Tür keinen Halt machte, um zu klopfen, sondern einfach hindurchstürmte.

„Wo ist sie?", schrie Charlotte so laut wie noch nie zuvor in ihrem Leben. Hastig sah sie sich im Foyer um. Sie sah Stone, Dorchester und einen dritten Mann, der rechts neben der großen Treppe stand. Alle drei wandten sich ihr zu und starrten sie an, Stone mit kalter Berechnung, Dorchester vollkommen schockiert und der dritte Mann grinsend.

Charlotte flog auf Stone zu wie eine abgefeuerte Pistolenkugel. „Wo ist meine Tochter, Sie kaltherziger Verbrecher?" Sie prallte an seine Brust, attackierte ihn mit den Fäusten, wünschte, er wäre Dorchester.

Der dritte Mann gluckste. „Tja Stone, sieht so aus, als hättest du sie doch nicht um den Finger gewickelt."

„Halt's Maul, Franklin." Stone schob sie von sich weg und auf Dorchester zu.

„Franklin? Der Mann, der meine Lily entführt hat?" Charlotte wirbelte kreischend herum. „Ich sollte Ihnen die Augen auskratzen!"

Franklin trat einen Schritt zur Seite, also änderte sie ebenfalls ihre Richtung. Auf einem kleinen Mahagonitisch stand eine weiße Porzellanvase mit roten Rosen. Sie sah teuer aus, war vielleicht ein Sammlerstück. Charlotte lächelte innerlich. Gut.

Sie schnappte sich die Vase vom Tisch, mit Blumen und allem, und schleuderte sie auf Franklins Kopf zu.

„Verdammt, Lady, was soll denn das!" Franklin duckte sich weg und riss den Ellbogen hoch. Die Vase zersplitterte über ihm an der Wand und abertausende Scherben ergossen sich über den Mistkerl und machten auch vor Dorchester keinen Halt. Wasser und Blumen flogen durch die Gegend und durchnässten die Hosen der Männer. Sie fingen an zu fluchen, wie Charlotte es noch niemals vorher gehört hatte. Doch die Gemeinheiten stachelten sie nur weiter an. Sie ergriff das Tischchen und schleuderte es mit all ihrer Kraft in Richtung der Männer – Männer, die nicht länger in Stones Nähe standen, wie sie erleichtert feststellte.

Dorchester duckte sich weg. „Verrücktes Weibsbild! Was glauben Sie, was Sie hier tun?"

„Ich zerstöre Ihr Leben, wie Sie es mit meinem getan haben!" Sie lief durch das Foyer zu dem passenden Tischchen auf der anderen Seite. Dort stand die wirklich hässliche Skulptur eines Schwanes, der aussah, als wolle er gerade ein Ei legen. „Meine Schule schließen …" Der Hals des Schwanes brach ab und der geköpfte Körper schlidderte über den Boden. „Mich wie eine Verbrecherin verfolgen lassen …" Sie ergriff den Tisch.

Charlotte spürte, dass die beiden Männer sich ihr näherten und wirbelte herum, brachte die Tischbeine zwischen sich und ihre Angreifer, um sie auf Abstand zu halten. Sie schlichen sich an, als wollten sie ein gefährliches Raubtier umzingeln. Vielleicht war sie das ja auch. Charlotte grinste. Wer hätte gedacht, dass es so einen Spaß machen konnte, sich danebenzubenehmen?

Und was am allerbesten war, sie hatte die volle Aufmerksamkeit ihrer Widersacher auf sich gezogen und damit weg vom Büro. Ein kurzer Blick verriet ihr, dass Stone noch nicht hineingeschlichen war. Sie musste die Ablenkung also noch weiter ausdehnen. Doch wie? Ihr gingen langsam die Geschosse aus.

Die Männer kamen näher. Zu nahe. Sie musste –

Franklin sprang. Charlotte schleuderte ihm den Tisch entgegen und traf ihn mit einem der Beine am Kopf. Er taumelte zurück. Das verschaffte ihr genug Raum, um sich an der Wand entlang außerhalb seiner Reichweite zu bringen. In der Nähe erspähte sie einen hölzernen Garderobenständer. Sie lief darauf zu.

„Halten Sie sie auf, Franklin!", bellte Dorchester. „Wofür bezahle ich Sie eigentlich, Mann!"

Charlotte ergriff triumphierend den Ständer und hielt ihn wie einen Speer vor sich. Als Franklin näher kam, stach sie nach ihm, doch er war so klug, sich weit genug von ihr fernzuhalten. Und er ließ ihr keinen Raum, um ihre Ecke zu verlassen. Nun rieb er sich den Kopf und verengte die Augen zu schmalen Schlitzen.

„Ich kümmere mich schon um sie", versprach er mit rauer Stimme, ohne den Blick von ihr abzuwenden.

Charlotte schluckte. Ihr gefiel gar nicht, wie seine Hand über seinem Revolver zuckte. Er würde doch nicht auf sie schießen, oder?

Blut rauschte in ihren Ohren, doch jetzt war nicht der Moment, um lockerzulassen. Stone zählte auf sie. Sie musste ihm mehr Zeit verschaffen.

„Sie haben mir meine Tochter gestohlen, Sie Unmensch!" Charlotte rammte den Fuß des Garderobenständers in die Richtung von Franklins Magen.

Er schnappte ihn sich mit beiden Händen. Charlotte riss ihre Waffe zurück, doch er hielt sie fest umklammert. „Sie ist nicht mal Ihr Kind, Lady. Hören Sie mit dem Mist auf, bevor ich Sie verletzen muss."

Charlotte zog weiter an dem Ständer. Ihre Arme schmerzten vor Anstrengung. Doch sie kämpfte für Lily. Sie würde nicht nachgeben.

„So einer sind Sie", rief sie. „Verletzen unschuldige Frauen und Kinder." Sie riss noch einmal fest an ihrer Waffe. „Und *Sie*", schrie sie in Dorchesters Richtung, als sie bemerkte, dass Stone verschwunden war und Dorchester sich umschaute. „Randolph Dorchester! Sie sind ein abscheulicher, habgieriger Mann, der seine Enkelin dazu missbraucht, sich die Taschen voll zu machen. Sie widern mich an."

Der Plan ging auf. Dorchester kam näher an sie heran, doch auch ihre eigene Aufmerksamkeit hatte gelitten, was Franklin sofort ausnutze. Mit einer zackigen Bewegung entriss er ihr den Garderobenständer. Unvorbereitet taumelte Charlotte vor, als er ihre Waffe fortschleuderte. Mit einem lauten Krachen landete sie in der Ecke, doch Charlotte machte sich viel größere Sorgen um die Faust, die Franklin erhoben hatte. Sie riss die Arme hoch, um ihr Gesicht zu schützen.

„Du wusstest noch nie, wie man mit Frauen umgeht, Franklin."

Stone!

„Aber du!"

Charlotte ließ die Arme sinken und sah, dass Franklin versuchte, seine Faust aus Stones eisernem Griff zu befreien.

„*Mich* hat sie nicht mit Gegenständen beworfen, oder?" Das kalte Grinsen auf Stones Gesicht ließ es so fremd aussehen, so … überheblich. Er wirkte wie ein Schurke, der mit seiner letzten Eroberung prahlte.

„Nur, weil du dich in irgendeiner Ecke versteckt hast", erwiderte Franklin und machte sich los.

„Sie würde mich niemals verletzen, stimmt's Süße? Nicht nach allem, was wir hatten." Für den Bruchteil einer Sekunde fühlte sie sich an ihren treulosen Vater erinnert, der ihrer Mutter seine Geliebte vorsetzte. Und an den verräterischen Alexander, der monatelang mit ihren Gefühlen gespielt hatte. Der Eindruck, wieder betrogen worden zu sein, machte sich in ihr breit. Bis Stone sie ansah, mit Besorgnis in den Augen. Besorgnis und einem aufmunternden Drängen.

Spiel deinen Part.

Charlotte richtete sich auf und wandte sich ganz Stone zu, bereit, ihn mit vorgetäuschtem Temperament anzugreifen. Doch das, was sich in ihrer Brust regte, war alles andere als vorgetäuscht. Nein, die Erinnerungen der Vergangenheit mischten sich mit ihrer Angst und bildeten eine explosive Formel. All die Worte, die sie so lange in sich eingeschlossen hatte, seit ihr Vater sie im Stich gelassen hatte, fluteten aus ihr heraus.

„Sie … Sie Schürzenjäger!" Sie rammte Stone die Faust in den Magen. Zischend entwich die Luft aus seiner Lunge und er beugte sich nach vorne. „Sie haben sich nie wirklich für mich interessiert, stimmt's? Sie kümmern sich nur um sich selbst. Ihren guten Ruf! Ihr Geld! Sie haben mich mit Ihren lieblichen Worten eingelullt und mein Kind gestohlen. Wie konnten Sie nur? Wie *konnten* Sie?"

Unerwartet fing sie an zu schluchzen. Alarmiert versuchte sie, die Gefühle zurückzuhalten, doch nun, da sie einmal befreit waren, ließen sie sich nicht mehr unterdrücken. Sie sank entkräftet gegen Stone, während sie die Tränen der Bitterkeit strömen ließ, die ihr halbes Leben in ihr gefangen gewesen waren. Der Betrug ihres Vaters. Der Weggang ihrer Mutter. Alexanders Treulosigkeit.

Starke Arme hoben sie hoch, als wäre sie ein kleines Mädchen, was sie nur noch mehr weinen ließ.

„Der Kampf ist vorbei, Männer", sagte Stone immer noch mit diesem widerlichen Tonfall, den er sich angeeignet hatte. „Dorchester, lassen Sie Ihren Wagen anspannen. Ich gebe ihr etwas Geld und schicke sie weg. Sie weiß, dass sie verloren hat. Sie wird Sie nicht mehr belästigen."

„Das will ich auch hoffen", grummelte Dorchester. „Ich werde sie wegen Vandalismus festnehmen lassen, wenn sie sich noch einmal hier blicken lässt."

Stone nickte und legte sein Kinn an Charlottes Haare, während er sie zur Tür trug. „Ich kümmere mich um sie. Aber wenn Sie mich bei meiner Rückkehr nicht bezahlen, sind Sie der Nächste, um den ich mich kümmere."

„Ich mag es nicht, wenn man mir droht, Hammond." Dorchesters kalte Stimme durchdrang den Nebel in Charlottes Kopf und sie versteifte sich.

Doch Stone wankte nicht. Er antwortete in einem eiskalten Tonfall, bei dem sich Charlotte die Nackenhaare aufstellten. „Und *ich* mag es nicht, wenn man mich um meinen rechtmäßigen Lohn betrügen will."

Kapitel fünfunddreißig

Sobald die Tür hinter ihnen ins Schloss fiel, senkte Stone den Kopf. „Geht es dir gut?", flüsterte er Charlotte ins Ohr. Ihr Schluchzen hatte ihn fast in den Wahnsinn getrieben. „Du weißt, dass ich nichts von den Dingen, die ich dort drinnen gesagt habe, ernst meinte, oder? Es war alles nur Schauspielerei. Das schwöre ich."

„Ich weiß", sagte sie keuchend, während sie versuchte, ihre Gefühle wieder in den Griff zu bekommen. „Ich befürchte, ich habe nicht sehr viel Erfahrung mit solchen Wutanfällen. Ich wollte eigentlich nur ein bisschen böse klingen, aber als die Pforten erst einmal geöffnet waren, sind die Fluten aus mir hervorgebrochen." Sie tätschelte mit ihrer Hand seine Brust, was sein Herz hüpfen ließ. „Ich fürchte, ich habe es etwas übertrieben."

Schürzenjäger hatte sie ihn genannt. Und ihm vorgeworfen, dass er sich nie wirklich für sie interessiert habe. Die Worte, die Charlottes gebrochenem Herzen entsprungen waren, klangen in Stones Gedanken wider. Ihr Vater! Hatte sie ihrem Schmerz in all den Jahren etwa niemals Ausdruck verliehen? Er konnte es sich gut vorstellen. Sie hatte die Qualen einfach in sich eingeschlossen und nicht mehr an die Oberfläche gelassen. Wenn es ihr half, ihm gegen die Brust zu trommeln, und es ihr dadurch besser ging, würde er sich jederzeit wieder zur Verfügung stellen.

Stone lächelte sie an. „Immerhin hast du keinen Tisch nach mir geworfen."

Ihre Wangen färbten sich rot. „Das hast du gesehen?"

„Ich habe dich vom Büro aus im Auge behalten." Er zwinkerte ihr zu, während er die Treppe hinunter auf den Fußweg ging. Charlotte verlagerte ihr Gewicht, damit er sie abstellen konnte, doch Stone machte keine Anstalten, sie loszulassen. Sie fühlte sich einfach zu gut an in seinen Armen.

Plötzlich umklammerte sie sein Hemd, als sei ihr etwas Wichtiges eingefallen. „Hast du das Buch?"

Er nickte. „In meiner Manteltasche."

Stone drückte Charlotte schnell einen Kuss auf die Stirn, da er sich sicher sein konnte, dass seine breiten Schultern jeden neugierigen Blick abfangen würden. Dann ließ er sie widerstrebend los, legte aber einen Arm um ihre Hüfte, bis sie ihr Gleichgewicht gefunden hatte.

„Hier. Bevor die Kutsche kommt." Er griff in seine Tasche und zog eine schmale, in Leder gebundene Kladde hervor. Die obersten Blätter hatte er im Büro schnell überflogen und festgestellt, dass es genau das war, was Lily vermutet hatte. Berichte über Geschäftsabläufe – Vorgänge, die niemand in seinen offiziellen Unterlagen vermerken würde.

Sie versteckten das Buch zwischen sich und Stone riss die oberste Seite heraus.

„Gib das Buch Ashe, aber behalt die eine Seite. Die brauche ich später noch."

Sie nickte und schob beides in ihre Rocktasche.

Das Klappern von Pferdehufen erklang hinter dem Haus. Stone sah in diese Richtung. Gleich würde die Kutsche bei ihnen sein.

„Ashe wird sich mit dir treffen, das Buch sicher verstecken und dann zurückkommen, um das Haus weiter zu beobachten, bis es dunkel wird. Ich bleibe so lange wie möglich hier und hole mir mein Geld."

Charlotte biss sich auf die Unterlippe. „Erklär mir nochmal, warum wir Lily nicht einfach mitnehmen können. Mr Ashe könnte doch bestimmt –"

„Wir dürfen nicht riskieren, dass Dorchester Verdacht schöpft." Stone umklammerte ihre Arme fest. „Erst müssen wir das Buch in Sicherheit bringen, unser Druckmittel. Wenn wir Lily jetzt sofort mitnehmen, wird Franklin uns folgen – und wer weiß, wie viele andere noch. Das willst du doch bestimmt nicht. Es muss so laufen, wie wir es geplant haben." Er blickte in die Richtung, aus der sich ihnen die Kutsche näherte, und setzte wieder sein grimmiges Gesicht auf. „Mrs Johnson ist bei Lily. Sie kümmert sich um sie."

Charlotte sah ihn noch einmal an, dann tat sie so, als winde sie sich in seinem Griff.

Stone war unendlich stolz auf sie. Sie war großartig gewesen. Hatte das Foyer mit ihrem Feuer fast in Brand gesteckt wie ein Rache-engel. Und selbst als es für sie gefährlich geworden war, war sie nicht zurückgewichen, sondern hatte ihm die Zeit verschafft, die er gebraucht hatte.

Der Fahrer sprang von seiner Bank und öffnete ihr die Tür. „Wohin, Miss?"

„Zum Sunny South Boarding House an der Ecke Milam und Franklin Street, bitte", stieß Charlotte schwächlich und niedergeschlagen aus.

Stone streckte die Hand aus und half ihr beim Einsteigen.

„Ah", sagte der Fahrer und nickte. „Unten am Sumpf. Ein schöner Stadtteil."

„Mag sein." Sie klang so gebrochen, dass Stone zusammenzuckte. Doch als der Fahrer die Tür hinter ihr geschlossen hatte, zwinkerte sie ihm zu. Stone schüttelte fassungslos den Kopf. Die schauspielerische Begabung hatte sie ohne Zweifel von ihrer Mutter geerbt. Sie war ein Naturtalent.

Stone wollte erleichtert grinsen, war sich jedoch bewusst, dass der Kutscher ihn beobachtete, also zwang er sich zu einem neutralen Gesichtsausdruck. „Es ist vorbei, Miss Atherton." Er stemmte seine Hand gegen die Kutsche. „Das Mädchen ist bei seiner Familie, wo es hingehört. Sie schaden sich nur selbst, wenn Sie Dorchester nicht in Ruhe lassen. Er wird Sie verhaften lassen, wenn Sie noch einmal hier auftauchen. Seien Sie froh, dass er Sie überhaupt so ungeschoren davonkommen lässt."

„Danke für Ihre Anteilnahme." Verachtung triefte aus jedem ihrer Worte. „Doch da sich unsere Wege nun trennen, gebe ich einen feuchten Kehricht auf Ihre Ratschläge." Sie entließ ihn mit einem kalten Winken. „Fahrer? Worauf warten Sie noch!"

Der Mann warf Stone einen mitleidigen Blick zu und schnalzte mit der Zunge, um die Pferde in Bewegung zu setzen. Stone trat zurück und machte sich auf den Weg zum Haus. Eine dunkle Gestalt glitt aus dem Baum zu seiner Rechten und verschwand in der nächsten Straße. Ashe. Er würde der Kutsche zu Pferde folgen und auf Charlotte aufpassen. Stone beabsichtigte, kein Risiko einzugehen.

Mit langen Schritten lief er die Treppe hinauf. Schritt eins war vollbracht. Jetzt folgte Schritt zwei.

Als Charlotte das Sunny South Boarding House erreichte, hatte sie ihre Gefühle endlich wieder im Griff, obwohl die Sorge um Stone und Lily immer noch dicht unter der Oberfläche brodelte. Sie hatte den Großteil der Fahrt damit verbracht, für ihre Lieben zu beten und sie in Gottes fähige Hände zu legen.

Sie dankte dem Fahrer kalt und betrat ohne weitere Worte das Foyer der Pension. Eine junge Frau, die neben dem Eingang auf einem Sofa gesessen hatte, sprang auf. „Haben Sie es geschafft?"

Charlotte lächelte Belinda Ashe an, auf deren hübschem Gesicht Sorgenfalten standen. „Der erste Schritt ist gemacht", sagte sie mit einem Nicken. „Ihr Ehemann sollte auch bald kommen."

Belindas zarte Schultern entspannten sich etwas. „Dem Himmel sei Dank!" Sie schüttelte über sich selbst den Kopf. „Ich weiß auch nicht, warum ich so nervös bin. Robert war als Ranger schon auf viel gefährlicheren Einsätzen. Es ist nur das erste Mal seit seiner Verletzung und ich … ich habe mir Sorgen gemacht …"

Charlotte durchquerte den Raum und ergriff die Hand der jungen Frau. „Es ist doch nur natürlich, dass Sie sich um den sorgen, den Sie lieben."

„Machen Sie sich Sorgen um Mr Hammond?", fragte Belinda und musterte sie eindringlich.

Charlotte wand sich. Plötzlich fühlte sich das geborgte Kleid viel zu eng an. „Natürlich", gab sie zu und ließ den Kopf hängen. „Er riskiert viel, um uns zu helfen. Aber es ist Lilys Sicherheit, die mir am schwersten auf der Seele liegt. Sie in diesem Haus zurückzulassen, war das Schlimmste, was ich jemals tun musste."

„Mein Robert wird auf sie achtgeben", versicherte ihr Belinda und drückte Charlottes Hand. „Unter seinem Schutz wird ihr nichts geschehen."

„Lindy hat recht, wie immer." Eine Männerstimme erklang von der Tür her.

„Robert!", rief Belinda, ließ Charlottes Hand los und lief zu ihrem Ehemann. Er umarmte sie so fest, dass es sie von den Füßen hob.

„Du hast doch nicht den ganzen Morgen hier gesessen und dir Sorgen gemacht, oder?" Robert Ashe stellte seine Frau ab und tippte ihr zärtlich auf die Nase. „Ein weniger selbstbewusster Mann könnte so etwas als kränkend empfinden."

„Selbstbewusst?" Belinda schnaubte ungläubig. „Wohl eher arrogant. Manchmal glaube ich, dass du nur hinkst, weil dein Stolz so schwer wiegt."

Charlotte wandte den Blick von dem Paar ab. Unter den liebevollen Sticheleien spürte sie die tiefe Zuneigung, die die beiden miteinander verband. Sie schwang in den Blicken mit, die sie sich immer wieder zuwarfen, den Fingern, die sich immer wieder berührten. Charlotte spürte tief in ihrem Herzen eine Sehnsucht aufsteigen und Stone trat vor ihr geistiges Auge.

„Ich habe das Buch", platzte es aus ihr heraus. Sie musste einfach etwas tun, um sich von ihren Gefühlen abzulenken. Rasch zog sie die kleine Kladde aus ihrer Rocktasche.

Ashe kam zu ihr und sie bemerkte, dass er etwas stärker humpelte als am Abend zuvor, wahrscheinlich, weil ihn der heutige Tag sehr angestrengt hatte. Er nahm das Buch und steckte es in seine Manteltasche. „Ich bringe es ins Ranger-Büro und schließe es im Safe ein. Dann gehe ich zurück nach Dorchester Hall und nehme meinen Posten wieder ein."

„Erst musst du etwas essen", befahl seine Frau. „Ich lasse nicht zu, dass du vor Hunger zusammenbrichst, nur weil du zu stur warst, ein paar Minuten für ein Sandwich zu verschwenden. Ich sehe nach, ob es in der Küche noch Schinken vom Frühstück gibt." Sie wirbelte herum und verschwand den Flur hinunter.

Ashe verdrehte die Augen. „Die Frau kann es einfach nicht lassen. Immer muss sie sich um mich kümmern." Tiefe Liebe schwang in seinen Worten mit.

„Lassen Sie sie machen", sagte Charlotte sanft. „So zeigt sie, wie wichtig Sie ihr sind."

Ashe seufzte. „Ich weiß. Deshalb werde ich auch essen, was immer sie mir vorsetzt." Er zwinkerte Charlotte zu. „Ich will doch ihre Gefühle nicht verletzen."

Weil er sie ebenso sehr liebte wie sie ihn. Charlotte hoffte, dass es für immer so bleiben würde – Belinda, die ihrem Mann Sandwichs brachte und seine Wunden versorgte, Robert, der vermeintlich gezwungen mitspielte.

Wie würden Stone und sie sein, wenn sie erst einmal verheiratet waren? Würden sie immer noch bei Sonnenuntergang spazieren gehen? Würde sie an ihrem Hochzeitstag die Mondscheinsonate für ihn spielen? Die Vorstellung, wie sie nebeneinander in Madisonville im Schaukelstuhl saßen, drängte sich ungebeten in Charlottes Gedanken und ließ ihre Sehnsucht nach Stone noch größer werden.

„Ich … ich muss mich umziehen", sagte sie entschuldigend, während sie sich an Robert vorbeischlängelte. Jetzt war nicht die Zeit, vor sich hin zu träumen. Lily saß in Dorchesters Haus fest und wartete darauf, gerettet zu werden. Später, wenn es ihrer Familie wieder gut ging, konnte sie ihren Träumen nachhängen, soviel sie wollte.

Außerdem konnte sie in diesem Kleid kaum atmen. Sie brauchte ihren Rock und die Bluse. Und die Kamee ihrer Mutter. Ihre Finger fuhren an die Stelle, an der sich die Brosche normalerweise befand. In ihrer eigenen Kleidung würde sie sich wieder mehr wie sie selbst fühlen, mehr wie Lilys Lehrerin. Nein – ihre Mutter. Charlotte lächelte, als sie die Treppe hinaufstieg.

Doch nachdem sie sich gewaschen und umgezogen hatte, ging ihr Stone immer noch nicht aus dem Kopf. Jedes Mal, wenn sie an Lily dachte, wanderten ihre Gedanken weiter zu ihm, ihrem Liebsten, ihrem Beschützer. Und jedes Mal, wenn sie an ihn dachte, stieg ein bedrohliches Gefühl in ihr auf. Es war weniger Sorge als vielmehr eine schlimme Vorahnung.

Kapitel sechsunddreißig

Stone griff nach Charlottes Hand, als sie in der Nacht durch die Bäume schlichen, um zu Dorchester Hall zu gelangen. Sie hatte wieder dieses schreckliche Trauerkleid angezogen, damit sie in der Dunkelheit nicht gesehen wurde, doch ihr Gesicht war so fahl, dass es den hellen Mond reflektierte.

Mit der freien Hand gab Stone Ashe einige kurze Zeichen. Sein Freund nickte und kletterte auf den Baum, der ihn wieder auf den Balkon im zweiten Stock bringen würde. Stone würde ihm in wenigen Augenblicken folgen. Er wollte nur erst sicherstellen, dass es Charlotte gut ging.

„Bleib hinter den Bäumen", flüsterte er und wünschte sich nicht zum ersten Mal, er hätte sie dazu gezwungen, bei Belinda in der Pension zu bleiben. Leider hatte er ihr versprochen, dass sie während der ganzen Operation seine gleichberechtigte Partnerin sein würde, und dieses Versprechen durfte er nicht brechen. Trotzdem hätte er lieber alles getan, um sie in Sicherheit zu wissen.

„Egal, was du hörst oder siehst, du bleibst hier. Verstanden?" Er starrte sie eindringlich an. „Ich möchte dein Wort, Charlotte. Ich kann es mir nicht leisten, dass die Sorge um dich mich ablenkt." Die nächsten Worte sagte er vor allem, um sicherzustellen, dass sie ihr Versprechen auch hielt. „Lilys Sicherheit hängt davon ab, dass ich mich ganz allein auf meine Aufgabe konzentrieren kann."

„*Deine* Sicherheit macht mir Sorgen, nicht Lilys. Dorchester braucht sie lebend und sie ist in ihrem Zimmer. *Du* bist derjenige, der Dorchester bedrohen wird. Und wenn Franklin noch in der Nähe ist, bekommst du es vielleicht auch noch mit ihm zu tun." Sie streckte die Hand aus und krallte sich fast schmerzhaft in seinen Arm. „Ich habe gesehen, wie Franklin dich angeschaut hat, Stone. Zornig. Voller Hass. Er hat schon zu lange die zweite Geige gespielt. Wenn er die Gelegenheit bekommt, dich als Konkurrenten endlich loszuwerden, wird er sie nur zu gerne ergreifen."

Völlig perplex starrte Stone Charlotte an. Sie machte sich mehr

Sorgen um ihn als um Lily? Das konnte doch unmöglich stimmen. Doch ihr ernster Blick unterstrich ihre Worte.

Liebe durchströmte ihn, stark und unbesiegbar. Mit einer ruckartigen Bewegung zog er Charlotte an sich und küsste sie. Kurz und fest. Dann löste er seine Lippen sofort wieder von den ihren, um seine Mission nicht aus den Augen zu verlieren.

„Versprich mir, dass du hier im Schatten bleibst, egal was passiert", verlangte er noch einmal flüsternd.

Sie nickte und sah ihn weiterhin unverwandt an. Zufrieden löste er sich von ihr und trat zurück.

„Ich liebe dich, Charlotte."

Tränen traten in ihre wunderschönen Augen. Nun senkte sie den Blick doch.

Stone durfte sich davon nicht ablenken lassen. Mit einem letzten Nicken ging er zu dem Baum und zog sich daran hinauf. Als er die Veranda erreichte, hatte Ashe sich schon vor Lilys Fenster niedergelassen und wartete dort auf ihn.

„Da bist du ja endlich." Ashe grinste. „Ich dachte, du hättest dich vielleicht in den Ästen verfangen."

Stone schlich zu dem Mann hin, nahm seinen Kopf und schob ihn durch das geöffnete Fenster. Ashe machte sich los und sah seinen Partner fassungslos an.

Stone zuckte mit den Schultern. „Tut mir leid. Ich dachte, du hättest dich vielleicht im Fenster verfangen."

Die beiden Männer glucksten, als Stone sich erhob und vorsichtig in das Zimmer kletterte. Sein Blick richtete sich sofort auf die kleine Person unter der Bettdecke.

Lily lag zusammengerollt auf der Seite, eine Hand unter der Wange. Ihr Mund hatte sich während des Schlafens leicht geöffnet und sie atmete gleichmäßig aus und ein. So unschuldig. So vertrauensvoll. Stone würde höchstpersönlich dafür sorgen, dass dieses Vertrauen nicht enttäuscht würde.

Er trat an ihr Bett und bückte sich. Sanft legte er seine Hand auf ihre Schulter und schüttelte sie. „Wach auf, Kleine. Es ist Zeit zu gehen."

Sie gähnte und rollte sich auf den Rücken. Dann öffnete sie langsam die Augen. „Stone?"

Er lächelte. „Jepp. Du musst aufstehen und dich anziehen. Wir verschwinden, sobald ich mich mit deinem Großvater unterhalten habe."

Ihre Augen wurden groß. „Sie sagen ihm, dass er mich in Ruhe lassen soll und dass ich bei Miss Lottie bleiben darf, stimmt's?" Ihr Blick zuckte zu den Colts in seinem Gürtel.

„Das mache ich, Kleine." Da er weitere Fragen unterbinden wollte, tätschelte Stone noch einmal ihre Schulter und erhob sich wieder.

„Bleib bei ihr", murmelte er Ashe zu, der bereits an der Zimmertür stand.

Sein Freund nickte. „Das mache ich." Ashe drehte leise den Knauf, zog die Tür ein Stück auf und spähte in den Flur hinaus. „Die Luft ist rein." Er wandte sich noch einmal Stone zu und sah ihn fest an. *Sei wachsam!*

Stone erwiderte Ashes Blick kurz, dann schlüpfte er durch die Tür in den Flur. Er schlich an der Wand entlang zu Dorchesters Schlafzimmer.

Ein letztes Mal sah er sich nach Dienern um, dann zog er seine Pistole aus dem Holster und schlüpfte in die Höhle des Löwen.

Das Zimmer wurde vom einfallenden Licht des Mondes nur wenig erhellt. In der schummrigen Dunkelheit erkannte Stone eine Sitzgruppe, um die er einen großen Bogen machte. Leise schlich er voran, ohne ein einziges Geräusch zu machen.

Dorchester bewegte sich nicht. Nicht, bis Stone ihm den kalten Lauf des Colts an die Schläfe drückte und den Hahn spannte. Das leise Klicken klang in dem stillen Raum so laut wie ein Kanonenschlag. Dorchester riss die Augen auf.

Ohne den Kopf zu drehen, blickte er nach rechts, wo Stone stand. „Hammond!", keuchte er. „W-was soll das? Was machen Sie hier?" Er schluckte mühsam. „Wir haben unseren Handel heute abgeschlossen, schon vergessen?"

„Das haben wir. Ihre Zahlung war zufriedenstellend." Stone hatte das Geld gleich am Nachmittag auf die Bank gebracht.

„Warum zum Henker halten Sie mir dann in meinem eigenen Schlafzimmer eine Waffe an den Kopf?" Der Mann schien sein Rückgrat wiedergefunden zu haben. Seine Stimme triefte vor Empörung.

Stone presste die Pistole noch etwas fester gegen Dorchesters Schläfe. Er sollte keinen Zweifel daran haben, wer hier das Sagen hatte. Als die Decke zu zittern begann, grinste Stone. „Ich schlage Ihnen einen neuen Handel vor. Einen, der nur zu Ihrem eigenen Besten ist."

„Dafür lasse ich Sie hängen, Hammond", drohte Dorchester und Stone war klar, dass diese Drohung nicht völlig aus der Luft gegriffen war. Ein Mann, der so betucht und einflussreich war wie Dorchester, bekam immer seinen Willen. Auch wenn er dafür offizielle Stellen schmieren musste. Stone war nicht entgangen, dass einige der Namen auf Dorchesters Liste die von Richtern und Anwälten waren.

„Das werden wir erst noch sehen." Mit ruhiger Hand zog Stone den Zettel aus seiner Tasche und hielt ihn vor Dorchesters Gesicht. „Erkennen Sie das?"

„Was?", grummelte der Mann. „Es ist mitten in der Nacht und dunkel wie in einer Höhle. Wenn ich erkennen soll, womit Sie mir da vor der Nase herumfuchteln, muss ich schon Licht machen."

Stone nickte, behielt den Zettel aber in der Hand. Langsam trat er zurück, durchsuchte den Nachtschrank, wo er einen Colt fand, und steckte ihn ein. Er würde sich nicht überrumpeln lassen. Er war kein Anfänger.

„Machen Sie schon, Dorchester", befahl Stone.

Der Mann schoss hoch, offensichtlich verärgert, dass Stone seinen Plan durchkreuzt hatte. Er entfernte den Schirm von der Kerosinlampe auf seinem Nachtschrank trotzdem und entzündete sie. Währenddessen warf er Stone, der die Pistole inzwischen auf seine Brust gerichtet hatte, immer wieder nervöse Blicke zu. Nachdem er den Schirm zurück auf die Lampe gesetzt hatte, streckte er die Hand aus und funkelte Stone zornig an.

„Gut. Zeigen Sie mir diesen vermaledeiten Wisch."

Stone reichte ihm die Seite. Als Dorchesters Augen groß wurden und jegliche Farbe aus seinem Gesicht wich, machte sich Befriedigung in Stone breit.

„Wie … wie sind Sie daran gekommen?"

„Das ist vollkommen egal." Stone beäugte ihn eisern. „Ich will nur, dass Sie wissen, dass ich das gesamte Buch habe und das hier nur ein Beweis dafür ist. Die Mappe ist sicher versteckt bei meinem Partner. Und wenn Sie nicht kooperieren, wird sie den Texas-Rangern übergeben. Ihnen ist hoffentlich klar, was das für Sie bedeuten würde. Wenn Sie jedoch auf meinen Handel eingehen, haben Sie nichts zu befürchten." Stone nickte in Richtung des Papiers. „Ich verlange, dass Sie Lily an Miss Atherton übergeben, da sie der rechtmäßige Vormund ist, und auf jegliche Ansprüche auf Ihre Enkelin verzichten. Wenn Sie dem zustimmen und das Mädchen nicht weiter verfolgen, bleibt das Buch sicher verwahrt in meinem Besitz und Ihre Geheimnisse sind sicher."

„Und wer versichert mir, dass Sie sich an Ihr Wort halten, wenn ich meine Enkelin hergegeben habe? Ich wäre ein Narr, wenn ich auf diesen Handel einginge!"

„Mir liegt ebenso viel daran wie Ihnen, mich an die Abmachung zu halten", versicherte ihm Stone. „Wenn ich den Handel breche, werden Sie Lily wieder entführen lassen. Das ist mir klar. Außerdem halte ich mein Wort – im Gegensatz zu so manchem Geschäftsmann." Er verengte die Augen zu Schlitzen, als Dorchesters Gesicht tiefrot anlief.

„Lassen Sie Lily gehen, Dorchester. Ehren Sie die Wünsche Ihrer verstorbenen Schwiegertochter. Wenn Sie es nicht tun, wird das Buch sofort dem Gericht übergeben. Dem Gericht *und* der Presse. Beide müssten nur ein paar kleine Nachforschungen anstellen, um Ihre Erpressereien und Mauscheleien aufzudecken. Ich bin mir sicher, die Öffentlichkeit würde Ihre Geschäftspraktiken äußerst interessant finden. Ihr Ruf wäre dahin. Keiner würde mehr mit Ihnen Geschäfte machen, was ohnehin schwierig wäre, da Sie für lange Jahre ins Gefängnis wandern würden. Und ich könnte mir auch vorstellen, dass Ihnen der eine oder andere sogar an den Kragen gehen würde." Stone schüttelte den Kopf und schnalzte bedauernd mit der Zunge.

Dorchester schäumte. Stone und Ashe hatten mit ihren Vermutungen also recht gehabt. Als sie sich das Buch heute genauer angesehen hatten, hatten sie eine Art Buchführung entdeckt, die teilweise über Jahre zurückreichte und einflussreiche Namen mit großen Geldzahlungen in Verbindung brachte. Über direkte Erpressungsversuche war zwar nichts zu finden gewesen, aber Stone hatte einfach gepokert – und anscheinend nicht zu hoch. Es wäre sicherlich ein Leichtes, durch die eine oder andere Befragung an weiteres belastendes Material gegen Dorchester zu kommen.

„Geben Sie das Mädchen auf, Dorchester, und damit das zusätzliche Einkommen, das es Ihnen in Zukunft noch beschert hätte", verlangte Stone, „oder Sie verlieren am Ende alles. Es ist ihre Entscheidung."

„Lily ist meine Enkelin. Sie gehört zu ihrer Familie."

Stone hatte genug. „Das Mädchen gehört zu dem Vormund, den seine Mutter für es ausgewählt hat." Er beugte sich so weit hinunter, dass sein Gesicht nur noch wenige Zentimeter von Dorchesters entfernt war. Der Mann zuckte zurück. „Machen Sie keinen Fehler", knurrte Stone. „Ich nehme Lily mit mir, egal wie Ihre Entscheidung ausfällt. Es geht nur darum, ob Sie Ihre Freiheit behalten oder nicht."

Dorchesters Blick huschte von Stone zur Tür und wieder zurück. Suchte er nach einem Ausweg? Nach Hilfe? Stone verstärkte den Griff um seine Pistole.

Dann atmete der Mann plötzlich tief ein und schrie laut: „Fraaanklin!"

Stone zögerte nicht. Er rammte dem alten Mann die Faust gegen das Kinn und stürmte aus dem Zimmer. Sie mussten Lily hier herausbringen.

Während er über den Flur stürmte, wurde hinter ihm eine Tür aufgerissen. Ein Schuss zerriss die Luft. Neben ihm splitterte Holz.

„Ashe!"

„Ich bin hier." Der Ranger kniete in der Tür zu Lilys Zimmer und gab Stone Rückendeckung, während dieser sich in den Raum warf. Die Schreie der aus dem Schlaf gerissenen Bediensteten erfüllten den Flur.

Stone vertraute darauf, dass Ashe ihm den Rücken freihielt, schnappte sich die halb angezogene Lily und hob sie durch das Fenster auf den Balkon hinaus.

Das Mädchen fing an zu weinen und hielt sich die Ohren zu, als ein weiterer Schuss erklang.

Stone lehnte sich aus dem Fenster und zog Lily sanft, aber bestimmt die Hände von den Ohren. Er zeigte das Haus entlang. „Lauf zu diesem Baum. Ich bin gleich bei dir."

Tränen strömten ihr über die Wangen, doch sie nickte und taumelte auf Strümpfen in die angezeigte Richtung. Stone wandte sich zurück zu Ashe, der gerade die Tür zugeworfen hatte. Mit einem Grunzen schob Stone den Schreibtisch vor den Eingang und sofort stürmten die Männer zum Fenster und kletterten hindurch.

Stones Stiefel polterten über den Balkon, als er die Distanz zu Lily überbrückte. Er hatte Ashe aus den Augen verloren, doch darum konnte er sich jetzt nicht kümmern. Der Mann konnte gut auf sich allein aufpassen. Lily nicht.

Er hob die Kleine an seine Brust und automatisch schlang sie die Beine um seine Taille. „Genau richtig, Kleine. Halt dich gut fest, ich bringe dich jetzt nach unten."

Sie klammerte sich an seinem Hals fest, schloss die Augen und verbarg ihr Gesicht an seiner Schulter. Stone schluckte schwer und schwang sich über das Geländer. *Gott, steh uns bei.*

Er griff nach einem dicken Zweig, der über seinen Kopf ragte, und platzierte die Füße auf einem Ast direkt unter dem Balkon. So schnell wie möglich kletterte er an dem Baum hinab, damit Lily außer Schussweite war, falls Franklin sie entdeckte und das Feuer eröffnete.

Charlottes blasses Gesicht starrte ihn von unten her an. Keine Tränen. Kein Geschrei. Nur ein entschlossener Gesichtsausdruck und ausgestreckte Arme, die das Kind entgegennehmen wollten.

Als er nur noch drei Meter vom Boden entfernt war, zerriss ein Schuss die Nacht und die Blätter über Stones Kopf raschelten.

„Halt!", schrie eine Stimme. „Sie könnten das Kind treffen."

Dorchester? Kümmerte es ihn wirklich, ob Lily etwas zustieß?

Stone hatte keine Zeit, darüber nachzudenken.

„Ich lasse ihn nicht gewinnen!", schrie Franklin wie von Sinnen, während er ein weiteres Mal schoss.

Charlottes Angst war berechtigt gewesen. Stone erkannte an Franklins Stimme, dass es dem Mann nur noch darum ging, ihn zur Strecke zu bringen, was es auch kosten möge.

Stone ließ sich auf einen tieferen Ast hinab. Er hatte es fast geschafft.

Da fiel ein weiterer Schuss.

Die Zeit schien zu gefrieren.

Stone wusste tief in seinem Inneren, dass er dieses Mal nicht entkommen würde.

„Charlotte!"

Er riss Lily von sich los und warf die Kleine durch die Luft. In dem Moment, in dem die Kugel ihn im Rücken traf, sah er, dass Charlotte ihre Tochter sicher auffing und zurücktaumelte.

Danke, Gott!

Dann stürzte sein mit einem Mal bleierner Körper vom Baum. In dem Augenblick, in dem er auf den Boden schlug, wurde alles um ihn herum schwarz.

Kapitel siebenunddreißig

Charlotte rollte sich sofort schützend über Lily. Schreckliche Sekunden nach dem Schuss, der Stone zu Fall gebracht hatte, zerriss ein weiterer die Luft. Er kam von irgendwo aus der Nähe des Daches.

Oh, Stone. Sie hatte gespürt, wie die Erde vibriert hatte, als er auf den Boden aufgeprallt war. Inständig betete sie dafür, dass Gott ihm die Kraft gebe aufzustehen. Dass Stone zu ihr käme, seine starken Arme um Lily und sie legte und sie schützte. Dass er nur sein Gleichgewicht verloren hatte und gestolpert war. Der Sturz war nicht allzu tief gewesen. Bestimmt hatte es ihm nur den Atem verschlagen, deshalb erhob er sich nicht. Deshalb spürte sie nichts außer der kühlen Nachtluft …

Doch dann strömten plötzlich heiße Tränen über ihre Wangen. *Bitte, Herr. Nimm ihn mir nicht weg. Bitte –*

Über ihr polterte es. Ein Mann stürmte über das Dach und riss sie aus ihrem Gebet. Unsicher stand Charlotte auf. Ihr Rock hatte sich um ihre Beine gewickelt und Lily brachte sie zusätzlich aus dem Gleichgewicht. Aus dem Augenwinkel konnte sie Stones Körper sehen, der sich immer noch nicht bewegt hatte, doch sie zwang sich dazu, den Blick nach oben zu richten. War der Mann dort oben ein Freund oder ein Feind?

Als sie ein Hinken im Schritt des Mannes ausmachte, kurz bevor er über die Veranda kletterte, atmete Charlotte erleichtert auf. Ein Rascheln folgte. Charlotte presste Lily an ihre Brust und versteckte sich hinter einem Baum.

Sollte sie auf Ashe warten oder zu den Pferden laufen, während er sich um Franklin kümmerte? Und wo war überhaupt Dorchester?

„Geben Sie mir das Mädchen", ertönte hinter ihr eine raue Stimme. Charlotte wirbelte herum und schob Lily instinktiv hinter sich. Dorchester stand auf dem Rasen, das Haar in zerzausten Strähnen, die Augen wild, eine Pistole in seiner Hand.

„Niemals", schleuderte sie ihm entgegen.

„Ich brauche Lily. Nur ein oder zwei Monate, dann können Sie sie wiederhaben."

Versuchte er etwa mit ihr zu handeln? Charlotte war so perplex, dass sie nichts erwidern konnte.

„Ich habe ein Schiff verloren. Kurz bevor Rebekka gestorben ist. Deshalb habe ich Sullivan dazu überredet, die Schule zu schließen. Deshalb habe ich Männer nach Ihnen geschickt. Ich musste Lily zurückhaben, um meine Verluste auszugleichen." Er kam näher. Sofort wich Charlotte zurück, schirmte Lily gegen ihn ab. „Aber Sie haben sich versteckt und niemand konnte Sie finden. Nicht einmal Stone Hammond. Monatelang! Haben Sie eine Ahnung, wie viel Geld mich das gekostet hat?" Er kam einen weiteren Schritt auf sie zu. Und noch einen.

Charlotte wich noch mehr zurück, wobei sie darauf bedacht war, sich damit gleichzeitig den Pferden zu nähern. Wenn alles andere schiefging, könnte sie Lily dorthin laufen lassen, während sie sich auf Dorchester warf.

„Ich habe mich auf die Mittel aus dieser Schiffsladung verlassen", schwadronierte er weiter. „Hatte schon einige andere Investitionen getätigt – Investitionen mit mächtigen Männern, denen es gar nicht gefällt, wenn ein Geschäftspartner seine finanziellen Verpflichtungen nicht erfüllt. Ich habe sie mit Ratenzahlungen hingehalten, doch sie werden langsam ungeduldig. Das Mädchen ist mein einziger Ausweg. Alles, was ich brauche, ist ein Druckmittel gegen einen der Männer aus dem Investitionsteam. Die Kleine soll noch einmal für mich spionieren, dann kann ich einen Handel mit ihm schließen. Mein Schweigen im Austausch gegen seine finanziellen Mittel. So einfach ist das."

„Das ist eine Sünde." Diesmal wich Charlotte nicht weiter zurück, sondern starrte Dorchester wütend an. Ihr war egal, dass er eine Waffe auf sie richtete. „Du liebe Güte! Wenn Sie Geld brauchen, verkaufen Sie Ihr Haus. Aber bringen Sie nicht Ihre Enkelin in Gefahr. Was für ein Mann sind Sie überhaupt?"

Plötzlich tauchte ein dunkler Schatten hinter Dorchester auf. „Einer ohne Gewissen", knurrte Ashe, kurz bevor er ihm den Griff seiner Pistole gegen die Schläfe rammte.

Dorchester ging zu Boden. Lily wimmerte. Sofort wirbelte Charlotte herum und schloss das Mädchen in die Arme.

„Was ist mit Franklin?", fragte Charlotte Ashe, als dieser sich vorbeugte, um Dorchester die Waffe abzunehmen.

„Wartet gut verschnürt auf die Verstärkung. Er hat eine Kugel in der Schulter und ein paar blaue Flecken. Stone ist derjenige, um den ich mir Sorgen mache." Ashes Gesicht verdüsterte sich. „Ich habe ein paar Sekunden gebraucht, bis ich Franklin gut genug im Blick hatte, dass ich ihn ausschalten konnte. Das hat ihm gereicht, um auf Stone zu schießen."

Bevor Ashe zu Ende gesprochen hatte, war Charlotte schon losgestürzt und lief zu der Stelle, an der Stone abgestürzt war. Er lag immer noch dort. Das Gesicht nach unten. Reglos. Sie war sich nicht einmal sicher, ob er überhaupt noch atmete. Die schreckliche Stille zerriss ihr fast die Seele.

Ich werde um dich kämpfen, bis ein Pfarrer den Segen über unsere Verbindung spricht oder ein letztes Gebet über meinem Grab.

Der Schwur, den Stone in Liebe gesprochen hatte, wirbelte nun wie ein Hurrikan durch Charlottes Kopf. Nein! Es durfte noch kein Gebet über seinem Grab geben. Er wusste ja noch gar nicht, wie sehr sie ihn liebte. Oh, warum hatte sie sich nur so von Angst beherrschen lassen? Sie hätte ihm die Worte nicht nur leise hinterherflüstern sollen, als er losgezogen war, um Dorchester zu konfrontieren. Sie hätte sie laut von den Dächern rufen sollen. *Stone, ich liebe dich.*

Ihre Arme wurden immer schwächer und sie stellte Lily ab, damit sie sich neben Stone knien konnte. Charlotte hielt den Atem an und legte vorsichtig die Hand auf seinen Rücken. Das Auf und Ab war kaum zu spüren, doch der Mann, den sie liebte, atmete noch.

„Er lebt!" *Gott sei Dank!*

Lily kniete sich neben sie und starrte ihren Helden an. „Wird Mr Hammond wieder gesund?" Ihre Stimme klang so dünn und ängstlich, dass nichts mehr an das mutige kleine Mädchen von heute Morgen erinnerte.

„Er wurde schon früher angeschossen und hat es überstanden." Inzwischen war Ashe hinter sie getreten. „Der Tumult war laut genug, um die Nachbarn zu wecken." Er ließ sich schwerfällig neben seinem Freund nieder und untersuchte Stones Körper. Seine Hand verweilte bei dem blutdurchtränkten Fleck, wo die Kugel in seinen Rücken eingedrungen war. Dann holte er ein Taschentuch hervor und presste es fest auf die Wunde. „Ich muss hierbleiben, um den Gesetzeshütern Bericht zu erstatten. Doch Stone kann nicht länger warten. Sie müssen ihn so schnell wie möglich zu Lindy bringen. Sie ist eine ebenso gute Heilerin wie ihr Vater. Sie wird ihn durchbringen."

„Wir brauchen einen Wagen", sagte Charlotte, ohne aufzublicken. Gedanklich ging sie schon die nächsten Schritte durch. „Und saubere Tücher aus dem Haus." Was mochte Stone sich noch für Wunden zugezogen haben, die nicht auf den ersten Blick zu sehen waren? Gebrochene Rippen von seinem Sturz? Innere Verletzungen durch die Kugel? Sie mussten ihn so schnell wie möglich zu Belinda bringen. „Und Diener, die uns helfen, ihn zu bewegen."

„Ich komme gleich mit einem Stapel Tücher zu Ihnen, Miss", rief eine Frauenstimme vom Balkon herunter. „Und ich schicke Oliver nach der Kutsche."

Charlotte sah hinauf. „Mrs Johnson?"

Die Haushältcrin hielt eine Lampe vor sich und beugte sich über das Geländer. Sie nickte. „Ich habe alles von meinem Fenster aus beobachtet. Als die Schießerei vorbei war, bin ich auf den Balkon gekommen, um nach dem Rechten zu schauen. Ich habe alles gehört, was Mr Dorchester gesagt hat. Sagen Sie dem Ranger, dass ich bereit bin, gegen ihn auszusagen. Nicht nur in Bezug auf heute Nacht, sondern auch über einige andere Dinge. Ein Mann, der seinen Reichtum über das Wohlergehen seiner eigenen Enkeltochter stellt, verdient keine Loyalität. Deshalb schreibe ich auch gleich meine Kündigung."

Charlottes Augen wurden feucht. „Danke."

Eine Last fiel von ihren Schultern, doch eine andere verblieb dort. Eine, die immer schwerer und schwerer wurde, da Stone weiterhin kein Lebenszeichen von sich gab.

Charlotte drückte auf das Taschentuch und versuchte, den Blutfluss zu stillen. Stone hatte schon viel zu viel Blut verloren.

Nach wenigen Minuten, die sich allerdings wie Stunden anfühlten, kam Mrs Johnson mit einem Stapel frischer Tücher und Bandagen um die Hausecke gelaufen. „Hier, Miss." Sie reichte Charlotte ein weißes Handtuch und einen Wasserkrug.

Charlotte reichte alles an Lily weiter. Sie selbst streckte sich und zog Stones Messer aus seinem Stiefel. Erinnerungen an den Tag, an dem er ihr dieses Versteck gezeigt hatte, überfielen sie. Damals war er auch verletzt gewesen, doch bei Weitem nicht so schwer wie diesmal. Er hatte sich von dem Schlag erholt, den Dobson ihm mit dem Gewehrlauf versetzt hatte. Und selbst die Männer, die sie auf dem Weg zu Mariettas Ranch überfallen hatten, hatten ihn nicht aufhalten können. *Bitte Herr, lass ihn nicht durch diese Kugel sterben.*

Mit dem Messer in der Hand beugte Charlotte sich wieder über Stones Verletzung. Vorsichtig nahm sie das Taschentuch von der Wunde und schnitt sein Hemd auf, damit sie besser herankam. Dann wischte sie den Bereich, so gut es ging, sauber, legte das frische Handtuch auf Stones Rücken und drückte fest zu. Sie stemmte sich mit ihrem ganzen Gewicht auf die Wunde.

Währenddessen beugte sie sich vor und brachte ihren Mund nahe an sein Ohr. „Lily ist in Sicherheit, Stone. Wir haben gewonnen. Jetzt musst du nur noch gesund werden."

Er gab keine Antwort. Bewegte sich nicht. Lag einfach nur da. Leblos.

„Verlass mich nicht", flüsterte Charlotte. „Bitte, Stone." Ein Schluchzen stieg in ihrem Hals auf, doch sie wusste, dass sie sich zusammenreißen musste. Sie musste stark sein – für ihn. Charlotte richtete sich auf. „Deine Jagd ist noch nicht vorüber. Hast du mich verstanden?" Sie wählte ihren eisernsten Lehrerinnentonfall, den, den er hasste. „Du wirst nicht aufgeben. Du wirst kämpfen, Stone Hammond, und du wirst wieder gesund werden. Darauf bestehe ich."

Eine Hand legte sich auf ihre Schulter und unterbrach ihre Tirade. Als sie den Kopf umwandte, blickte sie in Ashes besorgtes Gesicht.

„Der Wagen ist da."

Charlotte nickte. „Gut."

Der Kutscher, der sie an diesem Tag schon einmal zur Pension gefahren hatte, kam angelaufen. „Ich helfe Ihnen, ihn in den Wagen zu bringen." Er legte seine Arme um Stones Knie.

Ashe ergriff den Oberkörper seines Freundes und Charlotte erhob sich, damit sie neben ihm hergehen und das Handtuch auf die Wunde gepresst halten konnte. Mrs Johnson drückte Charlotte die anderen Tücher in die freie Hand und legte dann ihren Arm um Lily. So folgten sie der Prozession zum Wagen.

Es dauerte etwas, doch dann hatten sie es endlich geschafft, Stones lange Gliedmaßen auf der Sitzbank zu platzieren. Charlotte kniete sich auf den Boden neben ihn. Mrs Johnson setzte Lily auf die andere Seite und umarmte sie fest, bevor sie zurücktrat. Sie legte eine Hand an den Türgriff, dann sah sie Charlotte aufmunternd an.

„Sie hatten recht, Lily hier wegzuholen, Miss. Seit ihre Mutter sie auf diese Schule fortgeschickt hat, habe ich vermutet, dass da etwas nicht mit rechten Dingen zugeht. Jetzt, wo ich von Mr Dorchesters Machenschaften gehört habe, bin ich froh, dass sich jemand des Kindes angenommen hat." Der Wagen wackelte etwas, als der Kutscher sich auf seinen Sitz schwang. „Ich bete für Mr Hammonds Genesung."

„Danke, Mrs Johnson."

Dann schloss sich die Tür und der Wagen setzte sich in Bewegung.

Dafür bete ich auch. Charlotte senkte den Kopf über Stones Rücken. *Ohne Unterlass.*

Kapitel achtunddreißig

Die Fahrt zur Pension zog sich unendlich in die Länge. Durch das Ruckeln des Wagens geriet Charlotte immer wieder aus dem Gleichgewicht, sodass es ihr schwerfiel, den Druck auf Stones Wunde gleichmäßig zu halten. Bei einem besonders tiefen Schlagloch wurde Charlotte sogar auf den Rücken geworfen und Lily musste sich durch die Kutsche werfen und gegen Stone stemmen, damit er nicht zu Boden stürzte. Dem Himmel sei Dank für die schnelle Reaktion des Mädchens. Das Letzte, was Stone brauchen konnte, waren noch mehr blaue Flecken.

Die einzigen Lebenszeichen, die er von sich gab, waren hin und wieder ein leises Stöhnen und die Wärme seiner Haut. Charlotte strich ihm immer wieder über den Rücken, weil sie den Körperkontakt zu ihm nicht abreißen lassen wollte.

„Sobald wir bei der Pension sind", wies sie Lily an, „läufst du nach drinnen und alarmierst Mrs Ashe. Warte nicht auf den Kutscher, sondern öffne die Tür selbst und lauf, so schnell du kannst. Sie wartet bestimmt im Foyer."

„Das mache ich."

Lily tat, wie ihr geheißen worden war. In dem Augenblick, in dem der Fahrer den Wagen anhielt, stieß sie auch schon die Tür auf und flitzte auf die Pension zu. Als der Kutscher von seiner Bank kletterte, lief Belinda bereits die Treppe hinunter und gab Anweisungen.

„Wir tragen ihn in sein Zimmer", befahl sie dem Fahrer. „Ergreifen Sie seinen Oberkörper. Charlotte und ich nehmen jeweils ein Bein."

Charlottes Beine brannten wie Feuer, als sie sich aus ihrer knienden Position erhob, doch sie ignorierte die Stiche. „Er hat eine Kugel im Rücken", erklärte sie Belinda. „Er ist auch ungefähr zwei Meter tief gefallen und auf dem Bauch aufgeschlagen. Ich habe keine Austrittswunde gesehen, als die Männer ihn bewegt haben, aber es war auch sehr dunkel."

Belinda warf ihr einen Blick zu. „Werden Sie mir assistieren?"

Charlotte sah sie, ohne zu zögern, an. „Natürlich."

„Gut."

Die Frau zeigte kein Mitleid, keine Schwäche, sondern gab organisiert Anweisungen. Genau das war es, was Charlotte brauchte – nur so konnte sie von Nutzen sein.

Sie assistierte Belinda die ganze Nacht hindurch. Wischte das Blut weg, nachdem Mrs Ashe die Kugel entfernt hatte, sprühte Carbolsäure auf die Wunde, um eine Infektion zu verhindern, und schnitt die Fäden ab, nachdem Stones Verletzung vernäht worden war. Erst als sie fertig waren, ging Charlotte auf ihr Zimmer, um das verschmutzte Trauerkleid loszuwerden, doch selbst dann beeilte sie sich. Sie wollte so schnell wie möglich wieder bei Stone sein, deshalb wusch sie sich nur schnell die Hände, spritzte sich etwas Wasser ins Gesicht und zog sich um.

Nur vage erinnerte sie sich daran, dass Mr Ashe irgendwann in der Nacht in Stones Zimmer gekommen war, um ihnen mitzuteilen, dass Walt Franklin und Randolph Dorchester beide festgenommen worden waren. Sie vermutete, dass sie erleichtert hätte sein sollen. Lily war in Sicherheit. Der Vormundschaftsstreit war beigelegt. Doch alles, was sie tun wollte, war, an Stones Bett zu sitzen und zu beobachten, wie sich seine Brust hob und senkte. Und genau das tat sie. Sie atmete mit ihm zusammen, als könnte sie es so leichter für ihn machen. Kein einziges Mal schloss sie die Augen.

Die Strahlen der ersten Morgensonne drangen durch das Fenster und wurden von Stones weißen Bandagen reflektiert. Er lag jetzt auf dem Rücken. Ein breiter Verband war um seine gebrochenen Rippen und die Schusswunde gewickelt. Belinda hatte nicht gewollt, dass Stone auf dem Bauch lag, da sie sich größere Sorgen um seine Atmung als um seine Schmerzen machte. Die Kugel hatte seine Leber und seinen rechten Lungenflügel verletzt. Zu viel Gewicht auf seinen Rippen hätte womöglich alles nur noch schlimmer gemacht.

Charlotte machte sich große Sorgen, dass Stone schreckliche Schmerzen haben würde, wenn er erwachte, trotzdem betete sie ohne Unterlass dafür, dass er endlich das Bewusstsein wiedererlangte. Sie wollte, dass er die Augen öffnete, wollte das Licht sehen, das bernsteinfarben reflektiert wurde, wollte die Liebe spüren, die er für sie empfand – eine Liebe, die ihr bisher riesige Angst eingejagt hatte, die sie aber voll und ganz erwiderte.

Unentschlossen strich Charlotte über die Kamee ihrer Mutter. Sie rutschte ganz nach vorne an die Stuhlkante, während in ihrem Inneren Anstand und Sehnsucht miteinander stritten. Sie wollte ihm nahe sein, ihn berühren, die Wärme seiner Haut spüren. Sie brauchte diese Verbindung zu ihm. Ihr Rücken wurde gerader.

Weg mit dem Anstand!

Mit einem schnellen Blick in Richtung Tür vergewisserte sie sich, dass sie wirklich allein war, dann ließ sie sich neben Stones Bett auf die Knie fallen. Nachdem sie ihren Rock gerichtet hatte, beugte sie sich vor, nahm Stones Hand in die ihre und führte sie an ihren Mund. Sie küsste seine gebräunten, vom Wetter gegerbten Finger. Es war eine starke Hand. Eine fähige Hand. Eine Hand, die ebenso gut sanft und zärtlich sein konnte, wie sie eine Waffe schwang. Eine Hand, die sie aus der Einsamkeit zurückgebracht und sie Vertrauen gelehrt hatte. Eine Hand, die sie für den Rest ihres Lebens halten wollte.

Charlotte schloss die Augen und legte seine Hand an ihre Wange. Sie stützte die Ellbogen auf die Matratze und verharrte so. Ein Seufzen entschlüpfte ihren Lippen.

„Ich liebe dich, Stone", flüsterte Charlotte. Sie runzelte die Stirn, als sie merkte, wie zerbrechlich ihre Stimme klang, und räusperte sich. „Ich liebe dich, Stone." Ja, das war besser. Jetzt klang ihre Stimme fest. Überzeugt. Sie war so laut, dass sie vermutlich selbst auf dem Flur zu hören war. „Ich liebe dich und will den Rest meines Lebens mit dir verbringen." Die Worte fielen ihr jetzt leichter.

Charlotte öffnete die Augen und starrte seine Hand an. So etwas Wichtiges sollte man nicht sagen, wenn man die Augen geschlossen hatte. Man sollte fest in der Wirklichkeit stehen, wenn man sein Herz verschenkte. Doch es fiel ihr immer noch schwer, Stone ins Gesicht zu schauen. Seine Ohnmacht erinnerte sie viel zu sehr an die Schrecken der vergangenen Nacht.

„Du musst aufwachen, Stone", bat sie. „Wach auf und sag mir, dass es noch nicht zu spät ist. Dass du mich noch nicht aufgegeben hast."

Seine Finger zuckten in ihrer Hand.

Charlotte schnappte nach Luft und schreckte zurück. Sie starrte auf seine Finger. *Bitte, bewegt euch noch einmal. Bitte!*

Doch sie taten es nicht. Stattdessen stöhnte Stone laut und brachte dann mit Mühe und Not ein paar Worte hervor.

„Ich ... gebe ... dich ... niemals ... auf."

Charlottes Blick schoss zu seinem Gesicht hinauf. Bernsteinfarbene Augen sahen sie an. Augen, die voller Liebe waren.

„Stone!" Sie sprang auf die Füße und hätte sich ihm fast an den Hals geworfen, doch dann dachte sie gerade noch rechtzeitig an seine schweren Verletzungen und hielt sich zurück. Liebevoll legte sie eine Hand auf seine Schulter und senkte sanft ihre Lippen auf die seinen.

Als sie sich wieder zurückzog, umspielte ein leichtes Lächeln seine Lippen. Sie strahlte ihn an.

„Ich liebe dich, Stone." Die Worte platzten aus ihr heraus, als wollten sie ihr und ihm beweisen, dass Charlotte sich nicht länger ängstigte.

„Ich ... habe dir doch ... gesagt ... dass ich ... bei der Jagd ... immer erfolgreich bin."

Freudentränen traten in Charlottes Augen. „Das hast du, Liebling. Das hast du." Sie legte ihre Stirn an seine. „Nur der beste Jäger des Landes konnte das schaffen. Du hast mein Herz für dich gewonnen. Ein Herz, das du mit neuem Vertrauen erfüllt hast. Es gehört dir, solange ich lebe."

Stone schloss die Augen. Doch noch während er wieder in Schlaf sank, flüsterte er: „Für immer."

Epilog

Sechs Monate später
Madisonville, Texas
Hammonds Akademie für außergewöhnlich begabte Kinder und Jugendliche

Hammond! Helfen Sie mir gefälligst, dieses dämliche Schild aufzuhängen. Der Mist war schließlich Ihre Idee", meckerte Dobson, der hoch oben auf einer Leiter stand, die an Charlottes Haus lehnte.

Stone überquerte die Veranda, auf der seine Frau gerade damit beschäftigt war, die Fenster zu putzen, und reichte ihr das Glas Wasser, das er ihr aus der Küche geholt hatte. Er beugte sich zu ihr, gab ihr einen Kuss auf die Wange und legte seinen Arm um ihre Taille. Seine Finger strichen über den gerundeten Leib, der sein Kind trug.

Sein Kind. Er konnte es immer noch nicht glauben. Charlotte hatte sich Sorgen gemacht, ob sie in ihrem Alter überhaupt noch empfangen konnte, doch ihm war das völlig egal gewesen. Sie hatten Lily und John, das war genug. Doch sie waren erst drei Monate verheiratet gewesen, als Doc Ramsey ihnen die freudige Botschaft verkündet hatte.

Charlotte wandte sich ihm zu und lächelte. Ihre Augen strahlten und sie war so unglaublich sorgenfrei und wunderschön, dass er nicht anders konnte, als sie an sich zu ziehen und zu küssen.

„Hammond!"

Stone seufzte und zwinkerte seiner Frau schelmisch zu. „Der Gnom ruft."

Charlotte schlug ihn mit dem Lappen, mit dem sie gerade die Fensterbretter abgestaubt hatte. „Psst!" Sie sah ihn böse an, konnte jedoch ein Kichern nicht unterdrücken. „Du solltest ihn nicht so nennen. Mr Dobson ist ein loyaler Freund."

„Und ein Gnom." Stone duckte sich weg, als Charlotte ihn erneut mit dem Lappen schlagen wollte, und lachte.

Widerstrebend ließ er sie los, stieg auf das Geländer der Veranda und kletterte auf das Dach. Als er sich streckte, schoss ihm ein Schmerz in den Rücken und er schüttelte grimmig den Kopf. Immer noch hatte er große Schmerzen, wenn er die Hände über den Kopf hob. Es hatte zwei Wochen gedauert, bis er sich annähernd von der Kugel erholt hatte, die Franklin ihm verpasst hatte. Zwei Wochen, bis es ihm gut genug gegangen war, um neben Charlotte vor dem Altar zu stehen.

Sie hatten in Marietta Hawkins Salon auf Hawks Haven geheiratet. Dan war Stones Trauzeuge gewesen, Marietta Charlottes Trauzeugin. Ashe und Belinda waren ebenfalls bei der Hochzeit gewesen. John hatte Klavier gespielt. Lily hatte ein Liebesgedicht von Elizabeth Barrett Browning zitiert – natürlich aus dem Kopf und vollkommen fehlerfrei. Und Stephen hatte kleine Böller konstruiert, die er mit getrockneten Blumen gefüllt hatte. Als sie schließlich als verheiratetes Paar auf die Veranda getreten waren, hatte der Junge seine Konstruktion gezündet und ein wahres Meer aus Blumen war auf sie hinabgeregnet.

Charlottes Mutter hatte aufgrund ihrer Verpflichtungen an der Wiener Oper nicht bei der Hochzeit dabei sein können. Doch sie hatte versprochen, dass sie an Weihnachten zu Besuch kommen würde, um ihren Schwiegersohn kennenzulernen. Charlotte war bereits vorher klar gewesen, dass ihre Mutter nicht bei ihrer Hochzeit dabei sein würde, nichtsdestoweniger hatte Stone ihre Enttäuschung gespürt. Wenn seine frischgebackene Schwiegermutter sich an Weihnachten wieder eine Ausrede einfallen ließe, würde er persönlich nach Wien reisen und dafür sorgen, dass sie herkam.

„Jetzt machen Sie schon, Hammond. Ich habe nicht den ganzen Tag Zeit", grummelte Dobson.

Stone wischte seine Gedanken beiseite und schob sich zu dem alten Mann hinüber, der mit dem Hammer in der Hand auf der Leiter stand.

„Halten Sie das Ende", wies Dobson ihn an, „dann haue ich den Nagel rein. Mit einer Hand kann ich es einfach nicht gerade halten."

Stone ergriff das Ende des langen, schmalen Schildes, das heute Morgen geliefert worden war, und hielt es gerade gegen den Dachfirst. Er durfte nicht riskieren, dass es schief angebracht wurde. Das wäre nicht gerade förderlich. Auch wenn die Farleys die Einzigen waren, die sie beeindrucken wollten.

Als Stephens Eltern im letzten Sommer schließlich gekommen waren, um ihren Sohn abzuholen, hatte Charlotte sich mit ihnen zusammengesetzt und ihnen die ganze Geschichte erzählt. Mrs Farley war außer sich gewesen, als sie erfahren hatte, dass ihr Sohn solchen Gefahren ausgesetzt gewesen war, und hatte versprochen, ihn nie wieder alleine zu lassen. Mr Farley allerdings hatte Stone mit einem seltsamen, abschätzenden Blick gemustert.

Wie sich herausgestellt hatte, hatte Mr Farley sein Vermögen mit der Herstellung von Gewehren gemacht. Vor allem mit dem Henry-Mehrladegewehr. Der Waffe, die wiederholt in vielen reißerischen, aber sehr populären Groschenromanen erwähnt worden war und deshalb allgemeine Bekanntheit erlangt hatte. Als Stephen darum gebeten hatte, bei Miss Lottie bleiben und von ihr unterrichtet werden zu dürfen, hatte Mr Farley seinem Sohn daher einen Vorschlag gemacht. Er solle Stone dazu bringen, die Gewehre gutzuheißen, die die Farley-Manufaktur verließen, dann dürfe er das Schuljahr über bei seiner Lehrerin und seinen Freunden wohnen. Es hatte nur eines kurzen Blickes auf Stephens und Charlottes bittende Gesichter bedurft und Stone hatte zugestimmt. Er hatte sich mit einem Farley-Gewehr in der Hand auf einer Fotografie ablichten lassen, die mit dem Slogan „Das verlässlichste Gewehr im Einsatz" untertitelt worden war. Nicht, dass Stone noch häufig im Einsatz gewesen wäre, doch es *war* eine gute Waffe, also hatte er nichts dagegen gehabt.

Mrs Farley hatte erst protestiert und Stephen mitnehmen wollen, doch dann hatte ihr Mann sie an die vielen gesellschaftlichen Verpflichtungen erinnert, die sie bereits für das nächste Jahr eingegangen waren. Und so hatte sie schließlich zugestimmt, allerdings unter der Voraussetzung, dass Charlottes Schule einen ebenso prestigeträchtigen Namen bekäme wie die von Dr. Sullivan.

Deshalb das Schild.

Dobson, der sich vier Nägel zwischen die Zähne geklemmt hatte, nuschelte: „Halten Sie es jetzt ganz still."

Stone grinste. Als täte er das nicht schon längst. „Gut, los geht's."

Dobson schlug zügig die Nägel ein, dann packte er das Schild und rüttelte daran. Es hielt. „Wie finden Sie's, Mrs H.?", rief er zu Charlotte hinunter, die vor dem Haus stand und ihre Augen mit einer Hand beschattete.

Stone hielt den Atem an. Seine Frau hatte hohe Ansprüche, das wusste Dobson genauso gut wie er. Wenn sie das Schild nicht für perfekt erachtete, würde der Gnom die Schuld ohne Zweifel auf seinen unfähigen Assistenten schieben.

„Es sieht wundervoll aus", rief sie und strahlte breit. „Mrs Farley wird zufrieden sein, wenn sie Stephen nächste Woche für das neue Schuljahr herbringt. Sei vorsichtig beim Runterklettern, mein Schatz." Ihr warmer Blick legte sich auf Stone. Sein Herz schlug schneller aufgrund der Liebe, die darin mitschwang. „Du hast dir für mich schon genug Narben zugezogen."

„Verrückte Frauen. Machen sich immer Sorgen, wenn es überhaupt keinen Grund dazu gibt", knurrte Dobson, als Charlotte wieder auf der Veranda verschwunden war. Er steckte den Hammer in seinen Gürtel und verzog das Gesicht. „Als könnte ein Mann nicht vom Dach klettern, ohne sich den Hals zu brechen.

In diesem Moment rutschte ihm ein Fuß von der Sprosse. Dobson ruderte mit den Armen.

Sofort sprang Stone zu ihm. Er warf sich auf das Dach, klammerte sich an dem neu angebrachten Schild fest und streckte die Hand aus. Glücklicherweise erwischte er die wild wedelnden Finger des Gnoms, kurz bevor dieser vollkommen das Gleichgewicht verlor und rücklings von der Leiter stürzte.

Dobson baumelte in der Luft und Stone biss die Zähne zusammen, damit er vor Rückenschmerzen nicht laut aufschrie.

„Stone?", erklang von unten her Charlottes Stimme.

Dobson hatte mit den Füßen gerade wieder Halt auf einer der oberen Sprossen der Leiter gefunden.

„Beeilen Sie sich, Mann", stieß Stone hervor, „wenn sie uns so sieht, dürfen wir beide nie wieder irgendwo hochklettern."

Stone zog noch einmal an Dobsons Arm und der Mann schaffte es, sich wieder an der Leiter festzuhalten. In diesem Moment trat Charlotte von der Veranda und schaute zu den beiden Männern hinauf, die so taten, als wäre alles eitel Sonnenschein.

„Ist alles in Ordnung?", fragte sie mit gerunzelter Stirn. „Ich habe irgendein Kratzen gehört."

Stone winkte ab. „Alles gut. Wir haben die Festigkeit des Schildes getestet. Scheint zu halten."

Charlotte zog die Augenbrauen zusammen, doch da sie beide dreinschauten, als könnten sie kein Wässerchen trüben, konnte sie schlecht widersprechen. „Dann kommt jetzt endlich da runter", befahl sie. „Das Abendessen ist gleich fertig."

„Wir wollen nur noch kurz die Aussicht genießen", versicherte Stone ihr. „Wir sind gleich da."

Als Dobson seine Atmung wieder unter Kontrolle hatte, sah er Stone an. „Die Festigkeit des Schildes testen, was?" Er schüttelte den Kopf.

Stone gluckste und klopfte dem alten Hausmeister auf die Schulter. „Wenn das Schild zwei erwachsene Männer aushält, nehme ich an, dass es den Test bestanden hat. Was meinen Sie?"

Dobson grinste Stone an. „Ich würde sagen, ich bin ein hervorragender Zimmermann."

Die beiden brachen in lautes Gelächter aus, wodurch sich auch das letzte bisschen Anspannung löste.

Nachdem sie sich wieder beruhigt hatten, sah Dobson Stone mit einem vorsichtigen Blick an, als wäre er sich nicht sicher, ob er wirklich aussprechen durfte, was ihm auf dem Herzen lag.

„Spucken Sie es aus, Dobson." Wieder klopfte Stone ihm auf den Rücken. „Ich beiße nicht."

Der Mann starrte ihn noch einen Moment an, bevor er sein Schweigen brach. „Ich habe gesehen, dass Sie einen Brief von Ihrem Freund aus Austin bekommen haben. Muss ich mit weiteren Schwierigkeiten aus dieser Richtung rechnen? Es wäre falsch, den Farleyjungen hier willkommen zu heißen, wenn die Gefahr besteht, dass Dorchester uns wieder Probleme bereitet."

Stone sah den Mann fest an. „Es wird keine weiteren Schwierigkeiten geben. Dorchester hat mit den Klagen gegen sich genug zu tun. Walt Franklin wurde entlassen. Das wollte Ashe mir nur mitteilen."

Dobson machte ein finsteres Gesicht, wodurch seine Augen fast vollständig hinter den buschigen, weißen Brauen verschwanden. „Meinen Sie, er hat vor, sich an Ihnen zu rächen?"

Stone schüttelte den Kopf. „Das bezweifle ich. Ashe hat ihn davon überzeugt, gegen seinen früheren Auftraggeber auszusagen und so eine geringere Strafe zu bekommen. Er hat alles ausgeplaudert, was er über Dorchesters Geschäftspraktiken und seine Erpressungen wusste, und uns damit ziemlich geholfen."

Dobson schnaubte. „Wurde auch Zeit, dass der alte Mistkerl seine gerechte Strafe erhält. Aber das ist längst keine Garantie dafür, dass Franklin Sie in Ruhe lässt."

„Ich vermute, er wird einfach zu viel zu tun haben, um sich mit mir zu beschäftigen." Stone erhob sich. „Jetzt, wo ich mich zur Ruhe gesetzt habe, ist Franklin der gefragteste Jäger. Wir sind keine Konkurrenten mehr." Stone klopfte seine Hose aus, dann griff er nach der Werkzeugkiste. „Und es könnte ja durchaus sein, dass er ein Jobangebot bekommen hat, das ihn sehr weit von hier wegführt."

Dobson beäugte ihn neugierig. „Und wohin könnte ihn dieses Jobangebot führen?"

Stone zwinkerte dem alten Mann zu. „Montana."

Dobson grinste. „Ich wusste, dass ich Sie mag, Junge."

„War das bevor oder nachdem Sie mir den Gewehrlauf gegen die Stirn gerammt haben?"

„Danach." Dobson gluckste. „Aber Ihr Kopf hat sich ziemlich fest angefühlt. Robust. So ähnlich wie mein Schild."

Stone lachte laut auf, dann stiegen sie nacheinander die Leiter hinunter – langsam und vor allem vorsichtig.

Seine Füße hatten kaum den Boden berührt, als Lilys aufgeregte Stimme vom Fenster her erklang.

„Stone! Sieh dir das an! Beeil dich!" Sie winkte ihn hektisch näher. Ihr kompletter Oberkörper lehnte aus dem Fenster. Anscheinend kniete sie auf dem Sofa. Aufgeregt hielt sie ihm die neueste Ausgabe der Dead-Eye-Dan-Serie entgegen und tippte mit dem Finger auf eine Seite am Ende des Buches. „Siehst du? Da bist du!"

Stone nahm ihr das Buch aus der Hand und starrte finster auf Mr Farleys Werbeanzeige. Irgendwie hatte der Mann es geschafft, Stones Foto in diese Ausgabe zu bringen. Die Serie hatte Hunderte, wenn nicht sogar Tausende Leser! Stone unterdrückte ein Seufzen. Wenn Dan davon Wind bekam, würde er ihn noch jahrelang damit aufziehen. Nun ja. Die Familie hatte Vorrang und Stephen gehörte zur Familie.

Stone sah seine Tochter an. „Du kannst das nicht zufällig wieder vergessen, Kleine?"

Sie grinste. „Dir zuliebe? Sicher."

„Das ist mein Mädchen." Stone gab ihr das Buch zurück. Sein Herz war voller väterlicher Gefühle und diese Gefühle wurden nur noch größer, als er John im Schatten der Veranda stehen sah. Die Augen des Jungen verfolgten jede von Stones Bewegungen.

Endlich zahlten sich die Monate des Beobachtens und Rätselratens aus. Stone lernte allmählich, was der Junge dachte. Und in diesem Moment wollte er fliegen.

„Komm her, Kleiner!" Stone kniete sich nieder und zog John aus dem Schatten. Dann ergriff er den Jungen, hob ihn hoch und lief mit ihm ins Sonnenlicht, wo er ihn durch die Luft wirbelte. Er schwang ihn im Kreis herum, bis der Kleine anfing zu kichern.

Anschließend kniete Stone sich wieder hin, damit John auf seinen Rücken klettern konnte. Der Kleine legte ihm seine Arme um den Hals und Stone ging aufs Haus zu. Gleich würde es Essen geben.

In der Tür trat ihnen Charlotte lächelnd entgegen. Sie zerzauste Johns Haar und half ihm beim Absteigen, damit er sich die Hände waschen konnte. Stone hielt sie in der Tür auf, indem sie ihm die Hand auf die Brust legte.

„Du darfst noch nicht rein."

Er hob eine Augenbraue. „Nicht?"

Sie schüttelte den Kopf. „Erst musst du die Gebühr bezahlen."

„Ah." Er legte einen Arm um sie und zog sie nahe an sich. „Und welche Gebühr verlangt die Dame?"

Ihre blaugrünen Augen funkelten voller Liebe und Vertrauen. Dieses Vertrauen war es, das sie zusammenhielt und ein festes Band zwischen ihnen geknüpft hatte. „Ich denke, ein Kuss würde mir schon genügen. Vorerst."

Stone lächelte voller Vorfreude. „Dann also ein Kuss."

Als ihre Lippen sich trafen, dankte er Gott für die Umstände, die ihn vor vielen Monaten zu dieser Frau geführt hatten. Sie hatte sein Leben auf den Kopf gestellt, es mit Musik erfüllt, mit einem bunt gemischten Haufen Kinder, einem meckrigen Gnom und einer Liebe, die von Tag zu Tag weiter wuchs.

Er war nicht länger der harte Mann, der sich von Auftrag zu Auftrag hangelte und nur auf die finanzielle Belohnung aus war. Er war nicht länger der Waisenjunge, der sich lediglich nach einem Stück Land und einer Hütte sehnte. Sein letzter Auftrag hatte ihm eine so viel größere Belohnung beschert, als er sich jemals erträumt hätte. Jetzt hatte er ein Leben, das von Liebe erfüllt war, eine Familie und eine wundervolle Frau, die seine Hand in guten wie in schlechten Zeiten halten und ihn niemals wieder loslassen würde.

Das war die wunderbarste Belohnung von allen.

Mehr von Karen Witemeyer

Karen Witemeyer
Eine Lady nach Maß
ISBN 978-3-86827-300-7
272 Seiten, Paperback

Texas, 1881. Für die junge Hannah Richards ist es mehr als ein glücklicher Zufall, der sie in die Kleinstadt Coventry verschlägt. Sie erkennt darin die liebende Hand Gottes, der ihr die Möglichkeit eröffnet, ihren Traum vom eigenen Modegeschäft zu verwirklichen. Ihr missmutiger neuer Nachbar Jericho »J.T.« Tucker sieht das ganz anders. Er befürchtet, dass mit der hübschen Schneiderin Eitelkeit, Missgunst und Sünde Einzug halten. Das kann doch nicht Gottes Weg für Coventry sein, oder? Seltsam nur, dass Miss Richards einen ebenso tiefen Glauben zu haben scheint wie er.

Dass sie sich anschickt, seine Schwester Cordelia von einem grauen Mäuschen in eine hinreißende junge Dame zu verwandeln, verstärkt J.T.s Widerstand – doch unerklärlicherweise auch die Zuneigung, die er unwillkürlich für seine starrköpfige Nachbarin empfindet. Was wird am Ende stärker sein: seine starren Überzeugungen oder die Liebe?

Karen Witemeyer
Sturz ins Glück
ISBN 978-3-86827-335-9
304 Seiten, Paperback

Adelaide Proctor träumt von der großen Liebe. Doch als sie bei der Jagd nach einem Ehemann jämmerlich auf die Nase fällt, beschließt sie ihre romantischen Jungmädchenträume hinter sich zu lassen. Kurzerhand bewirbt sie sich um eine Stelle als Gouvernante auf einer Schaffarm in Texas.

Gideon Westcott hat sein privilegiertes Leben in England aufgegeben, weil er davon träumte, sich einen Namen in der amerikanischen Wollindustrie zu machen. Niemals hätte er gedacht, dass er eines Tages allein mit einem Kind dastehen könnte. Noch dazu mit einem, das seit dem Tod seiner Mutter kein Wort spricht. Die unkonventionelle Art seiner neuen Gouvernante sieht er zugleich mit Besorgnis und mit Faszination. Aber wenn er sich eines nicht leisten kann, dann ist das Ablenkung. Egal, wie reizvoll sie auch sein mag ...

Karen Witemeyer
Kann es wirklich Liebe sein?
ISBN 978-3-86827-366-3
288 Seiten, Paperback

Texas 1870: Die junge Meredith Hayes hat beide Eltern verloren und lebt nun bei ihrem Onkel und dessen Frau. In ihrer Kindheit hatte sie eine schicksalhafte Begegnung mit Travis Archer, einem sonderbaren Jungen, der allein mit seinen Brüdern auf einer Ranch weit außerhalb der Stadt lebt. Seitdem sind viele Jahre vergangen, doch der Gedanke an Travis lässt Meri nicht los. Als sie erfährt, dass ein heimtückischer Anschlag auf die Archer-Ranch geplant ist, macht sie sich gegen alle Widerstände und Konventionen auf, um ihre heimliche Jugendliebe zu warnen. Dabei gerät sie in einen Strudel von Ereignissen, der sie auf der Ranch festhält und ihr Leben vollkommen durcheinanderbringt. Der abweisende, menschenscheue Travis avanciert zu ihrem Beschützer. Er verhält sich ehrenhaft und rücksichtsvoll – doch wird er Meris Liebe jemals erwidern?

Karen Witemeyer
Wie angle ich mir einen Prediger?
ISBN 978-3-86827-454-7
304 Seiten, Paperback

Auf dem Weg zum Vorstellungsgespräch bei seiner ersten Gemeinde wird der junge Prediger Crockett Archer aus dem Zug entführt. Er kann es nicht glauben, als er den Grund dafür erfährt: Die Tochter seines Entführers wünscht sich nichts sehnlicher als einen Prediger zum Geburtstag – und er soll ihr Geschenk werden! Gut, dass Crockett kein Prediger wie jeder andere ist. Allein mit drei Brüdern auf einer Farm aufgewachsen, hat er gelernt zu überleben. Er wird sich auch aus dieser misslichen Lage befreien können. Doch ist das auch Gottes Plan für sein Leben? Oder haben Joannas Wunsch und ihre Gebete ihn genau dahin gebracht, wo er sein soll?

Karen Witemeyer
Volldampf voraus!
ISBN 978-3-86827-518-6
283 Seiten, Paperback

Texas 1851:

Der Unternehmer Darius Thornton hat seit einem schrecklichen Schiffsunglück nur noch einen Wunsch: die Schifffahrt sicherer zu machen. Dazu führt der zurückgezogen lebende Unternehmer gefährliche Experimente an brodelnden Kesseln durch. Für seine Berechnungen braucht er dringend einen Sekretär.

Als einzige Tochter und Erbin von Renard Shipping steht die pfiffige Nicole Renard, die schon immer Spaß am Rechnen hatte, vor der Aufgabe, ihrem Vater einen würdigen Ehemann zu präsentieren. Als sie aufgrund widriger Umstände plötzlich völlig mittellos dasteht, entdeckt sie eine vielversprechende Stellenanzeige.

Es dauert nicht lange, bis die Funken sprühen und es heißt: Volldampf voraus!

Cathy Marie Hake
Kein Job für eine Lady
ISBN 978-3-86827-139-3
304 Seiten, Paperback

Nach einer geplatzten Verlobung sitzt die britische Lady Sydney Hathwell mittellos in Amerika fest. Nach England zurückzukehren kommt für sie nicht in Frage – seit dem Tod ihrer Eltern hat sie dort kein Zuhause mehr.

Was bleibt ihr also anderes übrig, als einen Verwandten in Texas um Hilfe zu bitten? Onkel Fuller ahnt nicht, dass Sydney auch ein weiblicher Vorname sein kann. Er lädt den vermeintlichen „Neffen" auf seine Ranch ein und macht deutlich, dass ihm eine Frau niemals willkommen wäre. Die verzweifelte junge Lady sieht keinen anderen Ausweg: Sie verkleidet sich als Mann.

Bei ihrer Ankunft auf der Ranch muss sie feststellen, dass ihr Onkel überhaupt nicht da ist. Bis zu seiner Rückkehr führt der Vorarbeiter Tim Creighton die Geschäfte. Und der beschließt, aus dem „eitlen Geck" einen richtigen Kerl zu machen. Tapfer versucht Sydney ihre Maskerade aufrechtzuerhalten. Doch wird sie ihr Geheimnis wirklich für sich behalten können?

Cathy Marie Hake
Ein Wirbelwind namens Millie
ISBN 978-3-86827-329-8
320 Seiten, Paperback

Millicent Fairweather liebt Kinder und das Leben. Doch als sie über Nacht ihre langjährige Stellung als Kinderfrau verliert, hält sie nichts mehr in London. Zusammen mit ihrer Schwester Isabelle und deren Mann reist sie mit dem Schiff nach Amerika.

Früher, als ihr lieb ist, muss sie ihre Kompetenz wieder unter Beweis stellen: Witwer Daniel Clark, Passagier erster Klasse, sucht verzweifelt nach einem Kindermädchen für seinen Sohn. Millicent akzeptiert die Stellung und bringt Daniels Leben gründlich durcheinander.

In Amerika überstürzen sich die Ereignisse auf dramatische Weise. Und mit einem Mal sind Millie und Daniel verheiratet. Doch kann das gut gehen? Werden die energiegeladene, kreative Millie und der strukturierte, spröde Daniel lernen können, einander zu vertrauen – und sich zu lieben?

Cathy Marie Hake
Mehr Charme als Etikette
ISBN 978-3-86827-428-8
368 Seiten, Paperback

Kalifornien 1859:
Wenn sie nicht über ihre eigenen Füße stolpert, bringt sie garantiert
ihr schnelles Mundwerk in Schwierigkeiten. Dabei hat Ruth Cald-
well die besten Absichten. Seit Jahren versucht sie, eine echte Lady
zu werden. Doch es will ihr einfach nicht gelingen.
Als Josh McCain Ruth das erste Mal sieht, verschlägt es ihm die
Sprache. Nicht nur, weil sie so aussieht, als hätte sie wochenlang in
ihrer Kleidung geschlafen, sondern auch, weil ihre wilden Locken
und die hinreißenden grünen Augen ihn auf Anhieb faszinieren.
Doch dann erhebt Ruth Anspruch auf Joshs Erbe – und schon bald
fliegen zwischen ihnen eher die Fetzen als die Funken. Noch nie in
seinem Leben hat Josh eine so halsstarrige, unbeholfene und unge-
schickte Person wie Ruth kennengelernt. Als ihre „Unfälle" gefährliche Ausmaße annehmen, muss er eine Entscheidung treffen …